黒い司法

黒人死刑大国アメリカの冤罪と闘う

Just Mercy

A Story of Justice and Redemption

ブライアン・スティーヴンソン【著】
Bryan Stevenson
宮崎真紀【訳】
Maki Miyazaki

亜紀書房

わが母、アリス・ゴールデン・スティーヴンソンの思い出に

愛は動機だが、正義は道具である。

ラインホルド・ニーバー

黒い司法

黒人死刑大国アメリカの冤罪と闘う

目次

おもな登場人物　8
はじめに　恵みの高き嶺　9
第1章　マネシツグミを真似する人々　30
第2章　立ち上がれ《スタンド》！　50
第3章　裁判と試練　67
第4章　古い朽ちた十字架　93
第5章　ジョンの帰還　125
第6章　そこには絶望しかない　156
第7章　否定された正義　171
第8章　みな神の子　197
第9章　私はここに来ました　218

第10章　情状酌量　248
第11章　飛んでいこう　270
第12章　マザー、マザー　302
第13章　社会復帰　321
第14章　残酷で異常　338
第15章　壊れ物　361
第16章　ストーン・キャッチャーたちの悲しみの歌　388
エピローグ　409
付記　414
著者追記　416
訳者あとがき　417
註　-1-

おもな登場人物

ブライアン・スティーヴンソン
—— 本書の著者で人権弁護士。〈司法の公正構想《イコール・ジャスティス・イニシアチヴ》〉代表

マイケル・オコナー
——〈司法の公正構想〉所属弁護士。ブライアンの助手を務める

ウォルター・マクミリアン
—— ロンダ・モリソン殺人事件の犯人として死刑判決を受けた死刑囚

ミニー・ベル・マクミリアン
—— ウォルターの妻

カレン・ケリー
—— ウォルターと不倫関係にあった白人女性

ラルフ・マイヤーズ
—— ピットマン殺人事件の犯人

J・L・チェスナット、ブルース・ボイントン
—— 弁護士。モリソン殺人事件の第 1 審でウォルターの代理人を務める

ロバート・E・リー・キー
—— モリソン殺人事件第 1 審の判事

ジョン・パターソン
—— モリソン殺人事件第 2 審の判事

トマス・B・ノートン・ジュニア
—— モリソン殺人事件の刑事訴訟法第 32 条審問における判事

トム・テイト
—— アラバマ州モンロー郡の保安官

テッド・ピアソン
—— モンロー郡地方検事

トム・チャップマン
—— モンロー郡地方検事。テッド・ピアソンの後任

ラリー・アイクナー
—— 地方検事局捜査官

はじめに　恵みの高き嶺

まさか自分が死刑囚と接見することになるとは思ってもいなかった。一九八三年当時、二三歳のハーヴァード・ロースクールの学生だった私は、ジョージア州で司法修習生を務める、やる気は満々だが経験不足のひよっこで、どうしていいかわからずおろおろしていた。重警備刑務所にはいったことは一度もなかったし、死刑囚監房に至っては言わずもがなだ。その囚人を私一人で訪ねると知ったとき、動揺を見せまいと必死だった。

ジョージア州の死刑囚監房は、州の僻村《へきそん》ジャクソンのさらに郊外の刑務所内にある。私は自分で車を運転し、アトランタから州間高速道路《インターステート》七五号線で一路南をめざした。近づくにつれ、動悸が激しくなる。私は死刑についてなにも知らず、刑事訴訟に関する講義さえまだとっていなかった。死刑判決に対する再審請求の複雑な手続きのことなど、ごく基本的な知識さえなかった——ゆくゆくは自分の手の甲と同じくらい知り尽くすことになるのだが。司法修習生として今回契約したとき、死刑囚と実際に接見する可能性についてはあまりまともに考えなかった。正直に言って、自分が本当に弁護士になりたいのかどうかさえよくわからなかったのだ。田舎道を走り目的地が近づくにつれ、これから会う相手はさぞがっかりするだろうという思いが強まる一方だった。

＊　＊　＊

私は大学で哲学を専攻していたが、最上級生になってはじめて、いくら哲学しても給料を払ってくれる人は誰もいないと知った。〝卒業後どうするか問題〟についてあれこれ悩んだ結果たどりついたのがロースクールだ。とはいえ、それを選んだ最大の理由は、ほかの大学院はその研究分野についてなにかしら知識を必要としたからだ。ロースクールならなにも知らなくても平気そうに見えた。しかもハーヴァードなら、法律を学びながらケネディスクールで公共政策の大学院課程も履修できることが魅力だった。自分の人生を考えたとき、なにがしたいのかまだ定かではなかったが、貧困問題、アメリカにおける人種差別の歴史、平等と公正さを求める人権運動にはなんらかの形で関わりたいと思っていた。それまで生きてきたなかで実際に見聞きしたこと、疑問に感じていたことから自然に湧き起こった気持ちだとは思うが、それを自分の将来にどう結びつければいいかまだ見当もつかなかった。

ハーヴァードで授業を受けるようになってすぐ、選択を誤ったのではという不安に駆られはじめた。ペンシルヴェニアの小さな大学出身の私が入学できた幸運にははじめのうちこそ浮かれていたものの、初年度が終わる頃にはすっかり失望していた。当時のハーヴァード・ロースクールは、とりわけ二一歳の若造にとってははなはだ恐ろしい場所だった。教授陣の多くはソクラテス式問答法——直接的かつ敵対的な質問を何度もくり返す——を用い、それには準備不足の学生を畏縮させるという副作用があった。授業は法の奥義を説くような難解なもので、そもそも私が法を学ぼうと考えるきっかけとなった人種問題や貧困問題とは遠くかけ離れていた。

学生たちは、すでに上級学位を取得していたり、有名弁護士事務所で弁護士補助職《パラリーガル》として働いていたりする者が多かった。私にはその手の立派な経歴はなにひとつなく、同級生に比べて経験もなければ世間も知らない青二才に思えてならなかった。授業開始から一か月後に、学校に弁護士事務所の人々がやってきて面接をはじめたとき、級友たちは高級スーツに身を包み、さっさと契約書を交わしてニューヨークやロサンゼルス、サンフランシスコ、ワシントンDCに〝飛び立つ〟切符を手に入れた。自分たちが将来のために必死になってあれこれ研鑽《けんさん》を積んでいるのはいったいなんのためなのか、私にはまったくの謎だった。私はロースクールに来るまで一人の弁護士にも会ったことがなかったのだ。

ロースクールの一年目が終わった夏、私はフィラデルフィアで少年法プロジェクトに参加し、夜はケネディスクールの次年度の準備として微積分学の上級コースをとった。九月には公共政策課程を開始したが、やはり違和感があった。カリキュラムは量的評価に極端に偏り、いかに利益を増やしコストを減らすかに焦点が絞られ、その利益がなにに寄与し、なぜそのコストが生まれるのかということにはほとんど目が向けられていない。知的刺激はおおいに受けながらも、決定理論やら計量経済学やらといった授業を聴くうちに、私はいよいよ目的を失っていった。しかし突然、方向がひとつに定まったのだ。

私はロースクールで、全米黒人地位向上協会（NAACP）弁護基金で弁護士として活動している法学教授、ベッツィー・バーソレットによる異例の一か月間集中講座がおこなわれることを知った。ほかの多くの講座とは異なり、ここでは学生をキャンパスの外に連れ出して、社会正義団体のもとで一か月間仕事をさせるのだ。私は意気込んで登録し、その結果一九八三年一二月、ジョージア州アトランタ行きの飛行機に乗ることになった。南部囚人弁護委員会（SPDC）で何週間かお世話になるのだ。

アトランタ行きの直行便に乗るほど懐に余裕はなかったので、ノースカロライナ州シャーロットで飛行機を乗り継がなければならなかったのだが、そこで休暇後にアトランタにもどろうとしていたSPDCの代表スティーヴ・ブライトと落ちあった。スティーヴは三〇代半ばで、当時のどっちつかずな私とは正反対に、信念にいっさいぶれのない情熱にあふれた男だった。ケンタッキーの農場で生まれ育ち、ロースクールで学んだあとワシントンDCに落ち着いた彼は、コロンビア特別区公選弁護人サービスに勤める優秀な法廷弁護士だったが、最近になってSPDCの次期代表にと誘われた。SPDCの仕事はジョージア州死刑囚の支援である。彼には、これまで私が教わった法学教授陣の多くに感じた行動と信念の乖離《かいり》がまったくなかった。はじめて会ったとき、彼は私を体全体で熱烈にハグし、そのあとさっそく話に移った。私たちの会話はアトランタに着くまで途切れることなく続いた。

そして短いフライトの途中、彼がこんなことを言った。

「ブライアン、〝死罪《キャピタル・パニッシュメント》〟というのはまさに〝金《キャピタル》のない者が受ける罰〟という意味なんだ。われわれは、君のような人たちの手助けなしには死刑囚を助けられないんだよ」

私が即戦力になると彼が考えていると知り、驚いた。スティーヴは死刑問題について簡潔に、しかしわかりやすく説明しはじめ、その熱心さとカリスマ性にすっかり心奪われた私は、一語一語に耳をそばだてた。

「ここでなら一風変わった面白い経験ができるかも、みたいな物見遊山気分だとちょっと困るんだ」

彼が言った。

「いえ、そんな」私は請けあった。「あなたといっしょに働く機会をいただいて感謝しています」

「〝機会〟というのは、われわれのところで働こうとする人が必ずしも最初に思いつく言葉じゃない。活動はある意味地味だし、かなりきつい時間を過ごすことになる」

「問題ありません」

「いや、実際、地味どころじゃないんだ。かつかつなんだよ。かろうじて活動を続けているとさえ言える。他人のお慈悲にすがり、日々なんとか食いつなぎ、明日をも知れない身だ」

私はそこでうっかり不安を顔に出してしまい、彼が笑った。

「いや、まあ、冗談さ……たぶんね」

スティーヴは次の話題に移ったが、彼が死刑囚や刑務所で不当な扱いを受けている人々の窮状に心を痛め、どうすべきか真剣に考えていることは明らかだった。仕事が人生にこれほど活力をあたえている、そういう人に会えてとても心強かった。

その冬、私がＳＰＤＣを訪問したとき、そこにはたった数人しか弁護士がいなかった。そのほとんどは、以前はワシントンで法廷弁護士をしていた人々だった。死刑囚には弁護士がつかないという近年深刻さを増しつつある問題に対応するため、ジョージアにやってきたのだ。白人黒人、男女いりまじった三〇代の弁護士たちが和気藹々《わきあいあい》としているのは、彼らが直面する難題について使命感と希望とプレッシャーを共有しているからだと思えた。

執行禁止や延期が長年続いたものの、ここ深南部《ディープサウス》ではふたたび死刑が執行されるようになり、死刑囚にはたいてい弁護士もついていなければ、相談を持ちかける権利もなかった。こうした案件に詳しい弁護士に判決を再検討してもらうこともなく、明日にも死ぬことになるのではないかと、死刑囚たちは不安をふくらませていた。法的支援のないまま、予定された執行日がどんどん近づいている囚人たちが恐慌に駆られ、毎日電話をかけてきた。私はそんなに切羽詰まった声をいままで聞いたことがなかった。

司法修習生として仕事をはじめたとき、誰もがとても親切に接してくれたので、すぐに雰囲気になじめた。SPDCはアトランタのダウンタウンにあるハーレー・ビルにオフィスを構えている。一九〇〇年代初頭に建てられたゴシック・リバイバル様式の一六階建ての建物で、ひどく老朽化し、テナントがどんどん減っていた。私は狭い部屋に無理やり詰めこまれたデスクで二人の弁護士とともに事務員として働き、電話に出たり、スタッフに頼まれた法律関係の調べ物をしたりした。そうしてひととおりの事務仕事に慣れてきた頃、死刑囚監房を訪ね、ある死刑囚に接見してきてほしいとスティーヴに突然頼まれたのだ。ほかのスタッフは多忙で時間がつくれないという。その死刑囚は二年以上前から死刑囚監房におり、いまだに弁護士をつけてもらえないのだと彼は説明した。私の仕事はその死刑囚に簡単なメッセージを伝えることだった。《来年中に刑が執行されることはない》

私はジョージアの田舎の農地や森林のなかを車で走りながら、接見したときにどう話すか予行演習した。切りだし方をそれこそ何度も何度も練習した。

「こんにちは、ブライアンと申します。いまは学生で……」だめだ。「いまはロースクールの学生で……」違う。「ブライアン・スティーヴンソンと申します。南部囚人弁護委員会の司法修習生で、執行はまだまだ先だとお知らせするようにと言付《ことづ》かりました」、「刑はすぐには執行されません」、「いますぐ刑が執行されるおそれはありません」いや、だめだ。

そうしてプレゼンの練習を続けたが、ついにジョージア診断分類センターのいかにも恐ろしげな鉄条網のフェンスと白い監視塔が迫ってきた。オフィスにいるときは〝ジャクソン〟と呼ぶ――それがこの刑務所の通称だ――ため、施設の実際の名前が書かれた看板を目にしたとき、奇妙な感じがした。まるで研究施設か、病院のようにさえ見える。私は駐車場に車を停め、刑務所入口に向かい、メインの建物にはいっていった。暗い廊下を進み、アクセスポイントごとに鉄格子の門で足止めされる。内部のどこを見ても、ここは厳格な場所だと主張していた。

トンネル状の通路を進み、弁護士接見エリアに向かう。一歩進むごとに、汚れひとつないタイル張りの廊下に足音がまがまがしく響く。自分は死刑囚に接見しに来たパラリーガルだと接見担当官に伝えると、相手は訝《いぶか》しげに見た。私は自分が持っている唯一のスーツを着ており、それがだいぶくたびれた代物だということは私にも彼にも一目瞭然だった。担当官の目は私の運転免許証をしばらく見つめ、やがて私のほうに首をかしげて言った。

「このあたりの人間じゃないな？」

それは質問というより指摘だった。

「はい。仕事先はアトランタですので」

担当官は刑務所長室に電話し、接見が正式に予定されたものだと確認すると、やっと私をなかに通し、接見をおこなう小部屋にぶっきらぼうに案内した。そして「ここで迷子になるなよ。見つけてやれるかどうか約束できないからな」と警告した。

　接見室は六メートル四方といったところで、床にねじ留めされたスツールが二、三脚あるだけだ。室内にあるものはすべて金属製で、固定されている。スツールの正面には、細い横桟《よこざん》から二・五メートル上方の天井まで金網が張られている。その空っぽの檻のなかに私ははいった。家族の面会のときは、受刑者と面会者はその金網の壁をへだてて向こう側とこちら側に分かれる。金網越しに話をするわけだ。一方弁護士はいわゆる〝接触面会〟が許され、金網の同じ側で二人きりに近い状態で話ができる。部屋は狭く、そんなわけはないとわかっていながらも、さらにどんどん狭くなっていくような気がした。私は自分の準備不足がまたしても不安になってきた。受刑者との接見は一時間と予定されていたが、自分のいまの知識では一五分間さえ埋められるかどうか自信がなかった。私はスツールに座り、相手を待った。募る不安のなかで一五分間も待たされたあげく、ついにドアの向こうから鎖がカチャカチャと鳴る音が聞こえてきた。

　はいってきた男は私以上に緊張しているように見えた。不安で歪む顔でこちらを見、私が見返すとすぐさま目をそらした。接見室にあまりはいりたくないかのように、男は入口付近からあまり動こうとしなかった。こざっぱりした格好の若いアフリカ系アメリカ人で、髪を短く刈りあげ、髭もきれいに剃り、体格は中肉中背、きれいに洗濯された白のまぶしい囚人服に身を包んでいる。私はすぐに彼に親しみを覚えた。幼なじみや同級生、いっしょにスポーツをしたり音楽の演奏をしたりした連中、通りで行きあうと挨拶代わりにお天気について言葉を交わすようなご近所さんたちとどこも変わらない。看守はのろのろと手錠と足枷をはずし、彼のいましめを解いた。そして私と目を合わせると、制限時間は一時間ですと言った。看守は私たち二人の緊張に気づいたらしく、面白がっているかのようににやりと笑うと踵《きびす》を返して部屋を出ていった。金属製のドアがバタンと大きな音をたてて閉まり、狭いスペースにわんわんと反響した。

受刑者がいっこうにこちらに近づこうとしないので、私はほかにどうすることもできず、自分から近づいて手を差しだした。彼は慎重にその手を握った。私たちは腰を下ろし、彼が先に口を開いた。

「ヘンリーです」彼は言った。

「本当にすみません」私の口から最初に飛びだしたのはそれだった。あんなに何度も練習したのに、くり返し謝らずにいられなかった。「本当にすみません、本当にすみません、その……私にはほとんどなにもわからなくて……私はロースクールの学生で、本物の弁護士じゃないんです……本当にすみません、なにも言ってあげられなくて、でも私にわかることはほとんどないんです」

男は不安げに私を見た。「俺の判決についてはなにも問題ないんですか?」

「ええ、そのとおりです。私はSPDCの弁護士からあなたへの伝言を仰せつかり、まだ弁護士は見つからない……つまりあなたを担当する弁護士はまだ見つかっていないという意味ですけど、でも来年中にあなたの刑が執行されるおそれはないそうで……いま私たちはあなたを支援する弁護士を、本物の弁護士を懸命に探していて、二、三か月中にはその弁護士さんが接見にうかがえるのではないかと思います。私はただのロースクールの学生なんです。私もできればぜひお手伝いしたい、つまり、もし私にできることがあればですが」

男はさっと私の両手をつかんで、だらだらと続くおしゃべりを遮った。

「来年中に俺の刑が執行されることはないのか？」

「はい。執行までに少なくとも一年はあると聞きました」そう言われても、私なら気休めにしか聞こえないと思うが、ヘンリーは私の両手をいよいよ強く握った。

「ありがとよ、兄さん。いや、本当にありがとう！　最高のニュースだ」彼はすぼめていた肩をぐいっとそらし、心からほっとした目で私を見た。

「あんたは、俺がこの死刑囚監房に来てから二年余りのあいだ、ほかの死刑囚と看守以外ではじめて会った人間なんだ。来てくれてほんとにうれしいし、このニュースもほんとにうれしい」彼は大きく安堵のため息をつき、緊張を解いたようだった。

「女房とは電話で話をしているが、ここを訪ねてほしくなかったし、子供も連れてきてほしくなかった。家族が来たときに執行日が決まっていたらと思うと怖くてさ。そんな悲しい対面はしたくなかったんだ。だがこれで堂々と訪ねてほしいと言えるよ。どうもありがとう！」

　彼がそこまで喜ぶとは思ってもいなかった。私も緊張が解け、それから二人は話しはじめた。蓋を開けてみれば、なんと私たちは同い年だった。ヘンリーは私についてあれこれ尋ね、私も彼の人生について訊いた。その一時間、私たちはすっかり話に没頭した。ありとあらゆることを話題にした。彼は家族について、そして裁判について話し、私にロースクールや家族について訊いた。おたがいに音楽のこと、刑務所のこと、人生においてなにが重要で、なにがそうでないか話した。私は会話に熱中し、ほかのことをまるで忘れていた。ときには二人して大声で笑い、彼が感情的になって悲しみに沈むこともあった。そうしていつまでも話しつづけ、ドアが乱暴に開く音を耳にしてはじめて接見の制限時間をとうに過ぎていたことに気づいた。私は時計を見た。なんともう三時間もそこにいたのだ。部屋にはいってきた看守は腹を立てていた。彼はわめいた。「とっくに終わっている時間ですよ。さっさと帰ってください」

看守はヘンリーの両手を背中にまわし、そこで手錠をかけた。それから乱暴に足枷をした。看守は相当いらついていたらしく、手錠をきつく締めすぎていた。ヘンリーが痛みで顔をしかめるのがわかった。

私は言った。「手錠がきつすぎると思います。少しゆるめてあげてもらえませんか」

「言いましたよね？　さっさと帰ってくださいと。こっちの仕事についてあんたにとやかく言われる筋合いじゃない」

ヘンリーはにっこりして言った。「いいんだ、ブライアン。これのことは気にするな。とにかくまた会いに来てくれ、いいね？」手首にきつく巻きついた鎖がカチンと鳴るたびに彼は顔をしかめた。

私がはらはらしているのがわかったのだろう。ヘンリーはつづけた。「気にするな、ブライアン、大丈夫だから。また来てくれるよな？」

看守がヘンリーをドアのほうに押しやると、彼は私のほうを振り返った。

私は口ごもった。「本当にすまない、本当に……」

「こんなの平気さ、ブライアン」彼は私の言葉を遮った。「とにかくまた会いに来てくれ」

私は彼を見つめながら、この場にふさわしい言葉を必死に探した。彼を安心させ、ふがいない私にこんなに辛抱してくれている彼に感謝する言葉を。でもなにも思い浮かばなかった。ヘンリーは私を見て微笑んだ。看守が彼をドアのほうに押しやる。その態度に私は不快感を覚えたが、ヘンリーは相変わらず笑みをたたえている。しかし、看守が彼を部屋から完全に押しだしてしまう直前になって突然足を踏んばり、抵抗をはじめた。でも表情はとても冷静に見える。そして、まったく思いがけない行動に出た。ヘンリーは目を閉じ、頭を後ろにそらした。いったいなにをするのだろうと首をかしげていた私だが、彼が口を開いたのを見て悟った。ヘンリーは歌いはじめたのだ。よく通る、すばらしく力強いバリトンだった。私だけでなく看守も呆気にとられ、彼を押す手を止めた。

恵みの高き嶺　日々わが目当てに
祈りつ謳《うた》いつ　われは登りゆかん
光と平和に満ちたる
恵みの高き嶺　われに踏ましめよ

それは、私が幼い頃教会でよく歌っていた古い賛美歌だった。耳にしたのは本当に久しぶりだった。ヘンリーは誠意をこめ、揺るぎのない声でゆっくりと歌った。一瞬の間のあとやっと看守もわれに返り、彼をまたドアのほうに押しやりはじめた。手枷足枷のせいで、ヘンリーは看守に押されるとつまずいて転びそうになる。バランスをとりながらよたよたとしか進めなかったが、それでも歌うことはやめなかった。廊下を遠ざかっていく彼の歌声が私のところにも聞こえてきた。

険しき坂をも　直ぐなる岩をも
御助けある身は　ついに登りきらん
光と平和に満ちたる
恵みの高き嶺　われに踏ましめよ

私は呆然とそこに座っていた。ヘンリーの声には希望が満ちていた。彼の歌は私にとってまさに天からの贈り物だった。自分の未熟さに相手が辛抱してくれるかどうか、不安ばかりを抱えて私はこの刑務所に来た。まさかこんなふうに温かく、寛大な心で彼が迎えてくれるとは思ってもみなかった。死刑囚からなにかを受け取る資格など、私にはなかった。なのに彼は驚くほどの思いやりと慈悲の心で私を受け入れてくれたのだ。あのときヘンリーのおかげで私のなにかが変わった。人間にはこんなにも可能性が、やり直す力が、希望の心がある――そうはじめて知った。

私は、そこで出会った死刑囚たちのために少しでも力になりたいという一心で励み、一か月の修習生期間を終えた。死刑囚や受刑者たちとじかに接したおかげで、ひとりひとりの人権問題が自分にとってより身近に、より大きな意味を持つようになった。自分自身の人権についてさえ。ロースクールにもどった私は、死刑をはじめとする極刑を是認する法律や教理、原則をぜひ理解したいという思いで燃えていた。憲法学、訴訟、上訴審、連邦裁訴訟、付帯的救済などについていくつも講座をとった。人種、貧困、権力に関する法律や社会学にどっぷり浸かった。かつては抽象的で、現実とかけ離れていると思えたロースクールが、受刑者たちの必死の訴えをじかに耳にしたいま、すべてと密接に関わるとても重要な存在となった。ケネディスクールでの研究さえ、それまでとは別の意味合いを持つようになった。自分が目にした差別や不平等の実態を定量化し、分析するスキルをすぐにでも身につけなければならないと思えた。

死刑囚監房で過ごしたのはごくわずかな時間だったとはいえ、それで明らかになったのは、アメリカの司法制度には人道的な面でなにかが欠けている、裁定に偏りがあるのではないかということだった。あのとき経験したことを振り返れば振り返るほど、私は確信を持つようになった。そう、これまでの人生で私をずっと悩ませてきたのは、人はなぜ、どうやって不当な裁きを受けるのかという問題だったのだ。

私はデラウェア州デルマーヴァ半島の東岸にある、黒人のみが住む田舎の貧しい集落で生まれ育った。いまだにこの国の人種差別の歴史が色濃く影を伸ばしているような場所だ。ヴァージニア州およびメリーランド州東部からデラウェア州南部まで延びる海岸沿いに点在するコミュニティは、アメリカ南部の典型的集落だ。この一帯に住む多くの人々は人種的なヒエラルキーにこだわり、それをさまざまな象徴や印を用いてなにかというと強調した。北部が近いことがむしろその原因で、南部連合国の旗がそこらじゅうに誇らしげに掲げられ、文化的にも社会的にも政治的にもそういう土地柄なのだと大胆かつ挑戦的に主張していた。

アフリカ系アメリカ人は、小さな町を突っ切る線路で分断され人種隔離されたゲットーや、その地域の〝有色人種地区《カラード・セクション》〟で暮らしていた。私が育った田舎の集落には小さな掘っ立て小屋が並んでいた。

家にトイレのない家族は屋外トイレを使わなければならず、私たち子供はニワトリやブタといった家畜といっしょになって遊んだ。

まわりにいる黒人の大人たちはみな力が強く毅然としていたが、のけ者扱いされ、社会の底辺で生きていた。毎日、家禽肉加工工場行きのバスが彼らを拾って工場に連れていき、そこで何千羽というニワトリの羽をむしり、切り刻み、加工する。父は一〇代のときに集落を出た。そこには黒人の子供を受け入れる高校がなかったからだ。父は母を連れて帰郷し、食品工場で仕事を見つけた。週末には海岸のコテージや貸し別荘で家事労働をした。母は空軍基地で民間人従業員として働いた。私たちはみな〝異なる人種〟という忌むべき服を着せられ、それによって圧迫され、拘束され、制限されているかのようだった。

私の親類縁者はずっと働きどおしだったが、けっして豊かにはなれなかった。祖父は私が一〇代の頃に殺されたが、家族以外ほかの誰もなんとも思っていないように見えた。

祖母はヴァージニア州キャロライン郡で奴隷として働かされていた人々の娘だった。祖母が生まれたのが一八八〇年代、その両親は一八四〇年代生まれである。祖母の父は、奴隷として育つとはどういうことか、祖母にこんこんと言い聞かせたという。彼は読み書きを覚えたもののけっしてよそにはそれを漏らさず、自分の知識をずっと隠しとおした――奴隷解放宣言が出されるまでは。奴隷制の伝統が祖母という人を形づくり、九人の子供たちの子育てにも強く反映された。たとえば祖母が私に話しかけるとき、必ず「もっと近くにおいで」と言うのもその影響だ。

祖母を訪ねると、いつもあんまり強く抱きしめられるので、息もできないくらいだった。そうしてしばらくすると祖母はこう尋ねるのだ。「ブライアン、いまもまだあたしにぎゅっとされてるような気分かい?」うんと答えれば、祖母はやっと私を解放した。でも、ううんと言うと、祖母はまた私に襲いかかってきた。私はしょっちゅう、ううんと言った。祖母の容赦のない両腕に包まれると幸せな気持ちになれるからだ。祖母はなにかというと私を抱き寄せた。

「離れた場所にいては大事なことはわからないものさ、ブライアン。もっとくっつかないと」いつもそう言っていた。

ロースクール初年度に感じた距離のせいで、私は途方に暮れた。死刑囚と、不当な裁きを受けた人々とじかに会い、親しく交流したこと――それが自分にとってとても身近に思えるなにかに私を導いてくれたのだ。

本書は、アメリカの大量投獄と極刑問題に迫ろうとするものである。立場の弱い人々と向きあうときに、不安や怒りに身をまかせたりあえて距離をとったりすると、人はじつにたやすく彼らを虐げ、不当に扱いがちになるのだ。そしてまた、現代史のなかでも激動の時代といえる〝いま〟を描くことも、本書の目的のひとつだ。あらゆる人種、世代、性別を超えた無数のアメリカ人の人生と、アメリカ人というものが包括的に持つ精神性が、くっきりと刻まれた時代である。

一九八三年一二月に私がはじめて死刑囚監房に行った頃、アメリカは急激な司法改革の初期段階にあり、それはやがてこの国を空前の厳罰主義国家に変え、過去に例がないほどの大量投獄がおこなわれることとなった。こんにち、米国は収監率が世界一高い。総受刑者数は一九七〇年代初頭に三〇万人だったものが、現在は二三〇万人にふくれあがっている。執行猶予中や仮釈放中の人は六〇〇万人近い。二〇〇一年に米国で生まれた子供の一五人に一人はやがて刑務所に行き、今世紀中に生まれた黒人男児の三人に一人が将来投獄される計算になる。(1)(2)

これまでに何百人という人々が、銃殺刑、絞首刑、ガス室、電気椅子、薬殺刑によって合法的に処刑されてきた。死刑囚監房で刑の執行を待つ死刑囚は数千人にのぼる。少年を成人として訴追できる年齢制限のない州もある。(3) すでに二五万人もの子供たちが成人用の刑務所に送られて長期刑に服し、なかには一二歳以下の子供さえいる。長年のあいだ、われわれは少年に仮釈放なしの終身刑を科すことができた世界で唯一の国家だった。三〇〇〇人近い子供たちがすでに終身刑を言い渡されてきたのだ。

また、大勢の非暴力的な犯罪者が刑務所で何十年も過ごすはめになっている。不渡り小切手を振りだしたり、こそ泥やちょっとした盗みを働いたりしただけで終身刑にできるような法律をわれわれはつくってしまった。薬物濫用問題を抱えた人々への宣戦布告は高くついた。薬物犯罪で州刑務所あるいは連邦刑務所で収監されている人は、一九八〇年の時点でわずか四万一〇〇〇人だったのが、現在では五〇万人以上に増えている。(4)

保護観察つき仮釈放を廃止した州も多く、犯罪にいかに厳格な態度で対処するかということを宣伝するために〝三振即アウト〟のようなスローガンさえつくった。社会復帰プログラムや更生教育、受刑者に対する各種サービスも姿を消した。囚人を支援するなんて甘やかしすぎ、というわけだ。人をその最悪の行動で規定し、〝犯罪者〟〝殺人犯〟〝強姦魔〟〝泥棒〟〝ヤクの売人〟〝性犯罪者〟〝凶悪犯〟

といったレッテルを永遠に貼りつける、そういう世の中なのだ。一度レッテルを貼られると、どういう背景で起きた犯罪か、どれだけ更生したかとは関係なく、けっしてそれを剝がすことはできない。

大量投獄の副次的な弊害も同じように根が深い。過去に薬物犯罪に手を染めたことがある女性や、必然的にその子供は、たとえ貧困にあえいでいても、食糧配給券をもらえなくなり、公共住宅にも入居できなくなる。(5)私たちが生みだしたこの新たなカースト制度によって、数えきれないほどの人々がホームレスとなり、家族とともに本来所属していた共同体で暮らすことを禁じられ、結局、失業者にならざるをえなくなるのだ。前科のある人には投票権を永遠にあたえない州さえある。(6)その結果、一部の南部諸州では、公民権を剝奪されたアフリカ系アメリカ人の割合が、一九六五年の投票権法成立以来、未曾有のレベルにまで達している。(7)

われわれが犯した恐ろしい過ちはほかにもある。刑執行後、あるいは執行直前に冤罪だったことが発覚した死刑囚がなんと多いことか。(8)ＤＮＡ鑑定ののちに無実だとわかり、釈放された死刑囚以外の受刑者の数はそれ以上だ。(9)有罪だという決めつけ、貧困や人種のバイアス、その他さまざまな社会的、構造的、政治的要因が絡みあって誤った流れを生み、大勢の無実の人々がいまも刑務所のなかで苦しんでいる。(10)

最後に、莫大な費用の問題がある。州刑務所および連邦刑務所にかかるコストは、一九八〇年の六九億ドルから現在は八〇〇億ドルにまで上昇した。(11)民間の刑務所建設会社や施設サービス会社は州政府や地元自治体に何百万ドルと献金して、新たな犯罪を創出し、より厳しい判決を言い渡し、塀のなかにもっと人を閉じこめろと彼らを説得して、さらに儲けようとしている。民間企業の利潤追求のせいで、治安をよくし、大量投獄のコストを減らし、そしてなにより受刑者の更生を促進するという方向に向かうべきサイクルが断ち切られているのだ。おかげで州政府は公共サービスや教育、医療福祉の予算を刑務所事業に割り振り、その結果、かつてないほどの財政危機に見舞われている。受刑者健康管理の民間委託、受刑者生産品の販売、さまざまなサービスによって、大量投獄がごく一部の人々にとっては思いがけない収入源となったが、その他大勢にとっては異様に値の張る悪夢でしかなかった。

＊　＊　＊

ロースクールを卒業後、私は深南部にもどり、貧困者、受刑者、死刑囚の弁護を引き受けはじめた。そしてこの三〇年間、冤罪によって死刑囚監獄に送られたウォルター・マクミリアンのような人たちと身近に接してきた。本書ではまずこのウォルターの事件を紹介したいと思う。私はこの件を通して、アメリカの司法制度が信頼できない杜撰《ずさん》な評決にまるで無関心だということ、先入観で曇った考え方を許し、不公正な訴追手続きや有罪判決に見て見ぬふりを決めこんでいることを知った。ウォルターの裁判を担当した経験から、われわれの司法制度はあまりにも無責任に人を有罪にし、死刑判決を出して、被告のみならずその家族や所属共同体、犯罪の被害者までをも冷酷に踏みにじっていると教えられた。しかし同時に、そんな暗闇にも小さな希望の光があるということも知ったのだ。

ウォルターの物語はこれからお話しする数々の例のひとつにすぎない。たとえば、親から虐待やネグレクトを受けたすえに罪を犯して成人として起訴され、成人用刑務所に収監されたあとさらなる虐待や不当な扱いを被った子供たちの弁護もした。あるいは女性の弁護もずいぶん引き受けた。この三〇年間に女性の受刑者数は六四〇パーセントも増加した。薬物中毒をヒステリックなまでに糾弾し、貧困層に敵愾心《てきがいしん》をむきだしにするこの社会は、望まぬ妊娠をした貧しいふしだらな女性と見るや、たちまち犯罪者扱いするのだ。病のせいで何十年も獄中で暮らす結果となった精神障害者たちの弁護もおこなった。暴力犯罪の被害者やその家族ともずいぶん近しくなったし、大量投獄時代の看守たちの多くが健康を損ない、かっとなりやすくなって暴力に走り、正義感や思いやりをなくすさまも目の当たりにした。

大罪を犯しながらもなんとか更生の道を探り、罪をつぐなおうとする人々も大勢いた。多くの受刑者たちの心の奥底には希望や慈愛のかけらが方々に散らばっていて、ただ手を差し延べさえすれば回復の種はむくむくと目覚め、驚くほど鮮やかに息を吹き返すのだ。

そういう人々の近くに寄り添うことで、私はとてもささやかな、ごく基本的な真実を知った。そのなかでも大事な教訓がこれだ——《人はそれぞれ、たとえどんなに悪いことをしたとしても、それだけの存在ではない》。貧しい人や受刑者たちと仕事をすることで、私は知った——貧困の反対語は裕福ではなく、正義だと。そして最後にひとつ、私が信じるようになったことをここに述べておこう。アメリカはどんな社会か、はたして真の正義はおこなわれているか、司法の正当性と平等が本当に果たされているかについて判断するには、金持ちや権力者、特権階級、尊重されている人々の生活ぶりからではわからない。真の基準となるのは、貧者や疎《うと》んじられ非難されている人々、受刑者、死刑囚が社会でどう扱われているかなのだ。

不当な扱いを受ける人を見過ごしにすれば、誰もがみな共犯者だ。思いやりが消えれば共同体の、自治体の、国の良識は崩れる。恐怖や怒りは報復や虐待、不当や不正を生み、しまいには慈悲の欠如に誰もが苦しみ、人を踏みつけにして罪を重ねることになる。大量投獄が進み、厳罰主義が激しくなればそれだけ、私たちはいっそう肝に銘じなければならない――誰もが慈しみを、正義を、そしてたぶん、分不相応かもしれないほんの少しの思いやりを必要としているのだと。

第1章

マネシツグミを真似する人々

アトランタの南部囚人弁護委員会（ＳＰＤＣ）に臨時雇いとして現れた受付嬢は上品なアフリカ系アメリカ人で、彼女が着ている高価そうなダークスーツはふだんそこに詰めかける人々の服装とは対照的だった。ロースクールを卒業したあと、私はまたそこにもどってきた。彼女の出勤初日に、ジーンズとスニーカーというバいつもどおりの格好の私は受付デスクに近づき、わからないことがあったらなんでも訊いてくださいと告げた。彼女は冷ややかに私を見返し、自分は秘書として法律関係の経験をたっぷり積んでいますのでと言って私を追い払った。翌朝、昨日とは別のジーンズとスニーカーの組み合わせでオフィスに現れた私を見て、彼女は見ず知らずの浮浪者が誤ってオフィスにはいってきたかのようにぎょっとした。一瞬たじろいだもののすぐに冷静さを取り戻し、私を近くに呼んで、じつは一週間以内にここをやめて〝本物の法律事務所〟に移ることになっていると打ち明けた。私は彼女の門出を祝福した。一時間後、私のオフィスに彼女から内線電話がかかり、〝ロバート・Ｅ・リー〟という人から電話ですと言った。私はにっこりした。どうやら彼女を誤解していたらしい。じつはユーモアのセンスの持ち主だったんだ（ロバート・Ｅ・リーは南北戦争のときの南軍の司令官）。

「そりゃ傑作だ」

「これは冗談でもなんでもありません。本人がそう名乗ったんです」彼女はつまらなそうに言った。しゃれっ気はこれっぽっちもない。「内線二番です」

私は内線二番をとった。

「もしもし、ブライアン・スティーヴンソンです。どういったご用件でしょうか?」

「ブライアン、ロバート・E・リー・キーだ。ウォルター・マクミリアンのような人間の弁護をしたいとはいったいどういうことだ? 南アラバマ最大級の麻薬売人という評判をとる男なんだぞ? 君からの申立書がちらりと目にはいったのだが、こんな事件と関わりあいになりたがるはずがない」

「どちらさまですか?」

「キー判事だ。マクミリアンの事件と関わりたがる人間などいるわけがない。どれだけ腐った状況か本当のところは誰にもわからんのだ、私も含めて。だが最悪だということはわかる。連中はミシシッピ界隈を根城とするディキシー・マフィアだという可能性もある」

会ったことさえない判事の教え諭すような口調、こちらが眉をひそめたくなるような言いまわしに、私はすっかりとまどった。〝ディキシー・マフィア〟だって? 二週間前、五人の死刑囚を担当するにあたり、死刑囚監房で一日過ごしたあと、私ははじめてウォルター・マクミリアンと会った。まだ裁判記録を読み返してはいなかったが、担当判事の姓がキーだということは覚えていた。そのうえに〝ロバート・E・リー〟がつくとは初耳だった。私はウォルター・マクミリアンに似つかわしい〝ディキシー・マフィア〟のイメージをなんとかつくりあげようとした。

「ディキシー・マフィアですか？」

「そうだ。ほかにもなにに絡んでるかわかったものではない。いいかね、この手の死刑囚のケースをアラバマ弁護士会に属していない州外の弁護士に引き受けさせるつもりはない。だから黙って手を引くことだ」

「私はアラバマ弁護士会の一員です」

私はジョージア州アトランタに住んではいるが、アラバマの刑務所環境に関する案件をいくつか担当し、一年前にアラバマ弁護士会に登録を許されたのだ。

「いま私はモビールに拠点を置いている。いまさらモンローヴィルまで行くつもりはない。もし君の申立てについて審問をおこなうとなれば、君はアトランタからモビールまではるばる足を運ばなければならなくなる。こちらがわざわざ便宜を図る気はない」

「了解しました、判事。必要ならモビールにうかがいます」

「それに、君を弁護人として指名するつもりもない。やつに金がないとは思えないのでね。やつはモンロー郡のあちこちに金を埋めていると聞く」

「判事、指名していただきたいわけではありません。マクミリアンさんに話してあるのは――」判事と電話で話しだしてはじめてこちらから主張をしようとしたとき、ダイヤルトーンにそれを遮られた。うっかり電話を切ってしまったのかとしばらくは思っていたが、やがて判事みずから電話を切ったのだと気づいた。

ウォルター・マクミリアンに会ったとき、私はすでに二〇代後半で、SPDCでの仕事も四年目にはいろうとしていた。アラバマ州がいよいよ危機的状況にあると知り、洪水のように押し寄せてくる案件を必死にさばくなかで巡りあったケースだった。アラバマ州にはすでに一〇〇人近い死刑囚がいるうえ、その増加度は国内一だった。それなのに公選弁護人制度がなく、それはつまり死刑囚監房に大量に収容されている人々を弁護する法的代理人が誰もいないということだった。友人のエヴァ・アンスリーがアラバマ刑務所プロジェクトを運営し、各ケースを追跡して死刑囚に弁護士を斡旋《あっせん》している。一九八八年に私たちは、連邦政府から補助金が下りれば死刑囚の代理人を務める弁護士登録センターをつくることができると知った。その補助金を使って新しいNPOを設立するのだ。タスカルーサに拠点を置き、来年から稼動できればとわれわれは考えていた。私にはすでに南部各州で大勢の死刑囚の代理人を務めた経験があり、電気椅子による処刑が予定されていたわずか数分前に執行延期を勝ち取ったこともあった。とはいえそのNPOの運営を引き受けるほどの覚悟はまだなかったから、組織設立の手伝いをし、代表者を見つけたら、アトランタにもどるつもりでいた。

キー判事から電話をもらった数週間前、私は死刑囚監房を訪ね、窮状を訴える五人の死刑囚と会った。ウィリー・タブ、ヴァーノン・マディソン、ジェシー・モリソン、ハリー・ニックス、ウォルター・マクミリアン。私はその一日で激しく感情を揺さぶられ、へとへとになってしまった。アトランタにもどる長距離ドライブのあいだに、事件の内容や死刑囚の名前が頭のなかですっかりごっちゃになっていた。それでもウォルターのことだけはよく覚えていた。私より少なくとも一五歳は年上で、きちんとした教育を受けているとはいえず、出身は地方の小さな町だ。それでも強く印象に残ったのは、自分は無実だと必死に訴えてきたからだった。

「ブライアンさん、あなたにとっちゃどうでもいいことだとわかってますが、俺には大事なことなんです。俺は無実で、俺がやったと連中が言ったことを俺はやってない、そうあなたに知ってもらいたいんだ。ええ、これっぽっちもやってません」接見室で彼は言った。声は平板だったが、ときおり感情が顔を出した。私はうなずいた。事実を調べてほかの可能性が見えてこないかぎり、相手の話をそのまま受け入れることが重要だと経験から知っていた。

「ええ、おっしゃることはもちろんわかります。記録を読み返せば、彼らの手元にどんな証拠があるかもっとつかめるはずです。それからまた話をしましょう」

「でも……なあ、自分は無実だと訴える死刑囚は俺以外にも大勢いたとは思うが、頼むから信じてほしい。俺は人生をめちゃくちゃにされたんだ！　連中の嘘はとても許されるたぐいのものじゃない。俺を信じて助けてくれる人が見つからなかったら、俺は――」

唇が震えだし、マクミリアンは両手をぎゅっと握って涙をこらえた。彼がなんとか落ち着きを取り戻すまで、無言で待った。

「すみません。あなたが俺を助けるためにできるだけのことをしてくれると信じてます」そう口にしたとき、彼の声はだいぶ穏やかなものになっていた。私はとっさに慰めてやりたくなった。その苦しみに嘘偽りはないように見えたからだ。だがその時点で私にできることはほとんどなかったし、死刑囚監房ですでに何時間も過ごし、大勢の人の話を聞いたあとだったので、すべての記録を丁寧に検討するとあらためて約束するので精いっぱいだった。

タスカルーサの事務所がオープンしたらすぐに移せるように、アトランタの私の小さなオフィスには裁判記録の謄本《とうほん》がいくつか積まれていた。キー判事の奇妙な警告がいまだに頭から離れず、私は裁判記録の山のなかからウォルター・マクミリアンのそれを探しだした。全部でたった四冊しかなく、それはつまりあっという間に結審したということだ。判事の芝居がかった脅しのせいで、マクミリアンの切々としたあの無実の訴えにいっそう興味を引かれ、もはや先延ばしにはできなかった。私はさっそく読みはじめた。

＊　＊　＊

生まれたときからずっとモンロー郡で暮らしていたにもかかわらず、ウォルター・マクミリアンはハーパー・リーのことも、『アラバマ物語』（原題は *To Kill a Mockingbird*。Mockingbird はマネシツグミという意味）のことも聞いたことがなかった。一九六〇年代に彼女の作品がピューリッツァ賞を獲得し、全国的なベストセラーになったあと、アラバマ州モンローヴィルはそこで生まれ育った愛娘であるリーを恥ずかしげもなく褒め称えた。しかし当のリーはモンロー郡に帰郷したあと隠遁生活を送り、公の場にはほとんど姿を見せなかった。彼女がそうやっていくら身を隠しても、郡はいっこうに気にせずに彼女の名作をせっせと売りだし、いやむしろ、作品の名声を利用して郡そのものを売りだした。作品の映画化によって、かの悪名高き法廷シーンのためにグレゴリー・ペックが町にやってきた。彼はこの演技でアカデミー賞を獲得したのだ。自治体の首長はのちにこの裁判所を『アラバマ物語』博物館にし、地元民のグループは《モンローヴィル『アラバマ物語』劇団》を結成して作品を舞台化した。フィクションとはいえ地元民による真に迫った舞台は好評を博し、国内外のあちこちでツアーがおこなわれた。

　リーの物語の感傷的な部分ばかりがクローズアップされ、それが描いている厳しい現実にはあまり目が向けられなかった。一九三〇年代に無実の罪に問われた黒人を白人弁護士が果敢に弁護するというストーリーに感動した読者は多かったが、白人女性をレイプしたとして黒人が誤認逮捕されるというのは、できればあまり掘り起こしてほしくない気まずい出来事なのだ。アティカス・フィンチとそのおませな娘スカウトという愛すべき登場人物が読者の心をおおいにとらえたとはいえ、作品のなかで彼らが対決したのは南部に存在する人種差別と正義の問題だということは忘れられがちだった。そこには、将来弁護士になる若い世代には、勇気あるアティカスのような人間になってほしいという願いがこめられているのだ。なにしろアティカスは、なんの抵抗もできない黒人容疑者をリンチしようとたくらむ怒れる白人集団から彼を守るため、武装さえしたのだ。

　こんにち、リーの小説で描かれている弁護士の鑑《かがみ》を讃え、その名を冠した賞を何十という弁護士団体が配っている。しかししばしば見過ごされているのは、物語に登場する黒人男性は、アティカスの弁護をもってしても結局無実の罪を晴らせなかったことだ。誤って起訴された黒人被告トム・ロビンソンは有罪と裁定された。のちに、すっかり絶望した彼は破れかぶれとなり、脱走をこころみて命を落とす。追っ手に背中を一七発撃たれ、不名誉な、しかしあくまで合法的な死を迎えるのだ。

　ウォルター・マクミリアンは、トム・ロビンソン同様、モンローヴィル郊外にある貧しい黒人集落のひとつで生まれ育ち、学校に行く年齢になるまで家族とともに畑仕事をした。アラバマ南部の、収益の一部を小作料として払う分益小作農《シェアクロッパー》の子供は、畑仕事ができる年齢になるとすぐに

〝耕し、植え、摘む《プロウィン・プランティン・アンド・ピッキン》〟作業員の一人に数えられる。一九五〇年代の黒人児童の教育機会はごく限られていたが、ウォルターの母親は彼が幼いとき、老朽化した〝黒人学校〟に二年ほど通わせた。しかしウォルターが八歳か九歳になるとすでに綿花摘みの貴重な労働力となり、学校に行ったことが遠い将来きっと役立つという言い訳はもはや通用しなくなった。一一歳で、兄や姉たちと同じくらい器用に鋤《すき》を操れるようになっていた。

時代は変わりつつあった――いい意味でも悪い意味でも。モンロー郡は一九世紀、綿花生産をおこなうプランテーションのおかげで発展した。アラバマ南西部沿岸に広がる平野に位置するそこは肥沃な黒土に恵まれ、カロライナから移住してきた大勢の人々が、豊かな奴隷労働力に支えられてプランテーションで大成功を収めた。南北戦争から数十年が経つ頃には、アフリカ系アメリカ人の大多数がいわゆる〝ブラックベルト地帯〟（アラバマ州中央部からミシシッピ北東部にかけての黒土地帯で、綿花の栽培に適している）の農園でシェアクロッパーや小作人として重労働を強いられ、白人地主に頼ることで命をつないでいる状況だった。一九四〇年代になると、数多くのアフリカ系アメリカ人が〝大移動〟の波に乗ってその地域をあとにし、職を求めて中西部や西海岸をめざした。土地にそのまま残った者は農業を続けたが、移住によって黒人労働人口が減ったことにその他の要因も加わり、地域の経済基盤として伝統的農業を続けることが難しくなっていった。

一九五〇年代にはいると、小規模綿花農場の収益性が急速に悪化し、黒人シェアクロッパーや小作農の低賃金労働力をもってしてもとうてい追いつかなくなった。そこでアラバマ州政府はパルプおよび製紙工場に対して破格の税制優遇措置をおこない、白人地主に林業や林産品製造業への移行を促すことにした。アラバマ州にある一六のパルプおよび製紙工場のうち一三軒はこの時期に開業されたものだ[1]。ブラックベルト地帯では、次々に農地をつぶして製紙工場などで使う工業用マツを植林しはじめた。この時代、アフリカ系アメリカ人のほとんどはこの新規産業から締めだしを食い、基本的人権を勝ち取った反面、新たな経済危機に直面していた。シェアクロッピングとジム・クロウ法（一八七六年から一九六四年まで存在したアメリカ合衆国南部における人種隔離に基づく黒人差別法）の厳しい時代は終わりつつあったが、そのあとに待っていたのは終わりのない失業問題と悪化する貧困問題だった。このあたりの郡は相変わらず国内最貧の汚名をすすげなかった。

利口なウォルターは時代の波をすばやく読んだ。彼は、一九七〇年代に林業とともに発展したパルプ材の商売をはじめた。抜け目なくそして大胆にも借金をして、みずからチェーンソー、トラクター、パルプ材運搬用トラックを買った。一九八〇年代には商売も軌道に乗り、がっぽり稼ぐとまではいかないまでも、独り立ちしてそこそこ満足のいく暮らしはできるくらいになった。もし工場の工員になったり、その他の不熟練労働に就いたりしていたら――アラバマ南部の貧しい黒人のほとんどはそういう仕事をしているのだが――それはすなわち白人事業主の下で働くことであり、一九七〇年代から八〇年代のアラバマの黒人たちのあいだでふつふつと沸きたっていたあらゆる鬱憤に彼もさらされていただろう。もちろんウォルターも人種差別という現実から逃れられはしなかったが、景気のいい分野で自営業を営んでいたおかげで、アフリカ系アメリカ人の多くにはとても手の届かない自由を満喫していた。

そうして独立していたことで、彼は尊敬と称賛を勝ち得ていたが、同時に軽蔑や疑念もかきたてた。

とくにモンローヴィルの黒人コミュニティ以外の場所で。町の一部の白人からすると、ウォルターが楽しんでいる自由は、たいして学もないはずの黒人がまともなやり方で手に入れられるたぐいのものじゃないと思えたのだ。それでも彼は礼儀正しくて気前もよく、親切な気のいい男だったので、商売相手からは黒人白人を問わず好かれていた。

とはいえ、もちろんウォルターにも欠点はあった。昔から女好きで知られており、ミニーという名の女性と若くして結婚し、三人の子供もいたというのに、よそに女をつくっていることは周知の事実だった。〝木を相手にする仕事〟はきついし危険だった。息抜きになるような娯楽がほかにほとんどない暮らしだから、女性に寄ってこられるとなかなか抵抗できなかった。野性的な外見——ぼさぼさの長髪、不揃いの髭——とはうらはらにやさしくてチャーミングな性格なので、かなり女性にもてたのだ。

黒人の男が白人女性と親しくなるなどけっして許されないと教えられて育ったが、一九八〇年代にはいる頃には、時代は変わったとそろそろ考えてもいいのではとウォルターは思うようになった。事業がこれほどうまくいっていなければ、人種の境界線はやはり越えてはならないものだと相変わらず肝に銘じていたかもしれない。実際、ウォルターは最初のうち、いつも朝食を食べる〈ワッフル・ハウス〉で会った若い白人女性カレン・ケリーにちょっかいをかけられてもあまり取りあわなかった。魅力的な女性ではあったが、真剣にはとらなかったのだ。ところが彼女の態度がしだいにあからさまになり、ウォルターはためらったものの、結局、どうせ誰も気づかないだろうと自分に言い聞かせるに至った。

数週間後、カレンと関係を持ったことが大問題になっていることが明らかになった。二五歳のカレンはウォルターより一八も年下で、しかも人妻だった。二人が〝お友達〟だという噂が流れはじめると、彼女はむしろウォルターとの関係をひけらかし、その刺激でいよいよ興奮しているようなところがあった。しかし夫に関係がばれたとき、事態はたちまちまずい方向に向かった。カレンと夫のジョーの仲はずいぶん前からこじれており、すでに離婚が検討されていたが、彼女が黒人とつきあっているというスキャンダルに夫だけでなく一族全員が激怒した。夫は子供たちの親権を獲得する法的手続きをはじめ、彼女の不貞や黒人との関係を公開して妻の体面を汚そうとした。

ウォルターはといえば、昔から法廷とは縁がなかったし、警察とも関わりあいにならないようにしてきた。何年も前、酒場で起きた喧嘩に巻きこまれ、軽犯罪で捕まってひと晩牢に入れられたことはある。だが警察の厄介になったのはそれが最初で最後だった。それ以来、刑事司法制度に引っかかったことは一度もない。

子供の親権を争うケリー夫妻の審問で証言してほしいとカレンの夫から召喚状を受け取ったウォルターは、これはたいそう困った立場に追いこまれそうだとすぐに悟った。この手の問題を処理させたらはるかに長けている妻ミニーに相談するわけにもいかず、彼は不安を抱えながら裁判所に向かった。夫の弁護士がウォルターを証言台に立たせた。カレンとは〝友人〟だということは認めるつもりだった。彼女の弁護士は、夫の弁護士からウォルターに向けられた二人の〝友情〟の中身を詮索する容赦のない質問に果敢に異議を挟み、詳しい内容を答えずにすむようにしてくれたが、ウォルターが法廷を出るときには、廷内の怒りや敵意が手にとるように感じられた。ウォルターは試練すべてを忘れてしまいたかったが、噂はたちまち広がり、彼の評判もがらりと変わってしまった。マツをあんなふうに切り倒せる男はほかにいないと白人のあいだで称賛されていた働き者のパルプ材業者は、いまや鬱陶しい存在となっていた。

異人種間のセックスや結婚を忌み嫌う風潮は合衆国内に深く根づいている。人種はひとつにまとまるべしという考え方が原動力となって、南北戦争後の南部再建《リコンストラクション》の気運は消滅し、ジム・クロウ法を一世紀にわたって存続させ、二〇世紀を通して人種隔離政策を下支えした。奴隷制撤廃後に生まれた人種間に序列をつくり分離させるシステムは、ウォルターとカレンのような親密な関係の誕生を避けるためのものだった。事実、そういう関係は〝人種間通婚禁止法〟によって法的に禁じられていた（〝人種間通婚《ミシジェネイション》〟というのは一八六〇年代に使われるようになった言葉で、奴隷制が廃止されれば異人種間のセックスや結婚、人種混交が進むという不安を広めるために奴隷制支持者がつくった造語）。一世紀以上にわたり、南部自治体の多くの法執行官は、白人女性と関係を持った黒人男性を捜査し罰することが仕事の一部だと信じていたくらいだ。

短命に終わった再建期のあいだ、連邦政府は解放された奴隷たちに人種間の平等を約束したとはいえ、一八七〇年代に連合軍がアラバマを去るとすぐ白人優位主義と人種差別が復活した。アフリカ系アメリカ人は選挙権を剥奪され、人種的制限法が次々に制定されて、いやでも人種間にヒエラルキーが生まれた。〝人種統合〟法は、奴隷が存在していた当時の人種的ヒエラルキーを復活させ、アフリカ系アメリカ人をふたたび従属させるための一ステップだった。異人種間の性交渉と結婚を犯罪と見なすそれらの法を利用して、南部各州は貧しいマイノリティの女性に断種を強制した。白人女性と黒人男性のあいだの性交渉は南部では文字どおりご法度《はっと》だったのだ。

一八八〇年代、人種間の恋愛が発覚するとリンチされるのがふつうになる数年前、ウォルターとカレン・ケリーの情事がはじまる一世紀前、アラバマ州に住むアフリカ系アメリカ人トニー・ペイスと白人女性メアリー・コックスが恋に落ちた。二人は逮捕されて有罪判決を受け、アラバマの人種統合法に違反したかどでどちらも禁錮二年に処せられた。人種統合法は憲法違反だと考えている白人弁護士としては少数派の一人、ジョン・トンプキンスが上訴審で二人の弁護を担当することになった。一八八二年、アラバマ州最高裁判所で再審理がおこなわれた。裁判所は、人種間恋愛への軽蔑したたる言葉で有罪判決を支持した。この判決文はその後数十年にわたって何度も引用されることになる。

《異なる人種のあいだでは、不義密通の犯罪が起きやすいまがまがしい傾向がある……その結果人種間の混交が生じ、混血児が生まれて文明の堕落につながるため、社会や政府の利益におおいに寄与する堅固な政策によって厳に禁じられる(2)》

連邦最高裁判所がこのアラバマ最高裁の判決を再審理した。〝異なるが同じ〟文言（二〇年後に出される、かの悪評高きプレッシー対ファーガソン裁判の判決を予言する）を使って、アラバマ最高裁の異人種間セックスと結婚を禁じる判決を判事全員一致で支持し、トニー・ペイスとメアリー・コックスの禁錮刑を認めた。この最高裁の判断が出たあと、各州で人種統合法が次々に制定され、アフリカ系アメリカ人、場合によってはアメリカ先住民やアジア系アメリカ人すら、白人と結婚したり性交渉を持ったりすることが禁じられた(3)。規制の厳しさは南部ほどではないとはいえ、中西部や西部でもそれはふつうに見られた。アイダホ州では一九二一年に人種間の通婚や性交渉が禁じられた。人口の九九・八パーセントが非黒人だというのに、である。

一九六七年になってようやく連邦最高裁がラヴィング対ヴァージニア州裁判において人種間通婚禁止法を無効としたが(4)、この画期的な裁定がおこなわれたあとでさえ禁止法は残った。ウォルターとカレン・ケリーが出会った一九八六年時点で、アラバマ州憲法では依然として人種間通婚や性交渉は禁止されていた。州憲法第一〇二条にはこう定められていた。

《立法府は白人と黒人《ニグロ》あるいは黒人《ニグロ》の子孫との結婚を認可もしくは合法化するいかなる法律も可決してはならない(5)》

ウォルターのようにある程度成功し経済的に自立した男なら、ルール違反はいっさいないとは誰も思わないだろう。飲みすぎることもたまにはあるし、喧嘩もし、浮気さえする——だがはめをはずといってもその程度なら、彼が正直な働き者で、いつもきちんと仕事をする信頼できる男だという評判に傷がつくことはない。しかし異人種間のおつきあい、とりわけ白人の人妻が相手となると、多くの白人男性の目には度しがたい行為と映る。南部では殺人や暴行といった犯罪をおこなった者は刑務所送りとなるが、異人種間セックスの罪を犯せば極刑に相当する独特の危険が待ち受ける。白人女性と関係したという根も葉もない噂が立てられただけでリンチに遭った黒人男性が何百人といるのだ。

ウォルターは法律の歴史は知らなかったが、アラバマに住むあらゆる黒人男性がそうであるように、白人女性とのロマンスがはらむ危険性については幼い頃から骨身に沁みて知っていた。モンロー郡だけでも、その設立以来一〇人以上がリンチを受けた。(6) 近隣郡にまで目を向ければさらに何十というリンチの例がある。そしてリンチの本当に恐ろしいところは数の問題ではない。それは途方もない恐怖を生むまさにテロ行為であり、白人と衝突したり、うっかり人前で恥をかかせたり、そんなつもりはないのに睨んだと思われたり、ちらっとまずいことを言ってしまったりしただけで、命に関わる集団暴行の引き金を引くかもしれないという恐怖をもたらす。

ウォルターは子供の頃、両親や親戚からリンチの話を聞いた。一二歳のときには、モンロー郡出身の黒人男性ラッセル・チャーリーの遺体がアラバマ州ブリーデンバーグの木に吊るされているのが見つかった。ウォルターの家族もよく知っていたチャーリーのリンチは、白人女性との恋愛がきっかけだと言われた。銃弾で蜂の巣にされたチャーリーの遺骸が木にぶらさがっているのが発見されたとき、モンロー郡黒人コミュニティに恐怖が駆け巡ったことをウォルターはよく覚えていた。

そしていま、モンロー郡の住民誰もがウォルターとカレン・ケリーの関係について取り沙汰しているように彼には思えた。ウォルターがこれほど不安に駆られたことはいままでなかった。

数週間後、さらなる恐ろしい出来事がモンローヴィルを震撼させた。一九八六年一一月一日の昼近く、地元の良家の若く美しい娘ロンダ・モリソンの遺体がジャクソン・クリーニング店の床で発見されたのだ。一八歳の大学生である彼女はそこでアルバイトをしていた。遺体は背中を三発撃たれていた。

モンローヴィルでは殺人はめったに起こらない。繁華街のよくはやっている店での強盗殺人らしき事件など前代未聞だった。ロンダのような若い娘が殺されるなんて、この地域ではかつてない犯罪だ。彼女はみんなに好かれ、一人っ子で、なんの欠点もない娘だ。白人コミュニティ全体がわが娘として大事にするような女の子だった。当初警察は、黒人にしろ白人にしろ、自治体内にこんな恐ろしいことをするような人間はいないと考えた。

ロンダの遺体が発見された日、モンローヴィルで職を探す二人のヒスパニック系の男が目撃され、第一容疑者となった。警察は彼らの行方を捜しフロリダで見つけたが、二人が殺人を犯すことは不可能だったと断定した。クリーニング店の元店主のマイルス・ジャクソンという年配の白人男性が次に疑われたものの、容疑を裏づける証拠がひとつもなかった。現在の店主であるリック・ブレアも事情聴取を受けたが、やはり容疑者とは考えられないと判断された。数週間もすると、警察にはなんの手がかりもなくなってしまった。

モンロー郡の人々は警察を無能呼ばわりしはじめた。もう何か月も経つのに犯人検挙には至らず、陰口の声はいよいよ大きくなり、警察や保安官、地方検事に対する批判が地元新聞やラジオで公言されるようになった。事件が起きて数日後に新たな郡保安官に選出されたトム・テイトについて、職業適性を疑う声も出てきた。アラバマ捜査局（ＡＢＩ）も捜査を要請されたが、やはり事件は解決できなかった。モンローヴィルの人々は不安を募らせ、地元商店街は、犯人逮捕につながる情報提供者に数千ドルの懸賞金を提供することにした。ずっと横ばいだった銃の販売数も増加した。

その頃、ウォルターはウォルターで自分自身の問題と格闘していた。もう何週間ものあいだ、カレン・ケリーとの関係にけりをつけようとしていたのだ。親権訴訟やスキャンダルのせいで彼女はすっかりまいってしまい、麻薬を使いだし、心身ともにぼろぼろに見えた。ラルフ・マイヤーズという顔にひどい傷痕のある、山ほど前科がある男とつきあいだした。彼女の堕落をそのまま体現しているような相手だ。マイヤーズはカレンがふだん親しくするタイプの人間ではなかったが、彼女はあっという間に身を落とし、彼女のすることなすこと友人たちにも家族にももはや理解できなかった。マイヤーズと関係を持ったせいで、カレンはとうとうどん底まで落ちることになった。スキャンダルや麻薬どころか、重罪まで犯したのだ。二人は麻薬取引に手を染め、隣のエスカンビア郡出身の若い女性、ヴィッキー・リン・ピットマンを殺害するに至った。

警察の捜査はとんとん拍子に進み、ラルフ・マイヤーズが事件に関わっていることをたちまちつきとめた。マイヤーズを取り調べた警察は、この男が顔に傷を負っているだけでなく性格的にもかなり歪んでいることを知った。感情的で精神的に脆《もろ》く、人の気を引きたくて仕方がない。身を守る唯一の戦略は相手を口八丁手八丁でだまくらかすこと。マイヤーズは、せっかくしゃべるなら事細かく、派手に、ショッキングにしなければと思いこんでいるふしがあった。里親家庭で暮らしていた子供の頃に火事に遭い、顔と首にひどいやけどを負って、ふつうに暮らせるようになるまでには何度も手術を受けなければならなかった。気の毒そうな表情をした他人に傷痕をじっと見られることにも、いまではすっかり慣れていた。社会の底辺で生きる悲劇のつまはじき者だが、あらゆる謎の内幕を知っているふりをすることでその埋め合わせをしようとしていた。

最初はピットマン殺人事件への直接関与を否定していたマイヤーズだが、そのうち偶然なんらかの形で関わってしまったかもしれないと認め、やがてもっと人の関心を引きそうな地元の人々に、殺人そのものの罪を着せようとしはじめた。はじめはアイザック・デイリーという評判の悪い黒人を名指しにしたが、警察はすぐに、デイリーは殺人のあった夜、拘置所にいたことをつきとめた。するとマイヤーズは、じつは自分で話をでっちあげた、というのも真犯人は近隣郡で選出された保安官その人だからだと告白した。

とんでもない訴えだったにもかかわらず、ＡＢＩの捜査官たちは真に受けたように見えた。彼らはマイヤーズをさらに尋問したが、彼が話せば話すほど信憑性がなくなっていった。どうやらこれはマイヤーズ単独の犯行で、他人に少しでも罪をなすりつけて自分の咎《とが》めを軽くしようとしているのではないかと捜査官たちも考えはじめた。

ヴィッキー・ピットマン殺人事件はもちろんニュースにはなったが、依然として謎のベールに包まれていたロンダ・モリソン殺人事件とは比べものにならなかった。ヴィッキーは貧しい白人家庭の出身で、家族のなかには刑務所の厄介になっている者もいた。ロンダ・モリソンみたいにみんなに心配されるような娘ではなかったのだ。ロンダの事件はもう何か月も世間の注目を浴びつづけていた。

ラルフ・マイヤーズは無学な男だが、捜査官たちの意識がモリソン事件のほうに向いているということは察していた。このまま新保安官のことを訴えつづけても埒《らち》が明かないと悟ると、また話を変え、じつは自分はカレン・ケリーとその黒人の恋人ウォルターとともにヴィッキー・ピットマンの殺害に関わったと告白した。でもそれだけではなかった。ロンダ・モリソンを殺した主犯はウォルターだと捜査官に告げたのだ。その訴えに捜査官たちは飛びついた。

ウォルターはラルフ・マイヤーズと一度も会ったことがないし、まして彼といっしょに二つの殺人を犯したなんてありえないとすぐに明らかになった。二人がグルだということを証明するために、ABI捜査官は、自分たちが監視している前でとある店にいるウォルターに会ってこいとマイヤーズに命じた。そのときすでにロンダ・モリソンの事件から数か月が経っていた。

店にはいっていったマイヤーズは、そこにいる数人の黒人男性のなかのどれがウォルターか見分けられなかった（マイヤーズは店主にウォルターはどの男かと尋ねなければならなかった）。そのあと、カレン・ケリーからのものだと言ってメモをウォルターに渡した。このときの目撃者の話によれば、ウォルターは見ず知らずのマイヤーズにも、メモそのものにもとまどっている様子だったという。ウォルターはメモを捨て、仕事にもどった。その妙ちきりんな出来事に彼はほとんど注意を払わなかった。

監視していたABI捜査官たちには、マイヤーズとウォルターのあいだになにか関係があったとは思えなかったし、逆に一度も会ったことがないと思える証拠ならたっぷり手にはいった。それでも彼らはウォルター・マクミリアン犯人説にすがりついた。時間は刻々と過ぎていき——事件発生からすでに七か月が経過していた——町は不安と怒りにあふれていた。批判がぞくぞくと寄せられていた。すぐにでも犯人を逮捕する必要があったのだ。

モンロー郡保安官トム・テイトは法執行官としての経験があまりなかった。自分で自分のことを〝まさに地元の〟人間と評し、モンローヴィルからあまり遠くに足を伸ばしたことがないことを誇りに思っていた。保安官になって四か月が経過したいま、彼は未解決らしき殺人事件と市民からの強烈なプレッシャーに直面していた。ウォルターとカレン・ケリーの関係についてマイヤーズが警察に話したとき、ケリーの親権裁判のことはすでに町じゅうの噂だったので、テイトも二人の悪しき異人種間交遊のことを知っていた可能性が高い。しかしウォルターの有罪を示す証拠はひとつもなかった――彼が異人種間の不倫行為におよんだアフリカ系アメリカ人だということ以外には。それはつまりウォルターが向こう見ずで、おそらくは危険人物だということだ。たとえ前科がなく、評判のいい人物だったとしても。たぶん、証拠はそれで充分なのでは?

第2章

立《スタンド》ち上がれ！

南部囚人弁護委員会（ＳＰＤＣ）代表スティーヴ・ブライトの家の居間のソファーをねぐらに、弁護士になって最初の一年半をアトランタで過ごしたのち、そろそろ自分のアパートを見つけなければと私は思った。アトランタで働きだした当初、事務所のスタッフは次々にぶち当たる壁を乗り越えるのにそれこそ必死だった。私はいきなりデッドラインの迫る訴訟をまかされ、自分の部屋を見つけるどころではなかった――第一、一万四〇〇〇ドルの年俸では家賃にお金をまわす余裕もなかった――ので、スティーヴが親切にも私を自宅に住まわせてくれたのだ。グラント・パークにある小さなテラスハウスにスティーヴは住んでいて、難しい問題や裁判で苦労していることや、依頼人から出された宿題について、私がノンストップで浴びせる質問に辛抱強く耳を傾けてくれた。私たちは朝から晩まで大小の案件を分析した。私はそんな毎日が大好きだった。それでも、ロースクール時代の同級生チャールズ・ブリスがアトランタ法律扶助協会で仕事をするためにアトランタに引っ越してくることになり、二人で乏しい給料を出しあえば安アパートを借りられることに気づいた。チャーリーと私は同じ年にハーヴァード・ロースクールにはいり、一年目に同じ寮で暮らした。彼はノースカロライナ出身の白人の若者で、ロースクール時代に私が感じていたのと同じ当惑を感じていたようだった。しょっちゅう学校の体育館に避難してはバスケットボールに興じ、いろいろなことに折り合いをつけようとしたものだった。

私たちはアトランタのインマン・パーク近くにアパートを見つけた。しかし一年後に家賃があがり、町のヴァージニア・ハイランズ地区に越さざるをえなくなった。その一年後にまた家賃があがって、今度はアトランタ中心部に移った。二人でシェアした寝室二つのそのアパートは、周囲の環境も部屋自体もそれまででいちばんよかった。とはいえアラバマでの案件が増える一方だったので、そこで過ごす時間はあまりとれなかった。

死刑囚の代理人を務めるアラバマでの新たな司法プロジェクトは少しずつ形をとりはじめた。プロジェクトがスタートを切るのを見届けたら、最終的にはアトランタにもどりたいと私は考えていた。アラバマで新たな死刑囚の代理人を引き受ければ、アトランタとのあいだを車で行き来しつつ信じられないほどの長時間労働をしなければならなくなる。しかも南部各州で申請している刑務所内環境問題にも同時に取り組まなければならないのだ。

刑務所内環境は全国各地で悪化の一途をたどっていた。一九七〇年代に起きたアッティカ刑務所暴動は、所内でおこなわれていた囚人虐待に衆目を集めることになった。受刑者たちがアッティカ刑務所を制圧したことではじめて、所内での残酷な虐待のありさまを誰もが知るようになったのだ。たとえば小さな独居房に何週間も何か月も隔離するような単独監禁。一部の施設では、懲罰として〝汗かき箱〟と呼ばれる棺ほどの大きさの穴や箱に受刑者を収容し、極端に暑い場所で何日も何週間も過ごさせていた。刑務所規則を破った罰として家畜用の電気棒で拷問された受刑者もいた。両腕を頭の上にあげて〝つなぎ柱〟と呼ばれる杭に固定され、痛みを伴う姿勢で何時間も立たされたりもした。これは二〇〇二年になってようやく違憲と判断されたのだが、受刑者たちを貶《おとし》める数ある危険な処罰のひとつにすぎない。ひどい食事や生活環境はあらゆる刑務所に広まっていた。

アッティカ刑務所の暴動によって結局四二人の死者が出て、刑務所内の虐待や非人道的な待遇が白日の下にさらされた。しだいに人々の関心が集まり、最高裁が受刑者に対する適正な基本的保護措置を命じることにもなった。暴力行為を防ぐため、目にあまる虐待的行為を看守に禁止する改革がおこなわれた州もある。しかしそれから一〇年が経過し、受刑者数が急増したことで、必然的に刑務所内環境が悪化することになった。

依然として最悪の待遇だと訴える受刑者からの手紙が、引きも切らなかった。そこにはいまだに彼らが矯正官に殴られたり、家畜のように囲い場に入れるなど不名誉な罰で辱められている様子が報告されていた。驚くほどさまざまな例が私たちのもとに寄せられ、なかには監房内で死亡した受刑者のケースもあった。

私もいくつか担当し、そのひとつがアラバマ州ガズデンの件で、拘置所職員の話では、交通違反で逮捕された三九歳の黒人男性ルーリダ・ラフィンはあくまで拘置所内で自然死したという。しかし家族は、彼は警官と拘置所職員に殴られ、本人が懇願したにもかかわらず喘息《ぜんそく》用の吸入器と薬を渡してもらえなかったと主張した。私は、悲しみに沈むルーリダ・ラフィンの家族と何時間も話をし、彼がどんなに愛情深い父親だったか、どんなにやさしかったか、拘置所側が彼について言うことがどれだけ事実とかけ離れているか聞いた。身長一九五センチ、体重一一〇キロ以上の巨漢なので一見怖そうに見えるが、妻と母親はとてもやさしくて思いやりのある男だったと話した。

ガズデン警察がある晩ラフィンの車を停めたのは、車が車道をはずれていたからだという。すると免許証が数週間前に失効していたことがわかり、彼は拘束された。町の拘置所に収容されたとき、彼はすでに痣《あざ》だらけで出血もあり、警官たちにひどく殴られたこと、喘息の発作が起きているのでいますぐ吸入器と薬が必要なことを同房者たちに伝えた。私が調査をはじめたとき、拘置所で彼といっしょだった人々は、ラフィン氏が警官に殴られ、そのあと独房に連れていかれたのを見たと話した。その数時間後、医療スタッフが彼の遺体をストレッチャーに乗せて独房から運びだしたという。

一九七〇年代から八〇年代はじめにかけて刑務所改革がおこなわれたにもかかわらず、拘置所や刑務所の収監者の死亡事故は依然として深刻な問題となっている。自殺、囚人同士の暴力、不適切な医療措置、職員による虐待、看守の暴力が毎年何百人という収監者の命を奪う(1)。

まもなく私のもとに、ガズデンの黒人コミュニティで暮らす人々からさらなる抗議の訴えが舞いこんできた。警官に銃殺されたある黒人ティーンエイジャーの両親は、息子は信号無視というささいな交通違反で車を停めさせられたのだと言った。まだ年若いその息子は運転をはじめたばかりで、警官が近づいてきたときとても緊張してしまった。まだ発行されたばかりの運転免許証を出すために、床に置いたジム・バッグに手を伸ばしただけなのだと両親は話す。一方警官は、少年は銃に手を伸ばしたのだと主張し――しかし銃など結局どこにもなかった――、少年は車内で座ったまま射殺された。少年を撃った警官は、彼は挙動不審だったし、こちらが身構えるほどすばやく動いたと訴えている。

少年の両親の話では、息子はふだんから神経質ですぐに怯えるが、従順で、一度も人を傷つけたことなどないという。敬虔なクリスチャンで優等生でもあり、評判もよかったので、家族は人権派の政治家にかけあって彼の死について調査させるに至った。彼らの訴えは私たちの事務所にも届き、私は拘置所および刑務所の案件のひとつとして取り組みはじめた。

アラバマ州の民法と刑法を学びつつほかにも複数の州の死刑囚のケースに関わっていたので、私は目がまわるほど忙しかった。それに加えて刑務所環境訴訟も受け持つとなれば、長距離運転と過度の長時間労働はいたしかたなかった。私の愛車、ポンコツの一九七五年製ホンダ・シビックはぜいぜい息を切らしながらなんとか走っていた。一年前からラジオも鳴らなくなった。道路のくぼみに落ちこんだり急停車したりして車が激しく揺れ、急に接続がよくなったときだけ、それは奇跡的によみがえった。

その日早くにガズデンを出発し三時間かけて事務所に直接もどったが、事務所を出て帰宅する頃にはもう真夜中近くになっていた。車に乗りこんだあとキーをまわしたとたん、うれしいことにラジオが鳴りだした。弁護士になってまだ三年強だったが、その頃の私はそういうささいな出来事で幸福度がぐんとアップするような、殺伐とした日々を送っていた。その深夜、カーラジオが息を吹き返したばかりか、たまたまダイヤルが合っていたラジオ局でスライ&ザ・ファミリー・ストーンの回顧番組をやっていたのだ。スライの音楽を聴いて育った私は、『ダンス・トゥ・ザ・ミュージック』や『エヴリバディ・イズ・ア・スター』、『ファミリー・アフェア』といった曲をBGMにしてアトランタの通りをご機嫌で駆け抜けた。

町中心部の私たちのアパートは住宅がひしめきあう通りにある。半ブロックほど先に車を停めなければならない夜もあれば、角を曲がった向こう側まで行かないと駐車スペースが見つからないことさえある。だがその晩は運がよかった。おんぼろシビックを新居の玄関からほんの数歩のところに停めることができたのだ。折しもスライが『ホット・ファン・イン・ザ・サマータイム』をはじめたところだった。すでに遅い時間だったし、すぐにでもベッドにはいるべきだったとはいえ、この最高の瞬間を逃す手はないと思え、私は車内に残って音楽を聴いていた。曲が終わるたびに、さあなかにはいれと自分に言い聞かせるのだが、すぐにまた聴き逃せない曲がはじまり、立ち去れなくなった。みごとなゴスペル風コーラスで終わるスライの最高のアンセム『スタンド！』に合わせて歌っていたときだ。パトカーの点滅灯が近づいてくるのが見えた。私は自分のアパートからほんの数軒しか離れていないところに駐車していたので、パトカーはなにか緊急の要請に駆けつけるために通過するとばかり思っていた。ところがパトカーは五メートルほど離れたところで停車し、私は何事だろうと訝《いぶか》った。

通りの私たちがいる区間は一方通行だった。駐車してある私の車は正しい方向を向いていたが、警察車両は逆走してきていた。そのときはじめてそれがふつうのパトカーではなく、アトランタ特殊火器戦術部隊《SWAT》の特殊車両だと気づいた。その車両にはスポットライトが装備され、彼らは車内にいる私にライトを向けた。そのときやっと彼らの目的は私なのだと悟ったのだが、理由は皆目見当がつかなかった。私はスライの曲を聴きながら一五分ほどそこに車を停めていた。車のスピーカーは片方壊れていて、もう片方もあまりよく聞こえない。音楽が車外に漏れていたはずがなかった。

警官たちは車内に座ったまま、一分かそこら私をそのライトで照らしていた。私は『スタンド！』

が終わる前にラジオを消した。車の助手席にはルーリダ・ラフィンの案件と、ガズデンで射殺された若者の案件の捜査ファイルがあった。やがて二人の警官が車外に出てきた。彼らがアトランタ市警察の標準的な制服姿ではないことに、私はすぐに気づいた。代わりに黒いパンツとベスト、黒いブーツという、なんとも物々しい軍服風の格好をしている。

私は車を降りて帰宅することにした。彼らは車内にいる私をじっと見つめているとはいえ、やはり私とは関係ないことでそこにいるのだとどこかで信じようとしていた。たとえ私のことでなにか気になっているとしても、説明すればわかってもらえると思っていた。車外に出てはまずいし、危険だなんて思ってもみなかったのだ。

車のドアを開けて外に出たとたん、こちらに近づこうとしていた警官がさっと銃を出し、私に向けた。私はすっかりあわててしまったらしい。

とっさに逃げようかと思ったが、それは賢明ではないと判断した。そのときふと、彼らが本物の警官ではない可能性もあると気づいた。

「動くな。さもないと頭を吹き飛ばすぞ!」警官はそうわめいたが、どういうことかまるでわからなかった。私はなんとか落ち着こうとした。なにしろ銃を向けられたのは生まれてはじめてだったのだ。「両手をあげろ!」警官は白人男性で、背は私と同じくらいに見えた。あたりは真っ暗だったので、彼の黒い制服とこちらに向けられた銃はかろうじて見分けられる程度だ。

私は両手をあげ、相手も緊張していることに気づいた。なにか言おうという意思があったのかどうかも覚えていない。とにかく言葉が勝手に飛びだしたことだけは覚えている。「大丈夫。なにも問題はない」

きっと怯えているように聞こえたにちがいない。実際私は震えあがっていた。

私は同じ言葉を何度もくり返した。「大丈夫、大丈夫」そして最後にやっとこう言った。「私はここの住人です。ここは私のアパートなんです」

私は、四メートルほど離れたところで私の頭に銃を狙い定めている警官を見た。その手は震えているようだった。

私はできるだけ冷静に言いつづけた。「大丈夫、大丈夫」

銃を出していないもう一人の警官がじりじりと私に近づいてきた。彼は歩道にあがって、駐車してある私の車の背後にまわり、前方にいるもう一人の警官に銃で私を狙わせたまま、背後から近づいた。彼は私の両腕をつかみ、車の後部に私を押さえつけた。それでやっと前方の警官が銃を下ろした。

「ここでなにしてる？」銃を出していた警官より年上に見える二人目の警官が言った。怒気をはらんだ声だった。

「私はここの住人です。通りのその先のアパートにほんの数か月前に越してきたばかりなんです。ルームメイトがなかにいます。なんなら訊いてきてください」いかにも怯えているような物言い、震え声が自分でも腹立たしかった。

「通りでなにをしてるんだ？」

「ラジオを聴いていただけです」私の両手は車に押しつけられ、かがめた体は車両後部に伏せさせられていた。SWATの車両のまぶしいスポットライトはいまも私に向けられている。ご近所さんの部屋の灯りがつき、玄関から外をのぞく人もいた。わが家の隣の建物でも人が起きだし、中年の白人男女が外に出てきて、車に体を押しつけられている私を眺めている。

私の体を拘束している警官が免許証を要求したが、腕は動かすなと命じた。ズボンの尻ポケットにあると告げると、彼は私の財布を抜き取った。もう一人の警官はいまや車内に身を乗りだし、書類を調べている。彼には私の車のなかにはいる権利はいっさいなく、まさに違法捜査だった。彼がグローブボックスを開けたとき、さすがになにか言ってやろうかとも思った。駐車中の車のなかの〝なにかを開ける〟ことは言語道断の違法行為だが、相手はまるで平気な様子なので、ここで抗議しても無意味だと私は悟った。

車内に面白いものはなにもなかった。ドラッグもアルコールも煙草さえも。グローブボックスには、食事をする暇がないときに空腹を少しでもなだめるため、ジャンボサイズのM＆Mｓピーナッツとバズーカバブルガムをいつも入れている。袋に残っていたM＆Mｓはわずかで、警官はそれを慎重に調べた。そしてそれを袋にざっともどす前に鼻を突っこんで匂いを嗅いだ。そのM＆Mｓを私は二度と食べる気はなかった。

引っ越してきたばかりなので運転免許証をまだ更新しておらず、そこに掲載された住所は古いままだった。免許証の住所を変更しなければならない法的義務はないものの、そのせいで警官は自分の車にもどり、私について調べさせたので、さらにもう一〇分ほど私はそこで拘束されることになった。騒動が長引くにつれ、ご近所さんたちもどんどん大胆になってきた。深夜だったにもかかわらず、人々は様子を見るためにぞくぞくと外に出てきた。近隣で起きた強盗についてあれこれ話しているのが聞こえてくる。とりわけやかましい年配の白人女性がいて、自分の部屋からなくなったものについて私を尋問しろとわめきたてている。

「ラジオと掃除機のことをそいつに訊いとくれ！」

別の女性は三日前から行方がわからない愛猫について訴えている。私は、自分のアパートの灯りがつき、チャーリーが現れて私を助けてくれるのを心待ちにしていた。彼は、やはり法律扶助協会で仕事をしている女性とつきあっていて、彼女の家で過ごすことも多かった。そうか、あいつは留守かもしれないと私は気づいた。

ようやく警官がもどってきて、相棒に告げた。「彼にはなんの容疑もかかっていない」がっかりしたような口調だった。

私はやっと勇気を奮い起こし、車から両手を離した。「ひどいじゃないか。ここの住人なのに。こんなことが許されるはずがない。なぜこんな真似を？」

年上のほうの警官が私を見て顔をしかめた。「強盗らしき怪しい男がいると通報があったんだ。この界隈では強盗事件が頻発しているんだよ」そしてにやりとした。「解放してやるとするか。ありがたいと思え」

そう言うと彼らは立ち去り、ＳＷＡＴの車に乗りこんで走り去った。ご近所さんたちは最後に一度だけ私のほうをちらりと見てから自宅にもどっていった。本当にそこに住んでいるのだということを彼らに知らせるために家に駆けこむべきか、〝強盗らしき怪しい男〟がどこに住んでいるか誰にも知られないよう野次馬がいなくなるのを待つべきか迷ったものの、結局待つことにした。

私は、警官が車内や歩道に散らかした書類を拾い集めた。それからM&Msを通りのゴミ箱にしぶしぶ捨て、アパートに帰った。チャーリーがいるのを知って、心からほっとした。私は彼を起こし、一部始終を話した。

「やつら、謝りさえしなかったんだ」私は言い募った。チャーリーもいっしょになって怒ってくれたが、すぐにまたベッドにもぐりこんでしまった。私のほうはとうとう寝つけなかった。

翌朝、スティーヴに出来事について話した。彼は激怒し、アトランタ市警察に苦情を申し立てるべきだと言った。事務所の同僚のなかには、訴状のなかで、自分は警察の職権濫用を扱う人権弁護士だとほのめかすべきだと言う者もいた。しかし私としては、警官の違法行為を訴えるのに、その手の後ろ盾は必要ないと思えた。

私は自分が弁護士だということを明かさずに訴状を書くことに決めた。出来事を最初から終わりまで思い返したとき、いちばん不愉快だったのは、銃を出した警官を見て、逃走しようかと思ったあの瞬間のことだった。私は二八歳の弁護士で、警官の職権濫用について扱ってきた経験がある。撃つぞと脅されても冷静に対処できる判断力を培っていた。自分が一六歳や一九歳、あるいは二四歳のときですら、同じことが起きたらどうしていただろうとふと考えて、ぞっとした。この私ですら、走って逃げていたかもしれない。考えれば考えるほど、この近隣に住む黒人の少年や若者たちのことが心配になってきた。こういうとき、逃走してはいけないとわかっているだろうか？　落ち着いて「大丈夫」と言うべきだと知っているのか？

私は懸念をすべて列挙した。司法統計局の報告によれば、黒人男性は白人に比べて警官に射殺される確率が八倍にもなるという。[2] 二〇世紀末にはそれがわずか四倍に改善されたが、[3] 自分に危害をおよぼすおそれのある相手への武器の使用を一般市民にも認める正当防衛《スタンド・ユア・グラウンド》法が可決された一部の州では、事態はますます悪化するだろう。[4]

違法と思われることの概要をアトランタ市警察宛てにひたすら書きつのるうちに、ふと気づくと、九ページ近くタイプしていた。二ページにわたって、とくに理由もなく車内を違法に捜索されたことについて詳しく述べた。ほかの要素も五、六件並べた。訴状を読み返し、「私は弁護士です」という告白以外はすべて網羅されていることを確認した。

私は警察に訴状を提出し、それでその件は忘れようとしたが、無理だった。あのときのことがなにかというと脳裏によみがえってきた。あのときどうしてもっと冷静に自己主張しなかったのかと思うと恥ずかしくなった。自分は弁護士だと告げもしなければ、あなたたちの行為は違法だと通告もしなかった。もっといろいろと言ってやるべきだったのか？　長らく死刑囚たちの支援をしてきたにもかかわらず、本当に難しい状況に立たされたとき自分にどれだけ覚悟ができているのか自信がなくなってきた。アラバマで事務所を立ち上げることさえ、二の足を踏みつつあった。警官に呼び止められた子供たちがどれだけ危険か、そのことが頭から離れなかった。

私の苦情はアトランタ市警察でひととおりは検討された。警官たちはなにも間違ったことはしていない、警官の仕事はとても複雑なのだと説明する手紙が数週間おきに送られてきた。こうしてにべもなく門前払いされたことについて、私は警察上層部に訴えたが、やはり実を結ばなかった。そして最終的には、警察本部長と私をあの場に引きとめた警察官二人との面会を要求した。要求は拒否されたが、代わりに副本部長と会うことになった。私は事前に、謝罪と、同様の事態を防ぐための訓練を求めた。当日、私が起きたことを説明するあいだ、副本部長は神妙にうなずいていた。話が終わったとき、彼は謝罪したものの、ただ私を追い払いたいだけのようにしか聞こえなかった。警官たちには「地域社会との関係構築について宿題」を出すと彼は約束した。私はちっとも納得できなかった。

抱えている仕事が多すぎて、私はどうにかなりそうだった。ガズデン市拘置所の代理人を務める弁護士たちが、ラフィン氏の人権をないがしろにし、喘息薬の投薬を違法に拒んだことをついに認めた。まずまずの和解が成立したので、ラフィン氏の家族に多少なりとも補償金が支払われるはずだった。警察の職権濫用に関するその他の案件はほかの弁護士たちに担当してもらった。死刑囚の事案でもう手いっぱいだったのだ。

刑の執行を目前にした依頼者が何人もいるのに、アトランタ市警察と喧嘩をする時間など私にはなかった。それでも、あのときの状況がどれだけ危険で不当なものだったか、そればかり考えていた。私にはなんの落ち度もなかったのだ。だが、もし車内にドラッグがあったとしたら？　私は逮捕されていたはずだし、そもそも警察の車内捜索が違法なのだと担当弁護士に信じてもらわなければならなかっただろう。私の主張をまともに受け取ってくれる弁護士がいるだろうか？　私はなにも間違ったことをしていないと判事に信じてもらえるか？　私と違って弁護士でない人が、私同様捕まったなら、はたして無実を信じてもらえるだろうか？　捕まった状況は私と同じでも、たとえば失業中だったり、前科があったりしたら？

私は青少年団体や教会、地域組織などで、残念ながら人は貧しいことや肌の色が違うことだけで犯罪者と見なされがちなのだと説いてまわることにした。そういう地元の会合で話をし、法執行官に対し説明責任を求めることの大事さを意識させようと努めた。警察は職権濫用を避けつつ治安を向上させるべきなのだ。アラバマにいるときにも、地域イベントで話をしてほしいと乞われればできるだけ時間をつくった。

ある死刑囚について記録を調べにアラバマ州の貧しい田舎の郡に来ていた私は、アフリカ系アメリカ人たちが通う小さな教会に招待された。姿を見せたのはほんの二〇人ばかりの人々だった。地域の顔役の一人が私をみんなに紹介し、私は列の正面に出ると講演をはじめた。死刑のこと、収監者の増加、刑務所内での職権濫用、差別的な法執行、改革の必要性。途中、自分がアトランタで警官に職務質問されたときのことを話そうと思い立ったものの、ふと気づくと少々感情的になっていた。声が震え、なんとか気持ちをコントロールして、やっと話を終えた。

講演がはじまる直前に教会内にはいってきた車椅子の老人に、私は話の途中で気づいた。年の頃は七〇代、着古した茶色いスーツ姿だった。白髪頭を短く刈りこみ、言うことをきかない寝癖がところどころ飛びだしている。私が話をするあいだずっとこちらをにらむように見つめていたが、その顔にはどんな感情も反応も見えなかった。あまりの凝視ぶりに、私はたじろいだ。孫か親戚の子供と思われる一二歳ぐらいの少年が車椅子を押していた。老人はときどき少年にあれこれ命じている。無言で頭を動かすだけだったが、老人が欲しがっているのは扇子だ、あるいは聖歌集だと少年にはわかるようだった。

話し終えると、一同は聖歌を歌って集会を締めくくった。老人は歌わず、ただ目を閉じて椅子の背に身をもたせていた。講演のあと、人々は私を囲んだ。ほとんどの人はとても親切で、時間をつくって話をしに来てくれてありがとうと感謝の言葉をかけてくれた。私に近づき握手を求めてきた黒人の若者も数名いた。伝えた情報がみんなの役に立ちそうだったので、自分でも満足していた。車椅子の老人は教会の奥のほうで私を待っていた。いまだに私を見つめている。ほかのみんなが立ち去ったとき、老人はついに少年にうなずき、少年はすぐに車椅子を私のほうに押しはじめた。

こちらに近づいてくるあいだも老人の表情はひとつも変わらない。彼は私の正面で止まり、車椅子に座ったまま身を乗りだして力強く言った。「自分がなにをしているか、わかっているのか？」とても真剣な表情だったし、笑ってもいなかった。

私は彼の質問に不意をつかれた。質問の意図も、こちらに敵意があるのかどうかもわからなかった。私は言葉を失った。すると彼は突き立てた人さし指を私に向かって振り、また尋ねた。「自分がなにをしているか、わかっているのか？」

私は場をなごませるために微笑もうとしたが、すっかり当惑していた。「ええ、たぶん……」

彼は私を遮り、大声で言った。「あんたがなにをしているか、わしが教えてやろう。正義を大声で宣伝してまわってるんだ！」老人のまなざしは冷ややかだった。そして強調するようにもう一度言った。「あんたは正義を宣伝してまわらなきゃならんのだ」

彼はまた車椅子にふんぞり返り、私は笑みを消した。彼の言葉で、へらへらしている場合ではないと思えたのだ。私は小声で答えた。「はい、そのとおりです」

彼はまた身を乗りだし、しゃがれ声で言った。「そうして正義を宣伝しつづけねばならん」彼は手を振りまわし、しばらくしてもう一度言った。「正義を宣伝するのだ」

彼はまた椅子の背に体を寄りかからせ、一瞬、疲労困憊のあまり息切れしたかのように見えた。彼が私を見るまなざしにふいに共感が宿り、私を手招きした。私がそれに従うと、彼は私の腕をつかみ、身を乗りだした。そしてささやきに近いとても小さな声ながら、激しい情熱のこもる忘れがたい口調で言った。

「わしの頭のてっぺんの傷痕が見えるか?」彼は少しうつむいて頭頂部を見せた。「これは一九六四年アラバマ州グリーン郡で選挙権を手に入れようとして怪我したときのものだ。この頭の脇の傷が見えるかね?」彼が頭を左に傾けると、右耳のすぐ上に一〇センチほどの傷痕が見えた。「この傷はミシシッピで公民権運動に加わって手に入れた」

彼の声が力強くなっていく。腕をつかむ手に力がはいり、彼はさらに頭を下にさげた。「痕が見えるかね?」頭蓋骨の根元に丸く黒っぽい痣がある。「そいつはバーミングハムでおこなわれた黒人少年少女によるデモ〝子供十字軍〟のあとでやられた」

彼は体を起こし、私をじっと見つめた。「ただの傷痕や痣だと人は思うだろう」

そのときはじめて彼の目が涙で濡れていることに気づいた。彼は両手を頭に置いた。「だがわしにとってはただの傷痕や痣じゃない。名誉の勲章なんだ」

彼はしばらく私を見つめ、やがて目を拭うと少年にうなずいた。少年は車椅子を押し、教会から出ていった。

私はこみあげるものをこらえながらそこに立ち尽くし、彼を見送った。

そして悟ったのだ。いよいよアラバマで事務所を開くときが来たのだと。

第3章 裁判と試練

何か月ものあいだ捜査の進まないストレスと高まっていく世間の非難にさらされたのち、トム・テイト保安官、サイモン・ベンソンＡＢＩ首席捜査官、そしてラリー・アイクナー地方検事局捜査官は、ラルフ・マイヤーズの供述をおもな根拠にウォルター・マクミリアンの逮捕を決めた。ただ、まだ捜査らしい捜査をしていないため、別件逮捕をしてそのあいだに本件について立件することにした。マクミリアンが怖いとマイヤーズが訴えるので、ひょっとしてやつに性的暴行を受けたんじゃないかと捜査員の一人が鎌をかけた。刺激的で扇情的なそのアイデアを耳にしたとたんこれは使えると悟ったマイヤーズは、暗い顔でじつはそのとおりだと認めた。アラバマ州法では非生殖的性交渉は非合法だったため、ソドミー法違反でマクミリアンを逮捕することになった。

一九八七年六月七日、テイト保安官は一〇人を超す警官の一団を引き連れて田舎道を張った。そこはウォルター・マクミリアンが仕事帰りに使う道だった。警官たちはウォルターのトラックを停めさせ、次々に銃を構えると、トラックから無理に引きずり降ろしたウォルターを取り囲んだ。テイト保安官に逮捕を告げられたとき、ウォルターが半狂乱で俺がいったいなにをしたっていうんですと尋ねると、保安官はソドミー法違反だと言った。聞いたこともない言葉だったので、ウォルターは意味がわかりませんと保安官に告げた。保安官が端的に説明すると、あまりに馬鹿げた話にウォルターはつい笑いだした。それでかっとなったテイトは、堰《せき》を切ったように人種差別語と脅し文句をずらずらと並べたてた。何年も経ってからウォルターが報告した内容によれば、逮捕時に彼は何度もくり返し〝黒んぼ《ニガー》〟という言葉を聞かされたという。「ニガーがこうした」、「ニガーがああした」、そして侮辱の言葉とリンチの脅し。

「おまえらニガーたち全員、白人娘のまわりをいっさいうろうろできないようにしてやる。おまえらニガーを全員拘束して、モビールでやったように吊るしてやる」[1] テイトはそうウォルターに言ったという。

保安官がほのめかしたのは、そこから一〇〇キロほど南に位置するモビールで起きたマイケル・ドナルドという若いアフリカ系アメリカ人のリンチ事件だ。ある晩ドナルドは、買い物をしたあと家に帰ろうとしていた。じつはその数時間前、白人警官を射殺した罪で起訴された黒人男性の裁判で、評決不一致による審理無効が言い渡された。白人の多くがこの結果にショックを受け、陪審員アフリカ系アメリカ人たちのせいだと非難した。腹を立てたクー《K》・クラックス《K》・クラン《K》のメンバーの白人たちは裁判所の芝生で十字架を燃やしたあと、腹いせに血祭りにあげる相手を探しに町に出た。彼らは帰宅途中のドナルドを見つけ、襲いかかった。若者を袋叩きにしたあと近くの木に吊るし、数時間後にその遺体が発見されたのだ。

明らかなヘイト・クライムなのに、地元警察は証拠を無視し、ドナルドは麻薬取引に関わっていたと勝手に決めつけた。母親がきっぱり否定したにもかかわらず、である。黒人コミュニティと人権活動家たちは地元警察のやる気のなさに業を煮やし、合衆国司法省に介入を訴えた。結局、二年後に白人男性二人が逮捕され、リンチ殺人の詳細が明らかにされた。

二人の逮捕から三年以上が経過していたとはいえ、テイト保安官をはじめ警官たちがリンチを匂わせたとき、ウォルターはたちまち震えあがった。それに混乱してもいた。男性をレイプした罪で逮捕すると言われたのに、なぜかロンダ・モリソン殺害についてあれこれ尋問される。ウォルターはそのどちらについても必死に否定した。このまま質問攻めにしても立件はできそうにないと観念した警官たちは、彼を拘置所に入れ、別の方向から捜査を進めた。

モンロー郡地方検事テッド・ピアソンは、捜査員たちがウォルター・マクミリアン逮捕に踏みきった根拠について最初に聞かされたとき、がっかりしたにちがいない。ラルフ・マイヤーズの供述は不自然極まりないこじつけとしか思えなかった。なにかというとドラマチックな潤色《じゅんしょく》をする癖があるせいで、最も基本的な主張さえ不必要にこんがらがって見えた。

ロンダ・モリソン殺人事件に関するマイヤーズの供述はこうだ。事件のあった日、マイヤーズがガソリンスタンドで車に給油していると、ウォルターが彼を見つけて銃を突きつけ、ウォルターのトラックに乗ってモンローヴィルまで運転しろと命じた。それまで彼はウォルターのことはほとんど知らなかった。トラックに乗りこむと、腕に怪我をして自分では運転できないからドライバーが必要なのだと告げられた。マイヤーズは抵抗したものの、どうすることもできなかった。ウォルターは、モンローヴィルの商店街にあるジャクソン・クリーニング店まで運転させ、車内にいろと命じて自分一人で店内にはいっていった。長いこと待っていたが、途中で煙草を買いに通りの先にある食料品店までトラックを走らせた。もどったのは一〇分後だ。やがてやっとウォルターが店から姿を現し、トラックにもどってきた。車に乗りこむとすぐ、店員を殺したと認めた。それからマイヤーズはウォルターを乗せてガソリンスタンドに帰り、マイヤーズは自分の車を無事取り戻した。トラックから降りようとしたとき、いま見聞きしたことを誰かにしゃべったら殺すとウォルターに脅された。

要するに、昼ひなかにモンローヴィルのど真ん中で強盗殺人をしようと計画したアフリカ系アメリカ人がガソリンスタンドでトラックを停め、誰でもいいから目についた白人を選んで、腕を怪我しているから現場まで連れていけと命じ、共犯者に仕立てたということだ。そのガソリンスタンドまで自分でトラックを運転してきて、マイヤーズを降ろしたあと自宅に運転して帰ったというのに。

警官たちはマイヤーズの話を立証するのはまず無理だとわかっていたから、とりあえずウォルターをソドミー法違反で別件逮捕したのだ。そう聞けば地元住民はぎょっとするだろうし、ウォルターをいっそう悪者にできる。それに、ウォルターのトラックを回収して、拘置所にいる情報屋のビル・フックスに託す口実にもなる。

ビル・フックスは、拘置所内垂れこみ屋の異名を持つ若い黒人だ。彼は、ウォルターが逮捕されたとき、ちょうど窃盗罪で何日か拘置所にぶちこまれていた。フックスは、ウォルターのトラックとモリソン殺人事件を関係づける証言をすれば釈放してやるし、報奨金もつけてやると言い含められた。そこで彼は、犯行時間近くにジャクソン・クリーニング店の前を車で通りかかり、二人の男を乗せたトラックがクリーニング店から走り去るのを目撃したと張りきって証言した。拘置所に運ばれてきたウォルターのトラックを見たフォックスは、六か月近く前にクリーニング店で見たものと同じだと認めた。

この二つ目の証言で、法執行官たちはウォルター・マクミリアンを、ロンダ・モリソンを射殺した殺人罪で極刑に問う裏づけを手に入れたのだ。

彼の逮捕が発表されたとき、誰でもいいからとにかく犯人が捕まったことで、モンローヴィルの町は喜びと安堵に包まれた。長らく批判の的となっていたテイト保安官、地方検事、その他警官たちも大喜びだった。犯人不明で疑心暗鬼に陥り、活気を失っていた町は、ようやく落ち着きを取り戻した。しかしウォルターを知る人々には、彼がそんな世間を騒がせるような殺人事件を起こしたとはとても信じられなかった。ウォルターは前科もなければ暴力沙汰を起こしたこともなく、そもそも彼のような働き者が強盗なんてありえない話だった。

黒人住人たちは、誤認逮捕だとテイト保安官に訴えた。テイト自身、ウォルター本人についても、彼の生い立ちや経歴も、事件のあった日にどこにいたかさえ、じつは調べていなかった。ただ、カレン・ケリーとの不倫、ウォルターの商売がうまくいっているのは麻薬売買に関わっているからにちがいないという噂については耳にしていた。一刻も早く誰かを逮捕したかったテイトにしてみれば、それだけでマイヤーズの供述を信じるには充分だった。蓋を開けてみれば、事件のあった日、ウォルターの家ではフィッシュ・フライの集いがおこなわれていた。ウォルターの家族一同が一日家の前に立ち、通行人に軽食を売る会だ。ウォルターの姉イヴリン・スミスは地元教会の牧師で、そうしてときどき親戚みんなで道端で食べ物を売って募金活動をする。ウォルターの家のほうが幹線道路に近いので、そこの前庭を使うことが多いのだ。ロンダ・モリソンが殺された日、少なくとも十数人の教区民が午前中ずっとウォルターといっしょに彼の家にいた。

その日ウォルターはパルプの仕事には出ていなかった。自分のトラックのトランスミッションを交換することにし、友人の修理工ジミー・ハンターを呼んだ。午前九時半には、二人がかりでトラックからトランスミッションを完全にはずした。一一時には親戚たちが到着し、売り物にするフィッシュ・フライを揚げたり、ほかの料理の準備をはじめた。しかし一部の教区民たちはまだ姿を見せていなかった。

「シスター、本当はとっくに着いていたはずなんですが、モンローヴィルの町なかの渋滞がそれはもうひどくて。パトカーや救急車が何台も出動していて、どうやらあのクリーニング屋さんでなにか恐ろしいことが起きたみたいですよ」イヴリン・スミスはそのとき教区民の一人がそんなふうに話していたことを記憶している。

警察の記録では、ウォルターの家から一八キロほど離れたクリーニング店でモリソンが殺されたのは午前一〇時一五分頃だった。折しもウォルターの家では一〇人以上の教区民が軽食を売り、ウォルターとジミーはトラックの部品をせっせと分解していた時間だ。午後早くには、アーネスト・ウェルチ（地元の家具店で働いているこの白人のことを、黒人住民は〝家具のおやじ〟と呼ぶ）が来て、月賦で家具を買ったウォルターの母親から集金して帰った。ウェルチは、今朝ジャクソン・クリーニング店で姪っ子が殺されたんだとそこに集まっていた人々に打ち明けた。彼らはそのショッキングなニュースについて、ウェルチとしばらく話をした。

教区民、ウォルターの家族や親戚、その家にひっきりなしに立ち寄ってはサンドイッチを買っていった人々の話を信じるなら、何十人という人がウォルターの無実を証言できるはずだった。そのなかには警官も一人いて、彼の家に立ち寄ってサンドイッチを買った。その事実や、ウォルターの家には本人や大勢の教区民がいたことが、業務日誌にきちんと書いてあった。

事件当時ウォルターがどこにいたかその目で見ている家族、教区民、黒人牧師、その他の人々はみな、テイト保安官にウォルターの釈放を訴えた。ところが保安官は聞く耳を持たなかった。逮捕からすでに時間が経ちすぎ、いまさら失態を認めるわけにはいかなかったのだ。地方検事、保安官、ABI捜査官のあいだで話し合いが持たれたものの、ウォルター犯人説に変更なしということで一致した。

法執行官たちにとって、問題はウォルターのアリバイだけではなかった。ウォルターを犯人と主張することに、ラルフ・マイヤーズが躊躇しはじめたのだ。いまの主張のままでは、自分までモリソン殺人の共犯者として起訴されることになる。死刑には絶対にならないし、証言と引き換えに軽減措置をあたえると約束してもらってはいるが、実際にはなんの関わりもないこんなに人目を引く殺人事件の片棒を担いだと認めるのはやはり賢明とは言えないのではないか、そう思いはじめたのだった。

ウォルターが極刑のかかる殺人罪で起訴されることがおおやけになる数日前になって、マイヤーズは警官たちを呼び、ウォルターについての自分の証言は嘘だったと告げた。ここまで来ると、テイト保安官も捜査員たちもマイヤーズが前言を撤回しようとたいして気にしなかった。それどころか、被疑者を不利にするような話をもっとしろと圧力をかけてきた。これ以上そんな話はない、だってそうだろう、嘘の証言だったんだから、とマイヤーズが言い返しても、捜査員たちは取りあわなかった。さらにプレッシャーをかけるためにマイヤーズとウォルターを死刑囚監房に入れようと決めたのが誰かいまもはっきりとはわからないが、しかし、ほとんど前例のないこのとんでもない策が抜群の効果を発揮したのである。

ウォルターやマイヤーズのような公判前の被疑者を刑罰相当の禁固状態に置くのは違法である。公判前の被疑者はふつう地元の拘置所に収容され、刑務所に送られる有罪判決を受けた犯罪者より優遇され、自由をあたえられる。判決を受けていない人を受刑者用の施設に入れることなどまずない。まして死刑囚監房などありえないことだ。死刑囚たち自身、驚くだろう。死刑囚監房は、許される範囲で制限の最も厳しい拘禁施設である。受刑者はそれぞれ小さな独房に一日二三時間拘禁される。運動や面会の機会も限られ、電気椅子のごく間近で不安を抱えながら閉じこめられているのだ。

テイト保安官はウォルターを、モンローヴィルから車で少々走ったところにあるアラバマ州アトモアのホールマン矯正施設に移送した。移送の前に、保安官はふたたびウォルターに人種差別的侮辱やリンチを匂わせるような恐ろしい脅しを浴びせた。テイト保安官がどうやってホールマンの刑務所長を丸めこんで、公判前の被疑者を死刑囚監房に収容させたのかわからないが、保護観察官をしていた頃から刑務所職員たちと親しくしていたことは間違いない。マイヤーズとウォルターが郡拘置所から死刑囚監房へ移送されたのは、一九八七年八月一日。ウェイン・リッターの死刑執行予定日までもう一か月もない頃だった。

ウォルター・マクミリアンが死刑囚監房に到着したとき――合衆国で現行の死刑制度が復活してからちょうど一〇年が経過していた――死刑囚みんなが彼を待ちかまえていた。一九七六年の死刑制度復活当時、アラバマ州で死刑判決を受けた約一〇〇人の死刑囚の大部分は黒人だったが、ウォルターを迎えた死刑囚の四〇パーセント近くが白人だったので驚いた。誰もが貧困層の出身で、なぜここに来たのかと誰もが彼に尋ねた。

アラバマ州の死刑囚監房は窓のないコンクリートの建物にあり、暑さと居心地の悪さで有名だった。独房の広さは一・五メートル×二・五メートルほどで、金属製のドア、室内便器、金属製の寝台が備えつけられている。八月になると室温が何日も、ときには何週間も続けて三七度を超える。囚人は房内に侵入してくるネズミや毒グモ、ヘビを、暇つぶしのため、そして身の安全のために捕まえる。周囲から隔離されたその場所にいる囚人たちを訪ねる者はほとんどなく、楽しみはもっと少ない。

ホールマン矯正施設の中心に存在するのが電気椅子である。その巨大な木製の椅子が製造されたのは一九三〇年代で、囚人たちがそれを黄色く塗り、革のベルトと電極を取りつけた。囚人たちのあいだでは〝イエロー・ママ〟と呼ばれていた。ホールマン矯正施設での刑の執行が再開されたのは、ウォルターがそこに来るほんの数年前のことだった。最近ではジョン・エヴァンスとアーサー・ジョーンズの刑が執りおこなわれた。アトランタの南部囚人弁護委員会に所属するラス・キャナン弁護士がボランティアでエヴァンスの代理人を務めた。エヴァンスが小学生たちにみずからの人生を語り、自分と同じ過ちを犯さないでほしいと訴える様子は映像で記録され、その後CBS局の子供向けドキュメンタリー番組『スクールブレイク・スペシャル』で取りあげられた。

死刑執行差し止めを何度も裁判所に要求したものの、ことごとく却下されたのち、キャナン弁護士はエヴァンス本人の頼みで執行に立ち会った。それは想像を絶する恐ろしい経験だった。彼はのちに身の毛のよだつようなその全過程を宣誓供述書として提出し、それはこれまでに大勢の人々に読まれてきた。


《午後八時三〇分、一九〇〇ボルトの最初の電流がエヴァンス氏の体に流された。それは三〇秒間続いた。エヴァンス氏の左脚に結びつけられた電極から火花と炎があがった。彼を椅子に縛りつけているベルトに体がたたきつけられ、両手はぎゅっと拳に握られたままずっと開かなかった。電極はそれを留めているベルトのところで爆発し、はずれているように見えた。エヴァンス氏の顔を覆うフードの下から火花が散り、灰色の煙がもくもくと流れだした。肉体と服が焦げる圧倒的な臭いが立会人室に広がりだす。二人の医師がエヴァンス氏を診察し、まだ生存していると告げた。

左脚の電極がふたたび取りつけられた。午後八時三〇分〔原文ママ〕、二度目の電流がエヴァンス氏の体にさらに三〇秒間流された。肉体の焼ける臭いに吐き気を催す。彼の頭部と脚からさらに煙が出た。医師たちが再度エヴァンス氏を診察し、心臓がまだ動いており、依然として死亡していないと報告した。

この時点で、私は施設長に依頼し、ホットラインでつながっているジョージ・ウォレス州知事に対して、エヴァンス氏が憲法で禁じられている「残酷で異常な刑罰」に処されていることを理由に執行猶予措置を要求した。要求は却下された。
午後八時四〇分、三度目の電流が三〇秒間エヴァンス氏の体に流された。午後八時四四分、医師によって死亡宣告がおこなわれた。ジョン・エヴァンス氏の死刑執行にかかった時間は都合一四分間だった(2)》

ウォルター・マクミリアンは、ホールマン矯正施設に来るまでそんなことはなにひとつ知らなかった。だが、次の刑執行予定が間近に迫り、死刑囚たちは電気椅子のことばかり話していた。アラバマ死刑囚監房に滞在した最初の三週間、ジョン・エヴァンスの死刑執行の恐るべき様子について、彼はいやというほど聞かされた。

とても現実とは思えない出来事ばかりの公判前の数週間で、ウォルターはすっかり打ちのめされた。それまでずっと誰にも制限を受けない自由な人生を送ってきた自分が、ふと気づくと、想像もしなかったような形で拘束され、おびやかされている。ウォルターのことを個人的に知っているわけでもないのに、自分を逮捕した警官たちの荒っぽい態度にも、制服警官たちから受けた人種差別的な嘲りや脅し文句にも、心底驚いた。自分を逮捕した人、裁判所で手続きをした人、拘置所でいっしょだった人々にさえ、これまで経験したことのないような侮蔑が感じられた。ウォルターは人から好かれ、誰とでもうまくやってきた。自分がこんなふうに咎《とが》められているのはまったくの誤解で、家族にアリバイを確かめてもらえれば二、三日で釈放されるものと信じきっていた。しかし数日が数週間になると、ウォルターはしだいに暗い絶望感に沈んでいった。警察はすぐに釈放してくれるよと家族は彼に請けあったが、いっこうにその気配はなかった。

ショッキングな状況に体が反応した。若い頃からスモーカーだったウォルターは気を静めるため煙草を吸おうとしたが、ホールマンに来てからは喫煙するとなぜかむかむかし、すぐにやめてしまった。しばらくは食べ物の味がしなかった。状況になじむことも、冷静な判断もできなかった。毎朝目覚めたとき数分間はふつうでいられるのだが、自分がどこにいるのか思いだしたとたん恐怖に駆られた。刑務官に頭と顔の毛をすべて剃られ、鏡を見ても自分だとわからなかった。

そこに移送される前にいた郡拘置所もひどいところだったが、ホールマン死刑囚監房の狭くて暑い独房はそれ以上だった。森のなか、新鮮なマツの匂いやさわやかな風に包まれて仕事をするのに慣れていた彼が、いまや独房の殺伐とした壁を一日じゅう眺めている。いままで経験したことのない恐怖と苦痛がウォルターの胸のうちに宿った。

死刑囚たちは彼にあれこれ助言したが、誰を信じていいかもわからない。判事が早々に代理人となる弁護士を任命してくれたが、その白人をウォルターは信用できなかった。そこで家族がカンパを募り、その地域唯一の黒人刑事弁護士で、セルマで活動しているJ・L・チェスナットとブルース・ボイントンを雇った。チェスナットは情熱的な男で、黒人社会に公民権を徹底させるため精力的に仕事をしてきた弁護士だ。またボイントンの母、アメリア・ボイントン・ロビンソンは伝説の活動家である。ボイントン自身も公民権運動ではさまざまな実績をあげている心強い味方だった。

しかし、彼らの豊富な経験を結集しても、ウォルターを釈放させることはできず、ホールマン矯正施設への移送を防げなかった。それどころか、外部の弁護士を雇ったことがモンロー郡役人たちの怒りを煽ってしまったようだった。ホールマンに向かう道すがら、テイト保安官はよくもよそ者の弁護士を呼んだなとウォルターに恨み言を言い、そんなことをしたってなんの意味もないぞとからかった。チェスナットとボイントンを雇った金は教会を通じた募金とわずかな蓄えをかき集めたものだったのに、地元法執行官たちはそれこそウォルターに秘密の蓄財があり二重生活をしている証拠だと解釈した。つまり、無実のふりをしているが実際は違う証拠だというわけだ。

　ウォルターはホールマンになじもうとしたが、状況は悪くなる一方だった。執行予定が近づくにつれ、死刑囚たちは興奮し、切れやすくなった。おまえが死刑囚監房に収容されているのは違法なんだから、行動を起こし、連邦機関に訴えるべきだと助言する囚人もいた。結局、まともに読み書きもできないウォルターには助言してもらったような請願も申立ても申請も上訴もできず、そういう苦境を招いたのは自業自得だとなじられる始末だった。

「自分で戦うんだ。弁護士なんて信じるな。有罪になってもいない人間を死刑囚監房に入れるほうがどうかしてる」ウォルターはしょっちゅうそう言い聞かされたが、裁判所にどうやって嘆願書を出せばいいのかさっぱりわからなかった。

「あのときは呼吸さえままならなかった」のちにウォルターはそう回想している。「あんな体験をしたのは生まれてはじめてだったんだ。まわりを取り囲むのは殺人犯ばかりだというのに、俺に手を差し延べてくれるのは彼らだけだって気がした。俺は祈り、聖書を読んだ。怖くなかったと言ったら嘘になる。いや、毎日恐ろしくて仕方がなかったよ」

マイヤーズのほうも負けず劣らずさんざんな目に遭っていた。ロンダ・モリソン殺害に関わったとして同じく極刑に相当する殺人罪に問われ、法執行官への協力を取りやめた罰として同様に死刑囚監房に送られた。ウォルターとの接触を阻むため、彼は別の棟に収容された。モリソンの死について知っているると話せば手にはいると思っていた優遇措置の件は、いまやすっかりどこかに消えていた。マイヤーズはひどく落ちこみ、深刻なノイローゼ状態だった。子供のときにやけどを負ってからというもの、火や熱、狭い場所が怖かった。エヴァンスの死刑の様子や目前に迫るウェイン・リッターの執行予定日のことを死刑囚たちが噂すればするほど、マイヤーズは気が滅入った。

リッターの刑執行の夜、マイヤーズはひどく取り乱し、独房で泣いていた。アラバマの死刑囚監房では、死刑執行が予定されている時間に囚人たちが独房のドアをコップでたたいて抗議する慣わしがある。真夜中、ほかのすべての囚人たちがコップを打ち鳴らすなか、マイヤーズは部屋の隅の床で身体を丸め、過呼吸になりながら、カンと音が鳴るたびに身を縮めた。死刑囚監房に肉の焦げる臭いが漂ってきたとき（死刑囚の多くが執行中にその臭いを嗅いだと主張している）、マイヤーズは気を失った。翌朝彼はテイト保安官に電話し、ここから出してくれるならなんでも言われたとおりに証言すると告げた。

当初テイトは、マイヤーズとウォルターを死刑囚監房に入れたのは身の安全を確保するためだと言い訳していた。ところがリッターの刑が執行された翌日、マイヤーズはすぐさまそこから出され、郡拘置所にもどされた。彼を死刑囚監房から移す決定について、テイトは誰にも相談した形跡がない。ふつう、アラバマ矯正局が裁判所命令や法的申請なしに死刑囚監房に人を収容したり、出所させたりすることはできない。刑務官の独断でそんなことをするのが許されないのはもちろんだ。しかし、ウォルターの訴追についてはなにもかもが常軌を逸していた。

死刑囚監房からモンロー郡にもどってくると、マイヤーズはウォルターに関する最初の話に嘘偽りはないと断言した。マイヤーズがふたたび重要証人となり、ビル・フックスが事件現場でウォルターのトラックを目撃したと証言することも決まり、地方検事はウォルター・マクミリアンを起訴できるという自信を得た。公判は一九八八年二月に予定された。

テッド・ピアソンはすでに二〇年近く地方検事を務めていた。彼の一族は何代も前から南アラバマに住んでいる。地元の習慣も価値観も伝統も知り尽くしており、それを法廷でうまく利用した。すでに老齢にさしかかり、まもなく引退するつもりでいたが、モリソン殺人事件をもっと早く解決できなかったことを批判され、いらだっていた。華々しく勝利を飾って引退の花道としたいピアソンとしては、ウォルターの訴追を自分のキャリアのなかでも最重要案件のひとつと考えていたにちがいない。

一九八七年当時、アラバマで選出された四〇人の地方検事は全員白人だった。[3] 州内には黒人が過半数を占める郡が一六もあったというのに。一九七〇年代に黒人が選挙権を行使しはじめると、検事や判事のなかには、一部の郡の人種人口の差がみずからの再選にどう影響するか気を揉む者もいた。そこで議会は黒人の多い郡を含めて調整し、各管轄区で白人が過半数を占めるような状態を維持した。それでもピアソンは、地方検事になったばかりの頃に比べれば、黒人住民の声にも配慮しなければならなかった——その配慮が彼の在職期間中に実質的な変化をもたらすことはなかったとはいえ。

テイト保安官同様ピアソンも、ウォルター・マクミリアンは無実だと信じる黒人住民の意見を数多く耳にした。それでも彼には有罪評決を獲得できる自信があった。ラルフ・マイヤーズとビル・フックスの証言がどんなに怪しく、黒人社会で持ちあがっている疑念がどんなに強力なものだったとしても。依然として不安要素があるとすれば、それは最近の連邦最高裁のとある判例だったかもしれない。それは南部の重要刑事裁判における長年の特徴をおびやかすものだった――その特徴とは、そう、全員白人の陪審である。

住民の四〇パーセントを黒人が占めるモンロー郡のような郡で深刻な重罪事件の公判がおこなわれるとき、検察側が陪審からアフリカ系アメリカ人を全員排除することは珍しくない。実際、公民権運動が革命を起こしてから二〇年経っても、法律上の人種の統合と多様性という条件がほとんど達成されていないのが陪審という制度だった。一八八〇年代という大昔に、すでに最高裁がストラウダー対ウェストヴァージニア州裁判で陪審から黒人を排除することは違憲であると裁定しているのに、その後何十年も陪審は白人で占められていた。一九四五年には、黒人陪審員の数は一公判につき一人に限定するというテキサス州の法規を連邦最高裁が支持している。[4] 深南部諸州では、陪審員名簿は選挙人名簿から抽出されていた。つまり黒人の数はゼロということだ。投票権法（投票における人種差別をなくすため、一九六五年にアメリカで制定された法）が可決されたあとも、裁判所書記官と判事は法律をかいくぐるさまざまな策を講じて、陪審員名簿に白人ばかり載せつづけた。地元陪審委員会は、陪審員は「知的で公正」であるべきという法規上の条件をアフリカ系アメリカ人や女性を除く口実にした。[5]

一九七〇年代、最高裁は陪審員候補者に人種的マイノリティや女性が少ないのは違憲であると判断し、一部の共同体では黒人が陪審員候補として裁判所に呼ばれるようにはなった（だが選ばれるとはかぎらない）。しかし最高裁は、憲法は人種や性別を理由に陪審から人を排除してはならないとしているだけであって、人種的マイノリティや女性に陪審員を実際に務めさせるべきと規定しているわけではないとくり返し強調した。[6]

一二人の陪審を選ぶ際に検察側と弁護側がそれぞれ理由がなくても一方的に陪審候補者を除外できる権利、つまり専断的忌避権の行使によって、陪審にはいれなかったアフリカ系アメリカ人も多い。[7]一九六〇年代半ば、専断的忌避権を人種差別を目的に使うことは違憲だと最高裁は裁定したが、最高裁判事たちがつくった人種差別偏見を証明する基準があまりにも高度すぎて、専断的忌避権に実際に待ったをかけられたことは二〇年間一度もなかった。こうして最高裁の裁定後も、陪審に含まれそうなアフリカ系アメリカ人は事実上ほとんど全員忌避されつづけてきた。[8]

だからウォルターのような黒人の被告人は、たとえ人口の四〇から五〇パーセントが黒人である郡でも、全員白人の陪審としばしば向きあうはめになる。それが極刑のかかる公判であればとくに。しかし一九八六年、バトソン対ケンタッキー州裁判において、人種差別的に専断的忌避権が使われたとき、被告側は検事に対してもっと直接的に異議を申立てることができるとされ、黒人の被告人に希望をあたえた。そして検察側は黒人陪審員を排除するためにもっと工夫しなければならなくなった。

月日が経つうちに、この手の情報はウォルターの耳にもはいってきた。死刑囚たちの誰もが彼に助言したがり、誰もが一家言を持っていた。死刑囚監房に将来お仲間になるかもしれない公判前の被告人が現れた物珍しさで、みんなが毎日寄ってたかってウォルターをかまいたがった。ウォルターは神妙に耳を傾けようとしたが、弁護士もどきたちのアドバイスに従うのはよそうとすでに決めていた。だからといって、彼らの意見をないがしろにするつもりはなかった。とくに人種問題や自分の公判のときに直面するかもしれない陪審の話は聞いておいて損はなかった。

死刑囚はほとんどが、全員白人かほぼ白人ばかりの陪審の評決を受けていた。ジェシー・モリソン死刑囚は、彼を起訴したバーバー郡の検事は陪審候補者二二人中二一人について専断的忌避権を行使し、黒人を全員排除したと話した。モビール出身のヴァーノン・マディソンは、自分の裁判では、検事は候補資格を持った一〇人の黒人全員を忌避したと語った。ラマー郡出身のウィリー・タブ、ヒューストン郡出身のウィリー・ウィリアムズ、ジェファーソン郡出身のクロード・レインズ、モンゴメリー郡出身のグレゴリー・エイカース、ラッセル郡出身のニール・オーエンスはみな、検事がアフリカ系アメリカ人を全員忌避して白人だけの陪審の審理を受けた人々だ。アール・マクガーイーも白人ばかりの陪審に審理された一人だが、裁判がおこなわれたダラス郡は人口の六〇パーセントがアフリカ系アメリカ人だ。アルバート・ジェファーソンの場合、検事が陪審候補者名簿を〝強力〟〝ふつう〟〝薄弱〟〝黒人〟の四項目にそれぞれ二五人ぐらいずつ分類した。候補者名簿にはいっていた二六人の黒人はおそらく全員〝黒人〟の項目に振り分けられ、忌避された。ジョー・ダンカン、グレイディ・バンクヘッド、コロン・ガスリーは白人死刑囚だが、やはり似たような話をした。

テッド・ピアソン地方検事はバトソン裁判の最新の判決に配慮しなければならなかった。チェスナットやボイントンのようなベテラン人権弁護士なら、人種差別的な陪審選定を見逃すはずがない。とはいえ、ロバート・E・リー・キー判事がこの異議を認めるとは思えないので、それほど心配はしていなかった。問題はモリソン事件をめぐる過熱気味の報道のほうだった。

世間から注目されている裁判の場合、弁護側は公判地の変更の申立てをするのがふつうだ。事件が起きた郡から、公判前の報道も被告に有罪を求める声も少ない別の郡に審理の場を移すのだ。申立てが認められることはまずないが、上訴審の場合、郡内の雰囲気があまりに偏見に満ちているという判断のもと、場所を移す（移送する）べきと裁判所が命じることもある。アラバマ州では、場所変更の申請をしても基本的には実を結ばない。アラバマ州裁判所は、判事が裁判地の移送を拒むため、有罪判決がひっくり返ることはこれまでまずなかった。

ウォルターの裁判の公判前手続きとして、一九八七年一〇月に予備審問がおこなわれることになったが、そこに現れたチェスナットとボイントンは自分たちの申立てが認められるとはこれっぽっちも期待していなかった。彼らはすでに、一九八八年二月に予定されている公判の準備に重点を置いていた。予備審問はあくまで形式的なものだった。

それでも二人は裁判地変更の申立てをした。するとピアソン地方検事が立ち上がり、モリソン殺害事件については公判前の尋常ではない過度の報道を考慮し、裁判地の変更に賛成すると告げた。キー判事も同感という様子でうなずいた。アラバマ州内のあちこちの裁判で判事のやり方を熟知しているチェスナットは、まずいことになりそうだと確信した。判事と地方検事がすでに裏で結託していることも折り込みずみだった。

「弁護側の裁判地変更の申立てを認めます」判事は裁定した。

証人が移動するのに遠すぎても困るので、近隣の郡に移送してはどうかと判事が水を向けたとき、チェスナットはまだ希望をつないでいた。周辺の郡はどこもたいていアフリカ系アメリカ人の人口が多い。ウィルコックス郡は黒人の割合が七二パーセント、カネッカー郡は四六パーセント、クラーク郡は四五パーセント、バトラー郡は四二パーセント、エスカンビア郡は三二パーセントだ。メキシコ湾岸に美しいビーチをいくつも持つ南方の裕福なボールドウィン郡だけが例外で、アフリカ系アメリカ人は人口の九パーセントしかいない。

判事は場所の選定にほとんど時間をかけなかった。

「ボールドウィン郡に移送を命じます」

チェスナットとボイントンはすぐに異議を唱えたが、判事はあなたがたの申立てに従ったのだと釘を刺した。二人はすぐに申立てを撤回しようとしたものの、被告人に対してすでに偏見を持ってしまっている人が多い地域での公判は認められないと判事は告げた。裁判はボールドウィン郡の中心地ベイ・ミネットでおこなわれることになった。

裁判地の変更はウォルターをどん底に突き落とした。陪審員に黒人がいるとしてもごくわずかになるとチェスナットにもボイントンにも予想がついた。ロンダ・モリソンやその家族と個人的なつながりがある陪審員がいる可能性が少なくなるのは確かだが、ボールドウィン郡はきわめて保守的な土地柄で、周辺の郡以上にジム・クロウ法の人種差別政策の痕跡がいまも残っており、ほとんど進歩がなかった。

白人ばかりの陪審についてほかの死刑囚たちからいろいろ聞かされているウォルターも、裁判地の変更について心配していた。とはいえ、まだ信じていたのだ——誰も証人の言葉に耳を貸すわけがない、だから俺が罪を犯したと思わないはずだ。白人にしろ黒人にしろ、陪審がラルフ・マイヤーズの馬鹿げたほら話を根拠に有罪の評決を出すとは思えなかった。そのうえ、一〇人もの目撃者がいる鉄壁のアリバイだってあるのだから。

二月の公判は延期された。またしてもマイヤーズが考えを翻したのだ。死刑囚監房から解放されて郡拘置所で何か月か過ごすうちに、やってもいない殺人の共犯者になるなんて割に合わないとあらためて気づいたらしい。公判がはじまる朝まで待ち、捜査官たちが自分に言わせようとしていることは事実ではないから、証言はできないと告げた。待遇改善をもぎ取るつもりだったし、自分が関わってもいない殺人の罪など絶対に認めない構えだった。

協力を拒んだとたん、マイヤーズはホールマン矯正施設の死刑囚監房に送り返された。彼が精神的に追いつめられ、ひどいノイローゼを発症するのにそう時間はかからなかった。二週間後、刑務官はさすがに心配し、彼を州立病院の精神科に送った。タスカルーサのテイラー・ハーディン保安医療施設では、精神疾患を患う被疑者が裁判を受けられる状態にあるかどうかを判断するため、診断と鑑定を一手に引き受けている。しかし、被疑者に訴訟能力なしとするような深刻な診断がくだされることはまずなく、被告側の弁護士たちはしばしばこれを批判してきた。

テイラー・ハーディンに入院しても、マイヤーズの窮状は結局変わらなかった。三〇日間の入院後は郡拘置所にもどされるとばかり思っていたのに、送られたのは死刑囚監房だった。このままでは自分で掘った墓穴から抜けだせないと観念したマイヤーズは、ウォルターに不利な証言をすると捜査官たちに告げた。

公判日は新たに一九八八年八月と決まった。ウォルターが死刑囚監房に収容されて一年以上が経過していた。なんとか慣れようと努力したものの、突如見舞われた悪夢をどうしても受け入れられなかった。不安ではあったが、最初の公判が予定されていた二月になれば家に帰れると確信していたのだ。弁護士たちはマイヤーズが迷いはじめたことを喜び、彼が証言を拒んで公判が延期されたのは幸先がいいとウォルターに言った。しかしウォルターにとってはさらにもう六か月死刑囚監房にいなければならないということであり、もろ手を挙げて喜ぶ気にはなれなかった。八月の公判のためにやっとベイ・ミネットにあるボールドウィン郡拘置所に移されることになったとき、ウォルターはこれでもう二度と死刑囚監房にはもどるまいと確信してそこを出た。死刑囚の何人かと友達になり、彼らがまもなく直面する事態を思えばもう二度とは会えないのだと悲しんでいる自分に気づき、驚いた。それでも移送事務所で名前を呼ばれたとき、彼はすぐさま荷物をまとめ、護送車に乗りこんだ。

一週間後、ウォルターは足枷をはめられ、ウエストにきつく鎖を巻かれて護送車に乗っていた。金属が肌に食いこんで血行が悪くなったせいで、足が腫れはじめているのがわかった。手錠も窮屈すぎ、いつもは穏やかな彼もさすがにいらいらしていた。

「どうして鎖をこんなにきつくするんです？」

一週間前にウォルターを引き受けたボールドウィン郡の二人の保安官補は、死刑囚監房から地元に彼を移送する際もあまり友好的とは言えなかったが、彼が第一級殺人罪で有罪となったいま、そこにははっきり敵意が見えた。ウォルターの質問を耳にして、一人は笑ったように見えた。

「おまえを引き受けたときと同じ鎖だぞ。いまは俺たちの管理下にいるからきつく感じるだけじゃないか?」

「ゆるめてもらわないと困りますよ、旦那。これじゃ歩けない」

「そいつは無理な相談だ。なにかで気をまぎらすしかないな」

ウォルターはふいにその男が誰か思いだした。陪審がウォルターに有罪評決を出して公判が終わったとき、彼の家族や裁判を傍聴していた数人の黒人は結果に耳を疑い、ショックで凍りついた。ウォルターの二四歳の息子ジョニーが「父をこんな目に遭わせたやつは必ず報いを受けるぞ」と言ったとテイト保安官は主張した。テイトは保安官補たちにジョニーを逮捕しろと命じ、乱闘がはじまった。ウォルターは、警官たちがわが子を床に押さえつけ、手錠をはめるのをその目で見た。自分を死刑囚監房に連れ戻す護送車に乗っている二人の保安官補を見れば見るほど、そのうちの一人が息子を押さえこんだ男だという確信が強まった。

護送車が動きだした。どこに連れていかれるのか教えてもらえなかったが、道に出るとすぐ、死刑囚監房にもどっていることがはっきりした。逮捕された日、ウォルターは気が動転し取り乱したものの、絶対にすぐ釈放されると思っていた。郡拘置所での拘束が数日から数週間に延びると、しだいにいらだちが募った。裁判で有罪にもなっていないのに死刑囚監房に連れていかれたときは落ちこみ、恐怖に駆られ、数週間はやがて数か月になった。ところが、身の潔白を明かす機会を一五か月待ったあかつきに、ほとんど白人の陪審は彼に有罪を宣告した。ウォルターはショックを受け、唖然とするばかりだった。そしていま、ようやく自分を取り戻しつつあったが、感じるのはぐつぐつと煮えたつ怒りだけだった。彼を死刑囚監房に送り返そうとしている保安官補たちは、出席する予定でいる銃の展示会について話をしている。ウォルターは、人々に疑念を植えつけるチャンスをあたえてしまった自分の馬鹿さ加減を噛みしめていた。テイト保安官の腹黒さと邪悪さについては重々承知している。きっとほかの連中は彼の言いなりになっているだけなのだ。とにかくいま彼のなかには、怒りとしか表現できないものがあるだけだった。

「いいか、おまえら全員訴えてやるからな！」

自分が大声でわめいていることも、そんなことをしてもなにもならないこともわかっていた。「おまえら全員訴えてやる！」と彼はくり返した。警官たちは気にも留めなかった。

「鎖をゆるめろ。鎖をゆるめろ」

ウォルターは自分が最後にわれを忘れたのがいつか思いだせなかったが、心のたががはずれつつあることに気づいていた。だから必死に口をつぐんだ。裁判の光景が脳裏に次々に浮かんだ。短く、淡々とした、秩序だった公判だった。陪審の選定には数時間しかかからなかった。ピアソン地方検事は招集された候補者のなかから忌避権を行使して数人のアフリカ系アメリカ人を排除したが、一人だけ残した。二人の弁護士は異議を唱えたが、判事が即座に却下した。検察側はマイヤーズを証人として召喚し、腕を怪我しているからジャクソン・クリーニング店まで連れていけとウォルターに強要されたというナンセンスな話をさせた。今回は、マイヤーズはクリーニング店にはいっていき、ロンダ・モリソンの遺体の前に立つウォルターを目撃したことになっていた。とんでもないことに、そこにはもう一人別の男がいて、彼も殺人に関わっていたとマイヤーズは話した。ごま塩頭の謎の白人で、どうやら主犯格らしく、彼はウォルターにマイヤーズのことも殺せと命じたが、銃の弾が切れていたため果たせなかった。あまりにもめちゃくちゃな証言だったので、人々がそれをまともに受け取っていることがウォルターにはとうてい信じられなかった。どうしてみんな笑わないんだ？

チェスナットがさまざまな角度からマイヤーズの証言を検証し、彼が嘘をついていることを証明した。反対尋問が終わったとき、検察側は間違いを認めるものとウォルターは思っていた。ところが検事はまたマイヤーズを呼び戻して同じ話をくり返させた。まるで、証言の論理の破綻や矛盾はまったくどうでもいいことで、その静まり返った部屋で嘘を必要なだけくり返せば本当になるとでもいうように。

ビル・フックスは、事件があったときクリーニング屋の敷地からウォルターのトラックが出てくるのを見た、彼のトラックだとわかったのは〝シャコタン〟に改造してあったからだと証言した。ウォルターはすぐに、自分がトラックを〝シャコタン〟に改造したのはモリソンが殺されてから何か月もあとだと代理人たちに耳打ちした。ところが弁護士たちはその情報にあまり興味を示さず、ウォルターは不服だった。そのあとウォルターが名前を聞いたこともないジョー・ハイタワーとかいう白人が証言台に現れ、クリーニング店にトラックが停まっているのを自分も見たと話した。

フィッシュ・フライの集いのことや、ロンダ・モリソンが殺されたときウォルターが家にいたことを証言できる者は一〇人以上いるのに、弁護士たちはそのうちの三人しか召喚しなかった。誰もが裁判を早く終わらせたくて仕方がないように見え、どういうことなのかウォルターにはさっぱりわからなかった。次に検察側はアーネスト・ウェルチという白人男性を呼んだ。彼はこう証言した。自分は

〝家具のおやじ〟と呼ばれていて、たしかにフィッシュ・フライの集いの日にウォルター・マクミリアンの家に集金に行った——ただしそれはロンダ・モリソンが殺された日ではない。彼女が殺されたときのことは誰よりよく覚えている、なぜなら自分は彼女のおじだからだ、とウェルチは言った。姪っ子の死にすっかり打ちのめされてしまい、マクミリアンの家には別の日に集金に行った、と。

弁護側の最終弁論のあと、陪審は退席し、三時間も経たないうちに法廷にもどってきた。彼らはひとりひとり、無表情でウォルター・マクミリアンに対する評決を告げた——有罪。

第4章 古い朽ちた十字架

一九八九年二月、エヴァ・アンスリーと私はタスカルーサで新たな非営利法律センターをオープンした。アラバマ州の死刑囚たちに無料で質の高い法律サービスを提供することが目的だった。そう簡単にはいかないだろうと思ってはいたが、これほど大変だとは予想だにしなかった。

運営をはじめて数か月で初代の所長が辞職し、私たちがオフィスを置かせてもらっていたアラバマ大学スクール・オブ・ローが支援の打ち切りとスペースの明け渡しを通告してきたうえ、年二万五〇〇〇ドルにも満たない報酬でわざわざアラバマまで来て死刑囚監房の仕事をフルタイムでしようという弁護士などなかなか見つからないと知った。

問題はどんどん山積していった。州議会で資金援助を否決されたため、マッチングファンド方式（プロジェクトを実現するために市民・行政・企業などが資金を提供しあう制度）の連邦補助金からそれを引きださなければならなくなったのだ。理事たちとの会議を何度か重ね、そのたびにがっかりさせられて、結局、このプロジェクトに州政府からの支援は期待できないということがはっきりした。州法曹界の重役たちはぜひプロジェクトを成功させてくれと熱心に励ましてくれはする――死刑囚に法的支援がないのは人道的に許しがたいと言う者もいれば、刑の執行はもっと迅速にすべきで、代理人がいないことがそれを遅らせている原因だと主張する者もいた——ものの、結局のところ私たちが自力で運営するしかなく、資金調達も自分でしなければならないと思い知った。エヴァと私は組織を再編し、州都モンゴメリーで再出発することにした。やがてプロジェクトは〈司法の公正構想《イコール・ジャスティス・イニシアチヴ》〉（ＥＪＩ）と名づけられた。

　モンゴメリーのダウンタウン近くに小さなビルを見つけ、一九八九年夏に賃貸契約を結んだ。その建物が見つかったのは幸先がよかった。〝オールド・アラバマ・タウン〟と呼ばれる歴史地区近くにある、一八八二年に建てられたグリークリバイバル様式の二階建ての賃貸ビルで、壁は黄色く塗られ、魅力的な玄関ポーチが人を温かく迎えるオープンな雰囲気を醸しだしている。威圧的な法廷や画一的な待合室、依頼人の家族の暮らしを大きく分断する刑務所の壁とはまったく対照的だった。オフィスは冬になると寒く、天井裏からリスを追い払うのはまず無理だったし、電力量が足りずにコピー機とコーヒーマシンを同時に使うと必ずヒューズが飛んだ。でも、最初からそこは仕事場でありながらわが家のようでもあり、そこで私たちが過ごすことになる長い時間を考えれば、実際にその両方を少しずつ兼ね備えた場所だった。

　この新プロジェクトの事務処理関係を担当したのはエヴァで、連邦政府の資金援助を得るには面倒な報告書や会計書をあれこれ提出しなければならないことを考えると、かなりの重労働だった。エヴァは豪胆な切れ者で、ほんのわずかでも収入を絞りだすためにあらゆる事柄を整理分類した。私たちは受付係を一人雇い、どうしたら運営を続けていけるか必死に考えた。私は、南部囚人弁護委員会で働きはじめるとすぐ資金調達に奔走した経験があったので、寄付集めには慣れていた。だから連邦マッチングファンドに見合う最低限必要な資金を新オフィスのために集める方法だってきっとあると信じていた。多少の時間さえあれば——ところが、それがまったくなかったのだ。

死刑執行予定がいくつも目前に迫っていた。一九七六年にアラバマの新たな死刑法規ができてから一九八八年末までに、州内では三件しか死刑は執行されなかった。ところが一九八九年に最高裁での死刑判決に対する上訴の扱いが変わり、政界の風向きが変化したことを受けて、州司法長官は刑の執行を精力的に進めはじめた。一九八九年末には、アラバマ州の死刑執行数は二倍に増えた。

法律センターがオープンする数か月前から、私はアトランタからアラバマの死刑囚監房に毎月通い、ウォルター・マクミリアンを含む五、六人の新たな依頼人と接見した。彼らはみな支援を喜んでいたが、一九八九年の春が近づくと、接見の最後に誰もが同じことを口にするようになった——マイケル・リンジーを助けてやってください。リンジーの刑執行は一九八九年五月に予定されていた。その後、今度は同年七月に執行を控えたホレイス・ダンキンスの助命願いがくり返された。そんなことを説明するのは本当につらかったのだが、いまは時間も手段も限られており、新オフィスの運営を続ける手立てを見つけるので手いっぱいなんだと私は話した。彼らは、それはよく承知していますと言いながらも、迫り来る刑の執行に怯える同じ監房の仲間になんとか法的支援をと苦悶していることが伝わってきた。

切羽詰まっているリンジーにもダンキンスにもボランティアの弁護士がついていたが、手に余って私に支援を求めてきた。リンジーの代理人はモビールで活動する優秀な人権弁護士、デイヴィッド・バグウェルだった。彼はウェイン・リッターの事件を担当したが、リッターは去年死刑になった。

その経験でバグウェルは失望し、憤った。州弁護士会が発行する会報に痛烈な手紙を書いて、《私は、たとえそれで弁護士会から追放されるとしても、もう二度と死刑に値するような事件は引き受けない》と誓い、ほかの人権弁護士たちにも同じことを促した。バグウェルがおおやけの場でそう発言したことで、法廷はほかの人権弁護士たちについても、死刑判決が出た裁判の最終的な上訴の公選弁護人を担当させづらくなってしまった。とはいえ、彼らが積極的に弁護士を引っぱりだしたいわけではなかったのだが。しかし、その手紙があたえた影響はそれだけではなかった。死刑囚たちも手紙について聞きおよび、仲間内でその噂をした。バグウェルの恨み言のなかに埋めこまれたこんなぞっとする一言についても。《基本的には死刑制度に賛成である。狂犬は死んで当然だ》。受刑者たちはいっそう弁護士に不信感を抱くようになった——彼らに手を差し延べようとしている者に対してさえも。

こうして仲間の依頼人たちから次々に嘆願が寄せられたことを受けて、私たちは執行予定日を目前にしたマイケル・リンジーにできるだけのことをしようと決めた。彼の公判で起きた興味深いねじれ現象を問題にしようとしたのだ。じつはマイケル・リンジー裁判の陪審は、彼に死刑の評決を出さなかったのだ。

リンジーの陪審は彼に仮釈放なしの終身刑の評決をくだしたが、判事がそれを〝覆し〟、独自の判断で死刑とした。〝判事職権〟によって死刑判決が出されるのは一九八九年当時でさえ例外的だった。ほとんどどこの州でも、死刑や仮釈放なしの終身刑を決めるのは陪審の役目だ。陪審が死刑と評決しようとしまいと、それが最終決定となる。陪審の判断を判事が覆せるのはフロリダ州とアラバマ州だけだ。しかものちにフロリダ州は判事の権限を厳しく制限した。アラバマ州法では現在もこの制度が残り、終身刑を死刑に引き上げる権限を判事のみがほぼ排他的に行使している。とはいえ、場合によっては死刑を終身刑に減刑することもできる。一九七六年以来、アラバマ州の判事が極刑の関わる裁判で陪審の評決を覆したケースは一一一件にのぼる。そのうち九一パーセントで終身刑が死刑に変更された。[1]

この問題を難しくしているのは、州判事選挙が激戦になってきているという事実だ。アラバマ州は全判事をきわめて競争の厳しい党派選挙で選んでいる。[2]これを実施している州は全米で六州しかない（三二州は非党派型の選挙をおこなっている）。選挙の際、民事訴訟可能額制限を求める経済界や逆に巨額賠償評決を守ろうとする法廷弁護士らも選挙運動に一役買うことになるが、この地域には正規の学校教育をきちんと受けていない有権者が多く、運動ではどうしても犯罪と刑罰にスポットライトが当てられることになる。各判事は犯罪にいかに厳しく立ち向かったかということで競いあう。有権者は各候補者の犯罪に対する態度の妥当性にはあまり興味を示さず、厳格な処罰が票を集める。その意味で、判事が陪審の評決を覆す行為はとても強力なツールとなるのだ。[3]判事が極刑を言い渡せなかった殺人事件の残虐な一部始終を並べたてた中傷キャンペーンの餌食になど、誰もなりたくない。そう考えれば、選挙年に判事が陪審評決を覆すケースが増えるのも驚くことではないだろう。[4]

私たちはアラバマ州知事ガイ・ハントに書状を書き、リンジーについて本来審判をくだす権限があった陪審が死刑を退けたことを受けて、彼の刑執行を止めてほしいと訴えた。ハント知事は即座に嘆願を却下し、《リンジー氏を死刑にせよという陪審の判断はすなわち地元民の願いであり、これに逆らう気はないと回答した。地元民の代表者たち――陪審――は逆の判断、つまりリンジーの命を救うとい

う評決に至ったと私たちがあんなに強調したにもかかわらず。まあ、どちらにしてもたいした違いは

なかった。それより前に、陪審評決を判事が覆すのはそれだけ特殊なケースだということで、フロリ

ダでの裁判を連邦最高裁が支持する裁定をしており[5]、私たちにはリンジーの刑執行を止める憲法上の

根拠はなかったのだ。彼の死刑は一九八九年五月二六日に執行された。

そのあとすぐ、今度はホレイス・ダンキンスの執行日が近づいていた。ふたたび私たちはできるだけのことをしようとしたが、時間はあっというまになくなり、希望もほとんどなかった。ダンキンスには知的障害があり、裁判の判事も彼の学校の成績や事前におこなわれたテストをもとに〝精神遅滞〟があると指摘した[6]。彼の死刑執行日のほんの数か月前、連邦最高裁は〝精神遅滞者〟の死刑執行を支持する判決を出した。その一三年後、連邦最高裁はアトキンス対ヴァージニア州裁判で、知的障害を持つ人を死刑にするのは残酷で異常な処罰にあたり、憲法に反するとして禁止した[7]。だが、ホレイス・ダンキンスのような大勢の知的障害者の死刑囚にとっては遅すぎる判決だった。

ダンキンスの家族は頻繁に電話をよこし、執行までに残されたわずかな時間でなにができるかあれこれ考えようとしたが、選択肢はほとんどなかった。執行を止めるのはもはや無理だとわかると、家族は、刑が執行されたあとダンキンスの遺体がどうなるのかということに意識を移した。宗教的な理由から、息子の遺体が司法解剖されることだけはどうしても阻止したがっていたのだ。死刑執行の日が来て、ホレイス・ダンキンスは亡くなったが、その不手際は全国ニュースになった。刑務所職員たちは椅子と電極の接続を誤り、スイッチを入れたとき、一部の電流しかダンキンスの体に流れなかったのだ。数分間彼を苦しませたあげく、電流は切られたが、ダンキンスは意識を失っていたとはいえ

まだ息があった。職員たちは〝体が冷えるまで〟数分間待ち、そこでやっと電極がきちんと接続されていなかったことに気づいた。彼らは接続を変えてふたたびダンキンスに電流を流し、今度は成功した。ダンキンスは死んだ。(8) この残酷な失敗ののち、州政府は彼の司法解剖をおこなった――家族がやめてくれとくり返し頼んだにもかかわらず。

死刑執行のあと、取り乱した様子のダンキンスの父親から電話をもらった。彼は言った。「息子は公正な裁判も受けさせてもらえず、死刑に相当するようなことはなにもしていなかったが、それでもやつらは息子の命を奪うことができた。だが、その体や魂まで踏みにじる権利はなかったはずだ。私たちはやつらを提訴したい」私たちがボランティアの弁護士を紹介し、訴えが起こされたが、勝つ見込みはほとんどなかった。証言はいくつか提供されたものの、救済命令は出されなかった。民事訴訟はアラバマ州にストップをかけることはできなかった。それどころか、州は攻撃的なまでに執行日を次々に決めていった。

この二つの死刑執行の暗い影のなか、私たちはモンゴメリーにオフィスを移したのだ。死刑囚たちはこれまでになく動揺し、いらだっていた。七月になって、八月一八日に刑が執行されるという知らせを受け取ったハーバート・リチャードソンは、死刑囚監房から私にコレクトコールをしてきた。「スティーヴンソン先生、ハーバート・リチャードソンです。州政府から八月一八日に処刑すると知らされました。どうか助けてください。できないなんて言わないでほしい。あなたがほかにも誰か助けているってことも、新しいオフィスをオープンしたってことも知ってる。だから助けてください」

私は答えた。「執行日が決まったと聞いて、本当に残念です。とてもつらい夏でしたね。あなたのボランティア弁護士はどう言ってるんですか?」死刑囚と話をしていて執行予定日について聞かされたときどう反応すればいいいか、私はいまだに迷っていた。〝大丈夫〟と元気づける言葉をかけたかったが、もちろんこんなことは言えっこない。死刑執行の予定決定の知らせが大丈夫なはずがないのだから。〝残念だ〟も適切とは思えなかったが、ほかにふさわしい言葉が思い浮かばなかった。

「俺にボランティア弁護士はいませんよ、スティーヴンソン先生。ええ、一人も。俺のボランティア弁護士は一年以上前に、君を助けるためにできることはもうなにもないと言いました。だからあなたの助けが欲しいんです」

オフィスにはまだパソコンもなければ法律書もなく、私たち以外に弁護士のスタッフもいなかった。じつはスタッフになってもいいというハーヴァード・ロースクール時代の同級生を雇い入れ、彼がボストンの自宅からアラバマに引っ越してくることになっていた。ついに現れた協力者に、私はわくわくしていた。彼は、私が寄付集めのために出張に行かなければならなくなったとき、数日間モンゴメリーに加勢に来てくれた。ところが私がもどったとき、彼はもういなかった。アラバマで暮らすことがこんなに大変だとは思わなかったという書き置きが残されていた。彼は結局ここに一週間もいなかった。

死刑執行の差し止めには、裁判所に中止命令を出させるべく、一か月間、一日一八時間ノンストップで必死に働かなければならない。全力投球してはじめて成し遂げられるものだし、たとえそうしてもかなわない可能性のほうが高い。沈黙を埋める言葉を見つけられずにいる私に気づき、リチャードソンが続けた。「スティーヴンソン先生、もう三〇日しかないんです。頼むから、助けると言ってください」

私は正直になることしかできなかった。「リチャードソンさん、本当に申し訳ないんですが、オフィスにはまだ法律書もスタッフもパソコンも、とにかく新しい案件を引き受けるのに必要なものがなにひとつ揃ってないんです。弁護士さえ雇えてない。いま頑張って態勢を整えようとしていて――」

「でも、俺の執行日はもう決まってるんです。あなたに代理人を務めてもらわないと。俺みたいな人間を助けないなら、なんのためのオフィスです?」彼の息がとぎれとぎれになるのがわかった。「俺は殺されるんです」

「あなたの言うことはよくわかるし、どうしたら助けられるか考えようと思う。いまはとにかくあまりに手が足りなくて――」私はどう言えばいいかわからず、二人のあいだに長い沈黙が続いた。電話の向こうで荒い息づかいが聞こえ、彼の憤りがひしひしと感じられた。なにか怒りや皮肉の言葉を投げられるものと覚悟し、甘んじて受け止めようと決めた。彼が怒るのは無理もないことだった。ところが突然電話の向こうからなにも聞こえなくなった。彼が電話を切ったのだ。

その日一日気持ちがもやもやし、夜も眠れなかった。彼の必死の訴えへの自分のふがいないお役所的な異議申立てと、それに対する彼の無言の答えがいつまでも頭から離れなかった。

翌日またリチャードソンから電話があり、私はほっとした。

「スティーヴンソン先生、またすみません、でもやっぱり俺の代理人になってください。執行を止めると約束してもらう必要はないんです。中止命令を必ず引きだすと言ってもらう必要も。でも残りの二九日間、なんの希望もないまま暮らすなんてできそうにない。なにかしら手を打つと言ってください。そうすれば俺にも少しは希望が持てる」

できないとはとても言えず、私はわかったと告げた。

「ここまできて、執行を止める手立てがあるかどうかわかりません」私は暗い声で言った。「でも、やってみますよ」

「なんでもいい、なにかしてもらえるなら……それだけでとてもありがたく思います」

ハーバート・リチャードソンはベトナム戦争帰還兵で、悲惨な環境で悪夢のような体験をし、心にも体にも深い傷が残った。一九六四年一八歳のときに入隊したが、当時アメリカは戦争の真っただ中だった。第一騎兵師団第一一航空群に配属され、ベトナムのアンケにあるラドクリフ基地に送られた。基地は、一九六〇年半ばに激しい戦闘がおこなわれたことで知られるプレイクに近い。ハーバートはいくつもの危険な任務をくぐり抜け、そのなかで仲間たちが殺されたり負傷したりするのを目の当たりにした。あるとき、所属する小隊が急襲を受けてほぼ全滅し、彼も重傷を負った。意識を取り戻したとき、彼は戦友たちの血潮を全身に浴び、血まみれだった。自分がどこにいるかわからず、動くこともできなかったという。まもなく彼は重度の神経衰弱に見舞われた。激しい頭痛に襲われ、耐えきれずに自殺未遂を起こした。上官の命令で何人もの医師に精神状態の検査を受けたにもかかわらず、さらに七か月間戦闘に加わり、結局〝わっと泣きだし〟たり〝引きこもって人とコミュニケーションがとれなく〟なったりしたため、一九六六年一二月に名誉除隊となった。ニューヨーク州ブルックリンの自宅にもどってもトラウマが消えなかったのは驚くことではなかった。悪夢やなにも手につかないほどのひどい頭痛に悩まされ、ときどき「やつらが来る！」と叫びながら家を飛びだしたりした。結婚し子供もできたが、心的外傷後ストレス障害《PTSD》のせいで相変わらず行動を制御できなかった。結局ニューヨーク市にある退役軍人病院に入院し、戦時中の負傷に起因する激しい頭痛の治療を受けたものの、回復は思わしくなかった。

やがてハーバートは、退役後に拘置所や刑務所に転がりこむ大勢の帰還兵の一人となった。この国の大きな戦後問題であるにもかかわらずほとんど話題にならないことのひとつが、しばしば帰還兵が戦争のトラウマを抱えて地元にもどり、刑務所行きとなる事実である。一九八〇年代半ばまで、アメリカ国内の拘置所や刑務所で拘束されている人々の二〇パーセント近くが戦争経験者だった。ベトナム戦争の影響が消えつつあった一九九〇年代に割合は減ったが、イラク戦争やアフガニスタン紛争の結果ふたたび上昇に転じた。

ニューヨーク市の退役軍人病院での治療のおかげで、ハーバートは少しずつ回復に向かった。彼はやがてそこで一人の看護師と出会った。アラバマ州ドーサン出身の女性で、その献身ぶりにハーバートはたぶん生まれてはじめて心が安らぎ、希望を持った。彼女がそばにいると生きる意味を感じ、きっとうまくいくと思えた。彼女が自分を救ってくれたのだ。彼女がアラバマの故郷に帰ることになったとき、ハーバートも追いかけた。

ハーバートは彼女とつきあおうとし、結婚さえ申しこんだ。彼がいまも戦争の記憶に苛まれていることを知っていた彼女ははじめは拒んだが、結局根負けした。短いあいだとはいえ親密な関係になり、ハーバートは天にものぼる気持ちだった。そして恋人に対して過保護になった。しかし彼女はハーバートがあまりにも執拗につきまとうので、しだいにそれを愛情というより執着に近いと思いはじめた。彼女は関係を終わらせようとした。何か月ものあいだハーバートと距離を置こうとしたがうまくいかず、とうとうこれ以上近づかないできっぱり言い渡した。

ところがハーバートはドーサンの彼女の家の近くをこれまで以上にうろつくようになり、彼女はますます不安になった。もう二度と顔も見たくないし、話しかけることも、近くに寄ることも許さないと言い渡すまでにおよんだ。彼女は混乱しているだけで、そのうちまた自分のもとにもどってくるとハーバートは信じていた。彼は執着心に惑わされ、理性を失い、頭がまともに働かなくなり、しだいに危険になっていった。

ハーバートは頭が悪いわけではなかった。いやむしろ優秀な男だった。とくに電気や機械類を扱わせれば才能を見せた。それに思いやりにもあふれていた。しかし当時の彼は戦争のトラウマだけでなく、戦争前の経験で傷ついた心も抱えていたのだ。わずか三歳のときに母親を亡くし、ドラッグやアルコールで苦しんでいたときに入隊を決めた。すでにダメージを受けていた精神に、戦争の恐怖がさらに大きな苦痛をあたえた。

ハーバートは恋人を取り戻す名案を思いついた。身の危険を感じれば、彼女は自分に助けを求めに来るはずだと考えたのだ。彼は悲劇的な結果を招くことになる、とんでもなく心得違いの計画を仕組んだ。小型爆弾をつくり、彼女の家の玄関ポーチに置いたのだ。爆弾が爆発したときに、彼女を助けに駆けつけ、それで二人はめでたしめでたしと相成る計算だった。爆弾のそんな無謀な使い方は戦闘地域でさえどうかと思うが、ドーサンの貧しい黒人居住地域ではそれ以上だ。ある朝、ハーバートは爆弾装置を完成させ、元恋人の家のポーチに置いた。彼女の姪とその友人の小さな女の子が代わりにやってきて、その風変わりな包みを見つけた。

一〇歳の姪は、時計がくくりつけられたその奇妙な包みに興味を引かれ、手にとった。そして、動くかどうか確かめるために時計を振り、それで装置が一気に爆発した。彼女は即死し、隣に立っていた一二歳の友達は負傷した。ハーバートは二人のことを知っていた。その界隈では、子供たちはなにか遊ぶものを探していつも通りをうろうろしている。ハーバートは子供好きなので、子供がいると庭に招いたり、お使いを頼んで小遣いをやったり、話しかけたりしたものだった。うろついている子供を見ると、シリアルに牛乳をかけて出したり、料理をつくってやったりもした。その二人の少女も朝食を食べに家に来たことがあった。

通りの向かいで家を見張っていたハーバートはショックを受けた。爆弾が爆発したときにガールフレンドに駆け寄り、自分なら彼女をいつでも安全に守ってやることができるというところを見せつけるつもりだったのだ。少女が装置を拾い上げてそれが爆発したとき、ハーバートはあわてて通りを渡ったが、すでに集まってきていた嘆き悲しむ近隣の人々の輪に紛れこむしかなかった。

警察がハーバート逮捕に踏みきるのにそう時間はかからなかった。彼の車や前庭でパイプなど爆弾製造に必要な素材が見つかったからだ。被害者は貧しい黒人なので、ふつうなら極刑を求めるような事件ではないのだが、問題はハーバートが地元住民ではないことだった。彼は北部出身のよそ者であり、そのやり口が警察や検察のプライドを傷つけたようだった。たとえ貧民街であっても、ドーサンの町に爆弾を仕掛けるなどという犯罪は、この地域に典型的な暴力犯罪とはまた違う種類の脅威を突きつけた。検察側は、ハーバートは単に乱心して悲劇を招いた無謀な男だというだけではない、邪悪な心の持ち主だと断じ、死刑を求刑した。人口の二八パーセントが黒人を占める郡で黒人の陪審候補者を全員忌避した検事は、白人ばかりの陪審に向かって最終弁論でこう述べた。有罪判決が妥当です。なぜならハーバートは「ニューヨーク市でブラック・ムスリム運動に関わって」おり、情けをかける必要はありません。

　アラバマ州の死刑法は、死刑を求刑できる殺人はすべからく故意であるべきだとしているが、ハーバートに子供を殺す意図がなかったことは明らかだった。検察側は、この犯罪を死刑を求刑できるものとするため、〝故意の移転〟原理（加害者がある人物に故意に危害を加えようとして別人に被害をあたえてしまった場合、これについても故意だったと見なす刑法上の考え）を適用するという前代未聞の行動に出た。というのも、ハーバートは誰も殺す意図はなかったのだから。ハーバートはいっさい罪を認めないようにと助言されたが、最終的に弁護側は、これは死刑を求刑できる犯罪ではなく、無謀殺人だと主張した。この場合、死刑ではなく終身刑が妥当となる。

　裁判のあいだ、裁判所が指名した公選弁護士は、ハーバートの人となりについてなんの証拠開示もしなかった。生い立ちや従軍経験、戦争で受けたトラウマ、被害者との関係、恋人に対する執着など、そう、なにひとつ。アラバマ州の当時の法令では、裁判所指名の弁護士が法廷外でおこなう準備の報酬として支払われるのは一〇〇〇ドルまでと決められており、これでは準備に割ける時間はほとんどない。裁判はわずか一日で終わり、判事はさっさとハーバートに死刑を言い渡した。

　死刑判決が出たあと、公選弁護士――ほかの複数のケースでのあまりの無能ぶりのために、のちに法曹界から追放された——はハーバートに、有罪の判断にも死刑判決にも上訴する理由は見出せない、裁判の内容は充分公正だったと思うと告げた。自分は死刑判決を受けたんだ、とハーバートは弁護士に念を押した。たとえ可能性は低くても上訴したいと訴えたが、弁護士は取りあわなかった。

ハーバートは一一年間死刑囚監房で拘束され、ついに〝イエロー・ママ〟と対峙するときが来たのだった。ボランティアの弁護士が最後の訴えとして〝故意〟問題を盾に上訴をこころみたが、却下された。こうしてハーバートの執行日は八月一八日に設定された。残された日にちはわずか三週間。

ハーバートと電話で話をしてから、私は怒濤のごとくあちこちの裁判所に執行停止の申立てを提出した。執行を阻止できる可能性は低いとわかってはいた。一九八〇年代の末、連邦最高裁判所は死刑執行停止申請の多さに辟易《へきえき》しはじめていた。一九七〇年代半ば、最高裁が死刑を再承認したのは、事実をさらに精密に吟味し、法律に几帳面に従って手続きをおこなうことがその条件だったのだが、既存の審理手続きが見過ごされはじめていた。最高裁の判定が死刑囚に対してどんどん敵対的になってきて、〝死は例外〟であり、さらに慎重な審理が必要とされるという意識が薄らいでいた。

連邦最高裁は、先に州裁判所に申立てをしないかぎり、連邦裁判所に人身保護令状による審問を求めることを禁じた。[9]その後、新証拠についても、州裁判所にまず提出されなければ、連邦裁判所で検討することが禁じられた。連邦判事は州裁判所の裁定にもっと重きを置くようにと主張するようになり、それは死刑を求める裁判での誤りや欠陥が見落とされる傾向に拍車をかけた。

一九八〇年代、連邦最高裁は子供への死刑判決は違憲であるという申立てを退け、〝精神遅滞〟を持つ障害者への死刑を支持し、死刑裁定全般に見られる極端な人種差別的偏向は違憲とは言えないと判断した[10]。

一九八〇年代末には、死刑判決の再審についてあからさまに非難する最高裁判事まで現れた。ウィリアム・レンキスト連邦最高裁長官は死刑判決への上訴に制限を設けるよう促し、執行を止めようとする弁護士たちの際限のない努力に待ったをかけようとした。一九八八年の法曹協会のイベントでの「さっさと片づけよう」という彼の発言はことに有名だ[11]。こうして死刑裁判では、公正さより〝片をつけること〟が新たな最優先事項となった。

ハーバート・リチャードソンとはじめて話をして二週間が経ち、私はなんとか刑の執行を停止させようと躍起になっていた。いまとなっては遅すぎるとわかってはいたが、もしかしたらという希望もあった。ハーバートのケースにはいくつか看過できない問題点があることに気づいたからだ。彼が有罪だということは動かしようがないが、死刑相当の殺人とすべきでない充分な理由がいくつかある。その最たるものが、人を殺そうという明確な意図がなかったという事実だ。その点を脇に置いておいたとしても、ハーバートの持つトラウマ、従軍経験、幼少時のつらい体験が、やはり死刑にはできない強力な根拠になる。刑を軽減する説得力のある証拠が裁判ではいっさい提示されておらず、やはりそのままにはしておけなかった。死刑は、それを求刑するのにふさわしくないあらゆる理由を慎重に考慮してはじめて、正当に科すことができるが、ハーバートの場合それが充分ではなかった。私はしだいに、ハーバートが死刑判決を受けたのは単に標的にしやすい存在だったからだという思いを強めていった。孤立無援だった彼は、死刑判決に必要な正しい法的条件を平気で無視するシステムにやすやすと犠牲になった。適切なときに適切な援助をしていれば、ハーバートは二週間以内に執行日を迎える死刑囚になどなっていなかったのだと思うと、つらかった。

私はいくつかの裁判所にハーバートの刑執行差し止め請求をおこなった。理由は、当時の弁護士の能力不足、裁判中に見受けられた人種差別的偏見、検事の中傷発言、刑を軽減する証拠が開示されなかったこと。どの裁判所も「もう遅すぎる」と回答した。ただ、ドーサンにある地方裁判所で手短かに審問してもらえることになり、私は、ハーバートがつくった爆弾は時限爆弾だったという事実を明らかにしようとした。専門家を呼んで、爆弾には時限装置が取りつけられており、接触によって人を殺すようにはなっていなかったと証言してもらった。この証拠は裁判のとき、あるいはもっと早い段階で開示されるべきだったと判事が結論づけることは予想できたが、それでもひょっとすると理解を示してもらえるかもという期待はあった。

ハーバートと私はいっしょに出廷し、判事の表情から彼が少しも興味を示していないことにすぐに二人とも気づいた。それがハーバートの不安を煽った。彼は私に小声でささやき、ハーバート自身の意図について、証人の専門家に証言してもらいたいと訴えてきた。その専門家にハーバートの意図などわかるはずがないのに、である。ハーバートはいまや喧嘩腰になり、判事にも聞こえるような声であれこれ言いたてはじめた。そのあいだも判事は、その事実はいまはじめて発見されたものではなく、裁判時に提示すべきだったと相変わらず強調し、だから執行停止命令の根拠にはなりえないと述べた。

私は、ハーバートを落ち着かせるために短い休憩が欲しいと判事に頼んだ。

「俺が証言してもらいたいことを彼は証言していない！」

ハーバートはパニックを起こし、呼吸が乱れていた。頭を抱え、ひどい頭痛がすると訴えた。「俺は誰も殺すつもりはなかった。彼はそれを説明しないと!」ハーバートはわめいた。

私は彼をなだめようとした。「リチャードソンさん、そのことはもう訴えてあるんです。専門家があなたの精神状態について話すことは許されない。彼は爆弾が爆発するような設計にはなっていなかったと証言することはできるが、あなたの動機については説明できない。判事がそれを許可しないし、彼がそこまで話すわけにはいかないんです」

「連中はあの人の話に耳を傾けようとさえしていない」ハーバートは悲しそうに言い、こめかみをさすった。

「わかってる。でもいいですか、これはすべての第一歩にすぎません。あの判事にはたいして期待していないが、この審問が上訴につながるかもしれない。あなたにとっては不満かもしれないけれど」

彼は不安げに私を見て、あきらめたようにため息をついた。そのあとは、むっつりした様子で審問のあいだずっと頭を抱えていた。それは、彼が取り乱してあれこれ文句をつけていたときよりはるかに心ふさぐ光景だった。

まだ弁護士を雇えていなかったので、いっしょにそこに座り、書類を探したり、被告を落ち着かせたりするのを手伝ってくれる共同弁護人もいなかった。審問が終わるとハーバートは足枷をはめられ、また死刑囚監房に連れ戻された。失望し、いらだち、不機嫌な様子で。自分の荷物をまとめて法廷から出た私も、気持ちは同じだった。誰かから今日の審問について報告を聞き、私たちが提出した証拠が執行停止の根拠になるかどうか評価してもらえたらよかったのだが。地方判事が請求を認めてくれるとはあまり思っていなかったとはいえ、審問によってこれは故意の殺人ではないという認識が生まれ、執行停止が適当という流れになるのではという淡い期待があった。やるべきことがあまりにも多すぎて、本件の見え方を変えられるだけの証拠提示ができたかどうか、自分では客観的に評価できなかった。なにより、ハーバートをあんなに落ちこませてしまったことを後悔していた。

法廷を出ようとしたとき、部屋の奥でひとかたまりになっている黒人の女性や子供たちのグループが見えた。そのうちの七、八人が私をじっと見つめている。審問は午後遅くにおこなわれたので、そこで予定されている裁判はもうなかった。誰だろうと興味は覚えたものの、正直に言うと、もうへとへとで気にする余裕もなかった。なかでもいちばん私に注目している三人の女性に私は微笑み、挨拶代わりに曖昧にうなずいた。それをきっかけに、部屋を出ようとしていた私に彼女たちが近づいてきた。

私に話しかけてきた女性は緊張しているらしく、びくびくしているようにさえ見えた。彼女はおそるおそる言った。「私はレナ・メイの、被害者の母親です。州政府は私たちを支援すると言ったのに、なにもしてくれませんでした。メアリー・リンは爆弾事件以来耳がよく聞こえなくなり、その姉は神経症になってしまいました。それは私も同じです。できればあなたに助けていただきたいと思いまして」

私が呆気にとられた表情をしたのだろう、彼女はあわてて言葉を継いだ。

「お忙しいことはわかってます。もしできればと思ってお願いしてるんです」彼女がそろそろと手を差しだしていることに気づき、私はその手を握った。

「約束の支援を受けられなかったのはとても残念です。でも、いまこの件で私はハーバート・リチャードソンの代理人を務めているんです」私はできるだけやわらかい口調で言った。

「ええ、存じてます。いますぐにはなにもできないでしょうけど、この件が終わったら手を貸してくださいますか？　医療補助のお金がもらえるし、娘の耳についても助けてもらえるって聞きました」

私に話をしている女性に若い女性がそっと近づき、抱擁した。二〇代前半に見えるが、しぐさや行動は幼い子供のようだった。彼女は小さな少女がするように母親の脇に頭をもたせ、悲しそうに私を見た。別の女性が近づいてきて、少々怒ったように言った。「あたしはこの子のおばだ。人を殺すのはよくないと思ってる」

なにが言いたいのかはっきりとはわからなかったが、私は彼女を見て答えた。「ええ、私も人を殺すのはよくないと思っています」

おばは少し緊張をゆるめたように見えた。「なにもかもほんとにつらくて悲しいよ。あんたが助けようとしている男に頑張れとは言えないが、あいつのためにまで悲しむはめになるのはいやなんだ。この事件で、これ以上誰も死ぬべきじゃない」

「なにができるかわかりませんが、できれば力になりたいと思います。八月一八日以降に連絡をください。それからいろいろ調べてみます」

するとそのおばは、自分の息子から私に手紙を書かせてもいいかと尋ねた。彼はいま刑務所にいて、弁護士が必要らしい。私が名刺を渡すと、彼女は安堵のため息をついた。全員が法廷を出て、おたがいに厳かに別れを告げた。

「あんたがたのためにお祈りするよ」おばはそう言って立ち去った。

車に向かう途中、彼女たちから検察や州司法長官のスタッフ弁護士らにリチャードソンを死刑にしてほしくないと訴えてもらったらどうだろうとふと思った。とはいえ、州側があの犠牲者家族に同情するはずがないだろう。法廷には、成り行きを見守る州弁護士やその他の職員が大勢詰めかけていたが、部屋の奥に立っていたあのやつれた様子の人々に声ひとつかけずにさっさと姿を消してしまった。私は、自分が彼らの希望の綱であるというあまりに悲劇的な皮肉にずっと割り切れないものを感じていた。

私がモンゴメリーにもどる頃、早くも判事は執行停止請求を却下していた。私たちが提出した証拠は〝時機を失して〟いると裁定した。つまり考慮する気はないということだ。執行まで一週間を切り、続く数日はとにかく申立書を出しまくった。執行前日にはとうとう連邦最高裁にまで再審請求と執行停止の申立てを提出した。死刑の場合であっても、最高裁はめったに請求を認めない。裁量上訴《サーシオレイライ》の申立て、つまり上級裁判所が下級裁判所の裁定の再審理を求めることは、ごくまれにしか認められないが、じつは当初からずっと、チャンスがあるとすれば最高裁しかないと私は思っていた。たとえ下級裁判所が執行停止を認めたとしても、検察側は上訴するのがふつうなので、刑の執行を認めるかどうかの最終判断は必ずといっていいほど最高裁がおこなうことになるのだ。

執行は八月一八日午前一二時一分に予定されていた。私がついに申立書を書きあげ、最高裁にファックスで送ったのは八月一六日の夜遅くで、翌朝はモンゴメリーのオフィスで最高裁の決定をやきもきしながら待っていた。私は、ウォルター・マクミリアンのものも含めほかの案件の捜査ファイルを読んで気をまぎらした。どうせ午後にならなければ返事は来ないとわかっていたが、それでも午前中ずっと電話から目が離せなかった。電話が鳴るたびに鼓動が速まった。受付係のエヴァとドリスも、私が電話を待っていることを知っていた。私たちはいっしょに、家族からの宣誓供述書とカラー写真を含む詳しくあれこれ書き綴った執行停止の嘆願書をすでに州知事に送っていた。そこで私たちはハーバートの従軍経験を細かく説明し、ＰＴＳＤを患う退役軍人にもっと配慮するべき理由を述べた。

それほど希望は大きくなかった。マイケル・リンジーは陪審から終身刑の評決を受けながら死刑になった。ホレイス・ダンキンスには知的障害があったのに、それでも知事は彼を救わなかった。だとすれば、ハーバートにはいっそう同情の余地はなさそうに見える。

私はその日、定期的にハーバートと電話で話をし、まだ知らせはないと伝えた。最高裁の決定がくだっても刑務所職員が彼に知らせるかどうか信用できなかったので、二時間ごとに電話をくれと本人に頼んだのだ。結果がどうであれ、彼のことを大切に思っている人間の口からそれを知らせたかった。

ハーバートはモビール出身の女性と知りあい、もう何年も手紙のやりとりをしてきた。そして刑執行日の一週間前に結婚を決めた。ハーバートに財産はなく、刑が執行されても彼女に渡せるものはなにもなかったが、退役軍人なので、残された家族はアメリカ国旗を受け取る資格がある。彼は、国旗が渡される相手としてその新妻を指名した。執行日に先立つ数日、ハーバートは目前に迫った死刑そのものより、国旗のほうを心配していた。政府がどうやって彼女に旗を配達するのか確認してくれと何度も私に頼み、書面で言質をとってほしいとせっついた。

彼の新妻の家族は執行前の数時間、彼女がハーバートに寄り添うことを許した。刑務所は午後一〇時ぐらいまでは家族に死刑囚と過ごすことを許可したが、その時間になると刑執行の準備をはじめる。私はまだ自分のオフィスで最高裁の返事を待っていた。時計が午後五時を過ぎると、おそるおそる希望を持ちはじめた。最高裁がなんの滞りもなく裁定していたとすれば、もっと早くに連絡をよこしたはずだ。だから連絡が遅れれば遅れるほど、私はいいぞいいぞと自分を励ました。午後六時になると、自分の小さなオフィス内をうろうろしながら、こんなにぎりぎりまで最高裁が議論をしているとすればどんな原因が考えられるか、緊張しながらあれこれ可能性を考えた。エヴァと、私たちが新たに雇った調査員ブレンダ・ルイスもいっしょに待機していた。ついに午後七時少し前、電話が鳴った。相手は裁判所書記官だった。

「スティーヴンソンさん、裁判所がたったいま出した申請番号八九－五三九五番についての裁定結果をお伝えするためにお電話しています。執行停止命令申請と裁量上訴の申立ては却下されました。(12) すぐに命令書のコピーをファックスいたします」

それで会話は終わった。受話器を置いたとき、なんとか考えられたのはただひとつ、なぜ命令書のコピーが必要なのか、ということだけだった。私がそれを誰に見せると書記官は考えたんだ？　あと数時間もすればハーバートは死ぬのだ。これ以上申立てをすることもなければ、記録を残す必要もない。そんな妙に細かいことになぜ拘泥しているのか、自分でもわからなかった。裁判所命令手続きのばかばかしさについて考えたほうが、その意味について考えるより、まだ落ち着いていられたからかもしれない。そのとき私は刑執行のあいだそばにいるとハーバートに約束したことを思いだした。そして、数分経ってやっと、ここから二時間かかる刑務所に間に合うようにたどりつくには急がなければばならないと気づいた。

私は車に飛び乗り、アトモアまで飛ばした。州間高速道路を運転しながら、アラバマの夏の暑さはしつこく残っているものの、日差しはだいぶ傾いていることを知った。刑務所に到着したとき、あたりはすっかり暗くなっていた。刑務所の入口の前には、駐車場に続く長い道に沿ってトラックがずらりと並び、荷台に武装した男が何十人も乗っていた。州警察官、地元警官、保安官補、それに州兵部隊の一部らしき人々もいる。刑執行の夜、刑務所入口の警護をするのになぜ軍隊まで駆りだそうと州側が思ったのか、私には謎だった。一人の男の処刑が無事にすむよう真夜中近くに集められた武装集団というのは、なんともシュールな光景だった。貧しい黒人男の死刑を予定どおり執行することに抗議して暴動が起こる可能性を恐れた者がいたのだと思うと、おかしかった。

刑務所にはいっていくと、年配の白人女性がいた。面会室を管理する刑務官だ。少なくとも月に一度は新しい依頼人を訪ねるので、私は死刑囚監房の常連になっていた。だから彼女とはしょっちゅう顔を合わせるのだが、愛想よくしてもらったことはこれまで一度もない。ところがその晩、彼女は珍しく私を温かく迎えた。ハグでもされるのではないかと思ったくらいだ。

スーツとネクタイ姿の男たちがロビーをうろつき、九時少し過ぎに面会室にはいっていった私を胡散臭そうに見た。ホールマン矯正施設の面会室はガラス張りの大きな円形の部屋で、矯正官たちはどこからでも眺めがきく。面会日に来た家族のための椅子つきの小さなテーブルが一〇組余りある。面会日はふつう月に二、三回あるが、刑の執行が予定されている週は、その対象となる死刑囚にのみ家族の面会が許される。

私が面会室にはいっていったとき、家族がハーバートと過ごす時間はもう一時間も残っていなかった。彼は私がいままで会ったなかでいちばん落ち着いていた。姿を現した私に笑いかけ、ハグをした。

「おいみんな、こちらが俺の弁護士先生だ」

彼の誇らしげな口調に私は驚き、胸を打たれた。

「みなさん、こんにちは」私は言った。ハーバートはまだ私の肩に腕をまわしていた。私はなにか慰めになるような言葉をかけたかったが、なにも思いつかず、ハーバートがまた口を挟んだ。

「俺の持ち物は全部、指示したように分けてくれと職員に伝えた。言われたとおりにしなかったら、俺の弁護士が訴えを起こして金を搾り取り、しまいには先生の下働きをさせられるからなと脅しておいた」彼はくすくす笑い、一同がどっと笑った。

私はハーバートの新妻とその家族と会い、その後の四五分間は片目で時間を気にしながらともに過ごした。午後一〇時には看守がハーバートを連れだし、息のある彼とはそれでもう二度と会えないからだ。ハーバートは明るい雰囲気にしようと努力していた。彼は家族に、自分がどうやって力を貸してくれと私を説得したか話し、私は頭がよくて魅力的な人間の代理人にしかならないのだと自慢した。「裁判で俺の弁護をするには若すぎたが、もしあのとき先生がそこにいたら、俺は今頃死刑囚監房になんかいなかっただろうな」ハーバートはそう言って微笑んだが、私はだんだん平常心ではいられなくなってきた。これから自分の死に直面する周囲の人々の気持ちを少しでも軽くしようと頑張る彼の姿に、私は本当に感動していた。こんなに愛想のいいエネルギッシュなハーバートははじめてだった。彼の家族や私はおおいに笑ったが、それでもみんなが緊張感に包まれていた。時間が経つにつれ、彼の妻の目に涙があふれだした。午後一〇時少し前、アラバマ矯正局長と刑務所長、その他スーツ姿の男たちが面会担当の刑務官に合図した。彼女は言われるままに部屋にはいってきて、残念そうに言った。「みなさん、そろそろ時間です。面会を終わらせなければなりません。お別れしてください」

私は廊下の男たちを観察した。命令に従わせるためもっと断固とした態度を彼女に期待していたことがありありとわかった。予定どおりに事を進めるため、次の準備段階にはいりたがっているのだ。彼女が部屋を出てきたとき州職員の一人が近づき、時計を指さした。部屋のなかでは、ハーバートの妻がすすり泣きはじめた。彼女はハーバートの首にしがみつき、離れようとしない。数分後、彼女のすすり泣きは絶望に満ちた苦しげなうめき声に変わった。

廊下の役人たちはしだいにいらだちはじめ、面会担当官に合図を送った。彼女はまた部屋にはいっていった。「申し訳ありません」彼女はできるだけきっぱりした調子で言った。「でも、もうお引き取り願います」彼女は私を見たが、私は目をそらした。ハーバートの妻がまたすすり泣きはじめた。彼女の姉やほかの家族も泣きだした。ハーバートの妻はさらに強く彼にしがみついた。こんなつらい別れになるとは私も思っていなかった。思いもよらない、どこか現実離れした光景に見えた。突然全員が強烈な悲しみの洪水に呑みこまれ、このままでは誰もハーバートから離れられないのではないかと不安になった。

いまでは役人たちは腹を立てていた。窓ガラスの向こうに目をやった私は、刑務所長が刑務官をもっとよこしてほしいと無線で連絡しているのを見た。別の一人が刑務官に合図し、部屋にもどって家族を追いだせと指示している。一人ではもう出てくるなと彼女に命じている声が聞こえた。刑務官はあせっていた。制服を着ていても、彼女はいつも刑務所とどこかそぐわないように見えたが、いまはさらに居心地が悪そうだ。彼女は一度、孫が弁護士になりたがっているんですと私に話しかけてきたことがあった。なれるといいなと思っていると。彼女は不安げに部屋を見まわし、それから私に近づいてきた。目に涙を溜め、すがるようにこちらを見ている。

「どうかお願いです。この人たちを外に出すのを手伝ってください。どうか」なにか騒ぎが起きるのではないかと私も心配になりつつあったのだが、どうしていいかわからなかった。愛する人を冷静に執行室に送り出させるなんて、期待するほうがどうかしている。収拾がつかなくなる前になんとかしたかったが、私の力ではどうすることもできない気がした。

すでにハーバートの妻は大声で叫びはじめていた。「絶対にあなたのそばを離れない」

ハーバートは、刑執行の一週間前に奇妙なリクエストをした。もし予定どおりに処刑されることになったら、電気椅子に向かう途中、録音した賛美歌「古い朽ちた十字架」を流してもらってほしいというのだ。刑務所職員にその要望を伝えたとき、少々ばつが悪かったが、驚いたことに彼らは承諾してくれた。

聖餐日曜日や聖金曜日、教会での厳粛なミサでよくこの賛美歌が歌われたことを私も覚えている。これほど悲しい賛美歌はそうはない。私は、面会室の外の玄関ホールに制服姿の刑務官がどやどやとはいってくるのを見たとき、自分でもなぜかその賛美歌を口ずさみはじめた。それがなにかの役に立つような気がしたのだ。でもいったいなんの役に？

数分後、家族たちも私といっしょに歌いだした。私はハーバートにしがみついて小声で泣いている彼の妻に近づいた。そしてそっとささやいた。「彼を見送らなければ」ハーバートは部屋の外に並んでいる刑務官を見ると、妻からゆっくり体を引き、彼女を部屋の外に連れだしてほしいと私に言った。

私にすがりついてヒステリックに泣くハーバートの妻を部屋の外に誘導し、涙に暮れる家族もそのあとに従った。私も胸が張り裂けそうになり、泣きたくなったけれど、ひたすら賛美歌を口ずさみつづけた。

一時間もすると、刑務所側は刑が執行される前にハーバートといっしょにいられるよう、私を死刑囚監房にもどす手配をしてくれた。死刑執行日の決まった依頼人のケースはこれまでも担当したことがあったが、執行に立ち会ったことは一度もなかった。ジョージア州で死刑囚の代理人を務めたときは必ず執行停止命令を勝ち取っていたのだ。目の前で自分の依頼人が電気椅子に座らされ、焼き殺されるのを目の当たりにすることに、私はだんだん不安になってきた。まず執行停止命令を獲得することに、そして刑務所に着いたらハーバートにどんな言葉をかけるかということに集中していたので、執行立ち会いのことをほとんど失念していたのだ。立ち会いたくないという気持ちでいっぱいだったとはいえ、ハーバートを一人きりにもしたくなかった。彼を殺したがっている人たちしかいない部屋に彼を置いていくのかと思うと、とても外には出られなかった。ふいに室内が我慢できないほど暑く感じられた。どこにも空気の逃げ場がないかのように。面会室担当の刑務官が家族を外に連れだしたあと私に近づいてきて、耳元でささやいた。「ありがとうございます」共犯者と見なされたことにむっとして、返す言葉がなかった。

執行まで三〇分を切ったとき、彼らは、刑務所の最奥部にある執行室隣の部屋に私を通した。そこでハーバートが電気椅子に座らされる時間まで待機するのだ。ハーバートは〝きれいな〟処刑になるよう全身の毛を剃られていた。州側は、エヴァンスの悲惨な処刑のあとも電気椅子に改良を加えようとしなかった。一か月前のホレイス・ダンキンスの刑執行の際の不手際(13)のことを思い、私はいっそう気がふさいだ。刑が執行されるときどんなことが起きるか、頑張っていろいろ資料を読もうとさえした。手順になにか間違いがあったら割ってはいれるのではないかと思ったのだ。とんだ心得違いだった。

ハーバートは、私の顔を見ると面会室にいたときより感情を高ぶらせた。怯えているように見え、明らかに動揺している。準備として剃毛されたことに屈辱を覚えたのにちがいない。不安げな様子の彼は、私が部屋にはいっていくといきなり両手を握って、いっしょに祈ってくれと頼んできた。だからともに祈りを唱えた。終わると、彼はしばらくあらぬかたを眺めていたが、ふいにこちらを見た。

「ブライアン、ありがとう。あなたにとっても楽なことじゃないとわかってはいるが、そばにいてくれて心から感謝してるよ」

私は微笑んでハーバートを抱擁した。彼は耐えきれない悲しみに押しつぶされそうな表情をしている。

「妙な日だったよ、ブライアン、ほんとに妙な一日だった。今日自分は殺されることが決まっていて、それが人生最後の日だと一日じゅう考えるなんてこと、ふつうの人にはありえない。ベトナムにいたときとも全然違う……もっと変な感じだ」

ぴりぴりした様子であたりをうろついている刑務官全員に彼はうなずいた。「彼らにとっても妙だったと思うよ。一日じゅう、みんなが俺に『私になにかできることはないか?』と訊いてきた。朝起きると入れ替わり立ち替わり人がやってきて、『朝食を持ってこようか?』と尋ねた。昼になると『昼食を持ってこようか?』だ。一日じゅう『なにか欲しいものは?』と訊かれつづけ、夜は『夕食になにが食べたい? なにか手伝おうか?』、『手紙に切手がいるんじゃないか?』、『水はいらないか?』、『コーヒーは?』、『誰か電話をかける相手は?』、『なにか手伝おうか?』」

ハーバートはため息をつき、目をそらした。

「ほんとに妙だよ、ブライアン。俺の人生最後の一四時間に『なにか手伝おうか?』と訊いてきた人は、いままで生きてきた年月にそう訊いてきた人数よりはるかに多かった」彼は私を見た。その顔は困惑で歪んでいた。

私はハーバートを最後にもう一度長いあいだ抱擁したが、頭のなかでは彼のいまの言葉について考えていた。法廷で審理されなかった彼の子供時代のことを、ベトナム戦争から帰還したあと彼が抱えていたあらゆるトラウマや障害のことを考えていた。心のなかで叫ばずにいられなかった。彼が本当に助けを必要としていたとき、そういう人たちはいったいどこにいたんだ? 彼をいま助けたがっている人々はみな、三歳のハーバートが母親を亡くしたとき、どこにいたんだ? 七歳の彼が虐待から立ち直ろうとしていたとき、どこにいた? ティーンエイジャーだった彼がドラッグやアルコール依存で苦しんでいたとき、どこにいた? 心身に傷を負って彼がベトナムからもどってきたとき、いったいどこにいたんだ?

廊下にはカセットテープレコーダーが設置され、刑務官の一人がテープを再生させるのが見えた。「古い朽ちた十字架」の悲しい調べが流れだし、彼らは私からハーバートを引き離した。

ハーバートの死刑に立ち会うあいだ、私はずっと自責の念に駆られていた。刑務所内にいる誰もが後悔と良心の呵責という名の霧に包まれているように見えた。矯正局の役人たちは自分に鞭打って決然と刑を執行したようだったが、彼らの行動にさえかなりの不快感と若干の後ろめたさが垣間見えた。ただの気のせいかもしれないが、この死刑は間違っていると誰もが認識しているように思えた。死刑という抽象概念と、誰にも脅威をあたえない人を制度によって殺す現実は、まったく別なのだ。

自宅にもどるあいだ、私はずっとそのことばかり考えていた。ハーバートのことを、ベトナム戦争の従軍で賜《たまわ》る権利を得たアメリカの国旗に彼がとてもこだわっていたことを考えた。彼の家族と被害者の家族、この犯罪がその両方を襲った悲劇について考えた。面会室担当刑務官、矯正局の役人たち、処刑が滞りなくすむようハーバートの体毛を剃るために雇われた人のことを考えた。彼の体をベルトで電気椅子に固定した刑務官たちのことを考えた。自分は善行をしていると信じていた人、いやせめて、これはやるべきことなのだと思っていた人さえ、一人もいないのではないか。そう思えてならなかった。

翌日、死刑執行の記事が新聞に掲載された。州政府の何人かが、執行がおこなわれたことに快哉をあげたいと述べていたが、彼らは誰一人としてハーバートの処刑がどんなふうに実行されたか実際には知らない。死刑について議論するとき、私はまず、強姦罪に問われた者をその報いとして強姦したり、人を暴行したり虐待した者に罰として暴行や虐待をおこなうのは非人道的とされることを指摘する。それなのに殺人を働いた人間を殺すことについては平気でいられるのは、ひとつには、良心的な方法でそれがおこなわれると信じているからだと思う。人を殺すということが実際どういう行為なのか、その点をないがしろにしすぎなのではないか、と考えずにいられないのだ。

翌日、私は気持ちを切り替えてオフィスにもどった。ほかの案件の捜査ファイルを手にとり、刑の執行を避ける可能性を広げるためになにができるか計画を再検討した。でも、そんなふうに決意を新たに仕事に取り組んでも、なにも変わらないと認めるしかなかった——私はハーバートの死という現実となんとか折り合いをつけようとしていただけなのだ。それでも、仕事のおかげで気がまぎれたことも事実だった。一刻も早く新しいスタッフを雇い、死刑囚の法的支援というどんどん難しさを増す挑戦を支える寄付を募らなければならない。エヴァと私は、スタッフとしてここで働くことに興味を示してくれた人々について話しあった。ある財団に新たな資金援助を頼める可能性も出てきたし、その日の午後には、注文したオフィス機材がようやく搬入された。一日が終わる頃には、きっといい方向に行くさと自分に言い聞かせていた。同時に新たな重圧を両肩に感じていたとはいえ。

第5章 ジョンの帰還

「その娘さんが殺されたとき、弟一人で森に狩りにでも行っていてくれたほうがはるかに簡単だったのに」

ウォルターの姉、アルメリア・ハンドがそこで言葉を切ると、小さなトレーラーハウスに集まっている人々がそうだそうだと口々に叫んだ。私はソファーに座っていて、こちらを眺めている二〇人ほどの家族のメンバーに目を向けた。アルメリアがまた話しだした。

「それなら少なくとも、弟がああいうことをした可能性がなきにしもあらずだと私たちにも理解できた」

彼女はまたそこで口をつぐみ、私たちが集まっている部屋の床に視線を落とした。

「でもあの日の午前中、弟はずっと私たちのそばに立っていた……弟がどこにいたかあたしたちはたしかに知っている……弟がなにをしていたか、あたしたちは知ってるんだよ！」

彼女の声がしだいに乱れ、大きくなっていくなか、人々が小声でそうだ、そのとおりだとささやいている。私が育った小さな村の黒人用教会でいつも耳にしていたのと同じ、いわば声にならない闘いと苦悩の証言だ。

「ここにいるほとんど全員があのとき弟のそばにいた。弟に話しかけ、いっしょに笑い、いっしょに食事をした。ところが何か月か経っていきなり警察が現れ、あたしたちの横にいたまさにその時間にあの子が何キロも離れた場所で人を殺したと言いだした。そしてあの子を連れていってしまった。あいつらの言い分は嘘だとわかっているのに」

いまでは話すことさえやっとという様子だった。両手が震え、動揺で喉がつかえてなかなか言葉が出てこない。

「あたしたちはあの子と一日じゅういっしょにいたんだ！　あたしたち、いったいどうしたらいいんです、スティーヴンソン先生？　教えてください、なにをしたらいいのか」彼女の顔が苦痛で歪んだ。

「自分まで有罪になったような気分です」

彼女がなにか言うたびにそこに集まった人々は「そうだ！」とか「そのとおりだ！」と叫んだ。

「あたしまで死刑囚監房に入れられたような気がするんです。危ない目に遭わないようにするにはどうしたらいいか、子供になんて教えればいいんです？　自宅で家族みんなに囲まれて自分のことをしていたというのに、やってもいない殺人の罪を着せられて死刑囚監房に送られるとしたら？」

スーツ姿の私はぎゅう詰めのソファーに座り、相手のつらそうな表情を見つめた。ここに到着したときは、こんなに深刻な話し合いになるとは思っていなかった。みんな答えを欲しがり、納得のいかない状況になんとか折り合いをつけようとしていた。この場にふさわしい言葉を私が必死に探していたとき、若い女性が口を開いた。

「ジョニー・Dはそんなことをするような人じゃないわ。彼が私たちといっしょにいたにしろ、いなかったにしろ」彼女は、家族や友人がウォルターにつけたあだ名を使った。「絶対にそんな人じゃない」その若い女性はウォルターの姪だった。彼女はウォルターにアリバイが必要だという考えそのものに反駁《はんばく》を続け、みんなもそれに賛成しはじめた。

ウォルターの大家族が、ウォルターの性格を考えればアリバイは必要ないし、アリバイを証明するなんてむしろ侮辱だと議論をはじめたので、私へのプレッシャーがつかのま消えてほっとした。長い一日だった。いま何時かもはやわからないが、とても遅いことは確かだったし、疲労困憊しつつあった。その日の早い時間に、死刑囚監房でウォルターといっしょに何時間か裁判記録の写しをじっくり読み返した。ウォルターと会う前に、数人の新たな死刑囚の依頼人とも会った。彼らの案件に動きはなかったし、デッドラインが間近に迫っているわけでもなかったが、リチャードソンの刑執行以来会っていなかったので、向こうもじりじりしていた。

ウォルターの裁判記録を読み終わったいま、いよいよ上訴をすることになるが、時間にあまり余裕はなかった。まっすぐモンゴメリーに帰るべきだったが、ウォルターの家族から話を聞きたいと言われ、彼らが住むモンローヴィルは刑務所から一時間もかからないので、寄りますと約束したのだ。

モンローヴィルに続く幹線道路から少しはずれたところにある、レプトンという村の荒れはてたウォルターの家の前に車を停めると、妻のミニー・ベル・マクミリアンと娘のジャッキーが私を待ちかまえていた。カネッカー郡とモンゴメリー郡のあいだを走る郡道沿いに群れをなす酒屋の前を通りかかれば、もう近いとわかるとウォルターには言われた。モンロー郡は〝禁酒郡〟で、アルコール飲料は販売が禁じられている[1]。酒を喉から手が出るほど欲しがっている市民のために、カネッカー郡の郡境には何軒もの酒屋が並んでいるのだ。ウォルターの家はこの郡境からほんの数キロの距離にあった。

私はドライブウェイに車を停め、家の荒廃ぶりに目を見張った。これでは貧困家庭にしか見えない。危なっかしく三つ置かれたコンクリートブロックの上の腐りかけた木の床板が玄関ポーチだ。青い窓枠はいますぐにでもペンキを塗り直す必要があったし、間に合わせの階段は建物ときちんと接続してなかったが、家にはいるにはそこをあがるしかなさそうだった。庭には車の部品、タイヤ、壊れた家具の一部、その他のがらくたが散らばっている。私は車を降りる前に、着古したスーツの上着を着ていくことにした。両方の袖のボタンがひとつずつとれてしまっていることに気づいてはいたが。

ミニーは玄関ドアから姿を現し、慎重にポーチにあがった私に、庭の惨状について謝った。彼女は親切に私をなかに案内した。彼女の背後には二〇代前半と思しき女性がいた。

「なにか食べるものをつくります。一日刑務所にいらっしゃったんですから」ミニーが言った。彼女は疲れて見えたが、ほかは、ウォルターの描写や電話での会話から私が想像していたとおりだった――辛抱強いしっかり者。検察側はウォルターがカレン・ケリーと浮気していたことに言及したので、ミニーにとってはとりわけ過酷な裁判だった。それでも彼女は堂々として見えた。

「いいえ、けっこうです。とてもありがたいお申し出ですが、大丈夫ですから。ウォルターといっしょに面会室で食事してきたんです」

「刑務所の面会室にはポテトフライとソーダしかないわ。なにかご馳走させてください」

「ご親切にありがとうございます。でも本当に大丈夫です。あなただって一日じゅう働きどおしだったでしょう」

「ええ、じつは。工場で一二時間シフトにはいっているんです。会社側は、従業員の個人的な用事とか病気とか気力とか遠方から来たお客なんて気にしないし、もちろん家庭の事情なんてまるで耳を貸さない」怒っているようにもつらそうにも見えず、ただ悲しそうだった。彼女は近づいてきて私の腕にそっと腕を巻きつけ、家のなかにいざなった。人で混みあったリビングにあるソファーに私たちは座った。ソファーとは合っていない椅子には書類や服が山積みになっている。彼女の孫のおもちゃが床に散らばっている。ミニーは私のすぐ近くに座り、こちらに寄りかかるようにしながら小声で話しつづけた。

「会社に来いと言われれば行かなくちゃならない。娘には大学を卒業させてやりたいと思っているけれど、簡単じゃないわ」ミニーは娘のジャッキーのほうにかぶりを振った。娘のほうも母を同情するように見た。ジャッキーが部屋の向こう側から近づいてきて、私たちの近くに座った。ウォルターとミニーから子供たち――ジャッキー、ジョニー、〝ブート〟――の話は何度か聞いていた。ジャッキーの名前のあとには必ず「大学に行ってる」という一言が続く。いまやジャッキー・〝大学に行ってる〟・マクミリアンという名前で頭に刻まれはじめていた。子供はみな二〇代だがいまも近くにいて、母を守ろうとしていた。

私は彼女たちにウォルターを訪ねた話をした。ミニーはもう何か月も刑務所に行く時間がとれず、私が彼と時間を過ごしたことを喜んでいるようだった。私は上訴手続きを彼らと確認し、次のステップについて話をした。彼女たちはウォルターのアリバイについて請けあい、最近この事件について村に出回っている噂を教えてくれた。

「犯人はあのマイルズ・ジャクソンっていう老人で間違いないと思う」ミニーが力強く言った。

「私はクリーニング屋の新しいオーナー、リック・ブレアだと思うよ」ジャッキーが言った。「犯人と争った彼女の爪に白人の皮膚片が見つかったことは誰もが知っている」

「そのうちきっと真実にたどりつきますよ」私は言った。確信のある言葉に聞こえるよう努めたが、裁判記録の写しを読んだかぎり、警察が私に証拠を引き渡したり、捜査ファイルや現場で集めた物証を開示したりするとは思えなかった。記録の写しを見ても、捜査にあたった警察や検察がいかに法をないがしろにしていたか明らかだった。なにしろ公判前からウォルターを死刑囚監房で拘束したくらいだ。当局が、ウォルターの無実を証明するのに役立つすべての証拠品の引き渡しに必要な法的手続きにまともに従うかどうかさえ疑わしい。

私たちは一時間をゆうに超えて話をした。というより、彼らが話し、私は聞き役にまわった。ウォルターが逮捕されてからの一八か月間、彼らがどれだけ傷ついていたか、それでわかるというものだ。

「裁判は最悪でした」ミニーが言った。「ジョニー・Dは家にいたとみんなが主張したのに、いっさい無視されたんです。なぜ彼らがそんなことをしたのか、誰も説明してくれません。彼らはどうしてあんな真似を?」彼女は私をじっと見た。私なら答えを教えてくれると心から信じているかのように。

「この裁判は嘘で成り立っています」私は言った。ウォルターの家族にこんなにはっきり意見を告げることに、本当ならもっと慎重になるべきだった。私はまだ事件を充分に調べておらず、ウォルターの有罪を証明する証拠がもっとある可能性を完全には否定できない。それでも、この裁判記録を読んだとき私は怒りで頭が爆発しそうになり、その怒りがまた舞い戻ってくるのを感じていた。この裁判はウォルターを不正に裁いただけでなく、黒人コミュニティ全体を苦しめていた。事件について私に話をしてくれた貧しい黒人コミュニティの人々はみな、希望を失っていた。この司法の大きな過ちは黒人住民すべてを絶望の淵に突き落とした。私には、彼らの意気をこれ以上くじくことなどとてもできなかった。

「嘘に次ぐ嘘です」私は続けた。「誰もが嘘ばかり並べ、あなたがたがいざ真実を述べたときには、嘘をついているのはあなたがたのほうだと考えたほうがすでに楽になった。裁判記録を読んだだけでもこれだけ憤りを感じるのですから、みなさんのお気持ちは察するに余りあります」

そのとき電話が鳴り、ジャッキーがあわてて立ち上がった。数分後、彼女がもどってきた。「みんなだんだんいらいらしてきたとエディが言ってる。いつこっちに来られるか教えてほしいって」

ミニーは立ち上がり、服の皺を伸ばした。「じゃあそろそろあっちに行かなくちゃね。今日ずっとあなたのことを待ってたんです」

私が困惑の表情を浮かべると、ミニーが微笑んだ。「ほかの家族にもあなたを連れていくと話したんです。あなたはここに来たことがないから、訪ねたくてもみんながどこに住んでいるか探すのが難しいと思って。ウォルターの姉たち、甥、姪、他のみんなもあなたに会いたがってます」私はぎょっとしたがなんとか顔には出さないように努めた。しかし、時間のほうがだんだん心配になってきた。

私のツードアのカローラにみんなでぎゅう詰めになって乗りこんだ。車内には書類や公判記録の謄本、裁判記録が散乱していた。「どうやらお金はほかのことに注ぎこんでるみたいですね」出発すると、ジャッキーがそう言ってからかった。

「ええ、最近では高級スーツを揃えるのに忙しくて」

「あなたのスーツも車もすてきですよ」ミニーが加勢してくれた。


彼女たちの道案内で、鬱蒼とした森のなかを縫って続く未舗装の道を進んだ。とても曲がりきれないと思うようなカーブに次ぐカーブをなんとかクリアしながら何キロか走ったあと、一台分しか通れないような狭く短い橋の前にたどりついた。ひどく不安定に見えたので、私はスピードを落として車を止めた。

「大丈夫ですよ。雨が降ったようにも見えないし。本当に困ったことになるのは雨が降ったときぐらいですから」ミニーが言った。

「困ったことってなんです?」怖がっているような口調になるのは不本意だったが、そこはどことも知れない場所だったし、あたりは真っ暗闇で、橋の下にあるのが沼なのか渓流なのか小川なのかもわからないのだ。

「大丈夫よ。みんな毎日車で通ってるんだから」ジャッキーが口を挟んだ。

ここで引き返すのも面目が立たないので、仕方なくそろそろと橋を渡り、向こう岸にたどりついたときには心からほっとした。さらにもう一キロ半ほど走ると森のなかにトレーラーハウスや小さな小屋がちらほら見えはじめ、とうとう森に隠れた集落が現れた。

坂道をあがり、闇のなかで灯りが光っているトレーラーハウスの前に到着した。正面に置かれたドラム缶で焚かれる火に照らされている。子供たちが六、七人、外で遊んでいた。彼らは車が停まったのを見て、トレーラーのなかに駆けこんだ。私たちが車を降りると、背の高い男がトレーラーから出てきた。彼はこちらに近づいてきてミニーとジャッキーを抱擁し、私と握手をした。

「みんなあなたをお待ちしてます」彼は私に言った。「たぶん仕事をたくさん抱えてお忙しいのでしょうが、ここまで来てくださって感謝しています。俺はジャイルズ。ウォルターの甥です」

ジャイルズは私をトレーラーに案内し、ドアを開けてくれた。その小さな家には三〇人以上がすし詰めで、私が足を踏み入れたとたんおしゃべりがぴたりとやんだ。その大人数に私は圧倒された。彼らは私を品定めするようにじろじろ見ていたが、やがて一人、また一人と笑顔になった。そして驚いたことに、いきなり割れんばかりの拍手がはじまった。私は唖然とした。ただ姿を見ただけで私に拍手をしてくれた人など、いままで一人もいなかったからだ。年配の女性、年若い女性、ウォルターと同年輩の男性、もっと年のいった男性。彼らの顔にはいまやおなじみのものとなった不安が刻まれていた。拍手がやんだところで、私は話しはじめた。

「ありがとうございます、こんなに温かく迎えてくださって。みなさんにお会いできてうれしく思います。マクミリアンさんから大家族だと聞いていましたが、こんなにここにお揃いだとは思いませんでした。今日彼に接見し、いまも彼に寄り添ってくれているみなさんに感謝を伝えてほしいと言われました。みなさんのサポートがどれだけ彼の支えとなっているか、ぜひ知っていただきたい。彼は毎朝死刑囚監房で目覚めます。それは楽なことではありません。でも彼は自分が独りじゃないと知っている。彼はいつもみなさんのことばかり話しています」

「お座りください、スティーヴンソン先生」誰かが叫んだ。私のために空けておいてくれたらしいソファーに腰かけ、隣にミニーが座った。ほかは全員が立ち、私のほうを見ている。

「われわれには金がない。最初の弁護士に全部払っちまった」男の一人が言った。

「それはわかっていますし、私は一セントも報酬をもらいません。私が所属しているのはＮＰＯで、無償で依頼人に法的支援をします」私は答えた。

「じゃあ、どうやっていろんな支払いをするの？」若い女性の一人が尋ねた。その質問にみんなが笑った。

「私たちの活動を支援してくれる財団や人々から寄付を集めるんです」

「ジョニー・Ｄを家に帰してくれたら、あたしがありとあらゆる寄付をするよ」別の女性が冗談めかして言った。みんなが笑い、私も微笑んだ。

別の年配女性が立ち上がった。ウォルターの姉、アルメリア・ハンドだった。「スティーヴンソン先生、私たちに財産はありませんが、あなたは私たちの愛する家族の世話をしてくださっている。私たちの持ち物は全部あなたのものです。あの連中は私たちを失望させた」彼女は言った。

私は質問に答えはじめ、さまざまな話や証言を聞いた。ウォルターのこと、町のこと、人種について、警察について、裁判のこと、彼の家族を集落の住人みんなが大事にしていること。時間が過ぎ、ウォルターの家族からたとえどんなに役立つ情報を教えてもらったとしてももう頭にはいってこないくらい疲れきっていたが、それでも人々はまだ話したがった。自分の心配を私に打ち明けることで、気が軽くなるようなところもあるようだった。やがて彼らの質問やコメントに希望が感じられはじめた。私は上訴手続きについて説明し、裁判記録ですでに明らかな問題点を話した。私が提供した情報で彼らの不安が多少なりともやわらいだのだと思うと励まされた。しだいに冗談も飛び交いはじめ、私はみんなに受け入れられたような気がして、元気が湧いてきた。

私がソファーに座ってみんなの話を聞き、質問に答えるあいだに、一人の年配女性が甘くしたアイスティーの背の高いグラスを渡してくれた。少し緊張していたせいで（もちろん紅茶がおいしかったこともある）、一杯目はあっというまに飲み干してしまった。女性は私のグラスが空になったのを見ると、満足げに微笑んだ。そしてすぐに二杯目を注ぎ、その後も私がたくさん飲んでいようがほとんど飲んでいまいが、その晩ずっと私のグラスを信心するかのような熱心さで面倒を見てくれた。三時間以上経って、ミニーがやっと私の手をとると、そろそろ解放してさしあげなければとみんなに告げた。すでに午前零時に近く、モンゴメリーまで少なくとも二時間はかかる。私は別れを告げ、文字どおり部屋にいる全員と抱擁を交わしてから夜の闇に足を踏みだした。

南アラバマの一二月は、日中ならそれほど寒さが厳しくなることはないが、夜は気温ががくんと下がることがあり、南部でも冬はやはり冬なのだと気づかされる。コートを着てこなかったので、私はミニーとジャッキーを自宅まで送ったあと、帰りの長い道のりのために暖房を強くした。ウォルターの家族との会合ではいろいろと刺激を受けた。ウォルターのことを大切に思い、だからこそ私の行動や支援の内容にも興味を持っている人が大勢いる。しかし、この事件によって傷ついた人がいることも事実だった。今日会ったなかには、親戚ではないが、事件のあった日にフィッシュ・フライの集いに来ていたことでそれに近いつながりを持つようになったという人もいた。彼らはウォルターの有罪判決に心底ショックを受け、今日私が来ると聞いてわざわざ足を運んでくれたのだ。彼らは自分のつらさや困惑を分かちあう場を必要としていた。

一九〇三年、作家のW・E・B・デュボイスがその独創的な作品群のひとつとして、『黒人のたましい』というすばらしい、しかし恐ろしい短編集を発表した。私は自宅をめざして運転しながら、そのなかの「ジョンの帰還」という短編を思いだしていた。物語のなかで、ジョージア州湾岸部に住んでいるジョンという若い黒人が、何百キロも離れた場所にある黒人教師養成学校に送りだされる。彼の生まれ育った黒人集落が村をあげて授業料となる資金を集めたのだ。集落はジョンに投資して、いつの日か彼がもどってきたときに、当時は公立学校に通うことを禁じられていた黒人の子供たちに教育を授けてもらうつもりだった。遊び好きなのんき者のジョンは危うく落第しそうになるが、みんなから託された信頼と、卒業できずに帰郷する恥を考えて、心を入れ換える。成功をめざして真面目に勉強し、優秀な成績で卒業した彼は、村に改革をもたらすため帰郷する。

ジョンは村の実権を握る白人判事を説得し、黒人の子供のための学校を開くことを許してもらう。教育によって大きく成長した彼は、人種間の平等や黒人の人権について強く主張するようになり、それが彼自身と黒人集落をまずい立場に追いこむ。判事は、ジョンがなにを教えているかを知ると、学校を閉鎖してしまう。閉校になったあと鬱憤と失望を抱えてジョンが家に帰る途中、彼は自分の妹が判事の息子にいたずらされているのを目撃し、かっとなって木の棒で息子の頭を殴ってしまった。故郷を去る決意をしたジョンは母に別れを告げるため、そのまま家に帰る。しかし、怒り狂った判事がリンチのために集めた暴漢たちとともにジョンに追いついたところで、物語は悲劇的な幕を閉じる。

私は大学時代にこの話を何度も読んだ。黒人コミュニティの住民みんなの希望の星だったというところが自分と重なるように感じられた。私のおばにしろおじにしろ、一人として大学を出た者はいなかった。高校を卒業した者さえそう多くはない。同じ教会に通う人々はいつも私を激励し、お返しを期待されたことは一度もなかったが、私は借りがどんどん増えていくような気分だった。デュボイスはそういうサイクルをよく理解していて、それを作品という形にした。私はすっかり夢中になった（ジョンと重なるといっても、リンチの部分までは似ませんようにと願うばかりだったが）。

ウォルターの家族と会ったその夜、私は車のなかでその物語の見え方ががらりと変わるのを感じていた。それまで私は、ジョンがリンチに遭ったあと彼の集落の人々がどれほど打ちのめされたかまでは考えたことがなかった。ジョンに教師になってもらうためにすべてをなげうった人々は、さらなる苦境に立たされただろう。ジョン亡きあとの集落は、それまで以上にさまざまなチャンスや進歩から切り離され、悲しみに沈んだはずだ。不信感や悪意、不正がもっとはびこるようになったかもしれない。

ウォルターが有罪になったことで、彼の家族や集落の貧しい黒人たちも同じような苦しみを背負わされたのだ。事件があった日に彼の家にいなかったとしても、モンローヴィルに住む黒人なら、そのときウォルターといっしょにいた誰かを知っているはずだ。あのトレーラーハウスに充満していた痛みが感じられたし、手で触れられるような気すらした。コミュニティの人々は正しい裁きがくだることを心から願っているようだった。私はそう実感し、重圧を感じながらも決意を新たにした。

ウォルターの件を心配する大勢の人たちから電話を受けることにもしだいに慣れてきた。ほとんどは、「頑張ってください」とか「できることならなんでもします」と訴える貧しい黒人で、私が彼の家族を訪ねたあとますますその手の電話が増えた。だがときどきウォルターの得意客だった白人からも支援を申しでる電話がかかってきた。その一人がサム・クルックで、彼は電話で、今度町に来たときにはぜひ会いに寄ってほしいと言い張った。

「私は南軍なんだ」電話の最後で彼はそう言った。「南軍第一一七師団だ」

「はい？」

「わが部下たちは南軍の英雄だった。私が彼らの土地を、称号を、栄誉を受け継いだ。私はこの国を愛しているが、ウォルター・マクミリアンの身に起きたことは正しいとは言えない」

「お電話いただきありがとうございます」

「あんたには支える人間が必要になる。あんたが戦おうとしているたぐいの連中についてよく知っている人間が。私があんたを助けてやれる」

「そう言っていただけてとてもうれしく思います」

「もうひとつ忠告しておこう」彼は声を低めた。「あんたの電話、盗聴されてるとは思わんか？」

「いいえ。その心配はないと思います」

サムの声がまた大きくなった。

「さて、私は、連中が彼を吊るそうとするのを阻止することに決めた。私が人を集めて、連中が彼を吊るす前に縄をちょん切らせる。やってもいないことで善人が死刑にされるなど、絶対に我慢できん」

サム・クルックは宣戦布告かなにかのように大仰にしゃべった。どう答えていいのか言葉に困った。

「その……ありがとうございます」それだけ言うので精いっぱいだった。

あとでウォルターにサム・クルックのことを尋ねると、彼はただにやりと笑った。「あの人のためにずいぶん仕事をしたんだ。あの人は俺によくしてくれた。すごく面白い男だ」

最初の数か月、私は一週間おきにウォルターに接見に行き、彼の癖をいくつか知った。〝面白い〟が変人を語るときの婉曲話法で、何年ものあいだ郡のあちこちで何百人という人々の下で働いてきたウォルターだから、〝面白い〟人の話には事欠かなかった。ふつうじゃないあるいは変てこな人であればあるほど、ウォルターの〝面白い〟の表現がレベルアップしていく。〝すごく面白い〟、〝本当に面白い〟、そしてついには〝いや、彼はほんとおおおおおに面白い〟というように、変人度の尺度となるのだ。ウォルターは誰についても悪口を言いたくないようだった。変な人だと思っても、ただくすくす笑うだけだった。

接見中のウォルターははるかにリラックスしていた。たがいに気のおけない仲になるにつれ、彼はときどき横道にそれ、裁判とは関係ない話をはじめた。刑務所の看守について、ほかの囚人と接したときの体験談、故郷に帰ったら訪ねようと思っていたのにいまだに訪ねていない友人のこと。そういう会話をするとき、ウォルターは驚くほどの思いやりを見せた。彼は他人がなにを考え、どう感じているかとっくりと想像し、相手の気持ちをやわらげようとする。看守たちが無礼なことを言うとき、その原因として彼らがどんな不満を抱えているのかに思いを馳《は》せる。死刑囚を訪ねるのはさぞつらいだろうと、私に言ってくれさえした。

私たちは、彼の好きな食べ物、若かったときの仕事について話をした。人種や権力、目にした面白いこと、悲しいこと。死刑囚でも看守でもない人とふつうの話をすると気が晴れるらしく、私は余った時間に必ず裁判とは関係のないおしゃべりをするようにした。それは彼だけのためではなく、自分のためでもあった。

私はプロジェクトをスタートさせることに心血を注ぎ、たちまち仕事と私生活の境界がなくなってしまった。弁護士ではなく友人として依頼人と過ごす時間が、私にとっても気分転換になった。ウォルターの案件は私がいままで扱ったなかで最も困難で時間を食うものになりつつあったが、彼といっしょにいると気持ちが安らいだ。一方で、彼が受ける不当な扱いに憤りを感じた。しかもそれがだんだん仕事上のものではなく、友人に対して感じるそれになりはじめていた。

「ここの連中から、あんたが彼らにも力を貸してると聞いた。ゆっくり休む時間がないんじゃないのか?」ウォルターが一度そんなことを言った。

「誰もが助けを必要としてる。だからわれわれはできるだけのことをしようとしてるんだ」

ウォルターは、私がそれまで見たことがないような妙な顔をした。私に助言をしていいものかどうか、悩んでいるように思えた。彼はいままで助言などしたことがなかったからだ。だがとうとう思っていることを口にした。

「だけど、すべての人を救うことはできないぜ?」ウォルターは真剣な表情で私を見ている。「そんなことをしようとしたら、自分がまいっちまう」彼は心配そうにこちらを見ていた。

私は微笑んだ。「わかってるよ」

「つまり、俺のことは助けなきゃだめだ。俺の件については手を引いてもらっちゃ困る」彼はにやりとした。「俺をここから出すため、やってくる敵と全力で戦ってほしい。必要なら全員ぶっ倒してくれ」

「巨人に立ち向かい、野獣を殺し、ワニと格闘し……」私はまぜっ返した。

「ああ。そして、もしあんたの首がとられたら、誰かに戦いを引き継がせなきゃならない。だって、もしあんたが退場させられても、俺はまだ助けが必要なんだから」

いっしょに過ごせば過ごすほど、ウォルターはじつに心の広い、謙虚で親切な男だと思い知らされた。彼は、とくに女性問題に関して自分の判断が間違っていたことを進んで認めた。誰に聞いても――友人、家族、サム・クルックのような仕事仲間――ウォルターはできるだけ正しいことをしようとしていたという。私は彼と過ごす時間を無駄だとか不毛だとか思ったことは一度もなかった。

死刑囚の案件ではつねに、依頼人とじっくり向きあうことが重要だ。依頼人とのあいだに信頼を築くことは、執行を控えたストレスを抱えながら難しい訴訟を進めるのに必要なだけでなく、効果的な弁護をおこなう鍵となる。依頼人の命を救うのはたいてい、自分の誤った判断や暴力行為を言葉にすることで重圧を少しでも軽くするように導く、弁護士の手腕なのだ。これまで誰も明らかにしなかったその人の過去――口にするのはそう簡単ではないが、きわめて重要なこと――を明らかにするには信頼関係が必要だ。自分は性的虐待やネグレクト、育児放棄の犠牲者だったと認識させるには、何度も接見し、長い時間をともにしてようやく生まれる親しさが土台となってはじめて可能になる。スポーツやテレビ番組、ポップカルチャーなど、依頼人の話したい話題が二人のあいだによい関係を築き、効果的な仕事につながる。だが、それを通して依頼人とのあいだに純粋な友情も育まれる。それこそがウォルターと私のあいだに起きていたことだった。

＊　＊　＊

ウォルターの家族にはじめて会いに行った直後、私はダーネル・ヒューストンという若者から電話をもらった。彼は、ウォルターの潔白を証明できると言った。緊張で声が震えていたが、すべてを打ち明けようという固い決心がうかがえた。電話では話したくないと言うので、ある午後、私のほうから会いに行くことにした。ダーネルは、一族が奴隷時代から仕事をしていたモンロー郡の田舎の農場で暮らしていた。正直そうな若者で、私と連絡をとるかどうか相当逡巡《しゅんじゅん》したらしい。

自宅に到着すると、彼が家から出てきて私に挨拶した。〝ジェリー・カール〟ブームに乗った二〇代の黒人の若者だ。黒髪にパーマをかけてカールをゆるめ、スタイリングしやすくする、黒人のあいだで人気のヘアスタイルがモンローヴィルでもはやりはじめていることに私も気づいていた。年齢に関係なく、誇らしげにこの髪型をした黒人をすでに何人も見かけた。ほがらかに弾むダーネルの髪は、その不安げな表情と対照的だった。座るとすぐ、彼は用件にはいった。

「スティーヴンソン先生、ぼくはウォルター・マクミリアンの潔白を証明できます」

「本当ですか？」

「ビル・フックスは嘘をついています。ビルがウォルター・マクミリアンを死刑囚監房に送りこむ策略の片棒を担いだと聞かされるまで、彼があの件に関わったことさえ知りませんでした。まさかと思いましたけど、なんとビルはあの女の子が殺された日に例のクリーニング屋の前を車で通りかかったと証言したっていうじゃないですか。そんなの嘘です」

「どうしてわかるんです?」

「彼と一日じゅういっしょに仕事をしてたからですよ。去年の一一月、ぼくらは二人ともNAPA自動車部品店で働いてたんです。あの女の子が殺された土曜日のこと、よく覚えてます。救急車やパトカーが通りをぶっ飛ばしていきましたから。三〇分ぐらい騒ぎは続きました。ぼくはこの町で働きだして二年になるけど、あんなの見たことがありませんでした」

「ロンダ・モリソンが殺された土曜の朝、あなたたちは勤務中だったんですね?」

「はい、先生。ビル・フックスと、朝八時から昼食後に店を閉めるまで。店を閉めたのは救急車やなんかが店の前を走っていったあとです。サイレンが聞こえはじめたのは一一時近くだったと思います。ビルは店でぼくといっしょにある車の作業をしてました。店の出入り口は一か所しかありません。彼は午前中ずっと店を離れてません。女の子が殺されたときにクリーニング店の前を車で通ったと言ったとすれば、それは嘘です」

ウォルターの裁判記録を読んで憤りを感じたことのひとつは、検察側の証人――ラルフ・マイヤーズ、ビル・フックス、ジョー・ハイタワー――が明らかに信頼性に欠けることだった。彼らの証言は笑えるほど一貫性がないし、信憑性も皆無だ。マイヤーズがこの犯罪で果たした役割――ウォルターが彼を拉致して現場まで運転させ、そのあと引き返して彼を元の場所で降ろした――は不合理極まりない。ウォルターの有罪を証明した重要証人であるフックスの証言を裁判記録で読んだが、まるで納得できないし、信用もできない。犯行時刻にクリーニング店の前を車で通りかかったという、警察でした話をただくり返すばかりなのだ。どんな反対尋問をされても、ウォルター・マクミリアンが大きなバッグを持って店から出てきて、自分の〝シャコタン〟のトラックに乗りこみ、白人の運転で走り去ったのを見たという話を何度も何度もくり返した。その日ほかになにを見たか、あなたはそこでなにをしていたのかとチェスナット弁護士が尋ねても、なにひとつ答えられなかった。ウォルターをクリーニング店で見たとひたすらくり返すのみ。それでも検察側はフックスの証言を必要としたのだ。

私はすぐにアラバマ刑事上訴裁判所に上訴するつもりでいた。検察側はウォルターの有罪を証明する物証をほとんど示していないので、法的に追及できる問題点はあまりないが、ここまで証言に信憑性がないと、それだけで裁判所は有罪を覆すのではないかという望みを持っていた。上訴審では新証拠は考慮されない。事実審での再審の申立て——上訴する前に新事実を提示する最後のチャンス——はすでに棄却されていた。第一審のときのウォルターの弁護士、チェスナットとボイントンは担当を降りる前に再審請求をおこなっており、キー判事がすぐさまそれを退けたのだ。ダーネルは、彼が私にした話を前弁護士たちにも話し、弁護士たちは再審請求のときにそれを提示したが、誰もまともに取りあわなかったのだという。

死刑が関わる裁判の場合、再審請求は必ずと言っていいほどおこなわれるが、認められるのはまれだ。しかし、もし判決を覆しかねない、あるいは裁判の信頼性が揺らぐような新証拠を弁護側が提出した場合、ふつうは審問がおこなわれる。ダーネルと話をしたあと、私は上訴の前に彼の主張にもとづき再審申請をしたらどうかと考えた。そうすれば、もしかすると、本当にもしかすると、ウォルター訴追を断念するよう地方検事を説得できるかもしれない。私はウォルターの再審棄却を再考するよう申立てをし、すぐにフックスの証言は嘘だというダーネルの宣誓供述書をとった。そして、有力な新証拠を提示したら新しい地方検事は再審を支持するだろうかと、地元弁護士仲間に訊いてまわることまでした。

モンロー郡の新地方検事で元刑事弁護士、トム・チャップマンは、長年検察畑にいたテッド・ピアソンと比べ、誤審で有罪となった者に対してもっとフェアで同情的だという話を聞いたことがあった。地方検事職に長らく在任しつづけたピアソンの後任としてチャップマンが選ばれたことは、新時代の幕開けを象徴しているように思えた。まだ四〇代の彼はこの地域の法執行機関の現代化を訴えていた。とても野心的で、将来は州司法長官も視野に入れているらしい。また、彼はかつてカレン・ケリーの代理人を務めたことがあり、つまりすでにウォルターの裁判について知っているということだ。私の胸に希望の灯が灯った。

どう手続きを進めればいいかまだあれこれ考えていたとき、ダーネルからオフィスに電話があった。

「スティーヴンソン先生、助けてください。今朝いきなり逮捕されて、留置所に連れてこられました。保釈金を払って釈放されたところです」

「なんですって?」

「ぼくがなにをしたのか、警察に尋ねました。そしたら、偽証罪に問われてるというんです」彼は怯えているようだった。

「偽証罪? 一年前にマクミリアンさんの弁護士たちに話したことで? あなたの宣誓供述書をとったあと、警察で尋問されたり、なにか言ってきたりしましたか? 警察から接触があったら教えてもらわないと困るんだ」

「いいえ、先生。警察からはなんの接触もありません。いきなり現れてぼくを逮捕し、偽証罪を犯したと言いました」

私はショックを受け、怒り狂いながら電話を切った。まず捜査がおこなわれ、嘘をついたという有力な証拠が見つからないかぎり、人を偽証罪に問うことはまずありえない。警察と検察当局は、ダーネルが私たちと話をしたことを知って、罰をあたえることにしたのだ。

数日後、私は新地方検事を訪ねることにした。

私は検事のオフィスに行く道すがら、検察側の証言を否定した人間を偽証罪で逮捕するという暴挙を腹立ちまぎれに非難するより、まずは弁解のチャンスを相手にあたえることにした。そして、山のような申立てを提出するのは、検事と会ってからにしようと決めた。ウォルターを起訴した側の関係者と会うのはそれがはじめてだったし、怒りにまかせて抗議するところから出発するのは本意ではなかった。ウォルターを起訴した人たちは、おそらくは能力不足のせいで誤解をしただけなのだと思いたかった。頑迷で、人をいじめるのが好きな連中もなかにはいるが、きちんと話せば考え直してくれるとできれば信じたい。ダーネルの逮捕は、彼らがいざとなれば平気で人を脅すような連中だということを示す不安な予兆ではあったが。

モンロー郡裁判所はモンローヴィルのダウンタウン中心部にある。私は町にさしかかると車を駐車し、裁判所にはいって地方検事のオフィスを探した。一か月前にはじめてその裁判所に来たときは書記官のオフィスに書類をとりに行ったのだが、どこから来たのかと職員に訊かれた。モンゴメリーだと答えると、ハーパー・リーとその有名な小説のおかげでモンローヴィルがどれだけ世間に知られるようになったか、べらべらと講釈をはじめた。どんなふうに彼女とおしゃべりしたか、いまでも思いだせる。

「小説は読みました？　すばらしい物語ですよね？　ここは有名な土地なんです。古い裁判所は博物館になりました。映画の撮影がおこなわれたとき、グレゴリー・ペックがここに来たんです。博物館に行って、ペックさんが立った場所、つまりアティカス・フィンチが立った場所にご自分で立ってみるべきです」

彼女はうれしそうに笑ったが、よそ者の弁護士がそこに現れるたびに同じことを言っているのだろう。彼女は『アラバマ物語』について熱心に話しつづけ、私はとうとう、できるだけ早く博物館に行ってみますよと約束するはめになった。じつは人種差別的偏見に満ちた裁判によってこの町の人たちが死刑を言い渡した無実の黒人の代理人を引き受けて、いま大忙しなんですと説明するのはこらえた。

ただし今回は心構えが違った。正義について語った小説になどこれっぽっちも興味はなかった。私は裁判所内を進み、地方検事のオフィスを探した。秘書に自己紹介し、相手は私を訝《いぶか》しげに見てからチャップマン検事のオフィスに案内した。検事は私に近づき握手をした。

チャップマンはこう切りだした。「スティーヴンソンさん、あなたに会いたがっている者が大勢いるんですよ。あなたが来ることは彼らに伝えましたが、話をするのは二人きりのほうがいいと思いましてね」ウォルターに新しい弁護士がつくという情報がすでに出回っていると知ってもべつに驚かなかった。すでに私はウォルターの代理人としてこの町の大勢の人からあれこれ話を聞いていたから、そのことはとっくに知れ渡っているはずだった。キー判事は私のことを、考え違いもはなはだしい非協力的な弁護士だとすでに見なしているにちがいない。なにしろ彼の指示どおりにこの件から手を引かなかったのだから。

　チャップマンは中肉中背で髪は巻き毛、眼鏡をかけているところを見ると、読書や勉強に時間を注ぎこむタイプだと人に思われても平気らしい。司法を司る人間というよりカモ狩りにでも出かけようとしているかのような服装や見てくれを好む検事が多いなか、チャップマンはいかにも法律家という風情で、礼儀正しく、にこやかに私に近づいてきた。ほかの法執行官たちの懸念をすぐさま口にしたことに私は驚き、よけいな干渉を気にしたり身構えたりすることなく、最初からざっくばらんに話そうとしていることに好感を持った。

「それはありがたい」私は言った。「このマクミリアン裁判についてはとても疑問に思っています。記録を読みましたが、正直言って、彼の有罪も裁判の信頼性もじつに疑わしい」

「これが重要な裁判だったことは間違いありません。私がこのときの訴追にいっさい関係なかったことはご理解いただけますね？」

「はい、もちろん」

「これはモンロー郡史上最悪の犯罪のひとつだった。あなたの依頼人は大勢の人間を激怒させたんです。みんないまでも怒っているんですよ、スティーヴンソンさん。死刑にしても足りないぐらいだと考えている人間もいる」

　残念なはじまり方だった。彼はウォルターの有罪を完全に信じているようだ。それでも私は先を続けた。

「たしかに言語道断の悲劇ですから、怒るのもわかります」私は答えた。「でも、無実の人間を有罪にしてもなにもはじまりません。マクミリアンさんがなにか過ちを犯したかどうかは裁判で裁定されるべきことです。もし裁判が不正なものだったり、証人が嘘の証言をしていたりしたら、彼が有罪か否か実際のところは判断できません」

「裁判が不正だったと考えている人は、いまのところあなた一人でしょう。さっきも言ったように、私は訴追には関わっていなかったので」

私はだんだんいらだちはじめた。私が席で体をもぞつかせていることにチャップマンも気づいていたかもしれない。ウォルターが逮捕されたことを苦々しく思っていると訴えてきた何人もの黒人たちのことを私は思いだしていた。ひょっとするとチャップマンは世間知らずなのか、わざと無視しているのか。いや、もっと悪いかもしれない。私は失望を表に出すまいとしたが、無理だった。

「この裁判について疑問に思っているのは私だけではありませんよ、チャップマンさん。そういう人は町じゅうにいます。ウォルター・マクミリアンは犯行時間に何キロも離れたところにいたと主張し、彼の無実を信じている人々。彼がいっしょに仕事をしていた人たちも、ウォルターがこんなことをするはずがないと確信しています」

「何人かと私も話をしました」チャップマンが言い返した。「彼らの意見はなんの情報にももとづいていない。なんの証拠もないんです。いいですか、いまではカレン・ケリーが誰と寝ようと誰も気にしちゃいません。ウォルター・マクミリアンが犯人だという証拠があり、彼の有罪を守るのが私の仕事です」彼もしだいに喧嘩腰になり、声も大きくなっていった。当初の落ち着きや、まなざしに垣間見えた私に対する好奇心は、怒りと嫌悪感に変わりつつあった。

「でもあなたがたは、検察側の主張に反対しただけで人を偽証罪で逮捕した。この裁判で提示された証言に反駁した人間は全員逮捕するつもりですか?」

いまや、まさにこうなってはいけないと自戒していた興奮した口調になっていたが、私は彼の態度にすっかり挑発されてしまっていた。「アラバマ州法は、偽証がおこなわれたという明確かつ有力な証拠がないかぎり人を偽証罪で告発することはできないとはっきり規定しています」私は続けた。「偽証罪による告発は、新証拠を提示して検察側に反論しようとする人を脅し、思い留まらせるための戦略のように見えます。ヒューストンさんを逮捕したのは不当極まりなく、法的に弁解の余地はないと思いますよ、チャップマンさん」

これではまるで彼にレクチャーをしているようなものだし、彼が不愉快に思っていることもわかったが、私が真剣にウォルターの弁護をしようとしていることをきっちり知らせておきたかった。

「あなたはダーネル・ヒューストンの代理人も務めているんですか?」

「ええ」

「そんなことができるのかどうか、正直疑問ですね、スティーヴンソンさん。利害の衝突が起きるんじゃないかな」チャップマンが言い、さっきまでの議論を吹っかけるような口調がふいに冷淡で平板なものになった。「だがどうぞご心配なく。ヒューストンを偽証罪で起訴するのはやめにします。判事があなたの再審請求を棄却したいま、ヒューストンを逮捕する必要はなくなりました。だが、この件について虚偽の証言をするような真似をすれば、その責任を負うことになると世間に周知させたかったものでね」

どういうことかわからず、私は当惑し、少々唖然とした。

「いったいなんの話ですか？　再審請求が棄却された？」

「ええ。判事はすでにあなたの申立てを退けた。裁判所命令のコピーがまだ届いていないようですね。彼はいまモビールにいる。あそこではときどき郵便が遅れることがあるんです」

審問さえ許さずに再審を棄却するという裁判所の裁定に、私は驚きを隠すので必死だった。私は尋ねた。「つまり、検察側の主要証人が嘘をついている可能性があるというダーネル・ヒューストンの証言について、調査するつもりはないと？」

「検察側の主要証人はフックスではなく、ラルフ・マイヤーズです」

最初の話とは裏腹に、チャップマンはこの件についてもっと深く知っているらしい。

「フックスの証言がなければ、有罪判決は無効になるでしょう」私は冷静な声を保ちながら言った。

「検察側の言い分ではマイヤーズは共犯者です。州法では共犯者の証言には裏づけが必要とされますが、それはフックスしかできません。ヒューストンさんはフックスが嘘をついていると証言しており、この証言は裁判の場でおおやけにすべき重大な問題です」

正しいことを言っているとわかっていた。この問題については、法的にこれ以上ないというくらい明らかだ。だが、法律になんと書いてあろうとまったく気にしていない相手だということもわかっていた。私がなにを言ってもチャップマンを説得することはできないと知りながら、それでも言わなければならないと感じていた。

チャップマンは立ち上がった。私のレクチャーと法律論議にうんざりしているようだったし、しつこいやつだと思っているにちがいなかった。「それは上訴審のときに取りあげるべき論点ではないですか、スティーヴンソンさん？　ヒューストンさんには、告発は取り下げられると言っておいてください。あなたがたのために私にできるのは、まあその程度です」

これでお役御免という口調だったし、彼がこちらに背を向けたのを見て、面談はこれで終わりだから、さっさとオフィスから出ていってほしいのだとわかった。

私はいまにも爆発しそうな不満を抱えて検事のオフィスを出た。チャップマンは冷淡でもなければ敵意むきだしでもなかった。それでも、ウォルターは無実だという訴えにまるで無関心な態度には我慢がならなかった。裁判記録を読んで、これで事件は解決し殺人犯は罰せられたと世間に見せつけるだけのために、証拠や論理性や常識を平気で無視して人を有罪にする人間がいるのだということは知っていた。だが、人とじかにこの裁判について話をしたことで、ウォルターの有罪判決の不合理さがますますもって許せなくなった。

チャップマンはこの裁判を自分で担当したわけではないから、ここまで信頼性に欠ける結果を擁護するのはさすがに気が引けるのではないかと期待したのだが、この裁判に関わったすべての人々と同様にこの作り話にしがみつくつもりなのだとわかった。これまで数多くの裁判で権力の濫用を目撃してきたが、ことこの件は目に余る。被告一人が犠牲になったのみならず、黒人コミュニティ全体が踏みにじられたのだ。嫌疑を引っこめないなら最後まで戦うつもりだという意思表示の意味でも、私は山のような申立てを提出する。車をめざして廊下を歩くあいだ、『アラバマ物語』の次回上演を知らせるポスターがまたしても貼りだされているのを目にして、ますます怒りが燃えあがった。

ダーネルは保釈金を払ったあと自宅にこもっていた。私は彼の家に寄って、地方検事と会ったことを話した。自分に対する告発が取り下げられると聞いて大喜びしていたが、今回の出来事すべてに震えあがっていることに変わりはなかった。州側が彼にしたことは不法行為であり、民事訴訟を起こすこともできると説明したが、彼は乗り気ではなかった。民事訴訟については、ダーネルがさらなる嫌がらせを受けるおそれもあり、本気で考えているわけではなかったが、私には彼の代理人として戦うつもりがあるということを知っておいてほしかったのだ。

「スティーヴンソン先生、ぼくは真実を話したかっただけなんです。監獄には行きたくないし、正直言って、本当に怖かった」

「当然です」私は言った。「だが、彼らのしたことは違法だし、あなたはなにも悪いことはしていないとわかってほしい。不適切なことをしたのは向こうなんだ。きわめて不適切なことをね。やつらはあなたを脅そうとしたんだから」

「そして、思う壺ってわけです。ぼくがお話ししたことは事実だし、撤回するつもりはありません。だけど連中につけまわされるのもいやだ」

「じつはわれわれの請求は判事に却下されたので、いまのところあなたが証言したり、裁判に出廷したりする必要はありません。もしまた彼らがなにか問題を起こしたり、あなたのところに話しに来たりしたら、私があなたの弁護士だと彼らに告げ、私を引き合いに出してかまいません。いいですね?」

「わかりました。つまり、ぼくの弁護士になってもらえるってことですね?」

「はい。あなたが明らかにしたことにもとづいて誰かがなにか言ってきたら、私があなたの代理人を務めます」それで彼も少しはほっとしたようだったが、私がそこを立ち去るとき、依然として少し怯えた様子だった。

車に乗りこんだ私は、沈む気持ちとともに思い知った。われわれを助けようとする誰もがこんな脅しを受けるとしたら、ウォルターの無実を証明するのは相当難しくなる。もし上訴して結果をひっくり返せなければ、そのあと既決囚救済の請願を出すこともできる。だがそのときはウォルターの無実を証明する新証拠、新証人、新事実が必要となる。ダーネルの経験を考えれば、かなり厳しい関門となるだろう。そのことはとりあえず措《お》いておいて、いまは上訴手続きに集中することにした。再審請求が却下されたいま、二八日以内に審判請求理由書を提出しなければならない。裁判所命令をいまだに受け取っていないので、判事が却下の裁定をしてからどれだけ時間が経過したのかさえわからなかった。

私は憤りと不安を胸に帰路についた。モンローヴィルとモンゴメリーを何度も車で行き来するうちに、農場、綿花畑、丘の連なる田舎の風景はすっかり見慣れたものとなった。そして、数十年前、ここでの暮らしはどんなだったのだろうといつも想像した。しかし今回は想像する必要はなかった。やつらは誰に咎《とが》められもせず自分を好きにできる――そう思い知らされたダーネルの絶望と悲しみに、私は胸ふたがれる思いだった。私が見るかぎり、彼らには法律を守る気も、行動に対する責任感も、羞恥心もない。死刑判決に疑問を呈する有力証拠を持って現れた人間を逮捕する？　考えれば考えるほどとまどい、腹が立った。そして深刻になった。不都合なことを言った人間を逮捕するなら、私がもしもっと激しく抗議をはじめたとき彼らはいったいどんな反応をするだろう？

町をあとにする頃、何世紀ものあいだくり返されてきたように、日が沈み、田舎の風景に夜の帳《とばり》が下りた。そろそろ人々が家路につく時間だ。安全で自慢のコミュニティに所属する、心から安らげる快適なわが家に帰る者もいれば、ダーネルやウォルターの家族のように、完全にはくつろげない家にもどる者もいる。彼らにとって、闇は家族に心配をもたらすものだ。その郡の入植がはじまった遠い昔の頃と同じ恐怖がいまもあたりにひっそりと居座っていて、不安が重くのしかかる。恐怖はあまりに古くからつねにそこにあるので誰も口には出さないが、忘れるには厄介すぎる存在だった。私はできるだけ急いでそこを離れようとした。

第6章 そこには絶望しかない

「あの子はまだほんの子供なんです」

もう遅い時間だった。すでに終業時間を過ぎ、オフィスに誰もいないので、仕方なく私が電話をとったのだ。悪い習慣になりつつあった。受話器の向こうの老婦人は、殺人罪で拘置所に入れられたばかりだという孫息子について、思わず同情したくなるような話をあれこれしたあと、私に訴えた。

「もう二晩もはいっていて、全然連絡がとれないんです。あたしはヴァージニアに住んでいて、体の調子もよくない。どうか、なにかしら手を打っていただけないでしょうか?」

私は躊躇した。子供の死刑を認めている国は、世界でも片手で数えるほどしかない。そしてそのひとつがアメリカ合衆国だ。アラバマ州の私の依頼人の多くが、一六歳や一七歳の頃に犯した罪によって死刑囚監房にいる。多くの州が少年を成人として訴追しやすいように法改正をおこない、私の依頼人もどんどん若くなっている。アラバマ州はほかのどの州より、いや世界じゅうのどの国より、人口あたりの少年死刑囚の割合が高い(1)。私は殺到する依頼をさばくために、依頼人が執行を間近に控えている場合やすでに正式に死刑囚となった場合に限定して新しい案件を引き受けることに決めていた。

女性は、孫息子は弱冠一四歳だと話した。一九八九年に連邦最高裁は未成年者に対する死刑を支持したものの、その一年後には一五歳未満の子供に死刑を科すことを禁じた(2)。その子がどんな危機的状況にあるとしても、死刑囚監房に送られることはありえない。仮釈放なしの終身刑を食らうおそれはあるにしろ、私たちが抱えている死刑囚の圧倒的な数を考えれば、やはり引き受けられそうになかった。

どう答えようか考えあぐねていると、彼女が小声の早口でなにか唱えはじめた。「神様、どうかお助けください。この男の人を導き、あなたがお選びになったのとは違う選択肢から私たちをお守りください。どう話したらいいか、お導きください、神様。言葉を教えてください……」

私は彼女の祈りを邪魔したくなかったので、終わるまで待った。

「奥さん、私がお引き受けすることはできませんが、明日車で拘置所に行って、お孫さんの様子を見てきましょう。それからなにができるか考えます。お孫さんの代理人を務めることはできないと思いますが、事情を調べ、あなたがたを助けられる弁護士を探すお手伝いならできるでしょう」

「スティーヴンソン先生、どうもありがとうございます」

私はすでに疲労困憊し、いま担当している案件で手いっぱいだった。それに少年の案件は、関わるとやはり精神的にとてもきつい。でも、少年が拘束されている郡拘置所の近くにある裁判所にどのみち行かなければならなかったので、立ち寄って様子を見てくるぐらいならたいしたことはないだろう。

翌朝、私は車で一時間の距離にあるその郡に向かった。裁判所に到着すると、書記官のファイルで事件について調べ、長い報告書を見つけた。家族の代理で事件を調べている弁護士ということで、書記官はファイルの閲覧を許可してくれたが、少年が関わっているので、コピーをとったりオフィス外に持ちだしたりすることは禁じられた。書記官のオフィスは狭かったが、それほど混雑していなかったので、部屋の隅っこにある座り心地のあまりよくない金属製の椅子に腰かけて報告書を読んだ。それは少年の祖母の話をほぼ裏づけるような内容だった。

チャーリーは一四歳。体重は四五キロにも満たず、身長は一五〇センチを少し超える程度だ。過去に犯罪歴はいっさいない。前科も、学校での問題行動も、非行も、裁判所に出頭したこともない。学校で何度か皆勤賞をとったこともある優等生。母親は、頼めばなんでもしてくれる〝すばらしい息子〟だと話した。それなのにチャーリーは、本人の供述によれば、ジョージという名の男を射殺した。

ジョージはチャーリーの母親の恋人だった。彼女は二人の関係を〝過ち〟だと語っている。ジョージはしばしば酔って帰宅し、暴力を振るった。事件の夜までの一年半のあいだに、チャーリーの母親はジョージに容赦なく殴られて、病院で治療を受けたことが三度あった。それでも彼女がジョージから逃げたり、彼を追いだしたりしたことは一度もなかった。そうすべきだとわかっていると何人かの人に話していたとはいえ。

事件の夜、ジョージは泥酔して家に帰ってきた。そのときチャーリーと母親はトランプをしていた。「おい、どこだ?」とわめきながらジョージは家にはいってきた。チャーリーの母親はその声が聞こえてきた台所に行き、いまはチャーリーとトランプをしていたと伝えた。その夜早い時間から二人の大人は口論をはじめた。外出すると酔って帰ってくると思い、出かけないでと母親がジョージに訴えたのだ。そしていま彼女は、酒の臭いをぷんぷんさせてそこに立っている彼を腹立たしげに見た。

ジョージも彼女がぶつけてくるのと同じ軽蔑と嫌悪感を視線にこめて見返し、いきなり顔を激しく殴った。まさかそんなにすぐに強くぶたれるとは彼女も思っていなかった。こんなことはいままでになかったのだ。母親はその勢いで床に倒れた。

母親の背後に立っていたチャーリーは、彼女が倒れた拍子に台所の金属製のカウンターに頭をぶつけるのを見た。ジョージはそこに立っているチャーリーに気づき、冷ややかににらむと、その脇をすり抜けて寝室に行った。チャーリーは彼がどすんとベッドに倒れこむ音を聞いた。母親は床に倒れ、意識もなく、ひどく出血していた。彼は母親の横にかがみこみ、止血しようとした。顔にも少し血が流れていたが、後頭部のまがまがしい傷からの出血が激しかった。チャーリーは母親を必死に蘇生しようとした。大声で泣き、どうしたらいいのと母親に問いかけたが無駄だった。立ち上がり、母親の頭にペーパータオルをあてがったが血は止まらない。布巾のほうが止血に役立つと思い、半狂乱になって探すと、ガス台の鍋にかけてあった。母は夕食のためにササゲ豆を煮ていた。チャーリーはササゲ豆が好きだった。二人はそれをいっしょに食べ、そのあと彼の好きなトランプゲーム〈ピナクル〉をはじめたのだ。

チャーリーはペーパータオルを布巾に替えたが、あたりが血の海だということに気づき、またパニックになった。母親に起きてと小声で声をかけたものの、ふと気づくと、母親が息をしていないような気がしはじめた。救急車を呼ばなければと思ったが、電話はジョージのいる寝室にある。チャーリーは殴られたことはなかったが、それでも彼が怖かった。まだまだ幼いチャーリーは、怯えたり不安になったりするといつも体が震えだした。そしてそれに続き、必ずといっていいほど鼻血が出た。

あたり一面母親の血で汚れた台所の床に座っていたチャーリーは体が震え、まもなく鼻血がゆっくりと流れだすのに気づいた。母親なら彼が鼻血を出すといつも走ってきてなにか手当てをしてくれるのだが、いまその母は床にただ横たわっている。彼は鼻血を拭い、どうにかしなければならないという事実に集中しようとした。震えが止まった。母はすでに一五分近く動かない。家のなかはしんとしていた。耳にはいってくる音といえば、寝室から聞こえるジョージの深い寝息だけだった。それはすぐにいびきに変わった。

チャーリーは、ママ、目を開けてと必死に祈りながら母の髪をゆっくり撫でていた。頭から流れる血は布巾を濡らし、チャーリーのズボンにまで染みが広がりつつある。母は死にかけているとチャーリーは思った。あるいはもう死んでいるのかも。救急車を呼ばなければならない。彼は不安に押しつぶされそうになりながら立ち上がり、そろそろと寝室に向かった。ベッドに横たわっているジョージを見て、むらむらと憎しみが湧き上がる。この男が好きだったためしがないし、母がなぜこの男をここに住まわせるのかどうしても理解できなかった。ジョージのほうもチャーリーを嫌っていた。チャーリーにやさしく接してくれたことなど一度もなかった。酔っているときでさえ、ジョージはずっと怒っていた。ジョージにもやさしいところがあるのよと母は言ったが、チャーリーはほとんど見たことがなかった。ジョージの最初の妻子が交通事故で亡くなったということは知っていたし、それであんなに酒を飲むのだと母親からは聞かされた。でも、ジョージと暮らすようになってからのこの一八か月間、そこには暴力、大声の言い争い、押したり振り払ったり、脅しやら騒動やらしかなかった。母はかつてのように笑うのをやめてしまった。いつも神経質にびくびくし、そしていまは台所の床に横たわって死んでいる（と彼は思った）。

チャーリーは寝室の奥にある鏡台に近づいた。そこに電話が置いてあった。一年前、ジョージが母を殴ったときに、チャーリーが救急番号に電話をしたことがあった。でもそのときは母にそうしろと言われ、電話口で母に言われたとおりにくり返した。電話に手を伸ばしたとき、なぜ自分がただ受話器をとらなかったのかチャーリーにもわからない。なぜ自分が代わりに鏡台の引きだしを開け、ジョージがそこに隠した銃を手探りしたのかも全然わからなかった。チャーリーがそれを見つけたのは、誰かにもらったオーバーン大学のTシャツを着てもいいぞとジョージに言われたときだった。それはジョージには小さすぎ、チャーリーには大きすぎたが、それでもうれしかった。ジョージにやさしくしてもらった数少ない機会だった。今回は、そのときのようにびくっとして手を引っこめたりしなかった。彼は銃を手にとった。銃を撃ったことは一度もないが、できるとわかっていた。

ジョージはいま規則正しくいびきをかいている。

チャーリーはベッドに近づき、両腕を伸ばして銃をジョージの頭に向けた。チャーリーがジョージの上にかがみこむと、いびきが止まった。部屋がしんと静まり返った。チャーリーが引き金を引いたのはそのときだった。

発砲音はチャーリーが思ったよりはるかに大きかった。銃は跳ね上がり、チャーリーは反動で一歩後ろによろけた。危うくバランスを失って転ぶところだった。彼はジョージを見て、目をぎゅっとつぶった。ひどかった。また体が震えだすのがわかった。そのときだった。母親がうめく声が台所から聞こえたのは。まさか生きているとは思わなかった。彼はまた電話に手を伸ばし、九一一に電話をすると、警察が来るまで母の横に座っていた。

そこまで読んだとき、私はチャーリーが成人として訴追されることはないと確信した。そのままファイルを読みつづけ、初出廷の記録を目にした。検事はチャーリーと母親の供述に反論はしなかった。そしてさらに読み進めたとき、私ははじめてジョージが地元警察官だったことを知った。検事は、ジョージがどれほどすばらしい人間だったか、この自治体に住む誰もが彼の死にどれだけ腹を立てているか、長々と論じた。「ジョージは誇り高き警察官でした」検事は述べた。「善人がこの若者によってこれほど残忍に殺されたことは、わが郡にとって大きな損失であり悲劇です」検事はチャーリーを成人として裁判にかけるべきだと強く主張し、法律で許される最も重い求刑をするつもりだと宣言した。判事はこれが死刑のかかる裁判になること、そして少年を成人として裁くことを認めた。チャーリーはすぐに成人用の郡拘置所に入れられた。

その小さな郡拘置所は、裁判所の通りを挟んだ向かいにあった。南部の自治体の多くがそうであるように、裁判所は町の中心区画に堂々と建っている。私は外に出て通りを渡り、少年に会うために拘置所にはいった。よその弁護士が接見に来ることはあまりないらしく、そのときの当番だった保安官補は私を訝《いぶか》しげにじろじろ眺めて、それからなかに案内した。私は小さな接見室でチャーリーを待った。ファイルを読み終わって以来、なんて悲劇的な事件だろうとずっと考えつづけていた。そしてその鬱々とした物思いは、接見室に小さな少年がはいってきたときはじめて途切れた。その少年は一四歳にしてはあまりに背が低く、あまりに痩せていて、あまりにも怯えていた。私が保安官補に目をやると、彼も同じように驚いているようだった。私は看守たちに彼の手錠をはずすように頼んだ。こういう拘置所では、弁護士の接見中に被疑者の手錠をはずすと危険だとか、許可がないからと言って、看守が拒むことがある。万が一容疑者が興奮したり暴力的になったりした場合、手錠なしでは抑制するのが難しいからだ。

しかし、今回彼らはためらうことなく少年の手錠をはずしてから出ていった。

私たちは、おそらく縦一二〇センチ、横一八〇センチぐらいの木のテーブルについた。チャーリーがテーブルの一方の側、その向かいに私が座った。彼が逮捕されてから三日が経っていた。

「チャーリー、私はブライアンだ。君のおばあちゃんから電話があって、君の様子を見てきてほしいと言われた。私は弁護士で、困ったことに巻きこまれてしまった人や罪に問われている人を助ける仕事をしているんだ。君を助けたいと思ってる」

少年は私と目を合わせようとしなかった。小柄だが、目はとても大きくて美しい。その年頃の子供らしく、面倒な手入れの必要がないように髪を短くしている。そのせいでよけいに幼く見えた。首に刺青《いれずみ》のようなものがあるように見えたが、よく見ると痣《あざ》だった。

「チャーリー、大丈夫かい？」

彼は私の左側の壁をじっと見つめていた。まるでそこになにかあるかのように。全然こちらを見ないので心配になり、ひょっとして本当に背後になにかあるのかと思って振り返ってみたが、ただの壁だった。私と目を合わせようとしないこと、悲しげな表情、周囲に対する無関心――どれも私が担当したほかの多くのティーンエイジャーと共通する特徴だ――は唯一彼が一四歳だと思える要素だった。

なんでもいいから反応を見せてくれないかとしばらくそのまま待っていたが、室内は相変わらず静寂に包まれていた。少年は壁に向けていた視線を自分の手首に落とした。それから右手で左手首をつかみ、手錠の金属に締めつけられていた場所をさすった。

「チャーリー、君が大丈夫かどうか確かめたいので、いくつか質問に答えてほしいんだ、いいね？」こちらの言うことが聞こえているのは確かだった。私が話すたびに顔をあげ、壁に目を向けるからだ。「チャーリー、私が君だったら、いまはすごく怖くて本当に不安だけど、誰かに助けてほしいとも思っているはずだ。私は君を助けたいんだ、わかるね？」彼の答えを待ったが、言葉はなかった。

「チャーリー、しゃべれるかい？　本当に大丈夫？」私がしゃべりだすと彼は壁に目をやり、しゃべり終わると手首に目をもどしたが、一言も口に出さなかった。

「ジョージについて話す必要はないんだ。なにがあったかについても。君の好きなことを話せばいい。なにか話したいことがあるかい？」質問が終わるごとに、待つ時間がどんどん長くなった。なにか言ってほしいと切に願っているのに、彼は口を開かない。

「ママについて話そうか？　ママはきっとよくなる。確認をとったんだ。いまは君に会いに来られないけど、きっとよくなるよ。ママは君のことを心配してる」

母親のことを話せば、せめてチャーリーの目になにかしらひらめくものがあると思っていた。ところが反応はなく、私はいよいよ彼のことが心配になった。

私は、チャーリーの横にもうひとつ椅子があるのに気づき、本来弁護士はそちら側に座り、依頼人は椅子がひとつしかないこちら側に座るべきなのだと知った。私はテーブルの間違った側に座ってしまったのだ。

私は声を低くし、これまで以上にやさしく話した。「チャーリー、私に話をしてくれないと。でないと、助けることもできない。名前だけでもいいから言ってくれないか？　いや、なんでもいいから、お願いだ」少年はまだ壁を見ている。私は待ったが、おもむろに立ち上がり、テーブルの向こう側にまわった。彼は移動する私にも目を向けなかったものの、視線を手首にもどした。私は彼の隣の椅子に座り、そちらに身を寄せてそっと言った。「チャーリー、もし驚かせたんだったら本当にごめんよ。でも頼むから話をしてくれ。そうしないと君を助けられない」彼ははじめて背中を椅子にもたせ、背後の壁に頭をくっつけるようにした。私は椅子を彼のほうに近づけ、同じように椅子の背に体をもたせた。私たちはそうして長いこと無言で座っていたが、やがて私は馬鹿げたことをつぶやきはじめた。ほかにどうしていいかわからなかったのだ。

「まあ、なにを考えているか君が話そうとしないなら、私がいまなにを考えているか話すしかなさそうだ。私が考えていることぐらいお見通しだと君は思ってるだろう？」私は冗談まじりに言った。「でも実際のところ、君には想像できないと思うよ。たぶん、法律のこととか判事のこととかおまわりさんのこととか、あるいは、どうしてこの若者はおしゃべりしてくれないんだろうとか、そんなことを考えていると君は思うかもしれない。でも、じつは私がいま考えているのは食べ物のことなんだ。ああ、そうとも、チャーリー」私はふざけつづけた。「いま私の頭にあるのは、フライドチキンとか、七面鳥とコラードグリーン（キャベツに似た葉物野菜で、米南部で煮込み料理によく使われる）の煮込みとか、スイートポテトビスケットとか……スイートポテトビスケット、食べたことあるかい？」

無言。

「さては食べたことないな？　そいつは残念だ」

やはり無言。私は続けた。

「じつは新しい車を買おうかと思ってね。いまの車はガタガタなんだ」私は待った。無言。「チャーリー、こういう場合こう訊くものだろう？　『何年ぐらい乗ってるの、ブライアン？』」すると私が『すごく古くてね――』」

少年はけっして笑わず、反応もしなかった。ただ壁の一点を見つめ、顔は悲しみを浮かべたまま固まっていた。

「どんな車を買ったらいいと思う？」私はそんなふうにくだらない想像をいろいろと並べたが、チャーリーの反応を引きだすことはできなかった。彼は相変わらず体を椅子にもたせていたが、緊張は少しゆるんだように見える。ふと気づくと、肩が触れあっていた。

しばらくして私はまた挑戦した。「なあチャーリー、どうしたんだよ？　話をしてくれないとさ」私はややふざけてチャーリーに寄りかかり、やがて彼が少々前のめりになって、とうとう私に体をもたせかけてきた感じがした。その機を逃さず肩に腕をまわすと、彼がいきなり震えだした。震えはどんどん激しくなり、しまいには完全に私に身を寄せて泣きはじめた。私は彼の頭に自分の頭をくっつけて言った。「大丈夫、大丈夫だから」チャーリーはすすり泣きながらとうとう口を開いた。すぐに、彼が話しているのはジョージのことでも母親のことでもなく、拘置所で起きたことだとわかった。

「最初の夜ぼくを痛めつけた男は三人いた。やつらはぼくにさわり、いろんなことをさせた」彼の頬を涙が流れていた。甲高い声は苦痛で引き攣《つ》っている。「翌晩またやってきて、もっとぼくを痛めつけた」一言発するたびにヒステリックになっていく。そのときはじめて彼は私の顔を見た。「ゆうべはもっと大勢いた。何人いたかわからない。でもやつらはぼくを痛い目に遭わせて……」彼は激しく泣き、最後は言葉にならなかった。私の上着をぎゅっとつかんでいる。彼にそんな力があるなんて思いもよらなかったくらい強く。

私は彼を抱き、できるだけやさしく言った。「大丈夫だよ、大丈夫だよ」この子ほど強く私をつかみ、こんなに強く長く泣いた人を抱いた経験がかつてあっただろうか。彼の涙は永遠に止まらないかのように思えた。泣き疲れて収まりかけてもまたはじまった。私は、彼の嗚咽《おえつ》が止まるまで待つことに決めた。やっと落ち着いて泣きやんだとき、一時間近く経っていた。すぐにここから出す努力をするから、と私は約束した。彼は行かないでと私にすがったが、今日のうちに必ずもどると請けあった。事件の話はいっさいしなかった。

拘置所を出たとき、私は悲しいのを通り越して激怒していた。「責任者は誰だ？　なぜこんなことが許される？」私は心のなかで自問自答をくり返した。私はまっすぐその建物のなかにある保安官事務所に行って、太り過ぎの中年保安官に少年から聞いたままを話し、ただちに少年を保護房に移せと主張した。保安官は興味のなさそうな顔で聞いていたが、これから判事に会いに行くと告げると、すぐに言われたとおりにすると同意した。それから私は通りの向こうの裁判所にもどり、判事を見つけて検事を呼びだしてもらった。判事の部屋に検事が現れると、少年が性的虐待を受け、レイプされたと告げた。彼らは少年を数時間中に近くの青少年用施設に移すと了解した。

私はこの案件を自分で引き受けることにした。最終的にチャーリーの事件は少年裁判所に送致され、少年犯罪と裁定された。つまりチャーリーは成人用刑務所には送られず、一八歳になるまでに釈放される可能性が高いということだ。それはほんの数年のことだった。私は定期的にチャーリーを訪問し、まもなく彼も回復した。とても感受性の強い、頭のいい少年で、自分のしたこと、自分が経験したことに苦しみ苛《さいな》まれていた。

その数か月後にとある教会で講演をしたとき、私はチャーリーについて、収監されている子供たちの窮状について話した。講演のあと、年配のご夫婦が私に近づいてきて、ぜひチャーリーの力になりたいと申し出てくれた。ご親切はありがたいのですが、お気持ちだけでけっこうですとその思いやりあふれるご夫婦を説得はしたが、とりあえず名刺を渡し、もしよければ電話をくださいと伝えた。電話が来るとは思っていなかったのだが、数日中に連絡があり、どうしてもなにかしたいと引き下がらない。結局、チャーリーに手紙を書いてくれれば私が渡しますと告げた。数週間後に手紙を受け取り、それを読んだ私は驚いた。

ジェニングス夫妻はバーミングハム北東部の小さな町に住む七〇代半ばの白人夫婦で、地元の合同メソジスト教会で熱心に活動している心の広い親切な人たちだ。日曜のミサはけっして欠かさず、苦しんでいる子供たちにはとくに同情を寄せる。彼らは穏やかに話し、いつも微笑んでいるが、それはけっして見せかけではなく、根っから誠実で情け深い人たちに思えた。たがいを大切に思い、深く愛しあっていて、いつも手をつないだり、寄り添いあっていたりする。装いは農民風で、実際一〇エーカーの土地を所有しており、そこで野菜を育てて質素に暮らしている。子育てを手伝ったたった一人の孫がティーンエイジャーのときに自殺し、いまもその悲しみは癒えない。孫はその短い人生のあいだ精神の病に苦しんでいたが、頭のいい子だったので、夫妻は彼が大学に進学するための費用を貯金していた。彼らは手紙のなかで、そのお金をチャーリーを助けるために役立てたいと書いていた。

やがてチャーリーとこの夫婦は手紙のやりとりをするようになり、絆を育んで、青少年拘置施設で面会する日を迎えるまでになった。夫妻はのちに、「会ったとたんに大好きになりました」と私に語った。チャーリーの祖母は私に最初に電話をくれた数か月後に亡くなり、母親は射殺事件とチャーリーの投獄という悲劇の後遺症といまも闘っていた。チャーリーはジェニングス夫妻との面会についてずっと心配していた。会えばきっと嫌われると思っていたからだ。ところが、彼らと別れたあと、二人がどんなに彼を思ってくれているか、どんなになごやかな面会だったかについて、私に話してくれた。ジェニングス夫妻と彼は家族になったのだ。

それより早い段階で、私は夫妻に、釈放後のチャーリーにあまり多くを期待しないほうがいいと助言した。「ご存じのとおり、彼はいろいろとつらい経験をしています。なにもなかったように暮らすのは難しいかもしれません。お二人が彼にしてほしいと思うことを彼が全部できなくても、どうかわかってやってください」

二人は私の助言に耳を貸さなかった。ミセス・ジェニングスが人の意見を拒んだり反論したりするのはまれなことだが、どうしても受け入れられないことを言われれば、彼女だって言い返すのだと知った。「誰だっていろいろな経験をしているんですよ、ブライアン、私たち誰もがね。他人と比べてつらい目に遭う人がいることはわかっています。でもおたがいに期待を持ち、もっとよくなると祈り、経験した痛みを乗り越えられると思わなかったら、そこには絶望しかない」

ジェニングス夫妻はチャーリーが服役中に高校卒業程度認定試験《GED》を受けられるように手助けし、大学の費用を出すと強く主張した。彼が釈放されたとき、二人は母親とともに彼を迎え、家に連れ帰った。

第7章 否定された正義

ウォルターの上訴は棄却された。

ウォルターの有罪と死刑判決を支持するアラバマ刑事上訴裁判所の七〇ページにおよぶ意見書はショッキングだった。私は、証拠の不充分さを書き連ね、私が見つけた裁判の法的欠陥をすべて列挙した長い報告書を提出した。マイヤーズの証言には信用できる補強証拠がいっさいないこと、アラバマ州法では検察側は共犯者の証言のみに頼ることはできないことを論点とした。また、検察側の職権濫用、人種差別的陪審選定、裁判地の不適切な変更を非難した。陪審が出した終身刑の評決をロバート・E・リー・キー判事が覆したことさえ問題視したが、死刑判決を仮釈放なしの終身刑に減刑したとしても、被告が無実であればそれは依然としてとんでもない誤審なのだ。裁判所は私が挙げた論点の審問をすべて却下した。

予想外の結果だった。数か月前の口頭弁論のとき、かつてスコットランド式典礼フリーメイソン聖堂だった堂々たるアラバマ司法ビルにはいっていき、上訴審大法廷に立った私は、希望にあふれていたのだ。一九二〇年代に建設されたその建物は、一九四〇年代に広々とした裁判所に改築され、大理石の床、印象的なドーム型の天井を備えている。モンゴメリーのデクスター通りにあり、通りを隔てた向こう側に見えるのが歴史的に有名なデクスター・アヴェニュー・バプティスト教会で、モンゴメリー・バス・ボイコット事件当時、マーティン・ルーサー・キング・ジュニアはそこで牧師を務めていた。一ブロック先にアラバマ州議事堂があり、三つの旗が掲げられている。アメリカ国旗、白と赤のアラバマ州旗、そして南部連合軍旗である。

アラバマ刑事上訴裁判所は二階だった。裁判の首席判事は元知事のジョン・パターソン。一九六〇年代に公民権運動や人種統合政策の反対派急先鋒として全国ニュースになった人物だ。一九五八年に白人至上主義を標榜する秘密結社ク《K》ー・ク《K》ラックス・ク《K》ランの後押しで知事選に出馬し、ジョージ・ウォレスを破った。彼はウォレス（パターソンの教えを受けたウォレスは、やがてアメリカで最も有名な人種隔離主義者の一人となり、一九六三年にその裁判所から一ブロック離れた議事堂で「いま人種隔離を、明日も人種隔離を、永遠に人種隔離を」と宣言した）よりはるかに過激な人種隔離主義を主張した。知事になる前は州司法長官を務め、アラバマでの全米黒人地位向上協会（ＮＡＡＣＰ）の活動を禁止し、タスキーギやモンゴメリーでの公民権運動家たちによるボイコットや抗議集会を妨害した。知事になってからは、フリーダム・ライダーズを警護していた警察を撤収させた。フリーダム・ライダーズとは、一九六〇年代はじめ、新連邦法のもと、公共施設での差別をやめさせるために南部をバスでまわっていた、黒人白人を問わない大学生や活動家のグループである。フリーダム・ライダーズのバスがアラバマ州内にはいったとたんに警護していた警察がいなくなり、無防備になった彼らはたちまち襲われてたたきのめされ、バスは爆破された。

それでも私は無理にでも希望を持ちつづけた。そんなのは遠い昔の話だ。私の口頭弁論のあいだ、法廷にいた五人の判事は私を興味深そうに眺めていたが、ほとんど質問はしなかった。私は彼らの沈黙を同意と解釈することにした。有罪判決にここまで根拠が不足していると、議論する必要性もないと思ったのだろう、と。口頭弁論のあいだ、パターソン判事の唯一の質問は最後に発せられた。彼はたったひとつの疑問をゆっくりと、しかしきっぱりと口にし、その声はがらんとした法廷に響き渡った。

「出身はどこかね？」

私はその質問に拍子抜けし、答える前に少しためらった。

「いまはモンゴメリーに住んでいます、判事」

私は、口頭弁論に立ち会いたいというウォルターの家族の申し出を愚かにも断ってしまった。論点がかなりわかりにくいし、事実を並べるだけで議論はほとんどないとわかっていたからだ。口頭弁論は早朝なので、そのために仕事を休んでモンゴメリーまで長距離運転をしなければならない。しかも被告側と州側それぞれ三〇分ずつしか持ち時間がなく、わざわざ足を運ぶまでもないと思ったのだ。口頭弁論を終えて腰を下ろしたとき、その決断を後悔した。こちらに共感してくれる人たちの顔が傍聴席に並び、この案件を甘く見るなよというサインを送ることができれば、それほど心強いことはなかっただろう。ところがそこに味方は誰もいなかった。

次に司法次官補が州側の口頭弁論をはじめた。死刑がかかる裁判の上訴審は地元地方検事ではなく、司法長官が取り仕切るのである。州側は、これは死刑の関わる殺人事件としてはよくあるふつうのケースなので、死刑は妥当な判決であると述べた。口頭弁論が終わっても、私はまだ、有力な証拠の裏づけがないことがこれほど明らかなのだから、裁判所が有罪の裁定と死刑判決を覆す可能性はあると信じていた。州法は、殺人事件の場合、共犯者の証言には信頼のおける補強証拠が必要と定めており、ウォルターの事件にはそういう証拠がひとつもない。こんな状態で有罪判決を支持するとすれば、裁判所は相当苦労するだろう。だが私の判断が間違っていた。

私は報告をするため刑務所に車で向かった。状況を説明しても、ウォルターはなにも言わなかったが、ひどく失望した妙な表情を浮かべていた。判決をひっくり返すには何年もかかるかもしれないから覚悟してほしいと何度も話してきたのに、すでにすっかりあきらめてしまっていた。

「彼らは間違いを認める気はないんだ」彼は暗い声で言った。「俺が犯人じゃないとやつらにはわかってる。ただ、自分たちが間違っていたと、悪いのは自分たちのほうだと認めるわけにいかないだけなんだ」

「われわれはスタート地点に立ったばかりなんだよ、ウォルター」私は答えた。「できることはまだたくさんある。やつらに挑戦状をたたきつけるんだ」

それは事実だった。われわれはどんどん攻めこまなければならない。計画では、まず刑事上訴裁判所に上訴し、もしそれがうまくいかなければアラバマ最高裁に上訴するつもりだった。それに私たちはウォルターの無罪を証明するさらなる証拠を発見した。

上訴理由書を提出したあと、私はこの事件をさらに詳しく調べつづけた。もし新証拠が見つかっていなかったら、上訴裁判所の裁定はもっとつらいものになったはずだ。私は刑務所を出る前にウォルターに告げた。「連中は、私たちが見つけたあなたの無実を裏づける新事実をまだ知らない。この新たな証拠を提示すれば、やつらもすぐに考え直すさ」これまでの顚末にもかかわらず、本気で希望を持っていたのだ。しかし私は、これから直面することになる彼らの抵抗を見くびっていた。

私はやっと弁護士を何人か雇うことがかない、おかげでウォルターの事件の調査にもっと時間を割けるようになった。その一人がマイケル・オコナーで、エール・ロースクールを卒業したばかりの新人だった。自分も過去に苦しい経験を乗り越えたことがあり、それで困っている人を助けたいという熱意を燃えたたせていた。アイルランド移民の子であるマイケルは、フィラデルフィア郊外の貧しい労働者階級が暮らす界隈で育った。高校の友人たちがハードドラッグを試しはじめると、まもなく彼もヘロイン中毒になった。右も左もわからないような混乱の日々が続き、オーバードーズで死ぬリスクもしだいに高くなっていった。その数年間、彼は危険から危険へとふらふら行き来する毎日で、ついに親友がオーバードーズで死ぬという事態に見舞われたとき、やっと依存症から這いだすきっかけをつかんだ。そのつらい悪夢のあいだずっと、家族はけっして彼を見捨てなかった。彼らはマイケルが暮らしを安定させ、大学にもどる道を見つけるまで支えつづけた。ペンシルヴェニア州立大学ではめきめき頭角を現し、首席で卒業した。おかげでエール・ロースクールに入学する栄誉を得たが、裏町で過ごした悲惨な日々に見たことはけっして忘れなかった。

面接をしたとき、彼は暗い過去について弁解したが、彼こそ私たちがスタッフとして考える理想のタイプだった。彼は契約書にサインし、モンゴメリーに引っ越してくると、さっそくウォルターの案件に私と取り組みはじめた。私たちは来る日も来る日も手がかりを追い、何十人もの人に話を聞き、とんでもない噂のもとをたぐり、諸説を調べた。私はしだいに、ウォルターを自由の身にするには、ロンダ・モリソンを殺した真犯人を見つけるしかないと思いはじめていた。マイケルの貴重な手助けに感謝していたのはもちろんのこと、なによりうれしかったのは、この裁判がいかに常軌を逸しているか、それをわかってくれる人がやっと現れたことだ。しかも、思った以上にめちゃくちゃな内容だということが明らかになりつつあった。

数か月間の調査によって、私たちはウォルターの無罪を裏づける強力な証拠を発見した。まず、ビル・フックスは、ウォルターに不利な証言をするのにテイト保安官から賄賂をもらっていた。報奨金および〝経費〟としてフックスに五〇〇〇ドル近い額を支払ったという郡の会計記録が残っていたのである。テイト保安官は、裁判当時、フックスが裁判所と郡を行き来する交通費の面倒も見ていた。この情報は公判前にウォルターの弁護士が発見してしかるべきだった。そうすればフックスの証言の信憑性に疑義を呈することができただろう。

私たちはまた、フックスが現場でウォルターを目撃したと警察で供述した直後に拘置所から釈放されたことも知った。裁判所記録によれば、地方検事と保安官はどちらも郡の役人であるにもかかわらず、フックスの市の条例違反や罰金をどうやってか帳消しにしていた[1]。彼らには市裁判所に対してなんの権限もないはずなのに。連邦最高裁の判例にもとづくなら、フックスが当局への協力と引き換えに放免してもらったとすれば、検察側は事実を弁護側に開示しなければならない。だが、もちろんそんなことはおこなわれなかった。

また、ラルフ・マイヤーズが面通しのためにある店に行ってウォルターにメモを渡した件について、私たちはその店の当時の白人店主を見つけた。ウォルターは最初の弁護士たちにその男と話をさせてほしいと頼んだが、実現しなかった。私たちはウォルターから店の場所を教えてもらい、なんとか元店主を探しだしたのだ。元店主はその日のことを順に思いだした。マイヤーズはウォルターを探し当てた――だがその前に、店にいた数人の黒人のうちどれがウォルター・マクミリアンか、元店主に尋ねたのだ。事件から何か月も経っていたとはいえ、マイヤーズがウォルター・マクミリアンのことを知らなかったのは確かだと元店主は断言した。

ウォルターの姉は教会の地下で、ウォルターの家でおこなわれたフィッシュ・フライの集いのチラシを見つけた。それでそのイベントが、モリソンが殺された当日にあったことが裏づけられた。ウォルターや彼の家族とはなんの関係もない白人店主が偶然そのチラシを一枚持っていて、モリソンの事件より前にそれを受け取ったと証言した。私たちは、ウォルターのトラックの改造をして〝シャコタン〟にした車の整備工、クレイ・カストまで見つけだした。彼は、その仕事をしたのはロンダ・モリソンが殺された六か月後だったと言った。つまり、ウォルターのトラックは当時まだ改造されておらず、外観も特殊なものではなく、マイヤーズやフックスが裁判で描写したトラックではありえなかったことになる。

調査の進捗状況にとても気をよくしていたところに、今度はこの裁判に最大の風穴を開けそうな電話がかかってきた。

相手は「スティーヴンソンさん、ラルフ・マイヤーズです」と言った。

秘書には〝マイルズさん〟から電話ですと言われたので、ラルフ・マイヤーズの声が聞こえてきたとき、私は不意をつかれた。こちらが落ち着きを取り戻す暇もなく、相手は続けた。「会いに来てもらう必要があると思う。じつは話したいことがあるんだよ」彼は芝居がかった調子で言った。

マイヤーズはアラバマ州スプリングヴィルのセント・クレア矯正施設に収容されており、マイケルと私は三日後に彼を訪れることにした。

マイケルと私は、どんどん残業が増えていく忙しい毎日の息抜きとして、仕事のあとに夜何キロかジョギングをしはじめた。モンゴメリーには美しい公園があり、アラバマ・シェイクスピア・フェスティバルが開かれる。期間中は全国的に有名な劇作家や役者がアラバマに集結し、シェイクスピア劇や現代劇を演じるのだ。屋外劇場は、湖や池が点在する美しく整えられた何百エーカーもの広い公園のなかにしつらえられた。その夜私たちはジョギングのあいだほとんどずっと、マイヤーズが私たちになにを話すつもりなのか考えつづけた。

「どうしていまになってわれわれに連絡してきたんですかね？」マイケルが尋ねた。「法廷にのこのこ現れて、無実の男を死刑にするまったくの嘘をでっちあげるような男ですよ？　彼が言うことはなにひとつ信じられませんね」

「たしかに君の言うとおりだが、あの証言をこしらえるには人の助けをずいぶん借りたはずさ。いいかい、連中は証言を強要するためにマイヤーズを死刑囚監房にまで入れた。彼はいまも検察側とつながっていて、これはわれわれを陥れるための一種の罠なのかもしれない。実際のところは誰にもわかりっこない」私はその可能性について、その晩マイケルとジョギングをするまでそう深刻には考えていなかった。私は公判のあいだマイヤーズがいかにのらりくらりとしていたかあらためて思いだした。「マイヤーズに情報を漏らさないよう用心する必要がある。情報はこっちがもらうだけだ。だが、彼と話をする必要はあるだろう。もし彼が証言を撤回すれば、州側にはウォルターを有罪にする根拠がいっさいなくなる」

マイヤーズがなにを言うかによってすべてが一変する可能性があるという点で、私たちの意見は一致した。ビル・フックスの証言に対する反論材料はたくさん集まった。ダーネル・ヒューストンの出現、ウォルターのトラック改造についての新証言、法執行機関からフックスへの利益供与を明かす新発見によって、彼の証言はいまや信憑性がおおいに疑われている。しかし、マイヤーズが証言を撤回すれば、効果ははるかに大きい。マイヤーズの突飛な証言と非難こそが州側の全主張の根拠なのだ。

マイヤーズの証言を読み、明らかにされている前歴を調べると、彼にはとてもつらい過去があり、複雑な性格の人間だとわかる。ウォルターとその家族は、彼が公判中についた嘘から、マイヤーズのことを正真正銘の悪魔だと評した。こちらのことを知りもしない人間が公判であそこまで冷酷に嘘をついたという事実が、彼らにとってはなにより恐ろしいことだったのだ。翌日オフィスにいた私にウォルターが電話をかけてきたとき、マイヤーズから連絡をもらったので話を聞きに行くつもりだと告げた。ウォルターは私を心配して言った。「あいつはずる賢いヘビだ。気をつけたほうがいい」

マイケルと私は車で二時間のところにあるセント・クレア郡スプリングヴィルの州刑務所に向かった。そこはバーミングハム北東部の田舎で、そのあたりからアラバマは岩山がちな地形になる。ホールマンやドナルドソンといったほかの重警備刑務所より建てられたのこそ最近だが、現代的な刑務所とはとても言いがたい。私とマイケルは入口でセキュリティチェックを受けた。私たちの体をぽんぽんとくまなくたたいた看守は、そこで働きはじめて三か月になるが、自分がシフトにはいっているときに弁護士が接見に来たのははじめてだと話した。私たちは長い廊下に案内され、そこを進むと階段があり、刑務所の奥へと続く。金属製の防犯ドアをいくつか通り、面会室として使われている広い部屋にはいった。見かけは典型的なそれだった。奥の壁に自動販売機が数台置かれ、並んでいる小さな長方形のテーブルで受刑者たちは家族と面会する。しかし、見慣れた舞台装置も私たちの不安を消してはくれなかった。マイケルと私はノートとペンをテーブルの上に置き、マイヤーズを待つあいだ室内をうろうろした。

面会室に現れたマイヤーズを見て、やけに老けた様子なので私は驚いた。髪はほとんど灰色で、よけいに弱々しく見えた。しかも思ったより背が低く、華奢《きゃしゃ》だ。彼の証言でウォルターとその家族があれほど苦しんでいたので、実際より大柄な人物像を頭のなかでつくりあげていたのだ。彼はこちらに近づいてきたが、マイケルを目にしたとたん立ち止まり、ぴりぴりしながらどなった。「そいつは誰だ？　誰かいっしょに連れてくるなんて言ってなかったじゃねえか」マイヤーズは南部訛《なま》りが強かった。近くで見ると、顔の傷は人を威嚇する強面というより、むしろ人がよさそうな印象をあたえる。

「彼はマイケル・オコナーといって、この件を私といっしょに担当している同じ事務所の同僚弁護士なんだ。マイケルには調査を手伝ってもらっている」

「あんたは信用できる男だとみんなに言われた。だがそいつのことはなにも知らねえ」

「約束する、彼もとてもいいやつだ」私は、信用できるふうを必死に装おうとしているマイケルのほうに目を向け、それからマイヤーズに目をもどした。「座ってくれるかな」

彼はマイケルのほうを訝《いぶか》しげに見たが、結局のろのろと腰を下ろした。方針としては、私たちは真実が知りたいだけなんだと告げて、相手をリラックスさせてからゆっくり会話に引きこもうと考えていた。ところがこちらがなにか切りだす暇もなく、マイヤーズはいきなり証言を全撤回した。

「俺は嘘をついた。マクミリアンの裁判で俺が言ったことは全部嘘だ。ずっと全然眠れなくて、ものすごく後悔してきた。これ以上黙っていられなくなった」

「ウォルター・マクミリアンの裁判でのあなたの証言は全部嘘だった？」私は慎重に訊き返した。

胸がどきどきしていたが、できるだけ落ち着こうとした。相手をせっつきすぎたり、大げさに驚きすぎたり――とにかくなんでもやりすぎたら、彼が怖気《おじけ》づいてしまうような気がした。

「全部嘘だった。これから俺が言うことはあんたの頭をぶっ飛ばすことになるよ、スティーヴンソンさん」

彼はドラマチックにこちらを見て、それからマイケルにも目を向けた。「あんたもだ、ジミー・コナーズ」少し話をしただけで、マイヤーズは人の名前を覚えるのが苦手なのだとわかった。

「マイヤーズさん、お願いしたいのは、私にだけでなく、法廷でも真実を話してほしいってことです。そうしてくれるんですね？」

ここであわてて念押しするのは不安だったが、そこだけははっきりさせておきたかった。私たちの前だけでパフォーマンスされても困るのだ。

「そうしたいからあんたに連絡したんだ」自分の意思を疑われるなんて心外だと言わんばかりだった。

「俺はここでグループセラピーを受けてる。そこでは誰もがマジで正直にならなきゃいけない。俺たちは三か月近く正直にあれこれ話をした。先週みんなで、子供のときに起きた最悪の出来事とか、自分がしでかした悪事について、洗いざらい打ち明けたんだ」

マイヤーズの話が勢いづいていく。

「俺はとうとうグループで話した。『俺はおまえら全員の上をいくぞ。なにしろクソ法廷で嘘をついて、人を一人死刑囚監房に送ったんだからな』」

彼はそこでわざとらしく言葉を切った。

「自分がしたことを話し終わったら、みんなが言うんだ、間違いを正せって。だからいまそうしようとしてるんだ」彼はまた口をつぐみ、私はそのあいだに彼の話を咀嚼《そしゃく》した。「おいおい、俺にソーダの一本も奢《おご》れよ。さもないと、俺は一日じゅうあの自販機を眺めながら心の叫びをぶちまけつづけることになるんだぜ？」彼はそこではじめてにやりと笑った。マイケルが弾かれたように立ち上がり、飲み物を買うために自動販売機に近づいた。

「おいジミー、もしあれば、サンキスト・オレンジを頼む」

それから二時間以上かけて私は質問し、マイヤーズが答えた。しまいには、本当に私の頭はぶっ飛んだ。彼は自分が保安官とアラバマ捜査局《ABI》の捜査官に言いくるめられ、ウォルターに不利な証言をしなければ死刑にすると脅されたと語った。役人たちの腐敗ぶり、自分がピットマン殺人事件に関わったこと、前にも証言を翻そうとしたことについても話した。そしてとうとうモリソン殺人事件にはいっさい関わっていないこと、彼女の身になにがあったかをはじめ、事件についてはなにひとつ知らないことを認めた。地方検事を筆頭とするたくさんの人々に、ウォルターに不利な嘘の証言をするよう警察で強要されたと打ち明けたという。もし彼の言うことが半分でも真実なら、ウォルター・マクミリアンがロンダ・モリソン殺害とはまったく関係ないということ（ウォルターを告発した唯一の証人がはっきりそう言った）を知っている事件関係者が大勢いることになる。

長々と続いた告白を終えたとき、マイヤーズは三本目のサンキスト・オレンジを飲んでいた。彼は身を乗りだし、私たちを手招きすると、ささやき声で言った。

「あんたたちがこのことを徹底的に調べあげたら、連中はあんたたちを殺そうとするぜ」

どうやらマイヤーズは、どんな面会も最後に必ずドラマチックな見解や予言を相手に授けて締めくくるらしい。私は用心すると彼に約束した。

モンゴメリーにもどる道すがら、マイケルと私はマイヤーズをどこまで信用できるか話しあった。ウォルターの裁判に関しての彼の話は筋が通っていた。公判で披露した筋書きはあまりにもめちゃくちゃだったが、嘘の証言をするよう無理強いされたとすれば腑に落ちた。彼が暴露しようとした組織の腐敗のくだりは評価が難しい。マイヤーズの話では、彼は別の保安官の指示でヴィッキー・ピットマンを殺したのだという。警察、麻薬取引、マネーロンダリングを含む巨大な陰謀があると彼は訴えたが、これはちょっと眉唾ものだった。

続く数週間はマイヤーズの話の裏づけをとるのに忙しかった。彼は、ウォルターには一度も会ったことがないし、カレン・ケリーを通じて名前を聞いただけだと認めた。また、カレン・ケリーとはしばらくつきあっていたし、ピットマン殺害には彼女も関わったとも断言した。そこで私たちはカレン・ケリー本人に確認することに決めた。いま彼女はタットワイラー女子刑務所で、ピットマン殺害の罪により一〇年の禁錮刑に服している。タットワイラーはアラバマ州で最も古い刑務所のひとつで、唯一の女子州刑務所である。男子刑務所と比べると警備はゆるく、マイケルと私が車でゲートに近づいていくと、刑務所入口の外で女性受刑者たちがぶらぶらしていたが、職員の姿は見えなかった。私たちは刑務所のロビーで男性職員にぞんざいに体をたたかれてボディチェックを終えると、鉄格子のゲートを通ることを許され、刑務所内にはいっていった。長方形のテーブルがひとつあるだけのとても小さな部屋に通され、そこで待つように言われた。

カレン・ケリーはほっそりとした三〇代の白人女性で、手錠をはじめいっさいの拘束もなしに部屋にはいってきた。びっくりするほどくつろいでおり、力強く私の手をとって握手をすると、マイケルに会釈した。きちんと化粧をしていて、派手な緑のアイシャドーまで塗っている。腰を下ろすと、ウォルターははめられた、やっとそのことを人に話せてうれしいといきなり言った。私たちが質問をはじめると、モリソン殺人事件の前、マイヤーズはウォルターを知らなかったと即座に認めた。

「ラルフは馬鹿よ。あの根性のねじ曲がった警官たちを信用できると思いこんで、まったく無関係の犯罪に関わったと言わされた。すでにいくつも悪事を働いていたんだから、よけいな作り話なんてすることなかったのに」

最初のうちは落ち着いていたカレンだが、しだいに感情的になり、この件にまつわる事柄を細かく説明しはじめた。一度ならず泣き、ドラッグをはじめてから人生の堕落に歯止めが利かなくなったことを深く後悔していた。

「私、悪い人間じゃないんです。でも、本当にお馬鹿さんな、最低の決断をいくつもしてしまった」

とりわけ彼女はウォルターに死刑判決がくだったことに激しく憤っていた。

「あの人が刑務所にはいることになったのは私のせいだって気がして。彼は人を殺すようなひとじゃない。私にはわかってます」そこで彼女の声が苦々しげになった。「私もたくさん間違いをしたけど、あいつらは自分を恥じるべきだわ。私と同じくらい悪いことをしたんだから。テイト保安官の頭にはひとつのことしかなかった。私にずっと言いつづけてたの。『どうして黒んぼ《ニガー》と寝たがる？　どうして黒んぼ《ニガー》と寝たがるんだ？』最悪だった。あいつも最悪よ」彼女はそこで口をつぐみ、両手に視線を落とした。「でも私も最悪。あんなことをしてしまって」彼女は悲しそうにつぶやいた。

面会以来、私のところにカレン・ケリーから手紙が来るようになった。こんなことになってしまって本当に申し訳ないとウォルターに伝えてほしがっていた。そしていまも彼のことをとても大切に思っていると。もし法廷で新たに審問が開かれたとしても、マイヤーズはウォルターと会ったことがなかったということ以外、カレンからどんな証言が期待できるかわからなかった。ただ、ウォルターは人を残虐に殺せるような人間ではないと信じていることは明らかだ。彼を知る人は誰もが同意見だった。カレンはモリソン殺人事件に関してはあまり警察と関わっていないので、彼らの不正行為を暴くような情報は引きだせないだろう。彼女がウォルターと関係を持っていたことが警察連中の怒りを煽ったということを示すのがせいぜいだ。

マイケルと私はピットマン殺人事件をもう少し調べてみようと決めた。そうすれば、マイヤーズがなぜ偽証をするほど圧力を受けることになったのか、別の角度から眺められるような気がしたのだ。公判前に証言をするのをやめようとした過去があるため、検察側は彼がまたウォルターは犯行に関わっていないと言いだしても驚かないかもしれない。だから、マイヤーズのいまの主張を裏づける客観的な証拠をできるだけたくさん集める必要があった。ピットマン殺人事件について理解し、そこでもマイヤーズが明らかに嘘をついていたことを証拠として提出すれば、私たちの主張が補強されるだろう。

ヴィッキー・ピットマン殺人事件は検討の対象からほとんどはずれていた。モンロー郡法執行官たちは、マイヤーズがウォルターに不利な証言をしたことと引き換えにマイヤーズとケリーを減刑にした。管轄外である別の郡で起きたピットマン殺人事件被告の刑を軽減するのも、やはり変則的なことだ。マイヤーズは彼とケリー以外にも犯行に関わった人間がいると言い張り、その一人が腐敗した地元保安官だと訴える。ヴィッキー・ピットマンが殺された理由も依然としてはっきりしていなかった。彼女が殺されたのはドラッグ売買の借金と、汚職を暴くと彼女が脅しをかけたことが原因だとマイヤーズは話した。

警察の初期の捜査記録を読んだ私たちは、当初はヴィッキー・ピットマンの父ヴィク・ピットマンが容疑者として浮かんでいたことを知った。ヴィッキー・ピットマンにはモーゼルとオンゼルという二人のおばがいて、あちこちで情報を収集し、姪の死の謎を必死に解こうとしていた。もしや話が聞けるのではと思って電話をするとたまたまつながり、ぜひ話がしたいと先方に言われたときにはびっくりしてしまった。

モーゼルとオンゼルは双子の姉妹だった。にぎやかで主張の強いおしゃべりな人たちで、すがすがしいほどずけずけと物を言った。田舎育ちの二人の中年白人姉妹はほとんどずっといっしょにいるので、無意識のうちにたがいの言葉の最後を補いあっているようだった。みずからを〝頑固な田舎者〟と称し、なにをされてもくじけない怖いもの知らずだと自己紹介した。

「言っときますけど、あたしたち銃を持ってますからね。来たとき妙なことをしないでちょうだい」

はじめて電話で話をしたとき、モーゼルは最後にそう言い放った。

マイケルと私はエスカンビア郡郊外に向かい、双子の歓迎を受けた。私たちは家のなかに案内され、キッチンのテーブルについた。二人は即座に本題にはいった。

「あんたの依頼人があたしたちのベイビーを殺したの?」モーゼルが不躾に訊いてきた。

「いいえ、違います。彼ではないでしょう」

「誰が犯人か知ってる?」

私はため息をついた。「いいえ、完全には。ラルフ・マイヤーズと話をしたかぎり、彼とカレン・ケリーも関わっていましたが、ほかにも共犯者がいるとマイヤーズは主張しています」

モーゼルはオンゼルに目を向け、それから体を引いた。

「もっと共犯者がいることはあたしたちも知ってる」オンゼルが言った。姉妹は自分たちの兄と地元警察が怪しいと思っているが、無礼な検事は彼女たちの主張に耳を貸さなかったと文句を言った(ヴィク・ピットマンは結局正式には殺人罪に問われなかった）。二人は州の被害者権利団体からさえそっぽを向かれたという。

「連中はあたしたちを白人貧困層のクズとして扱った。あたしたちになんて目もくれなかった」モーゼルは怒りをこめて話した。「被害者家族にもっと思いやりがあるものと思ってたよ。あたしたちにだって物を言う権利はある、そう思ってた」

犯罪被害者やその家族たちは刑事司法制度におけるみずからの扱いに長年不満を抱えていたが、一九八〇年代になってその意向にもっと応えようという新たな動きが出てきた。問題は、すべての犯罪被害者が平等に扱われていないことだった。

五〇年前、一般に合衆国の刑事司法制度は、暴力犯罪がおこなわれた場合、その共同体に所属する全員が被害者であるという理念が基盤になっていた。刑事被告人を訴追する側は、〝州《ステート》〟あるいは〝人民《ピープル》〟あるいは〝国民《コモンウェルス》〟と呼ばれた。なぜなら誰かが殺害されたり、レイプされたり、物を盗まれたり、暴行されたりしたとき、それはわれわれすべての人々に対する犯罪と見なされたからだ。しかし一九八〇年代はじめに、各州が裁判プロセスに犯罪被害者個人を組み入れはじめ、裁判を提示する際に犯罪被害者を〝個人化〟するようになった。公判中に検察側のテーブルに被害者家族が座ることを許可する州まで出てきた。[2] 公判手続きに参加したり、被害者影響陳述《VIS》（犯罪被害者が受けた身体的・精神的・経済的・社会的被害を裁判所に伝える文書）を作成したりする権利を被害者にあたえる法が成立した州も三六にのぼる。[3] 検察側がみずからを主権市民の代表というより、特定の被害者を代理する弁護人と名乗るケースも見られるようになった。

一九八七年、連邦最高裁判所は、死刑がかかる裁判において殺人事件の被害者の地位、性格、評判、家族を証拠として採用するのは違憲であると裁定した。長年、〝すべての被害者は平等である〟という考え方が一般的だった――つまり裕福な親を持つ四歳児の殺人も、犯罪の深刻さという点では、受刑者を親に持つ子供の殺人、ひいては受刑者であるその親の殺人とも同等だということだ。最高裁は陪審に対し、VISを考慮することを禁じた。それによって陪審の感情が煽られ、死刑評決プロセスに専断的判断がはいるおそれがあるからだ。こういった証拠の採用は、最終的には、貧しい被害者や人種的マイノリティに属する被害者、亡くなった愛する家族を弁護する代理人を雇う金銭的余裕のない被害者家族に不利になると主張する評論家も多かった。ブース対メリーランド州裁判において、最高裁はこの種の証拠を無効とすることに同意した。[4]

この判決は検察側や一部の政治家から広く批判され、被害者人権運動が高まった。三年も経たないうちに、最高裁はペイン対テネシー州裁判で見解を覆し、死刑のかかる裁判では被害者の人格に関する証拠を提示する権利を州側に認めた。[5]

刑事司法手続きにおける被害者個人の役割をより目に見える形にし、かつ保護することを最高裁が合憲としたことで、アメリカの刑事司法改革がおおいに進んだ。各州で誕生した犯罪被害者弁護グループに対し、州や国から何百万ドルという助成金が下りた。州は、特定の犯罪の被害者個人がみずから意思決定したり、意思決定過程に加わったりするさまざまな方法を考えだした。[6]被害者弁護士が仮釈放委員会に加わり、大多数の州では、彼らが州や郡などの検事局で正式な役割を担うようになった。被害者福祉や援助はいまや検事局の重要な仕事のひとつだ。死刑の執行に立ち会える被害者家族の数を増やし、被害者に便宜を図る州もある。(7)

犯罪に対してより厳しい刑罰が各州で立法化され、特定の被害者の名前を冠した法規名も生まれた。たとえば、州側が性犯罪者名簿を作成しやすくなったミーガン法は、子供に対する性犯罪の前科がある男にレイプされ、殺された七歳の少女ミーガン・カンカにちなんだ名前だ。(8) かつて公判では顔の見えない〝地方自治体〟として扱われていた犯罪被害者が前面に立ち、刑事裁判は、被害者家族と被告が角を突きあわせるのが伝統の民事裁判の様相を呈するようになってきた。マスコミは、被告と被害者間のいざこざの背景にある個人的な事情を大げさに報道した。(9) 刑事裁判では、注目度の高いケースはとくに、被害者の感情的意見が検察側の戦略において重要な役割を果たすという新たな定石が生まれた。

しかし、モーゼルとオンゼルが思い知ったように、被害者の立場にばかり目が集まるせいで、またもや一部の人々に刑事司法制度が不利に働くようになってしまった。貧しいマイノリティの犯罪被害者は、制度そのものの被害者にもなったのだ。ペインの裁判における最高裁の裁定がおこなわれたのは、同じ最高裁がマクレスキー対ケンプ裁判を裁定した直後のことだった。そこでは、アメリカ合衆国では被害者の人種を見れば死刑判決が出されるかどうかすぐに予言できるという有意の統計証拠が提示された。この裁判のためにおこなわれた調査で、ジョージア州で被告が死刑になる確率は、白人が被害者だった場合、黒人が被害者だったときの一一倍になるという事実が明らかにされた。(10) ほかの州でも人種と死刑判決の相関関係に関する調査がおこなわれたが、そのすべてで同じ結果が出た。アラバマ州では殺人被害者の六五パーセントが黒人であるにもかかわらず、死刑囚の八〇パーセントが、白人が被害者となった事件で死刑囚監房に送られていた(11)。被告が黒人で被害者が白人という組み合わせとなると、死刑判決の確率はさらにあがる(12)。

貧しいマイノリティの被害者の多くが、地元警察や検事局の訪問やサポートを受けたことがないと訴えている。司法取引が可能か、どのくらいの量刑が妥当かという交渉の場にも出席要請がない。たとえ家族が殺されたり、レイプ被害に遭ったり、深刻な暴行を受けたりしても、家族のなかに受刑者がいれば、被害者という立場は無視される可能性が高い。近年の犯罪被害者の人権保護運動は、昔からずっと変わらないある真実をむしろ可視化した——一部の被害者は、ほかの被害者より保護され尊重されるのだ。

モーゼルとオンゼルをなにより打ちのめしたのは、警察や検察、被害者保護団体からなんの音沙汰もないことだった。「あたしたちの家に来て、いっしょにヴィッキーの話をしてくれたのは、あんたがた二人がはじめてだよ」オンゼルは言った。私たちは三時間近くにわたって彼女たちの悲しい思い出話を聞いたあと、姪御さんのヴィッキーの死に関わっていたほかの人たちを探す努力をすると約束した。

私たちは、警察の記録や捜査ファイルを閲覧しないかぎり前に進めないところに来ていた。案件はいま、二審を経ずに最高裁に申立てする跳躍上告申請が提出されている状態なので、州側にはそれらの記録や捜査ファイルを私たちに見せる義務はない。だから私たちは第三二条請願として知られるものを提出することに決めた。これが通れば私たちはまた法廷にもどって、新証拠を提示したり、州側の捜査ファイルの閲覧を求め調査をおこなったりする機会を得られる。

第三二条請願には、裁判や上訴請求のときに提起しなかった、あるいは提起できなかった主張を含めなければならない。この請願は、弁護人の能力不足や検察側の証拠の隠匿、そしてこれが最も大事なのだが、被告の無実を証明する新たな証拠などを根拠に、有罪判決を覆す手段なのだ。マイケルと私は、警察と検察の不正行為を含め、これらの根拠をすべて並べる請願書を共同でつくり、モンロー郡巡回裁判所に提出した。

ウォルター・マクミリアンは不当に裁かれ、誤った判決を受け、不法な刑罰を言い渡されたと主張するこの請願書は、モンローヴィルの人々の注目を集めた。裁判からすでに三年が経過していた。上訴が棄却されて第一審どおりウォルターの有罪が認められたことは、地元ではずいぶんとメディアで取りあげられ、いまではウォルターの有罪は議論の余地がないと考えている人がほとんどだった。あとは死刑執行日が決まるのを待つだけだったのだ。キー判事はすでに引退しており、モンロー郡の新しい判事たちはこの請願に関わるのをいやがったらしく、ボールドウィン郡に送致された。有罪確定後の異議申立ては第一審がおこなわれた同じ郡で扱われるべきだという論理だ。私たちにはちっとも筋が通っているようには思えなかった。なぜなら裁判を仕切ったのはモンロー郡の判事だったのだから。でも私たちにはどうすることもできなかった。

驚いたことに、アラバマ最高裁が私たちの上告の棚上げを認め、第三二条請願手続きが進められることになった。一般的なルールとしては、刑事訴訟法第三二条にもとづく有罪判決後の副次的異議申立てをはじめる前に上告は終えていなければならない。アラバマ最高裁は上告の決定を延期することで、ウォルターの裁判には不審な点があるので下級裁判所でさらなる検討が必要だと言わんとしていた。こうなるとボールドウィン郡巡回裁判所判事は審問をしないわけにいかず、私たちの資料開示請求も認めるほかなく、それはつまり警察や検察のあらゆる書類が開示されるということだった。これは大きな前進だった。

私たちはトミー・チャップマン地方検事とふたたび会わなければならなかったが、今回は警察および検察の書類開示を指示する裁判所命令という武器を持っている。そしてついに、ウォルターの起訴に携わった法執行官たちともじかにお目にかかることになった。地方検事局捜査官ラリー・アイクナー、ＡＢＩ捜査官サイモン・ベンソン、そしてトム・テイト保安官。

チャップマンは、モンロー郡裁判所内にある自分のオフィスで会うのはどうかと提案した。そうすれば全捜査ファイルを一度に渡せる、と。私たちは同意した。私たちが到着したとき、すでに全員が揃っていた。テイトは背の高いがっしりした白人で、ブーツ、ジーンズ、ラフなシャツという格好だった。アイクナーも四〇代の白人で、テイトと似たような服装だ。どちらもほとんど笑顔を見せない。彼らは私たちに挨拶しながら、さてお手並み拝見と、どこか高をくっているように見える。私たちが彼らの不正行為を糾弾していることを承知しているはずだが、おおむね礼儀正しくふるまった。途中、テイト保安官がマイケルに、一目で〝北部人《ヤンキー》〟だとわかったと告げた。

マイケルはほほえんで答えた。「ええ、じつは私、〝ニッタニー・ライオン〟（ペンシルヴェニア州立大のマスコット）なんです」

ジョークは静まり返った部屋の空気に吸いこまれた。

そこでやめるわけにもいかず、マイケルは続けた。「ペンシルヴェニア州立大の出です。ペン州立大のマスコットは――」

「俺たちは七八年にあんたたちのケツを蹴飛ばした」テイトはたったいま宝くじに当たったかのように、高らかに宣言した。一九七〇年代、ペンシルヴェニア州立大とアラバマ大はアメリカンフットボールのライバル同士だった。当時どちらの大学も効果的な練習プログラムと名コーチ（アラバマ大はベア・ブライアント、ペン州立大はジョー・パテルノ）を誇っていた。一九七八年、アラバマ大はランキング一位だったペン州立大を一四対七でくだし、全国優勝を果たしたのだ。

大のカレッジフットボール・ファンで〝ジョー・パ〟信奉者のマイケルは、〝一言ぶちかまし〟てもいいかと視線で許可をとろうとするように私を見た。私は戒めの目で彼を見返した。幸い、彼は理解してくれたようだった。

「〝ジョニー・D〟はあんたたちにいくら払うんだ？」テイト保安官は、ウォルターの友人や家族がつけた彼のあだ名を使って言った。

「私たちは非営利団体です。代理人を務める依頼人にいっさい報酬は求めません」私はできるだけ丁重かつ穏やかに言った。

「としても、活動するためにどこかしらから金をもらってるはずだ」

私はその言葉を聞き流し、話を前に進めた。

「ここにあるのがこの件に関する全書類だという確認を、書面にして署名したほうがいいと思うのですが。そちらからいただいた書類の目録をつくって、みなさんに署名していただくことはできますか？」

「そこまで形式にこだわらなくてもいいよ、ブライアン。ここにいるのはみな司法のしもべだ。君や私と同様にね。とにかく書類を持っていきたまえ」チャップマンは言った。私の提案でテイト保安官やアイクナー捜査官が気を悪くすると察したらしい。

「不注意でファイルを紛失したり、書類がどこかで落ちてしまったりということがないとはかぎりません。受け取ったものとそちらが渡したものが同じだということを書面に残したいだけです。同じページ数、同じ表題のファイルフォルダーなどなど。誰かが書類を抜いた可能性を問題にしているわけではありません」

「勝手にしろ」テイトは歯に衣を着せない。彼はチャップマンに目を向けた。「俺たちが彼に渡したものを確認する書類に署名するのはやぶさかではない。その記録が必要なのはむしろ俺たちのほうだと思う」

チャップマンはうなずいた。私たちは書類を手に入れ、モンローヴィルをあとにした。受け取ったこの何百ページもの記録からなにが見つかるかと思うと、わくわくした。モンゴメリーに着くとさっそく貪《むさぼ》るように読みはじめた。それは警察や検察の捜査ファイルだけではなかった。裁判所が認めた資料開示請求によって、私たちの手元には、マイヤーズが最初に証言を拒んだときに送られたテイラー・ハーディン保安医療施設の精神科の記録もあった。サイモン・ベンソンからＡＢＩのファイルも手に入れた。本人が誇らしげに言っていたのだが、彼はアラバマ州南部で唯一の黒人ＡＢＩ捜査官なのだという。また、モンローヴィル市警察の記録その他の市当局のファイルも手にはいった。そう、ヴィッキー・ピットマン殺人事件に関するエスカンビア郡の記録や証拠物件に至るまで。ファイルの中身は驚くべきものだった。

私たちはモーゼルとオンゼルの悲しみに感化されていたのかもしれないし、ラルフ・マイヤーズからこまごまと聞かされた陰謀譚にすっかり引きこまれていたのかもしれない。だがまもなく、ピットマン殺人事件に関して何度も名前が登場する、何人かの法執行官のことがひどく気になりはじめた。書類を読んでわかったことについて、ＦＢＩに問いあわせてみようとさえ考えた。

爆弾を仕掛けてやるという脅迫が舞いこみはじめたのは、それからまもなくのことだった。

第8章　みな神の子

『流されない涙』

流れないままの涙を想像してごらん
内側に閉じこめられた痛みから
自由になるときを待っている
あなたの目の窓を通って

「なぜ自由にしてくれないの？」
涙は良心に尋ねる
「恐れや疑いを捨て
私たちを解放することでみずからを癒すのよ」

良心は涙に告げる
「泣いてほしいと心から願っているのはわかるが
私が戒めを解き
おまえが自由を得たとたん、おまえは死ぬ」

そう聞いて涙はしばし考えた
それから良心にこう答えた
「もし泣くことで自由の勝利がもたらされるなら
死ぬのはそれほど恐ろしいことじゃないわ」

イアン・E・マヌエル（ユニオン矯正施設）

トリーナ・ガーネットは、ペンシルヴェニア州チェスター郡の最貧困地区で暮らす、一二人きょうだいの末っ子だった。そこはフィラデルフィアの郊外にある財政的に困窮した自治体で、チェスター郡のなかでも貧困率、犯罪率、失業率がずば抜けて高いうえ、ペンシルヴェニア州に五〇一ある行政区のなかで公立学校制度が最低ランクだ。(1) そこに住む子供の四六パーセントが国の法定貧困レベルを下回っている。(2)

トリーナの父ウォルター・ガーネットは元ボクサーで、なかなか芽が出ずに酒に溺れて暴力沙汰を起こすようになり、ちょっとしたことですぐに相手を殴る男として地元警察でも有名だった。トリーナの母エディス・ガーネットは次々に子供を産んだ（そのうち何人かは夫にレイプされたせいで身ごもった）あげくに病気がちとなった。エディスが年をとり、健康を損ねるにつれ、ウォルターはますます彼女を怒りの捌《は》け口にした。彼は子供たちの目の前で頻繁に妻を殴り、蹴り、暴言を吐いた。ときには、怯える子供が見守るなか、彼女を裸に剥いて、痛みのあまり床で身悶《みもだ》えするまで殴る蹴るを続けるという極端な暴力におよんだ。殴るあいだにエディスが意識を失うと、喉を棒で突いて目覚めさせ、また暴行をはじめた。ガーネット家では無事でいられるものはなにもなかった。トリーナは一度、飼い犬がなかなか鳴きやまないので、父が首を絞めて黙らせるのを見たことがある。彼は犬を金槌で殴り殺し、だらんと弛緩したその遺骸を窓から投げ捨てた。トリーナにはリンとリンダというひとつ年上の双子の姉がいた。二人はトリーナに、酔った父親がベルトを手にアパートのなかを徘徊しはじめたら〝透明人間〟になる遊びを教えた。そういうとき父は手当たりしだいに子供を裸にし、ベルトで打つのだ。トリーナは、ベッドの下やクローゼットのなかに隠れて、できるだけ静かにしているようにと教えられた。

トリーナにはごく幼いときから、知的障害などさまざまな問題の兆候があった。よちよち歩きの頃、家に独り置き去りにされた彼女は、ライターオイルを誤飲して重篤な状態になった。五歳のときには誤って自分の体に火をつけてしまい、胸、腹部、背中に重いやけどを負った。何週間も入院して皮膚移植の痛みに耐え、それはひどい傷痕が残った。

トリーナがまだ九歳のときに母エディスが死んだ。年かさの姉たちが妹の世話をしようとしたが、父ウォルターが性的虐待をはじめたため、彼女たちは逃げだした。すると今度はトリーナ、リン、リンダが標的となった。三人も家出し、チェスターの街をうろうろしはじめた。ゴミ箱を漁って食べ、何日もなにもありつけないこともあった。ねぐらは公園や公衆トイレ。上の姉のエディのところに転がりこんだものの、エディの夫も彼女たちに性的虐待を加えはじめた。年かさのきょうだいやおばたちに一時的に泊めてもらうこともあったが、暴力沙汰や誰かの死によってそれは中断され、結局またトリーナは路上で暮らすことになった。

母の死、虐待、悲惨な環境、それらすべてがトリーナの精神状態をますます蝕んだ。ときどきどうしようもなく取り乱して手がつけられなくなり、姉たちは大人の親類を見つけてトリーナを病院に連れていってもらった。だが治療費が払えず、症状が安定したり回復したりするまで入院を続けられなかった。

一九七六年八月の夜遅く、一四歳になったトリーナとその友人フランシス・ニューサムは、とあるテラスハウスに窓から忍びこんだ。二人はそこに住む少年たちと話がしたかったのだ。少年たちの母親は息子にトリーナと遊ぶことを禁じたが、トリーナはどうしても彼らと会いたかった。塀をよじのぼってなかにはいったトリーナは、少年の部屋がどこか探すため、マッチを擦った。その火が家に燃え移ってしまった。火はあっというまに広がり、家で寝ていた二人の少年は煙で窒息死した。彼らの母親はトリーナがわざと火をつけたと非難したが、トリーナとその友人は事故だと主張した。

少年たちの死に強いショックを受けたトリーナは、警察に逮捕されたときほとんど口がきけなかった。なにをしてもまったく無反応な彼女を見て、公選弁護人は訴訟能力なしと判断した。訴訟能力なしと見なされた被告には刑事手続きはおこなえない[3]――つまり検察は、その被告がみずからを充分弁護できる状態になるまで起訴できないということを意味する。公判に際し、刑事被告人には治療や福祉サービスを受ける権利がある。ところがトリーナの弁護士は、適切な上訴手続きも、トリーナを訴訟能力なしと裁定してもらうための証拠を提出することも怠った。またこの弁護士は、トリーナを成人として裁判にかけることにした検察側の決定に対しても異議を唱えなかった（彼はのちにこれとは無関係な犯罪行為によって弁護士資格を剝奪され、投獄された）。その結果トリーナは成人向けの裁判所において、第二級殺人の罪で裁かれることになったのである。公判ではフランシス・ニューサムが、自分の起訴猶予と引き換えにトリーナに不利な証言をした。トリーナは有罪評決を受け、裁判は量刑の言い渡しに移った。

デラウェア郡巡回判事ハワード・リードには、トリーナに殺人の意思はなかったとわかっていたが、ペンシルヴェニア州刑法では、判事は量刑の言い渡しをするときに故意か否かを考慮することはできない。トリーナの年齢、精神疾患、貧困、虐待経験、火事が起きた不幸な顚末についてもしかり。ペンシルヴェニア州刑法は柔軟性に欠けており、第二級殺人で有罪判決を受けた被告には、強制的に仮釈放なしの終身刑が科されるのだ[4]。リード判事は、自分が言い渡さなければならない量刑について深い懸念を表明した。「こんなに悲しい裁判を私はいままで見たことがない[5]」と彼は書いている。わずか一四歳で犯した悲劇の罪で、トリーナは一生刑務所で暮らすことになったのである[6]。

判決後、トリーナはただちに成人女子刑務所に移送された。すでに一六歳になっていたトリーナはマンシーにある州矯正施設の門をくぐった。依然として過去のトラウマと精神疾患に悩まされ、怯えきり、まったく無防備な状態で。自分は二度とここから出られないと彼女にはわかっていた。不安定なホームレス状態からは解放されたものの、そこには新たな危険と試練が待っていた。マンシーに到着してまもなく、彼女は男性矯正官に人目につかない場所に連れこまれ、レイプされた。

トリーナが妊娠したことで、事態が発覚した。そういう場合の常として、矯正官は解雇されたものの、罪には問われなかった。トリーナは刑務所内で男の赤ん坊を出産した。服役中に子供を産んだその他大勢の女性たちと同様、トリーナは出産という大仕事に向きあう準備がまったくできていなかった。彼女はベッドに手錠でつながれたまま子供を産んだ。出産中の女性受刑者を手錠や足枷で拘束するという非人道的行為は、ほとんどの州で二〇〇八年になるまで続いた。(7)

赤ん坊はトリーナから取りあげられ、里子に出された。たたみかけるように起きた一連の出来事――火事、収監、レイプ、つらい出産、子供との別離――ののち、トリーナの精神状態はさらに悪化した。年々心身の機能が落ち、精神障害もひどくなった。体が発作的に痙攣しコントロールできなくなって、とうとう杖なしでは歩けなくなり、しまいには車椅子に頼るしかなくなった。三〇歳になる頃には、刑務医たちによって多発性硬化症、知的障害、心的外傷性精神疾患と診断された。

トリーナは自分をレイプした矯正官を相手に民事訴訟を起こし、陪審は六万二〇〇〇ドルの賠償金の支払いを命じる評決をくだした。矯正官は上訴し、上訴審では、トリーナが殺人罪で服役中だと矯正官が陪審に主張できなかったことを理由に、判決がひっくり返された。(8) 結局トリーナは、州の〝矯正〟官の一人に乱暴されたことに対する金銭的補償も福祉サービスも州側からいっさい受けられなくなった。

二〇一四年、トリーナは五二歳になった。刑務所にはいってすでに三八年になる。彼女は、一三歳から一七歳のあいだに犯した罪によって仮釈放なしの終身刑を言い渡された、ペンシルヴェニア州にいる五〇〇人近い受刑者の一人である。[9] そこは、刑務所で一生を終える少年犯罪者が世界でも最も多い裁判管轄区なのだ。

一九九〇年フロリダ州タンパで、イアン・マヌエルと年長の二人の少年は、夕食を食べるために外出した夫婦を襲い、金を奪った。当時イアンは一三歳だった。妻のデビー・ベイガーが抵抗したとき、イアンは年上の少年たちに渡されたピストルで彼女を撃った。銃弾はベイガーの頬を貫通して歯を数本砕き、顎に深刻な損傷をあたえた。三人の少年たちは逮捕され、強盗と殺人未遂で起訴された。

イアンを担当した公選弁護士は、禁錮一五年ですむからと請けあい、罪状を認めることを勧めた。弁護士は、イアンが問われている二つの罪が重なれば仮釈放なしの終身刑を求刑できるということに気づかなかったのだ。判事はイアンの有罪答弁を認め、仮釈放なしの終身刑を言い渡した。相手はまだ一三歳の子供だというのに、判事は彼が立派な両親のもとを飛びだして街をふらついていたこと、いくつもの万引きや窃盗の前科があることを非難した。イアンは成人用の刑務所に送られた――フロリダで最も厳しい刑務所のひとつ、アパラチ矯正施設である。手続きセンターの矯正官はイアンの体に合う制服を見つけられず、最小サイズのズボンの裾を一五センチも切った。[10] 成人用刑務所に収容された未成年の受刑者は性的暴行の犠牲になる確率が五倍にもなるので、アパラチ矯正施設の職員は、ただでさえ標準より小柄なイアンを独房に入れた。[11]

アパラチ矯正施設の独房とは、ウォークインクローゼット・サイズのコンクリートの箱のなかで暮らすということだった。食事は溝穴から差し入れられ、ほかの受刑者とは会えず、とにかくほかの人間には触れることも近づくこともできない。反抗的なことを言ったり、矯正官の命令に従うのを拒むといった〝行動に出れ〟ば、マットレスを取りあげられてコンクリートの床にじかに寝なければならなくなる。わめいたり叫んだりすれば、独房に入れられる時間が延びる。矯正官に文句を言ったり、脅したり、不適切な言葉を吐いたりすれば、やはり独房に入れられる時間が延びる。週に三回のシャワーと、週に数回小さな鉄格子の部屋で四五分間運動することが許される。それ以外は一人きりでコンクリートの箱のなかに閉じこめられている。何週間も、何か月も。

独房にはいったイアンは自称〝カッター〟になった。食事のトレーになにかしら鋭利なものがあれば、血が流れるのをただ見たいがためにそれで手首や腕を切った。精神状態がどんどん悪化し、何度も自殺をこころみた。自分を傷つけたり行動を起こしたりするたびに独房での暮らしが延長された。

こうしてイアンは、誰とも接触できない独房で一八年間過ごした。

ただ、月に一回だけ電話をかけることを許されていた。一九九二年、刑務所にはいってすぐのクリスマスイブ、彼は自分が撃った女性デビー・ベイガーに電話をかけた。彼女が電話に出ると、イアンは堰を切ったように謝罪の言葉を並べ、自分がどれだけ後悔しているか泣きながら訴えた。ベイガーさんは自分を撃った犯人である少年から連絡をもらったことに驚いたが、同時に心を動かされた。体はすでに回復し、ボディビルダーとして成功するために努力をしながら、女性の健康をテーマとした雑誌を創刊したところだった。たとえ銃撃を受けてもそんなことでは目標をあきらめない、たくましい女性だったのだ。最初の電話は思いがけないものだったが、その後二人は定期的に連絡をとりあうようになった。事件が起きたとき、イアンはとっくに家族に見放されていた。親や家族の支えを失って家出し、街をさまよっていたイアン。独房にはいってからは、ほかの受刑者や矯正官ともほとんど会わなかった。深い絶望の淵にいた彼にとって、デビー・ベイガーは気持ちを強く持ってと励ましてくれる数少ない心の支えだった。(12)

イアンと数年間やりとりを続けたあと、ベイガーは裁判所に手紙を書き、イアンの裁判をおこなった判事に、彼の量刑は厳しすぎるし、独房にずっと閉じこめられている状態は非人道的だと訴えた。彼女は刑務所の職員とも話をしようとし、マスコミのインタビューを受けてイアンの窮状に世間の耳目を集めようとした。「イアンのしたことがどんなに無謀で恐ろしいものだったか、誰よりも私が知っています。それでもいま私たちが彼にしている仕打ちはあまりにも卑劣で無責任です」彼女はある記者に語った。「犯罪に手を染めたとき、彼はまだ子供でした。山ほど問題を抱え、誰の目も届かず、手を差し延べる者もいなかった。でも私たちは子供ではありません」

裁判所はデビー・ベイガーの減刑の訴えを無視した。

フロリダでは、二〇一〇年までに、殺人ではない暴行罪に問われた一〇〇人以上の子供たちが仮釈放なしの終身刑を言い渡され、(13)その一部は事件当時一三歳だった。(14)最も年齢の低い終身刑に服している子供たち——一三歳か一四歳——は全員黒人かヒスパニック系だ。(15)フロリダ州は、非殺人罪で刑務所で一生を過ごす子供の数が世界で最も多い。(16)

アントニオ・ヌニェスが住んでいたロサンゼルス南中央地区は、年じゅうギャングの抗争の舞台となるような場所だった。家族がひしめく狭いわが家の外で銃の撃ち合いがはじまると、アントニオの母親は子供たちをあわてて床に伏せさせた。しかもそういうことがいやになるほど頻繁に起きた。銃撃戦にたまたま巻きこまれ、一〇人近くのご近所さんが流れ弾にあたって死んだ。

家の外がそんなふうに殺伐としていたうえ、家のなかでも家庭内暴力の嵐が吹き荒れていた。まだオムツもとれていない頃から、アントニオは父親に虐待され、平手、拳、ベルト、延長コードなどでぶたれて痣《あざ》や切り傷が絶えなかった。両親が派手な取っ組み合いを演じ、殺してやるとたがいにののしりあう姿も目撃した。あまりに激しい喧嘩なので、アントニオがいたたまれずに警察を呼んだことも一度や二度ではない。彼はしだいに悪夢に悩まされるようになり、夜中に悲鳴をあげて目が覚めた。母親は鬱状態で、アントニオの世話を放棄した。アントニオが泣くと、母親は息子を一人残して家を出た。アントニオのために参加した行事といえば、小学校のときに薬物濫用予防教育プログラムを彼がめでたく修了したときぐらいだと彼女は思い起こす。

「あの子は警官といっしょに記念写真を撮り、大喜びでした」のちに母親はそう語った。「大きくなったら警官になりたいと言ってたんです」[17]

一九九九年九月、アントニオが一三歳になって一か月後、家の近くで自転車に乗っていたときに、見知らぬ男に腹、脇腹、腕を撃たれた。アントニオは路上で倒れ、その叫び声を聞いて助けに駆けつけた一四歳の兄ホセは、頭を撃たれて死んだ。アントニオは深刻な内臓損傷によって何週間も入院した。

退院したアントニオを、母親はラスヴェガスにいる親戚に預け、彼はそこで兄ホセの死のショックから立ち直ろうとした。アントニオは危険なロサンゼルス南中央地区から離れられてほっとしていた。厄介事には近づかず、家では大人の言うことをよく聞いて、進んで手伝いもし、夜はいとこの夫に助けてもらいながら宿題をこなした。南中央地区のギャングや暴力は過去のものとなり、彼はめきめき成長した。ところが一年もしないうちに、カリフォルニア保護観察局からロサンゼルスにもどれと命令書が届いた。以前の違反行為について出された判決によれば、アントニオは保護観察中だったからだ。

合衆国内どこに行っても、都市の貧困地域の黒人やヒスパニック系の少年たちはいやでも警官と顔を突きあわせることになる。なにも悪いことをしていないのに警官に目をつけられ、色眼鏡で見られ、非行少年だとか、なにか犯罪に手を染めているはずだとか疑われる。手当たりしだいに呼び止められて職務質問され、嫌がらせをされるせいで、つまらない罪で逮捕される確率が劇的にあがる。そうした子供たちの多くが、もっと裕福な子供ならまるで罪に問われないたぐいの行為で前科者になってしまうのだ。

南中央地区の、兄が殺された場所から数ブロックしか離れていない場所に無理やり連れもどされ、アントニオは苦しんだ。のちに裁判所は「自分も撃たれ、兄が殺された場所からほんの数ブロックのところに住むようになってから、ヌニェスはフラッシュバックなどの心的外傷性の症状に悩まされ、その場所にどうしても近づけず、恐怖がふくらみ、実際のあるいは想像上の脅威から身を守らなければという強迫観念に襲われていた」と認めた。彼は自衛のために銃を手に入れたが、そのせいでたちまち逮捕され、青少年矯正キャンプに入れられた[18]。監督官によれば、彼は積極的に参加意思を示し、規律正しい生活やスタッフの指示にも前向きに従ったという。

キャンプから帰ってきたアントニオはパーティに誘われ、自分より二倍も年上の二人の男から、じつは狂言誘拐を計画していて、身代金を払ってくれそうな親戚から金をせしめるつもりだと打ち明けられた。彼らはアントニオにも加われとしつこく勧めた。一四歳のアントニオは、身代金を受け取りに行くという男たちといっしょに車に乗りこんだ。人質に成りすました男は後部座席に座り、運転はフアン・ペレス、アントニオは助手席に落ち着いた。目的地であるオレンジ郡に到着する前に、彼らは灰色のバンに乗った二人のヒスパニックの男に尾行されていることに気づいた。尾行はやがてカーチェイスへと発展。やがてペレスともう一人の男はアントニオに銃を渡し、バンを撃てと命じた。こうして高速で飛ばす車同士の危険な銃撃戦がはじまった。彼らを追っている男たちはじつはおとり捜査官だったのだが、アントニオはそうとは知らずに発砲してしまった。追跡にパトカーが加わったところで、アントニオは銃を捨てたものの、直後に車は木に衝突した。誰も怪我はしなかったが、アントニオとペレスは悪質な誘拐と警官に対する殺人未遂で逮捕された。

アントニオと二七歳の共同被告の裁判は同時審判でおこなわれ、二人とも有罪となった。カリフォルニア州法では、殺人罪に問われた未成年者に仮釈放なしの終身刑を科す場合、被告は少なくとも一六歳になっていなければならない。しかし、誘拐罪には年齢制限がなく、オレンジ郡判事はアントニオに終身刑を言い渡した。凶悪なギャング団の一員である彼が心を入れ換えたり、更生したりするわけがない、というわけだ。判事は彼のつらい過去も、前科らしい前科がひとつもないという事実も考慮しなかった。判事は彼をカリフォルニアの人員超過気味の危険な成人向け刑務所に送った。一四歳のアントニオは、誰も負傷させていないのに終身刑となった、アメリカ合衆国で最も若い人物となった。

トリーナやイアン、アントニオが問われたような罪を成人が犯しても、仮釈放なしの終身刑が科されることはまずない。連邦司法制度では、殺人の意図はなかったが少なくとも一人以上の死者が出た放火事件を起こした場合、成人ならふつう二五年以内に仮釈放される量刑が言い渡される。フロリダ州で殺人未遂を犯した成人の多くは一〇年未満の禁錮刑に処される。[19] 銃を発砲したものの負傷者がいなければ、たとえいまのような厳罰主義の時代であっても、たいていは一〇年未満の禁錮刑になるだろう。

重大な犯罪を起こした子供は、長らく多くの州で成人と同様に起訴され、罰せられてきたが、少年向け司法制度が整うにつれ、大部分の少年犯罪者は青少年拘置施設に送られることになった。しかし少年司法制度はアメリカ国内でも州によって異なり、トリーナ、イアン、アントニオのようなすでに服役している少年受刑者たちは一八歳、あるいは二一歳になるまでそのままにされるケースが多い。たとえ少年司法制度が充実した州であっても、施設内での過去の態度や前科から彼らが治安上危険な存在だと見なされれば、二五歳あるいはそれ以上の年齢になるまで拘禁は続くだろう。

昔は、たとえ罪を犯したときに一三歳や一四歳でも、その犯罪が並はずれて世間から注目されていた場合、その少年は成人の司法制度に放りこまれ、長期刑を科せられた。それは、南部で黒人の子供が白人相手の犯罪に手を染めた場合も同じだ。たとえば、一九三〇年代に起きたかの悪名高きスコッツボロ事件では、アラバマ州で白人女性をレイプしたというでっちあげの告発によって死刑判決を受けた少年たちのうちの二人、ロイ・ライトとユージン・ウィリアムスは当時わずか一三歳だった。[20]

もうひとつ特徴的な少年裁判を挙げるとすれば、それは一九四四年六月一六日にサウスカロライナ州で死刑執行された一四歳の黒人少年ジョージ・スティニーのケースだ。その三か月前、アルコル近くに住む二人の白人少女が花摘みに行ったまま帰ってこなかった。アルコルは小さな工場町で、列車の線路で人種が隔離されていた。町じゅうの人が総出で捜索にあたった。ジョージ少年やそのきょうだいたちも捜索隊に加わった。そしてあるときジョージは、その日早くに少女たちを見かけたと、捜索隊内にいた白人の大人にぽろりと漏らした。少女たちは、彼らが外で遊んでいたときに近づいてきて、花はどこに咲いているかと尋ねたのだ。

翌日二人の少女の遺体が浅い水路で発見され、すぐにジョージが逮捕された。失踪前の少女たちを目撃した、つまり生きている二人を見た最後の人間だと認めたからだ。彼は、両親も弁護士も同席させてもらえぬままに何時間も尋問された。殺人のかどで黒人の少年が逮捕されたという噂が広まったとき、人々の怒りが爆発したのは無理からぬことだった。署名のある書面の供述書もなにもないのに、ジョージが殺人を告白したと保安官は発表した。ジョージの父親はただちに解雇された。一家は、すぐに町を出ていけ、さもないとリンチに遭わせると脅された。命の危険に怯えたジョージの家族はその晩のうちに町から逃げだし、拘置所に残されたジョージは家族からの支援さえ望めなくなった。その嘘くさい自白の発表がおこなわれて数時間もせずに、アルコルの拘置所に暴徒が押しかけたが、一四歳の少年はすでにチャールストンの拘置所に移送されたあとだった。[21]

一か月後、裁判がはじまった。第一級殺人の罪で起訴されたジョージは、法廷に詰めかけ、建物を取り囲んだおよそ一五〇〇人の白人たちの前で一人ぽつんと座っていた。アフリカ系アメリカ人は廷内にはいることを許されなかった。ジョージの代理人を務めた、政治的野心に燃える本来租税が専門の公選弁護士は、一人の証人も召喚しなかった。検察側の唯一の証拠は、ジョージが自白したという保安官の証言だけだった。公判はほんの数時間で終わった。白人のみの陪審は一〇分間審議をおこない、ジョージを強姦と殺人のかどで有罪とした。ストール判事はただちにその一四歳の少年に死刑判決を言い渡した。ジョージの弁護士は、家族に訴訟費用を払うお金はないので、上訴はしないと告げた。

ＮＡＡＣＰや黒人聖職者から終身刑への減刑を求める嘆願書が出されたものの、オリン・ジョンストン知事はこれを退け、ジョージはコロンビアに送られて、サウスカロライナ州が所有する電気椅子に座ることとなった。[22]身長一五七センチ、体重四二キロで、その年齢の標準にも満たない彼は、聖書を手に椅子に近づいた。体が小さすぎてうまく電極がつけられず、本の上に座らなければならなかったほどだ。家族も黒人もいない部屋でただ一人、怯えた少年は大きすぎる椅子に座った。助けを求めて必死にあたりを見まわしたが、目にはいるのは職員と記者の顔だけ。大人サイズのマスクがジョージの頭にかぶされ、最初の電流が体に襲いかかった。立会人たちは彼の「大きく見開かれた涙いっぱいの目と、口から滴る涎《よだれ》」を目にした。[23]花はどこにあるのと二人の少女に訊かれた八一日後、ジョージ・スティニーは死亡宣告された。数年後、とある裕福な良家の白人男が少女たちを殺したと死の床で告白したという噂が流れた。最近になって、ジョージ・スティニーの汚名をそそぐ運動がはじまったという[24]。

スティニーの死刑は本当に恐ろしい、胸が締めつけられるような出来事だが、これには少年犯罪者が一般にどう扱われるかということより、南部の人種隔離政策のありようが明らかに反映されていると思う。政策や規範が黒人を規制し罰しようという方向ばかりに向かうと、その傾向が刑事司法制度全般にはいりこんでくるという事例なのだ。一九八〇年代後半から一九九〇年代前半にかけて、この国を席巻し、大量投獄時代につながった恐怖と怒りを煽る政策が、今度は子供を標的にしようとしていた。

影響力の強い犯罪学者たちが〝超凶暴な野獣《スーパープレデター》〟の波の到来を予言し、そうなるといまの少年司法制度では対応できないと主張した[25]。ときにはあえて黒人やヒスパニック系の子供たちを名指しし、アメリカはまもなく「弁当の代わりに銃を鞄に入れてくる」、「人の命などなんとも思っていない」小学生の支配下に置かれると彼らは訴えた[26]。そうした「驚くほど衝動的で、恐ろしく無慈悲な」子供たちによる犯罪の嵐が差し迫っていると知った恐怖で、多くの州で未成年者を成人の刑事制度にできるだけ組みこむ法律が成立した[27]。子供を大人として裁判にかける年齢制限を低くしたり撤廃したりする州が続出し、わずか八歳という子供でさえ大人として訴追され、投獄されるおそれがある。

一部の州では子供を成人に強制的に移行させる法規を導入し、そのため特定の子供を少年司法制度のなかで訴追すべきかどうか検討するとき、検事や判事はもはやためらうことさえなくなった。かつては、子供を保護し必要な措置を加えるよう慎重に考慮された少年司法制度で裁かれていた何万人もの子供たちが、いまや、人員超過となり暴力が横行する危険な成人用刑務所に次々に送りこまれているのだ。
〝スーパープレデター〟到来の予言はまったくのでまかせだったことがすでに明らかになっている。アメリカでは一九九四年から二〇〇〇年にかけて子供の人口が増加したにもかかわらず、少年犯罪率は下がり、かつて〝スーパープレデター〟理論を支持していた著名な学者たちも意見を撤回している。[28]二〇〇一年、アメリカ公衆衛生局長官は〝スーパープレデター〟理論は神話だとする報告書を出し、「一九九〇年代初頭の少年犯罪率が最も高かった当時に暴力事件に関わった青少年が、それ以前の若者たちより事件を起こす頻度も凶悪さも高いという証拠はいっさいない」と述べた。[29]しかしいまさらそう認めてもらっても、トリーナ、イアン、アントニオのような子供たちにとってはもう遅すぎた。彼らの終身刑について異議申立てや再審請求をしようとしても、まるで迷路のような複雑な手続きや出訴期限法などさまざまな法的障壁が立ちはだかって、判決をひっくり返すのはほとんど不可能だった。

数年後に私がトリーナ、イアン、アントニオに会ったとき、長年希望のかけらも持てずに檻のなかに閉じこめられていた彼らは、みなすっかり絶望していた。彼らは、ほとんど誰にも知られずに成人刑務所に埋もれ忘れ去られた、法律によって塀のなかで死を迎えることを強制された子供たちだ。家族の支えも外部の支援もほとんどなく、ぞっとするほど危険な環境でいかに生き抜くか、毎日窮々としている。だが彼らはけっして例外ではない。合衆国じゅうの刑務所に何千人という子供の囚人が散らばっている――仮釈放なしの終身刑をはじめとする厳罰を科された子供たちが。その存在がほとんど知られていないことが、彼らの悲惨な環境や窮状をますます悪化させているように思える。私はトリーナ、イアン、アントニオの代理人を務めることに同意し、やがて、子供に強制的に科せられた終身刑に対する取り組みがわれわれの事務所の大きな柱のひとつとなる。しかし、不当で極端な量刑は、彼らが抱える問題の一部にすぎないことがすぐに明らかになった。彼らはみなアメリカの司法制度によって心身ともに深く傷ついていた。

トリーナは精神的にも肉体的にも健康を損ない、刑務所内でとても厳しい生活を送っていた。彼女は私たちの支援に感謝し、減刑を求めて戦うと話しただけで驚くほど回復した。しかしトリーナには問題がまだまだあった。彼女は息子に会いたいと年じゅう訴えた。自分は天涯孤独の身ではないと確認したがっていた。私たちは彼女の姉妹の居所をつきとめ、トリーナがどこかで息子に会えるようお膳立てをした。すると彼女はまさかと思うほど元気になったのだ。

さらに私はロサンゼルスに飛び、カリフォルニア中部の農業地帯中心部に向かって何キロも車を走らせて、ギャングたちがひしめき暴力沙汰が頻繁に起きる重警備刑務所をめざした。アントニオはそこに収容されているのだ。彼は、あらゆる面で人間の健康な発達を阻む世界に、なんとか適応しようとしていた。本を読むのにはいつも苦労したが、どうしても学びたいという強い意志があり、理解するために同じ文章を何度でも読んで、知らない単語があればわかるまで私が送った辞書を引いた。先日送ったダーウィンの『種の起源』を喜び、それを読めば自分のまわりにいる人たちをもっと理解できるようになるとわくわくしていた。

イアンはじつはとても賢い子だった。頭がよく感じやすいせいで、長引く独房での時間がよけいにつらく苦しいものになっているようだったが、なんとかしてみずから学び、何百冊という本を読み、彼の確固とした貪欲な知性がよく現れた詩や短編小説を書いた。彼は私に手紙や詩をたくさん送ってくれた。何日か出張で事務所を留守にして帰ると、たいていそこにイアンからの手紙があった。ときには皺くちゃになった紙切れがはいっていて、広げてみると、深い思索がうかがえる真面目な詩が書いてあった。たとえばこんな題名だ――「流されない涙」、「言葉に縛られて」、「容赦のない一分」、「静寂」、「水曜日の儀式」。

私たちは、終身刑を科せられた子供たちの窮状に注目してもらうため、レポートを出版することに決めた。(30) それがどんな子供たちなのか、読む人に具体的に顔を知ってもらいたくて、一部の依頼人については写真を撮りたいと思った。フロリダ州は刑務所内にカメラマンがはいれる数少ない州のひとつなので、私たちは、本来人との接触すら許されないイアンを一時間だけ独房から出し、雇ったカメラマンに写真を撮ってもらうことを刑務官に許可申請した。幸い彼らは快諾し、外部カメラマンとイアンは同室にはいることを許された。訪問が終わるとすぐ、イアンは私に手紙をくれた。

《親愛なるスティーヴンソン先生へ
この手紙が間違いなくあなたに届き、あなたの仕事がすべてうまくいくことを祈っています。この手紙でぼくがいちばん伝えたいのは、カメラマンとの撮影会についてあなたに心から感謝していること、そして写真をどっさり手に入れるにはどうすればいいか教えていただきたいということです。

ご存じのように、ぼくは独房で暮らして約一四・五年になります。司法制度はぼくを生きながら埋葬し、ぼくは外の世界から見たら死んでいるも同然です。いまのぼくにとって、あの写真にはとても大切な意味があるのです。刑務所内にいまぼくが貯めてあるお金は全部で一・七五ドルです。そのなかからもし一ドルあなたに送ったら、何枚写真が買えますか？

今日の撮影会ではすっかり舞い上がってしまって、今日六月一九日は亡くなった母の誕生日だということを話すのを忘れていました。たいした意味はないとわかってはいますが、でもいま考えてみると、母の誕生日に撮影会をしたなんて、すごく象徴的で特別なことだと思えるのです！

ぼくのこの高揚感とその写真をどんなに大事に思っているかということをどうあなたに伝えたらいいかわかりませんが、本当のことを言うと、ぼくは自分が生きてるってことを世界に教えたい！　写真を見て、自分は生きてると感じたいんです！　きっとつらい気持ちを癒してくれるはずです。今日の撮影会のあいだ、ぼくは本当に楽しかった。永遠に終わらなければいいのにと思ったほどです。あなたがたみなさんがここに来て帰っていくたび、ぼくは落ちこみます。でもその瞬間瞬間を記憶に留め、大切にしまって、心の目で何度もリプレイします。そして人とのふれあいに感謝するのです。でも今日はカメラマンと握手をしたことただそれだけで、感覚を奪われた毎日を過ごすぼくにとっては、とてもうれしい新たな経験でした。

どうか何枚写真を買えるか教えてください。どうしても写真が欲しいんです。自由が欲しいのとほとんど同じくらいに。

ぼくの人生にたくさんのうれしい出来事を届けてくださって、本当に感謝しています。法律がどうやってあなたをぼくのところに導いたのか正確にはわかりませんが、とにかく、あなたと出会わせてくれたことをぼくは神に感謝します。あなたとＥＪＩがぼくにしてくださるすべてのことにありがとうと言いたい。お願いですから、どうか写真を送ってくださいね》

第9章

私はここに来ました

とうとうウォルター・マクミリアンの審問の日が来た。ラルフ・マイヤーズの新証言や、これまで開示されてこなかった警察記録のなかで見つけたウォルターの無実を証明するあらゆる証拠を提示するチャンスだった。

マイケルと私はこの事件を一〇回以上調べ直し、ウォルターの無罪の証拠をどうやってプレゼンするのがいちばん効果的か考えた。最大の懸念はマイヤーズだった。というのも、ふたたび郡裁判所に出廷することになれば多大なプレッシャーがかかるはずで、彼は以前にもプレッシャーに押しつぶされたことがあるからだ。ただ、手持ちの証拠のほとんどは書面になっており、たとえ予想外の事態が起きてマイヤーズの証言に問題が生じても認めてもらえるはずだと自分で自分を励ました。

私たちはスタッフとして新たにパラリーガルを一人雇ったので、彼女にも手伝ってもらうことにした。元モンゴメリー警察官のブレンダ・ルイスは、警察署で目にした数々の職権濫用に我慢がならなくなり、私たちのもとで働くようになった。アフリカ系アメリカ人の女性として、性別でも人種でもアウトサイダーという環境にありながら、高いプロ意識を持っていた。彼女には、私たちの証人たちと密に連絡をとり、審問の前に最後の内容確認をすると同時に、緊張を解いて落ち着かせる役目をお願いした。

ウォルターの有罪判決を守る手伝いをするため、チャップマン地方検事が州司法長官のオフィスに呼びだされ、さらには、その闘争心の激しさで有名なベテラン検事、ドン・ヴァレスカ司法長官補が派遣された。ヴァレスカは四〇代の白人で、よく引き締まった中肉中背の体格は、彼がつねにトレーニングを欠かさないことを示している。厳格そうな顔つきが眼鏡のおかげでいっそう生真面目に見えた。兄のダグもヒューストン郡の地方検事で、二人とも〝悪党〟を追及するためならいくらでも攻撃的になれるし、謝罪するようなこともしない。マイケルと私は審問前にもう一度チャップマンに連絡し、捜査を再開して、ウォルターが本当に有罪かどうか自主的に再検討することはできないか説得しようとした。しかしすでにチャップマンら法執行官はみな、私たちにうんざりしはじめていた。私たちを相手にしなければならなくなるたび、しだいに不快感が垣間見えるようになってきた。私は爆弾予告や殺人の脅迫についても、モンロー郡の住人が犯人だろうと思ったので、彼らに報告しようかと思っていたのだが、保安官事務所にしろ地方検事事務所にしろ、まともに取りあってくれるかどうか怪しかった。

この件を担当する新しい判事、トマス・B・ノートン・ジュニアもやはり私たちに嫌気が差しているようだった。本件とは別のいろいろな中立ての予審で何度か顔を合わせたことがあり、そのときの弁護士同士の激しい口論にいらいらしているのが見て取れた。私たちは、州側が保持しているあらゆる捜査ファイルや証拠を渡してほしいと訴えつづけた。これまで表沙汰にされていなかった無実を明かす証拠がこれだけ見つかったのだから、まだ見せてもらっていない資料がたくさんあるはずだと思ったのだ。私たちが九度目か一〇度目の開示請求をしたあと、判事はついに根負けした。ノートン判事が刑事訴訟法第三二条にもとづく最後の審問を決定したのは、この議論の的となっている複雑な事案をさっさと自分の予定表からはずし、法廷から追い払いたいという気持ちが一部にはあったのではないかと思う。

最後の予備審問のとき、判事に訊かれた。「証拠の提示にどれくらい時間が必要ですか、スティーヴンソンさん？」

「一週間いただけるとありがたく思います、判事」

「一週間？　冗談だろう？　第三二条審問に？　この事件の裁判はたった一日半で終わったんですよ？」

「ええ、そうです。これは特殊なケースだと私たちは考えており、証人も複数いて――」

「三日だ、スティーヴンソンさん。あなたがたはここまでさんざん騒ぎたてたわけだが、三日でまとめられなければすべて終わりです」

「でも判事、私は――」

「これにて休廷」

最後にもう何人か証人を見つけるためにモンローヴィルで長い一日を過ごしたあと、マイケルと私は事務所にもどり、判事にあたえられたわずかな時間ですべての証拠をどう開示するか、作戦を練った。この事件の複雑さについて、ウォルターの人権がさまざまな形で侵害されたことについて、論理的にわかりやすく判事に伝えなければならないのだ。もうひとつの心配はマイヤーズとそのほら吹き癖で、審問に先立つ数日間、私たちは彼と膝を突きあわせて打ちあわせし、できるだけ簡素に証言させようとした。

「警察の腐敗について長々と話して脱線するのはやめてくれ」私は言った。「質問に対して正確に正直に答えるだけでいいんだ、ラルフ」

「いつだってそうしてるよ」マイヤーズは堂々と言った。

「おいおい、〝いつだって〟って言ったのかい?」マイケルが尋ねた。「どういうことだよ、〝いつだって〟そうしてるって? ラルフ、あなたは公判のあいだじゅうずっと嘘をつきっぱなしだった。われわれはこの審問でそれを明らかにしようとしているんだ」

「わかってるさ」マイヤーズがさらりと言った。「あんたたち、あんたたちにはいつだって本当のことを言ってる、って意味だよ」

「はらはらさせないでくれよ、ラルフ。真実を証言すればそれでいいんだ」マイケルは言った。

マイヤーズは私たちの事務所にほとんど毎日電話をよこし、おかしな考えやアイデア、謀略をとめどなく披露した。私は彼の相手をするのに忙しくて、ほかの電話の大部分にマイケルが応対するはめになり、彼はマイヤーズの独特の世界観にますます不安を募らせていた。だが、それについてはもうどうすることもできなかった。

審問の日の朝、私たちは不安を胸に早めに裁判所に到着した。マイケルも私もダークスーツ、白いシャツ、当たり障りのないネクタイという格好だった。私は法廷ではいつもなるべく保守的な服装をする。髭をたくわえた若造の黒人だった私は、たとえ陪審がいないときでも、弁護士はかくあるべしという裁判所の期待にできるだけ応えようとした。それが依頼人の安心感につながるだけだったとしても。私たちはまず、マイヤーズが無事に裁判所に到着し、審問に際し精神的に安定しているかどうか確かめに行った。ボールドウィン郡保安官事務所の保安官補たちが、審問前夜にマイヤーズをセント・クレア郡の刑務所から裁判所に移送していた。アラバマ南部の暗い夜道を五時間かけて移動したことで、ラルフは明らかに緊張していた。私たちは彼と裁判所内の拘置施設で会ったのだが、目に見えて不安そうだった。そのうえ、やけに控えめでおとなしい。よけいにいつもらしくなかった。その心配な面会のあと、私はやはり裁判所の拘置施設にいるウォルターに会いに行った。四年前に自分の命運が閉ざされた裁判所にもどってきたことで、彼も動揺している様子だったが、私がはいってくるのを見るとなんとか微笑もうとした。

「道中は問題なかったかい？」私が尋ねた。

「万事ＯＫだよ。前回ここにいたときよりいい結果が出ることを祈るばかりだ」

私は同意するようにうなずき、このあとの数日でどんなことを明らかにするつもりかあらためて彼に告げた。

拘置施設は裁判所の地下にあり、私はウォルターとの面会を終えると、開廷前の準備をするため上階にあがった。そして法廷にはいったとたん、室内の光景にあっと驚いた。傍聴席は地元の人々でいっぱいだった。そのほとんどが貧しい黒人たちだ。傍聴席のどちらの側も、ウォルターの家族、事件の日にフィッシュ・フライの集いに参加していた人々、この数か月間に私たちが話を聞いた人たち、ウォルターの仕事仲間でひしめきあっている。サム・クルックとその同僚たちさえいた。私が部屋に足を踏み入れると、ウォルターの妻ミニーと姉アルメリアが微笑みかけてきた。

そのときトム・チャップマンがドン・ヴァレスカとともに入廷し、二人とも廷内を見渡した。集まった傍聴人たちに不快感が隠せないという表情だ。テイト保安官、ラリー・アイクナー地方検事局捜査官、ベンソンＡＢＩ捜査官――かつてウォルターの訴追をおこなった法執行官たち――は州側一同のあとからぞろぞろとはいってきて、廷内で腰を下ろした。審問がはじまる直前に保安官補がロンダ・モリソンの両親を法廷の正面に案内した。判事が席につくと黒人聴衆がガタガタと音をたてていっせいに立ち上がり、また座った。黒人たちの多くは教会用のよそいきを着ているようだった。男たちはスーツ姿で、女たちの一部は帽子をかぶっている。彼らが静まるまでに少し時間がかかり、ノートン判事はいやな顔をした。それでも私は彼らの存在が心強かったし、これだけの人たちがウォルターを応援してくれているのだと思うとうれしかった。

ノートン判事は頭の禿げた五〇代の白人男性で、あまり上背はないが、一段高いところにある判事席から見下ろされると、ほかの判事たち同様に堂々として見える。私たちのあいだだけでおこなった予備審問ではスーツ姿だったが、今日はローブを身につけ、小槌をしっかり手に握っている。

「諸君、はじめてもよろしいかな?」ノートン判事が尋ねた。

「はい、判事」私は答えた。「ただ、本法廷には何人かの法執行官の出廷をお願いしていますが、できれば証人隔離の原則を適用していただきたいと思います」刑事裁判では、証言台に立つ証人は、ほかの証人の言葉で自分の証言を変えたりできないように、法廷の外で待機しなければならないのだ。

ヴァレスカはすぐさま立ち上がった。「いいえ、判事。それは困ります。彼らはこの凶悪犯罪の真相を解明した捜査官たちですので、審問に立ち会ってもらう必要があります」

私は立ち上がったままだった。「州側にはこの審問で本件を立証する義務はありません、判事。その義務を負うのは私たちのほうです。これは刑事裁判ではなく、刑確定後の証拠審問なのですから」

「判事、本件の再審を求めているのは弁護側なのですから、こちらはそれなりの人員を廷内に揃えておく必要があります」ヴァレスカが反論した。

判事が割ってはいった。「たしかにあなたがたは再審を求めているように思えますね、スティーヴンソンさん。ですから州側が捜査官たちを廷内に留め置くことを認めます」

これはよくないスタートだった。私は、こちらの最初の証人としてマイヤーズを呼ぶ前に冒頭陳述をおこなうことにした。私は判事に、われわれはただウォルターを前の弁護士とは違う角度から弁護しようとしているだけではないと理解させたかった。こちらには彼の嫌疑を晴らす驚くべき新証拠があり、それをもとに即座に彼を釈放してもらいたいのだ、と。判事がこちらの話にきちんと耳を傾けてくれないかぎり、それはけっして成功しない。

「判事、検察側によるウォルター・マクミリアンの訴追はラルフ・マイヤーズの証言に全面的に依拠していました。そしてマクミリアンの公判当時、マイヤーズは複数の重罪判決を受けていたうえ、エスカンビア郡で別の殺人罪にも問われていました。公判において、マクミリアンは無罪を主張し、事件当時マイヤーズのことは知らなかったと証言しています。彼は公判を通じて無罪を訴えつづけています」

判事はずっとそわそわしており、私が話しはじめたときもうわの空の様子だったので、そこで言葉を切った。向こうにそのつもりがなくても、私は自分の主張をちゃんと聞いてほしかったのだ。彼の意識がこちらにもどってきたと確信するまで、私は口をつぐみつづけた。ようやく判事とアイ・コンタクトがとれ、陳述を再開した。

「ラルフ・マイヤーズの証言どおりなら、ウォルター・マクミリアンが殺人を犯したことに疑いの余地はないでしょう。死刑がかかる殺人罪についてマクミリアンの有罪判決が出されたとき、根拠となる証拠はマイヤーズの証言だけだったのです。検察側にはマクミリアンと犯罪を結びつける物的証拠もなければ、動機も特定できず、現場を目撃したほかの証人も見つからなかった。あったのはラルフ・マイヤーズの証言だけです。

公判でマイヤーズは、一九八六年一一月一日、そんな気はなかったのにいつのまにか強盗殺人に加担してしまったと証言しています。洗車場にいた彼にウォルター・マクミリアンが目をつけて、『腕を怪我して』いるから自分のトラックを運転してほしいと頼んできた。彼はマクミリアンを乗せてジャクソン・クリーニング店までトラックを運転し、その後クリーニング店にはいっていくと、マクミリアンが銃を手に、茶色いバッグにお金を詰めこんでいたのを見たといいます。クリーニング店にはもう一人白人の男がいました。マイヤーズの証言によれば、彼はごま塩頭で、マクミリアンと言葉を交わしていたそうです。店内で、マイヤーズはマクミリアンに押し倒され、脅された。謎の三人目の男は状況からして犯罪に加担したものと思われますが、彼はマクミリアンに『マイヤーズを消せ』

と命じたものの、弾が切れたからできないとマクミリアンは答えたそうです。この共犯者らしき白人男性は身元もわからず、逮捕もされずじまいでした。警察は事件の鍵を握るこの第三の男を捜していません。おそらく、こんな男は存在しないと知っていたからだと思います」

私はここでまた言葉を切り、ここまでの話の意味を判事にじっくり理解させようとした。「ラルフ・マイヤーズの証言にもとづき、ウォルター・マクミリアンは死刑がかかる殺人で有罪とされ、死刑を言い渡されました。しかし、これから申しあげるように、ラルフ・マイヤーズの証言はまったくのデタラメです。いいですか判事、もう一度言いますが、公判でのラルフ・マイヤーズの証言はまったくのデタラメなのです」

私はそこでひと呼吸置き、それから廷吏にマイヤーズを呼びに行かせた。廷内は静まり返り、やがて保安官補が拘置施設に続くドアを開けると、マイヤーズがなかにはいってきた。とたんにあちこちから声が聞こえた。マイヤーズは、かつて法廷でそこにいる人々の多くの前に姿を見せたときと比べ、明らかに老けていた。髪が白くなったねというささやき声が私の耳にもはいってきた。白い囚人服姿で証言台にあがる彼は、やけにちっぽけで、しょぼくれて見えた。彼は不安げに廷内を見まわしてから片手をあげ、真実を述べると宣誓した。私は廷内が静まるのを待った。ノートン判事はマイヤーズをじっと見た。

私は彼に近づいて尋問をはじめた。記録に残すために名前を教えてくださいと告げ、前回出廷したときには彼がウォルター・マクミリアンに不利な証言をしたことを明らかにしてから、いよいよ本題にはいることにした。

私は証言台にさらに近づいた。

「マイヤーズさん、あなたが前回のマクミリアンさんの裁判でした証言は事実ですか？」マイヤーズの答えを待つあいだ私が息を止めていたのを、判事が見ていないことを祈るばかりだった。マイヤーズは冷ややかに私を見たが、自信たっぷりにとてもはっきりと告げた。

「いいえ、まったく」廷内にさらにささやき声が広がったが、先を聞くためにすぐに静まった。

「いいえ、まったく」私は続ける前にそうくり返した。マイヤーズが証言を撤回したという事実をみんなにしかと理解させたかったが、ぐずぐずしている暇はなかった。まだまだ先があるのだ。

「ロンダ・モリソンが殺害された日、あなたはマクミリアンさんに会いましたか？」

「絶対に会っていません」マイヤーズに迷いはないように見えた。

「その日彼のトラックをモンローヴィルまで運転しましたか？」

「絶対にしていません」

「ロンダ・モリソンが殺されたときジャクソン・クリーニング店にはいりましたか？」

「いいえ。絶対にはいっていません」

私が尋ねたことすべてをマイヤーズが機械的に否定しているだけのように思われたくなかったので、はいと答えるべき質問をした。「さて、あなたはマクミリアンさんの裁判で、あなたがクリーニング店にはいったとき別の白人男性がいたと証言しましたね？」

「はい」

私はイエス／ノー・クエスチョン以外の質問まで投げかけてみた。「どんな証言でしたか？」

「記憶にあるかぎり、ウォルター・マクミリアンがその男になにか言っているのを耳にしたと証言し、それからその男の後頭部を見たとも言った記憶がありますが、思いだせるのはその程度です」

「その証言は事実ですか、マイヤーズさん？」

「いいえ、違います」いまや判事は身を乗りだし、一心に聞き入っている。

「ロンダ・モリソンの殺害にウォルター・マクミリアンが関係していたとするあなたの主張に、ひとつでも正しい部分はありましたか？」

マイヤーズはしばし口をつぐみ、廷内を見まわしてから答えた。そのときはじめて彼の声に感情がこもった——後悔か、あるいは良心の呵責か。

「いいえ」

廷内にいる誰もが息を詰めていたような気がしたが、とたんにウォルター支援者たちのほうからざわめきが聞こえてきた。

私は裁判記録の写しを持っており、マイヤーズによるウォルターに不利な証言を本人に一文一文おさらいさせた。証言ひとつひとつについて、彼は全部真っ赤な嘘だったと認めた。マイヤーズの言葉は単刀直入で、説得力があった。彼は話しながら頻繁にノートン判事のほうに顔を向け、目を合わせた。強制されて嘘の証言をした部分を私がくり返させたときも、マイヤーズは冷静で、とても真摯にそれを口にした。チャップマンに延々と反対尋問されたときでさえ、マイヤーズは揺るがなかった。なぜ証言を変えたのかしつこく訊かれたあと、誰かにそそのかされたのではないかとチャップマンが示唆すると、マイヤーズは憤然とした。彼は検事のほうを見て言った。

「あなたの顔だろうと、誰の顔だろうと、まっすぐにその目を見て言える――マクミリアンについて俺が言ったことは全部嘘だったと……。俺の知るかぎり、マクミリアンは事件といっさい関係ない。なぜならあの日、事件が起きたっていうあの日、俺はマクミリアンを見かけてさえいない。そしてそれこそが、俺が大勢の人たちに話したことなんだ(1)」

再主尋問でも、私はマイヤーズにもう一度、裁判での彼の証言は嘘であり、故意に無実の人間を死刑囚監房に送ったということを認めさせた。そしてそこでひと呼吸置くと、なにか言い忘れたことはないか確認するために弁護側の席にもどった。私は自分のメモを読み返したあとマイケルに目を向けた。「これでいいかな?」

マイケルは呆然としていた。「ラルフはすごかった。ほんとにほんとにすごかった」

ウォルターのほうを見ると、彼の目が潤んでいることにはじめて気づいた。信じられないというように首を横に振っている。私が彼の肩をたたいたその直後、判事がマイヤーズに下がってよしと告げた。彼に尋問しなければならないことはもうなにもなかった。

マイヤーズは立ち上がって法廷から去った。保安官補が彼を脇のドアに誘導する途中、マイヤーズは申し訳なさそうにウォルターのほうを見た。ウォルターが彼を見返したかどうかはわからない。

廷内の人々がまたざわつきはじめた。ウォルターの親類の一人が押し殺した声で「神様、ありがとうございます!」とささやくのが聞こえた。

次の関門は、ビル・フックスとジョー・ハイタワーの証言をひっくり返すことだった。ロンダ・モリソンが殺されたときにクリーニング店からウォルターの〝シャコタン〟のトラックが出てくるのを見たと彼らは主張したのだ。

私はクレイ・カストを証言台に呼んだ。その白人整備士は、一九八六年一一月、ロンダ・モリソンが殺害されたときにマクミリアンのトラックはまだ改造されていなかったと証言した。カストは一九八七年五月にそれを〝シャコタン〟にしたという記録を持っていたし、はっきり記憶もしていた。フックスとハイタワーがクリーニング店で〝シャコタン〟のトラックを見たと言った日の六か月以上あとのことだ。締めくくりはモンローヴィル警察の警官ウッドロー・アイクナーだった。彼は、自分が現場に駆けつけた最初の人間で、ロンダ・モリソンの遺体はマイヤーズが証言した場所にはなかったと断言した。アイクナーは、自分が現場を調べたかぎり、モリソンは揉み合いのあと背中を撃たれており、その揉み合いはトイレではじまって、遺体が発見されたクリーニング店の裏のほうで終わっていた。アイクナーの現場の描写は、モリソンは店正面のカウンター近くに倒れていたという公判時のマイヤーズの証言と矛盾している。なにより重要なのは、アイクナーは裁判を担当したピアソン検事から、モリソンの遺体は店の正面カウンターから発見場所まで引きずられた跡があったと証言しろと頼まれた、と語ったことだ。アイクナーはそのときの会話を思いだしてむかっ腹を立てた。それは偽証だとわかっていたので、嘘をつくのはいやだと検事に告げた。するとその直後、彼は警察を解雇されたのだ。

証拠審問は、陪審裁判と同様に、とても疲弊するものだ。私はすべての証人に主尋問をおこない、ふと気づくとすでに午後五時になっていたので驚いた。審問はうまくいっていた。やっとウォルターの無実を証明する証拠をすべて開示できて、興奮し、力が湧くのを感じていた。ノートン判事がちゃんとこちらの話を聞いているかつねにチェックしていたが、明らかに感銘を受けているように見えた。顔に浮かぶ懸念の表情は、これだけの証拠を前にしてどうするべきなのか迷っている証左にちがいないし、こうしていま新たに判事が迷い、懸念を感じていることそのものが本当の進展だと思えた。

初日に私たちが召喚した証人は全員白人で、ウォルター・マクミリアンとはなんの利害関係もない人たちばかりだった。ノートン判事にはそれも意外だったようだ。クレイ・カストが、検察側の証人が〝ジャコタン〟だったと語ったトラックが改造されたのは事件の七か月近くあとだったと認めたとき、判事は一心不乱にメモをとり、眉間の皺がいよいよ深くなった。正直に証言しようとしたら警察を解雇されたとウッドロー・アイクナーが話したとき、判事はぎょっとしたように見えた。これは、法執行官たちがウォルターをなんとか有罪にするために、それに反する証拠を無視し、隠匿《いんとく》すらしようとしていたことをはじめて示す証だった。

アイクナーが証言を終えたとき、すでに夕方もかなり遅い時間だった。判事は時計を見て、休廷を宣言した。私は続けたかったし、なんなら真夜中までかかってもかまわなかったが、それは無理だとわかっていた。私はウォルターに近づいた。

「今日のところはここでおしまいなのか？」彼は不安そうに尋ねた。

「ああ。でも明日の朝、今日終えたところからまた続ける」私が彼に微笑むと、相手も微笑み返してきたのでほっとした。

ウォルターは興奮した様子で私を見た。「いまの気持ち、言葉にできないよ。ずっと真実を待ち望んできたのに、耳にするのは嘘ばかりだった。いまはほんとに信じられない。俺はただ――」制服姿の保安官補が近づいてきて、私たちの会話を遮った。

「彼を拘置施設に連れ戻さなければならないので、そこで話をしてください」中年の白人保安官補はいらいらしているようだった。私はたいして気にも留めず、あとで下におりるとウォルターに告げた。人々が法廷から出ていくなか、ウォルターの家族の顔に希望が芽生えているのが見て取れた。彼らは私に駆け寄ってきて、ハグをした。ウォルターの姉アルメリア、妻ミニー、甥のジャイルズ、みな私たちが開示した証拠について口々に話している。

ホテルにもどると、マイケルもすっかり有頂天だった。「チャップマンはきっと電話をかけてきて、ウォルターに対する告発を取り下げ、彼を釈放すると言ってきますよ」

「まあ、あんまり期待しないで待つことにしよう」私は答えた。

法廷を出るとき、チャップマン地方検事は追いつめられた様子だった。私はまだ、彼が方針転換し、ひょっとすると手を差し延べてさえくれるのではないかと期待していた。だがもちろん、そんな期待は持つだけ無駄だった。

翌朝私は早めに裁判所に行き、開廷前に地下の拘置施設にいるウォルターに会った。上にあがると、法廷の外にあるロビーで大勢の黒人たちが座っているのを見て不審に思った。もう開廷する時間だったのだ。人々のなかにアルメリアの顔を見つけたので近づくと、彼女は困った様子で私を見上げた。

「どうしたんですか?」私は尋ねた。「どうしてなかにはいらないんです?」

私はロビーを見渡した。昨日もかなりの数だったが、今日はそれに輪をかけて大勢の人が詰めかけていて、聖職者やいままで見たことがない年配の黒人もいた。

「入れてもらえないんです、スティーヴンソン先生」

「もっと早い時間にここに来てなかにはいろうとしたんですけど、あなたたちははいれないと言われて」

保安官補の制服を着た若者が法廷の入口の前に立っていた。私が近づくと、彼は手をあげて私を止めた。

「なかにはいらせてください」私ははっきり言った。

「はいれません」

「はいれないってどういうことですか？　審問が予定されているので、はいらなければなりません」

「申し訳ありませんが、あなたは法廷にははいれません」

「なぜです？」私は尋ねた。

彼は無言だった。とうとう私はこう付け加えた。「私は被告側の弁護人です。なかにはいれないわけがありません」

彼は私をじろじろ眺め、どうしていいかわからない様子だ。「ええと、どうかな。ちょっと確認してきます」彼は法廷内に姿を消した。少ししてもどってきた彼は、ちらりと笑ってみせた。「ええと、あなたはおはいりいただいてけっこうです」

私は保安官補を押しのけ、ドアを開けた。法廷内は昨日とはがらりと様相が変わっていた。ドアの内側には巨大な金属探知機が置かれ、その反対側には大型のジャーマン・シェパードを連れた警官が立っている。廷内はすでに半分ほど埋まっていた。昨日はウォルターの支援者でいっぱいだった傍聴席は、今日は年配の白人でほとんど占められている。明らかにモリソンや検察側に味方する人々だった。チャップマンとヴァレスカはすでに州側のテーブルに着席しており、なにもおかしなことはないかのようにふるまっている。私はかっとなった。

チャップマンに歩み寄ると言った。「保安官補に法廷の外にいる人々を締めだせと言ったのは誰なんです?」彼らはなんの話かわからないという顔で私を見た。「判事に話をつけてくる」

私は踵《きびす》を返し、判事室にまっすぐ向かった。検事たちもついてきた。検事側の支援者は法廷内にはいれたというのに、マクミリアンの家族や支援者たちは拒まれたとノートン判事に説明すると、判事は天を仰いでいらだたしげな顔をした。

「スティーヴンソンさん、あなたのお仲間は来るのが遅すぎただけでしょう」とにべもない。

「判事、来るのが遅かったわけではありません。彼らはなかにはいれないと言われたんですよ」

「廷内にはいるのを拒まれるなんてありえませんよ、スティーヴンソンさん」

彼は廷吏のほうを向き、すぐに廷吏は部屋から出ていった。そのあとを追った私は、彼が法廷の外に立っていた保安官補になにかささやくのを目にした。ウォルターの支援者もこれでなかにはいれるだろう――すでに席は半分埋まっているとはいえ。

私は、ウォルターの支援者をひとところに集めていた二人の牧師に近づき、事情を説明した。

「みなさん、すみません」私は言った。「今日彼らがしたことは不当な行為です。ようやくなかにはいれることになりましたが、すでに廷内は検察側を味方する人たちで半分埋まっています。全員が座るには席が足りないかもしれません」

牧師の一人である、ダークスーツを着て大きな十字架を首から下げているでっぷりしたアフリカ系アメリカ人がこちらに近づいてきた。

「スティーヴンソン先生、かまいませんよ。私たちのことはどうかご心配なく。今日は何人かの人に代表を務めてもらい、明日はもう少し早く来ましょう。誰にも私たちを締めだしたりさせませんよ」

牧師たちは入廷する代表者を選びはじめた。ミニー、アルメリア、ウォルターの子供たち、その他数人がなかにはいった。牧師がミセス・ウィリアムズを呼んだとき、誰もがにっこりした。年配の黒人女性であるミセス・ウィリアムズは立ち上がり、法廷内にはいる準備をはじめた。彼女はとても丁寧に髪を直した。白髪のてっぺんに小さな帽子がちょこんとのっていて、その位置も入念に整えた。それから青いロングスカーフを取りだし、首にふんわりと巻く。そうしてやっと静々と、ウォルターの支援者たちが列をつくっているドアのほうに歩きだした。私は威厳に満ちた彼女の儀式にすっかり見とれていたが、魔法が解けたとたん、のんびりしていられないことに気づいた。ウォルター支援者に対する馬鹿げたいじめの解決に時間をとられ、本当なら朝のうちに尋問の準備をするつもりだったのにできなかった。私は辛抱強く列をつくる人々の横をすり抜けてなかにはいり、準備をはじめた。

私が弁護側のテーブルのところで立っていると、ミセス・ウィリアムズが廷内にはいってくるのが目の端にはいった。帽子とスカーフがいかにもエレガントだ。それほど大きな女性ではないが、妙に存在感があり、金属探知機のほうに向かってゆっくりと移動する彼女をつい目で追ってしまう。ほかの人々より動きがゆるやかだが、顎を持ち上げて歩くさまには、けっして否定できない優美さと気高さが滲みでている。彼女は、私が幼いときからまわりにいた年配の女性たちを思いださせた――厳しい人生を送りながらも、自分たちのコミュニティを確立し維持する努力を怠らなかった女性たち。ミセス・ウィリアムズは空いた席を探してあたりを見まわしながら金属探知機を通りぬけ――そして犬に気づいた。

とたんに威厳が崩れ去り、その表情は恐怖一色となった。肩が落ち、体が縮こまり、その場で凍りつく。一分以上立ちすくんでいたが、いきなり体が痙攣しはじめ、やがて目に見えて震えだした。彼女のうめき声が聞こえた。頬を涙が流れ、悲しそうに首を振っている。彼女が踵を返してそそくさと部屋を出ていくのを私は見守った。

私自身もなんだか気がふさいだ。ミセス・ウィリアムズの身になにが起きたのか正確にはわからなかったが、ここアラバマでは、警察犬と正義を求める黒人たちの相性が悪いのは確かだった。

保安官補たちがウォルターを廷内に連れてきたとき、私はその朝の出来事のせいで暗くなっていた気分をなんとか振り払おうとした。陪審はいないので、判事はウォルターに普段着を着る許可をあたえず、そのため彼は囚人服を着ていた。手錠は免除されていたが、足枷をはずすのは許されなかった。マイケルと私が証人を呼ぶ順番について手早く打ち合わせをするあいだに、ウォルターの残りの家族や支援者が金属探知機をのろのろと通りぬけ、犬の前を通って廷内にはいってきた。

今朝の州側の嫌がらせや犬とミセス・ウィリアムズにまつわる凶兆にもかかわらず、その日も私たちにとっていい一日となった。第一審での証言を拒んだあとマイヤーズが鑑定のために送られたテイラー・ハーディン保安医療施設で彼を診察した州の精神科医療従事者たちの証言は、前日のマイヤーズの証言を裏づけた。オマー・モハバット医師は、「警察にはめられた。罪に問われている殺人事件について罪を認めるか、さもなければ『その男が犯人だと証言しろ』と言われた」とマイヤーズから聞いたと語った。マイヤーズは「その犯罪とやらにはいっさい関係していないと断言し、『その娘の名前も知らなければ、何時にその事件が起きたかも、日にちも場所も知らない』と言った」という。モハバット医師は、マイヤーズは「こう証言してほしいということを彼らから教えられた」と話したと証言した。

ほかの医師たちの話がこの証言をさらに確かなものにした。テイラー・ハーディンのノーマン・ポイスレス医師は、マイヤーズが「以前の〝告白〟はいんちきで、警察によって心身ともに隔離されて無理強いされたものだ」と打ち明けたと話した。

私たちはテイラー・ハーディンのスタッフ、カマル・ナギ医師の証言も紹介した。彼によれば、マイヤーズは「一九八六年に起きた別の事件の話もした。コインランドリー店《ローンドロマット》で女の子が撃たれた事件だ。彼の話では『警察も弁護士も、俺がそいつらを《ローンドロマット》まで車で連れていって、そいつらが娘を撃ったと言わせようとするんだ。でも俺はそんなことしない』と言った」という。マイヤーズはナギ医師にこうも話した。「やつらは俺を脅した。やつらは自分が聞きたいことを俺に言わせようとし、もしそのとおりに言わないなら『電気椅子行きだ』と」

ウォルター・マクミリアンに不利な偽証をしろと強要されたとマイヤーズが打ち明けた、四人目の医師の証言もあった。バーナード・ブライアント医師は、マイヤーズにこう聞かされたという。「自分はそんな犯罪に関わってないのに、おまえが犯人だと言われて拘置所に入れられたあと、地元警察に痛めつけられ、脅されて、やったのは自分だと自供させられた」

私たちはその日の審問中ずっと、これらのマイヤーズの談話は、彼が最初の裁判に出廷する前のものだということを強調した。マイヤーズの数々の告白は、彼が証言を撤回したことの正当性を裏づけた。しかもそれらは医療記録として残されていたにもかかわらず、担当弁護士に渡されてなかったのだ。法的には渡されてしかるべきなのに、である。連邦最高裁が検察側に対し、被告の無罪を証明したり、証言の信憑性に疑問を投げかけたりするような証拠については、必ず被告側に開示するよう求めて久しい。

検察側が法廷に集めた支援者たちや被害者家族は、私たちが提出した証拠を前にして混乱しているようだった。ウォルターは有罪であり、一刻も早く確実に処罰すべきだと彼らが全面的に信じるに至ったとてもシンプルな物語は、すっかり複雑になってしまった。彼らは一人、また一人と法廷から去っていき、代わりになかにはいる黒人の数がどんどん増えていった。二日目が終わる頃には、私の胸は希望で大きくふくらんでいた。私たちはいいペースで尋問を進め、反対尋問も思ったほど長引かなかった。このぶんならもう一日で審問は終わると私は思った。

＊　＊　＊

その晩、裁判所を出て自分の車に向かいながら、私は疲れてはいたものの充実感を覚えていた。驚いたことに、裁判所の外のベンチにミセス・ウィリアムズが独りで座っているのに気づいた。目が合うと、彼女が立ち上がった。法廷を出ていくその姿を見たときとても胸が痛んだことを思いだし、私はそちらに近づいた。

「ミセス・ウィリアムズ、今朝の彼らの仕打ちについて、心からお気の毒に思います。彼らがしたことは間違っている。あなたが動揺させられたとしたら、本当に残念です。でもご存じのように、今日はとてもうまくいきました。とてもいい一日だったと思い――」

「スティーヴンソン弁護士、本当にごめんなさい。本当に申し訳なくて」彼女はそう言って、私の両手を握った。「今朝、廷内にはいることになっていたのに。廷内にはいることになっていたのに」彼女はすすり泣きはじめた。

「ミセス・ウィリアムズ、気にしないでください」私は言った。「彼らはあんなことをするべきじゃなかった。どうぞご心配なく」私は彼女の体に腕をまわし、抱擁した。

「いいえ、いいえ、スティーヴンソン弁護士。部屋にはいろうとしたんです。私はあそこにいるべきでした」

「いいんですよ、ミセス・ウィリアムズ、本当にいいんです」

「いいえ、私はあそこにいるべきだったし、いたかった。努力したんです。ええ、努力はした。神様はご存じです、スティーヴンソン弁護士。でもあの犬を見たら――」彼女は首を横に振り、遠くに目をやった。「あの犬を見たとき、一九六五年のことを思いだしてしまって。私たちはセルマのエドムンド・ペタス橋に集まり、選挙権を求めてデモ行進をしようとした。連中は私たちを殴り、あの犬たちをけしかけた」彼女は悲しそうに私に目をもどした。「足を踏みだそうとしたんです、スティーヴンソン弁護士、ええ、足を動かしたかった。でもどうしてもできなかった」

彼女がしゃべるにつれ、悲しみのベールがそのまわりを包んでいくかのように見えた。ミセス・ウィリアムズは私の手を離し、立ち去った。そして、先ほど法廷で目にした何人かの人々が乗る車に乗りこんだ。

私はすっかり陰鬱な気分になってホテルに車でもどり、審問最終日の準備をはじめた。

＊　＊　＊

翌朝、私は問題がないか確かめるために早めに法廷に行った。蓋を開けてみれば、州側の支援者はほとんど現れなかった。それに金属探知機とジャーマン・シェパードの姿はまだそこにあったものの、黒人を通せんぼする保安官補はいなかった。法廷内にはいると、ゆうべ帰るときにミセス・ウィリアムズに付き添っていた女性に気づいた。彼女は私に近づいてきて、ミセス・ウィリアムズの娘だと自己紹介した。そして、母を慰めてくれてありがとうございましたと私に感謝した。

「ゆうべ帰宅後も母はひどく動揺したままで、なにも食べず、誰とも口をきかず、そのまま寝室にはいってしまいました。母が一晩中祈る声が聞こえてきました。今朝も牧師様に電話をして、もう一度審問に出席する代表者になるチャンスをくださいとお願いしていたんです。私が起きだす頃には、すでに法廷に行く身支度をすませていました。無理して来なくていいのよと言ったのですが、頑として聞き入れませんでした。母はいろいろ大変な目に遭っているし……ここに来る途中も何度も唱えつづけていたんです。『神様、もう犬を怖がりません、もう犬を怖がりません』って」

昨日の裁判所側の仕打ちについて娘さんにもう一度謝罪していると、法廷の入口で何やら騒ぎが起こった。私たちが目を向けると、ミセス・ウィリアムズがそこに立っていた。前日と同様、スカーフと帽子を身につけ、完璧な装いだ。彼女はハンドバッグをぎゅっと脇に押しつけ、入口で体を揺らしているように見えた。何度も何度も自分に言い聞かせているのが私にも聞こえた。「もう犬は怖くない、もう犬は怖くない」係員たちが彼女を前に進ませようとしている。ミセス・ウィリアムズは顔を堂々とあげ、そろそろと金属探知機を通りぬけながらもくり返している。「もう犬は怖くない」彼女を見守らずにはいられなかった。ミセス・ウィリアムズは金属探知機を通過し、犬を見つめている。そのとき、そこにいる全員に聞こえるような大声で宣言した。「私はもう犬は怖くない！」

彼女は犬の前を通りぬけ、法廷に足を踏み入れた。すでになかにいた黒人たちは、自分の前を歩いていく彼女を見てうれしそうに微笑んだ。ミセス・ウィリアムズは法廷正面近くに腰を下ろし、私のほうを見て満面の笑みを浮かべた。「スティーヴンソン弁護士、私はここに来ました！」

「ミセス・ウィリアムズ、ここでお会いできて本当によかった。来てくださってありがとうございます」

傍聴席は人で埋まり、私は書類をまとめはじめた。ウォルターがなかに連れてこられ、それが審問のはじまる合図だった。ミセス・ウィリアムズが私の名前を呼んだのはそのときだった。

「いいえ、スティーヴンソン弁護士、あなたには聞こえていなかったみたいね。私はここに来ました、そう言ったんです」とても大きな声だったので、私は少々気まずい気持ちになった。私は彼女のほうを向き、にっこりした。

「いいえ、ミセス・ウィリアムズ、ちゃんと聞こえていましたとも。ここに来てくださってとてもうれしく思っています」でもそちらを見たとき、彼女はすでに自分の世界に閉じこもってしまったように見えた。

法廷内は人で混みあい、判事が入廷するのを見て、廷吏が静粛を求めた。通例どおり全員が立ち上がる。判事が席について座ると、廷内の一同も腰を下ろした。判事が最初の一言を切りだす前に、やけに長い間があった。みんなが私の背後を見ているのに気づいて私もそちらを見たときはじめて、ミセス・ウィリアムズが一人だけ腰を下ろしていないことを知った。廷内はしんと静まり返っている。全員が彼女に注目していた。私はしぐさで座らせようとしたが、そのとき彼女はおもむろに頭を後ろにそらし、大声で叫んだ。「私はここに来ました！」彼女がやっと腰を下ろすと、人々は不安をまぎらすように笑いを漏らしたが、彼女の顔を見た私は、目に涙が光っているのに気づいた。

その瞬間、ふいに気づいたのだ。それは強く胸を打つ、不思議な感覚だった。いまや私も微笑んでいた。彼女がここにいる人々になにが言いたかったのかわかったからだ。「私はもうおばあちゃんで、貧しい黒人かもしれないけれど、それでも私はここに来た。これは正義の瞬間だと直感し、目撃しないわけにいかないと思ったから、ここに来た。ここにいるべきだと思ったから来たんです。誰にも私を締めだすことはできない、だからここに来たんです」

私は、堂々と腰を下ろすミセス・ウィリアムズににっこり笑った。この件を担当するようになってはじめて、自分ががむしゃらに頑張ってきたことがやっと報われた気がした。判事が私の名を呼び、はじめなさいともどかしげに告げていることに気づくまで、しばらくかかった。

＊　＊　＊

審問の最終日も上々の出来だった。ラルフ・マイヤーズと同じ拘置所や刑務所にはいっていて、自分はウォルター・マクミリアンに不利な偽証をするよう圧力をかけられたと彼が話すのを聞いたという人々が五、六人いた。私たちは大部分の人を見つけだし、証言してもらうことができた。彼らの話には一貫性があった。ピットマン殺人事件についてマイヤーズの偽証で当初犯人扱いされたアイザック・デイリーは、ウォルターを陥れるためこのときもマイヤーズが偽証したことを説明した。逮捕後、彼はデイリーに、どうやってウォルターを殺人犯にまつりあげるかカレンといっしょに話しあったと打ち明けた。「自分とカレンが殺人の犯人で、ええと、その罪をジョニー・Dになすりつけようとカレンと策を練ったと話してました」

モンロー郡拘置所でマイヤーズのために手紙の代筆をしていた別の拘置所仲間は、マイヤーズはウォルターのことなど知らないし、モリソン殺人事件のこともなにも知らないが、ウォルターに不利な証言をするよう警察に強要されていたと話した。

最も強力な証拠は最後にとっておいた。テイト保安官、ベンソンABI捜査官、アイクナー地方検事局捜査官によるマイヤーズ取り調べの録音テープの存在はかなりのインパクトをあたえた。マイヤーズは警察でおこなったさまざまな供述で、自分はモリソン殺人事件についてもマクミリアンについてもいっさい知らないとくり返していた。そこにはマイヤーズに対する捜査官の脅迫や、無実の男に殺人の罪を着せるのをいやがるマイヤーズの声もあった。この録音テープは、マイヤーズが裁判での自分の証言を撤回し否認したことを裏づけただけでなく、ピアソン地方検事が公判の際に判事に、陪審に、ウォルターの弁護士に嘘をついたことも明らかにした――マイヤーズの調書は二通しかしていないと、彼は言ったのだ。実際にはマイヤーズは警察に対して少なくとも六通の調書を提供しており、それは第三二条審問での彼の証言（自分は、ウォルターがロンダ・モリソンを殺害したという情報をいっさい持っていなかった）とおおむね合致した。この録音された供述はすべてタイプ調書にしてあり、ウォルターの無実を証明し、彼に有利になる証拠品であるにもかかわらず、本来ウォルターの弁護士に開示されるべきところを開示されていなかった。

私はウォルターの裁判で弁護士を務めたブルース・ボイントンとJ・L・チェスナットに電話し、もし検察側が隠していた証拠を開示してくれていたら、無罪を勝ち取るためにもっと多くのことができたと証言してもらった。こうして私たちは証拠開示を終えたのだが、驚いたことに、検察側はいっさい反論しなかった。こちらの証拠に対し、相手がどんな反証をあげてくるかわからなかったが、なにかしらは出てくるはずだと思っていたのだ。判事も驚いているようだった。彼はつかのま口をつぐみ、それから両者に対し、どういう裁定を望んでいるか論じた弁論趣意書を提出するように命じた。私たちはこれを待っていたので、集めたあらゆる証拠の意味を書面で説明し、判事の裁定準備に口添えする時間がもらえたことを喜んだ――ウォルターを釈放するという裁定であればもっといいのだが。三日間にわたる濃密な議論を終えた遅い午後、判事は休廷を宣言した。

マイケルと私はその日の朝あわてていたので、法廷に出かける前にホテルのチェックアウトもすませていなかった。私たちは廷内にいたウォルターの家族に別れを告げ、ホテルにもどった。疲れてはいたものの、満足していた。

審問がおこなわれたベイ・ミネットは、メキシコ湾の美しいビーチから三〇分ほどの距離にあった。じつは私たちは、毎年九月に事務所スタッフを連れてこのビーチに来るのを恒例行事としていた。メキシコ湾のよく澄んだ温かな海が、みなとても気に入っていたのだ。白い砂浜と、まだあまり開発されていないひなびたビーチフロントが惚れ惚れするほど美しく、心が休まった。遠い沖に見える巨大な石油掘削装置がやや景観を邪魔しているが、目に入れないように努めれば、そこはまるで楽園だった。湾のこのあたりはイルカがよく集まる場所で、朝早くに浜辺に来れば楽しそうに泳ぐ様子を見ることができる。この海岸に事務所ごと引っ越してこようかと夢想することもしばしばだった。

モンゴメリーにもどる前にビーチに寄ろうと言ったのはマイケルだった。どうかなとは思ったのだが、暖かな日和だし、海岸はすぐそばだったから、誘惑に抵抗できなかった。私たちは車に飛び乗り、残った日差しを追いかけるようにしてアラバマ州フォート・モーガン近くの美しい海岸をめざした。到着するとすぐ、マイケルはスーツから水着に着替え、海にバシャバシャとはいっていった。私は海に走るには疲れすぎていたので、短パン姿になって水際に座った。まもなく日が暮れる時間だったが、まだ気温は高かった。私は頭のなかで証人が言ったことを再生し、本当に正しく事は運んだのだろうかと不安になった。あらゆるディテールをさらい、間違いがありそうなところを探したが、ふとわれに返った。もう終わったことじゃないか。いまさらくよくよしたってなんの意味もない。私は海にはいろうと心に決め、せめていまだけはすべて忘れることにした。

その少し前、空港で足止めされたのにほかに読むものもなく、サメの襲撃についての記事に目を通した。私は夕陽に照らされたフォート・モーガンの波打ち際に近づきながら、サメは明け方と夕方に餌を探すと記事にあったことをふと思いだした。マイケルはかなり沖で泳いでおり、とても楽しそうに見えたとはいえ、もしサメが現れたら格好の餌食になると気づいた。私がおそるおそる波間に浮かぶあいだ、マイケルは魚のようにすいすい泳いだ。

マイケルは私に手を振って叫んだ。「おーい色男さん、こっちに来いよ！」私はそろそろと沖へと進み、サメの心配について彼に話した。マイケルは笑い飛ばした。海水は温かくて気持ちよく、思いがけず気持ちが安らいだ。魚の群れが脚のあいだをすり抜け、しばらくうっとり眺めていたが、ふと、彼らはもっと大きな天敵から逃げてきたのではないかと気づいた。私はまた慎重に岸にもどった。

砂浜に座り、餌を探して凪《な》いだ水面の上を苦もなく滑空していく、輝くばかりに白いペリカンたちを眺める。小さなシオマネキがまわりをちょこちょこ歩きまわっている。近づきすぎるのは怖いが、好奇心を抑えきれずにあたりをうろついているのだろう。私は、足枷をはめられて護送車の後ろに乗せられ、ホールマン矯正施設にもどっていくウォルターのことを考えた。希望は持ってほしいが、裁判所がどう裁定しようとも受け入れられるようにどっしり構えていてほしいとも思う。そして、法廷に来ていた彼の家族をはじめとする支援者たちのことを考えた。彼が逮捕されてからこの五年間、彼らはずっとウォルターを信じてきた。そしていまやっと希望の光が見え、勇気が湧いたはずだ。ミセス・ウィリアムズのことが頭に浮かんだ。審問のあと、彼女は私に近づいてきて、頬にやさしくキスをしてくれた。あなたが法廷にもどってきてくれてとてもうれしいと伝えると、茶目っ気たっぷりに私のほうを見て言った。「スティーヴンソン弁護士、私は必ずここにもどってくるとあなたにはわかっていたはずだし、あいつらに締めだされっぱなしにはならないってこともわかっていたはずよ」私は思わずにんまりした。

マイケルが不安を顔に貼りつけて岸にあがってきた。

「なにか見たのか？」私は冗談めかして言った。「サメ？　ウナギ？　毒クラゲ？　刺されると大変なエイ？　それともピラニアかい？」

マイケルは息を切らしていた。「彼らはぼくらを脅し、嘘をついた。そして、この郡にはぼくらがやっていることを面白く思わず、殺してやりたいと言っている連中がいる。ウォルターの無実を証明する証拠をぼくらがこれだけ握っていると知ったいま、相手はどんな出方をすると思います？」

それについては私も少し考えた。私たちの対戦相手は、ウォルターを陥れるため、そう、彼を殺すために、できることはなんでもやった。死刑になるべき殺人鬼を私たちが救おうとしていると思いこみ、腹を立てて、私たちを殺してやるといきまいている連中がコミュニティ内にいると少なからぬ人々から聞いた。

「わからないよ」私はマイケルに言った。「それでもわれわれは前に進まなきゃならない。そうとも、前に進まなければ」

私たちは無言でそこに座り、光が闇にのみこまれていくのを眺めていた。シオマネキがますます穴から出てきて、せわしく歩きまわっては私たちの居場所に詰め寄ってきた。迫りくる宵闇のなか、私はマイケルのほうを向いた。

「そろそろ行こう」

第10章 情状酌量

アメリカの刑務所はいまや精神障害者の〝人間倉庫〟と化している。大量投獄のおもな原因は誤った薬物政策と過重な量刑だが、貧困者や精神障害者をむやみに強制収容したこともこの記録的受刑者増加を招いた大きな要因のひとつだ。

私がエイヴリー・ジェンキンスとはじめて接触したのは電話を通じてだった。彼のほうから電話がかかってきたのだが、話が支離滅裂だった。自分がなんの罪で刑務所にいるのかはもとより、私になにをしてほしいのかさえはっきりと説明できなかった。彼はいまの刑務所環境について不平を訴えたが、考えがあちこちに飛び、急に話題が変わってしまうのだ。手紙も送ってきたが、やはりなにが言いたいのか要領を得ない。そこで刑務所にじかに訪ねて、要望を把握することにした。

アメリカ合衆国では、一世紀以上のあいだ、深刻な精神障害に苦しむ人々は刑務所と病院のあいだを行き来することで、いわば管理されていた。一九世紀末、精神障害を抱える囚人たちがいかに非人道的な扱いを受けているかを知り、驚いたドロシア・ディックスとルイス・ドワイト師が、そういう人々を刑務所から釈放するべきだとする運動を起こし、成功を収めた。重い精神障害を持つ囚人の数は劇的に減り、彼らを治療する公立あるいは私立の精神医療施設が各地で設立された。まもなく州立精神病院があちこちにできた。

二〇世紀半ばになると、精神医療施設内での虐待が世間で注目され、本人の望まない入院が大きな問題となった。家族、教師、裁判所は、重い精神疾患を患っているというより、むしろ社会的、文化的、性的標準に抵抗していると言ったほうがいい大勢の人々を施設に送っていた。ゲイの人たち、標準的な性別の概念に抗っている人、異人種間の交際をする人は心ならずも施設に収容された。ソラジンなどの抗精神病薬が導入されたことで、深刻な精神障害に苦しむ多くの患者が救われたのは確かだが、それに頼りすぎる施設も少なくなく、重い副作用や濫用をもたらした。また、一部の施設での患者に対する暴力行為が明るみに出て人々を恐怖に陥れ、新たな運動が巻き起こった。今度は、患者を精神医療施設から解放しろというものだった。

一九六〇年代から七〇年代にはいると、本人の同意のない精神医療施設への入院は法的にきわめて難しくなった。(1) 精神衛生を専門とする運動家や弁護士は最高裁で次々に勝利を収め、州側は施設収容者を地域医療プログラムに移すことを余儀なくされた。さまざまな判例によって、発達障害者は治療を拒む権利を持ち、精神障害者の強制的な施設収容はまずおこなわれなくなった。一九九〇年代には複数の州で脱施設化率が九五パーセント以上となり、それはつまり、脱施設化プログラム導入前に州立病院に入院していた一〇〇〇人の患者のうち、一九九〇年代に調査がおこなわれたとき依然として入院中だった人は五人に満たないということだ。一九五五年には、アメリカ人三〇〇人に一台の割合で精神科のベッドがあったが、五〇年後にはそれが三〇〇〇人に一台の割合にまで減った。

この改革はどうしても必要なものだったとはいえ、脱施設化と大量投獄政策――刑法の拡大化と厳罰主義――が重なったことが悲惨な結果を招いた。〝自由な世界〟は、精神障害を抱えて施設から出てきた貧しい人々にとって危険な場所となった。彼らの多くは必要な治療や投薬を受けられず、そうなると警察の厄介になる確率が格段に増えて、拘置所や刑務所のお世話になるはめになった。いまや拘置所や刑務所は、薬物使用や依存症による健康被害を解決するお役所の第一手段となってしまった。精神的に病んだ人々は、軽犯罪や薬物犯罪、あるいはその奇異な行動ゆえコミュニティからつまはじきにされたというだけで、群れをなして刑務所になだれこんだ。

こんにちアメリカ合衆国の刑務所および拘置所収容者の五〇パーセント以上が精神疾患と診断され、これは一般的な成人人口における割合の五倍近くにのぼっている。[2] 収監者の五人に一人近くが重い精神疾患を患っている。[3] 実際、刑務所や拘置所に収容された深刻な精神疾患患者の数は、入院している同患者の三倍以上なのだ。[4] その数は州によっては一〇倍にもなる。そして刑務所は、精神疾患や神経障害を抱える人々にとっては最悪の場所だ。なにしろ、看守たちは彼らを理解する訓練を受けていないのだから。

たとえば、私がまだアトランタで仕事をしていたとき、所属していた事務所はルイジアナ州の悪名高きアンゴラ刑務所に対し訴訟を起こした。そこには、隔離房に入れられた囚人は、移動のため刑務官がなかにはいる前に、その手を鉄格子のあいだから外に出して手錠をはめなければならないという規則があった。私たちはこの規則の改定を求めたのだが、刑務所側が拒否したのだ。癲癇《てんかん》や発作性疾患を抱える囚人たちは房内で痙攣を起こしたとき介助を必要とするが、痙攣のため鉄格子のあいだに手を通せずにいると、看守は警棒で殴ったり消火器を使ったりして無理に従わせる。そのため囚人の健康問題が悪化し、ときには死に至るのだ。

人員過剰の刑務所には、精神疾患患者に必要な治療や配慮を施す余裕がない。そのせいで、障害を持つ受刑者の多くは、刑務所生活の基盤となる無数の規則に従いたくても従えないのだ。また、まわりの受刑者たちは、彼らの行動症状を利用したり、暴力で対応したりする。刑務官たちは腹を立て、彼らを必要以上に罰したり、独房に入れたり、可能なかぎり最も厳しい拘束をしたりする。判事や検事、弁護士もこうした精神障害者には特別なケアが必要だということに気づけず、それが冤罪や必要以上の量刑、高い累犯率につながっているのが実情なのである。

私は以前、アラバマ州死刑囚監房にいたジョージ・ダニエルという名の精神疾患患者の代理人を務めたことがある。彼はある晩遅くテキサス州ヒューストンで自動車事故に遭って気を失い、そのせいで脳に障害を抱えることになったのである。目覚めたとき、彼は道端で逆さまになった車のなかにいた。その夜のうちに自宅にもどり、医者には行かなかった。彼のガールフレンドがのちに彼の家族に話したところでは、最初はちょっとズレてるだけだったという。やがて幻覚を見たり、どんどん突飛な行動をとるようになった。睡眠中に頻繁に目覚め、声が聞こえると訴えたり、ハチに追い回されていると言って裸で家を飛びだしたことも二度あった。事故から一週間もすると、まともにしゃべれなくなった。病院に行くよう彼を説得するのを手伝ってほしいとモンゴメリーに住む母が呼ばれ、そちらに向かう直前、ジョージは真夜中に長距離バスに乗りこんだ。彼は手持ちの現金で行けるところまで乗りつづけた。

大声で独り言を言ったり、まわりをなにかが飛びまわっていると訴えて派手にジェスチャーをしたりして、周囲の乗客にさんざん煙たがられたあと、自分がどこにいるかもわからず、言いたいことも言えないまま、アラバマ州ハーツボロでバスを無理やり降ろされた。バスは実家のあるモンゴメリーも通過したのだが、彼は追いだされるまでバスに乗りつづけ、ハーツボロに着いたときには文無しで、一月半ばだというのにTシャツ一枚とジーンズ姿だった。彼は町なかをうろつき、やがて一軒の家の前で立ち止まった。ドアをノックし、家主が開けると、招かれてもいないのになかにはいりこみ、家のなかを徘徊して、結局キッチンのテーブルに腰を下ろした。驚いた家主は息子を呼び、彼は力ずくでジョージを家から追いだした。ジョージは、年老いた女性が住む別の家に行って同じことをした。彼女は警察を呼んだ。現れた警官は攻撃的なことで知られ、ジョージを家から強制的に連れだした。パトカーに押しこまれそうになったジョージは抵抗しはじめ、二人は揉みあって地面に倒れこんだ(5)。警官は銃を取りだし、二人は銃を取りあう形になったが、途中で銃が暴発して警官の腹にあたった。彼は銃創が原因で死亡した。

ジョージは逮捕され、死刑がかかる殺人罪で起訴された。ラッセル郡拘置所にいるあいだに、症状はますます悪化した。刑務官によると、彼は監房からいっさい出ようとしなかったという。自分の便を食べているところも目撃されている。面会に来た母親を認識できなかったし、完全な文章で話すことも難しくなっていた。死刑がかかる裁判を担当した公選弁護人には結審後にアラバマ州から一〇〇〇ドルが支払われるのだが、彼の代理人を務めることになった二人の弁護士は、それがどちらか一人にしか支払われないと聞いて、そのことばかり心配していた。二人はとうとう喧嘩をはじめ、どちらが金を受け取るかについて、一方が他方に民事訴訟を起こすほどだった。そうこうするあいだに、判事はジョージをタスカルーサにあるブライス病院に送り、訴訟能力を鑑定することにした。ジョージを診察した医師エド・シーガーは、ジョージに精神障害はなく、詐病か虚偽性障害だとどういうわけか結論した。

この精神鑑定によって、判事は裁判を進めることを許可した。ジョージの弁護士たちは相変わらずたがいに嚙みつきあっていて、まったく弁護をおこなわず、証人を一人も呼ばなかった。検察側の証人だったシーガー医師は、ジョージに精神障害はないと陪審を説得した。そのあいだも彼はずっとコップに唾を吐き、大きな音でチッチッと舌打ちを続けていたというのに。ジョージの家族はすっかり取り乱していた。彼は、交通事故に遭う前はヒューストンにある〈ピア1家具店〉に勤めていた。ところが、家を出る二日前に給料が払われることになっていたのに、小切手を受け取りに行かないまま町を出ていた。ジョージ同様貧しく、一ドルの価値をよく知っている彼の母親は、この行動こそ息子が精神疾患を患っているなにより確かな証拠だと思い、その未払いの小切手を弁護士たちに託した。それを使ってジョージの精神状態を公判で証明してもらおうと考えたからだ。ところが、いまだに報酬をめぐっていざこざを続けていた弁護士たちは、それを証拠品として使うどころか、換金して自分の懐に入れてしまった。

ジョージは有罪判決を受け、死刑を言い渡された(6)。われわれEJIが関わりはじめた当時、彼はすでに何年も死刑囚監房につながれ、容赦なく近づいてくる執行の日を待っていた。私がジョージに会ったとき、監察医は彼を向精神薬漬けにしていたが、少なくともそのおかげで行動は安定していた。どこからどう見てもジョージが精神疾患だということは明らかだったので、ブライス病院で彼を診察した医師が医学研修をいっさい受けたことがない偽医者だったことが発覚したとき、私たちは少しも驚かなかった。〝エド・シーガー医師〟は医師免許を偽造していた。彼は大学も卒業しておらず、病院幹部を騙して精神科が専門の医師だと信じこませたのだ。彼はその詐欺行為が発覚するまで、八年間にわたって、病院で被疑者の訴訟能力を鑑定するふりをしていた。

私は連邦裁判所での上訴審でジョージの代理人を務めた。そこで州側は、シーガーが医師を詐称していたことは認めたが、再審を認められるケースではないと主張した。しかし最終的には連邦判事が彼の有罪判決と量刑裁定を覆し、私たちはこちらに有利な裁定を手にすることになった。(7)ジョージの精神疾病と訴訟不能が認められ、これで二度と裁判にかけられることも起訴されることもなくなった。それ以来ジョージは精神科医療施設に入院している。しかし〝シーガー医師〟の鑑定を受けて収監された似たような人々が、本当に有罪なのかどうか確かめられることもなく、おそらく何百人も放置されているのだ。

死刑囚監房にいる私の依頼人の多くは重い精神疾患を患っているが、必ずしも刑務所にはいる前からの病気かどうかはっきりしない。症状は一時的なものかもしれず、ストレスが原因である場合もしばしばだからだ。だがエイヴリー・ジェンキンスの手紙は拡大鏡を使わないと読めないくらいちまちました字で書かれており、内容を見ても病歴はかなり古いと私は確信した。

私は裁判記録を調べ、彼の話をつなぎあわせはじめた。すると、ジェンキンスはある老人をかなり残虐に殺害した罪に問われたことがわかった。被害者が何度も執拗に刺されていることからして、犯人には精神疾患が強く疑われるが、裁判記録や捜査ファイルにはジェンキンスの障害についてはいっさい触れられていない。彼と直接会えばもっといろいろなことがわかるだろうと私は思った。

刑務所の駐車場に車を入れたとき、私は南北戦争前の〈古き南部〉の霊廟のようなピックアップトラックに気づいた。むかむかするようなバンパーステッカーや南部連合国旗のナンバープレートがべたべたと貼られている。南部連合国旗のナンバープレートは南部にいればあちこちで見かけるが、はじめて目にするようなバンパーステッカーもあった。多くは銃や南部のアイデンティティに関するものだった。たとえば《こんなことになるとわかっていたら、自分の綿花は自分で摘んだものを》とかいう標語。南部連合軍のシンボルに囲まれて育ち、深南部で長年働いているとはいえ、これだけの人種差別的シンボルを目の当たりにするとさすがにショックだった。

私は昔から、南部再建《リコンストラクション》後のアメリカの歴史にとくに興味があった。祖母は奴隷制を経験した両親を持ち、一八八〇年代にヴァージニア州で生まれた。北軍が引き上げて、アフリカ系アメリカ人の政治的社会的権利を否定するために恐怖と暴力による支配がはじまった頃だ。父親は彼女に、先だって奴隷解放された黒人は、元南軍の将校や兵士によって結局再奴隷化されただけだと話した。彼らは暴力や脅し、リンチ、借金をかたにした小作農業といった手段を使い、アフリカ系アメリカ人を服従させ、社会周縁へと追いやった。奴隷制がなくなって自由と平等が手にはいると約束されたのに、白人南部民主党員たちは暴力によって政治勢力を独占してしまったと、祖母の両親は憤慨した。

ＫＫＫのようなテロリスト集団は、南部連合のさまざまなシンボルに身を隠して大勢の黒人を脅し、虐げた。近くでＫＫＫが活動しているという噂ほど、地元黒人住民を恐れさせたものはない。この一〇〇年間、南部黒人の権利に少しでも進歩があったとなれば、必ず南部連合のシンボルを掲げて抵抗を叫ぶ声が白人たちのあいだであがった。アラバマ州では前世紀の変わり目に、白人が自分たちの優位性を確実にするため州憲法を改正した直後、南部連合戦没将兵追悼記念日を州の祝日と定めた[8]（こんにちもその祝日は存在する）。第二次世界大戦後に黒人退役軍人が南部にもどってくると、南部の政治家たちは、従軍経験を経た黒人たちが人種隔離政策に疑問を持つようになるのを恐れ、〝州権民主党《ディキシークラット》〟と呼ばれる議員連合をつくって人種隔離と白人優位体制を保とうとした[9]。一九五〇年代から六〇年代には、公民権運動と新たな連邦法がやはり同じように人種隔離撤廃を阻む動きに火をつけ、ふたたび南部連合のイメージがどっと巷にあふれだした。実際、一九五〇年代、ブラウン対教育委員会裁判で公立学校における人種隔離は違憲であるという判決が出されたあと、南部の多くの州で州政府の建物に南部連合旗が掲げられた[10]。公民権運動時代には、南部連合記念碑や記念像が南部各地で雨後の筍のように増えた。南部連合国大統領ジェファーソン・デイヴィスの誕生日がアラバマ州で祝日になったのもこの頃だ。いまも銀行、州政府機関、州施設は彼の栄誉を称えて休みになる。

ある予備審問のときに、私は陪審候補者のなかにアフリカ系アメリカ人がいないことを問題視したことがあった。そのとある南部地方自治体では、人口の二七パーセントを黒人が占めているにもかかわらず、候補者のなかにアフリカ系アメリカ人はたった一〇パーセントしかいなかったのである。データを示し、アフリカ系アメリカ人を排除するのは違憲だと私が述べると、判事は堂々とこう反論した。

「あなたの中立てを認めるつもりでいますよ、スティーヴンソンさん、しかし正直な感想を言います。私はマイノリティの権利を年じゅう言いたてる人々にもううんざりなんです。アフリカ系アメリカ人、メキシコ系アメリカ人、アジア系アメリカ人、ネイティヴ・アメリカン……。南部連合アメリカ人たちの権利を守れと主張する人間が、いつ私の法廷に姿を見せてくれるのでしょう?」私は判事の物言いに正直唖然とした。私だって南部に生まれ、アラバマで暮らしているのですから、南部連合アメリカ人の一人ではないんですかと尋ねたかったが、そこまで馬鹿ではなかった。

私は刑務所の駐車場で足を止め、トラックをまじまじと見た。周囲を一周して、挑発的なステッカーをひとつひとつ確認せずにいられなかった。刑務所の正面玄関のほうにふたたび足を向け、自分の仕事に集中しようとしたが、いま目にしたものがまさに人種差別のシンボルだったことをとても無視できなかった。その刑務所には何度も来ていたから、矯正官の多くはすでに顔見知りだったが、なかにはいったときそこにいた矯正官ははじめて見る顔だった。私と同じくらいの背丈——一八三センチくらい——で筋骨隆々とした白人男性だ。四〇代はじめらしく、髪は短いミリタリーカットにしている。彼は鋼青色の目で私を冷ややかに見ている。接見室のロビーに続く入口に近づいた私は、はいる前にいつものようにボディチェックを受けるものと思ったが、矯正官が前に立ちはだかり通せんぼをした。

「ここでなにしてる?」彼は低い声で尋ねた。

「接見に参りました」私は答えた。「今週のはじめに予定を入れました。所長のオフィスに書類があるはずです」緊迫した空気をやわらげるため、私は微笑み、できるだけ丁重に話した。

「なるほど、なるほど。だがその前にボディチェックを受けてもらう」

彼の態度には明らかに敵意が感じられたが、私はなるべく穏やかに対処しようとした。

「ええ、もちろんです。靴を脱ぎましょうか?」強硬派の矯正官は、なかに通す前に靴を脱げとときどき指示することがあるのだ。

「あの浴室に行き、服を全部脱ぐことだ。もし俺の刑務所にはいりたいなら」

私はぎょっとしたが、それでもできるだけ穏便に話した。「いいえ、違うんです。たぶん勘違いなさっているのでは? 私は弁護士です。接見に来た弁護士は、服を脱いでボディチェックをされる必要はありません」

私の言葉は彼を落ち着かせるどころか、よけいに怒らせたらしい。「いいか、あんたが自分のことをどう思っているかは知らないが、俺たちの警備手順に従わないかぎりあんたは俺の刑務所にはいることはできない。さあ、さっさとあの浴室に行って服を脱げ。さもないと自分のおうちに逆戻りするしかないぞ」

刑務所に入れるのにあれこれ難癖をつける矯正官にはときどき出くわすことがあり、でもたいていは小さな郡拘置所や私が一度も訪れたことがない場所で、こういうことはきわめて珍しかった。

「この刑務所には何度も来たことがあって、服を脱いだうえでボディチェックされたことはこれまで一度もありません。これが通常の手順とは思えない」私はそれまでより強い口調で言った。

「ほかの連中がどうしているかは知らないし、俺にはどうでもいいことだ。俺が使っているのはこの手順なんだ」私は副所長を探そうかと思ったが、それは難しいし、たとえ見つかったとしても彼が私の目の前で矯正官を叱るはずはないと思えた。この接見のために私は二時間かけて車を運転し、そのうえこの先三週間はぎっしり予定が詰まっていた。いまなかにはいらなかったら、いつここにもどってこられるかわからない。私は浴室にはいって服を脱いだ。矯正官がなかにはいってきて、不必要に乱暴にボディチェックをおこない、問題なしとつぶやいた。私はスーツをまた着て浴室の外に出た。

「いますぐ接見室にはいらせてもらいます」私はさっきよりきつい口調で告げることで威厳を取り戻そうとした。

「もどって記帳してもらわないと」

彼はいともあっさりそう言ったが、私を挑発しようとしていることは明らかだった。家族の面会のために使われる面会記録帳はあるが、接見の場合は記帳の必要はない。すでに弁護士記録には署名をすませている。二度も署名する意味などないのだ。

「あの記録帳に弁護士がサインをする必要は――」

「俺の刑務所にはいりたいなら、記帳しろ」矯正官はいまやにやついているようにさえ見えた。私は必死に冷静さを保とうとした。

私は踵《きびす》を返し、記録帳のところに行って署名した。それから接見室にもどり、待った。ガラス扉には南京錠がかけてあり、なかにはいって依頼人と会うためにはそれをはずしてもらわなければならい。矯正官はのろのろと鍵を取りだすと、やっと南京錠にそれを挿しこんだ。これ以上くだらない騒動なしになかにはいれることを祈りながら、私は無言で立っていた。彼がドアを開け、私はなかにはいろうとしたが、いきなり腕をつかまれた。彼は声を低めて言った。

「なあ、駐車場にあったトラックを見たか？　バンパーステッカーだの旗だの銃架だのがいろいろとくっついてたトラックを？」

私は慎重に答えた。「ええ、そのトラックなら見ました」

男の表情が険しくなり、こう言った。「言っておくが、あれは俺のトラックだ」彼は私の腕を放し、私をなかにはいらせた。私はその矯正官に怒りを禁じえなかったが、それ以上に自分のふがいなさに腹が立った。そうして物思いに沈んでいたので、接見室の奥のドアが開いて、ジェンキンスが別の矯正官に連れてこられたのに気づかなかった。

ジェンキンスは背の低いアフリカ系アメリカ人で、頭を五分刈りにしていた。彼は座るなり私の両手を握り、にっこり笑った。私に会えてなぜかとても喜んでいるらしい。

「ジェンキンスさん、私はブライアン・スティーヴンソンと申します。あなたと電話で話した弁護士で――」

「チョコレートミルクシェークを持ってきてくれた？」彼が勢いこんで言った。

「すみません、なんですって？」

彼はまだにこにこしている。「チョコレートミルクシェークを持ってきてくれた？　チョコレートミルクシェークが欲しいんだ」

長いドライブ、南部連合色まみれのトラック、矯正官の嫌がらせ、そして今度はミルクシェークが飲みたいときた——今日はなんておかしな日なんだ。私はいらだちを隠さなかった。

「いいえ、ジェンキンスさん、チョコレートミルクシェークは持ってきてません。私は弁護士です。あなたの件に手を貸し、再審請求するために来ました。わかりますか？　私がここに来たのはそのためです。事情を知るためにいまからいくつか質問しなければなりません」

彼の顔からたちまち笑みが消えるのがわかった。私は質問をはじめ、彼はそれにいつも一言で答えた。ときには「はい」か「いいえ」とつぶやくだけのこともあった。私は、彼がまだミルクシェークのことを考えているのに気づいた。矯正官にかっかさせられたせいで、彼が重い障害を持っている可能性が高いことをすっかり忘れていたのだ。私は質問をやめて身を乗りだした。

「ジェンキンスさん、本当にすみませんでした。あなたがチョコレートミルクシェークを持ってきてほしかったなんて知らなかったんです。もしわかっていたら、なんとかしたのに。次に来るときは必ず持ってくると約束します。ええ、きっと。いいですね？」

とたんに笑顔がもどり、機嫌もよくなった。刑務所記録によれば、彼はしばしば精神疾患性の行動を起こし、何時間も叫びつづけたりした。接見のあいだはおおむね穏やかな様子だったが、病んでいることは明らかだった。彼の裁判記録になぜ精神疾患について触れられていないのか理解できなかったが、ジョージ・ダニエルのケースを経験したあとではなにがあっても驚かなかった。事務所にもどると、私たちはジェンキンスの過去についてさらに詳しく調べた。そうしてわかったことは、胸がつぶれるような話だった。父親は彼が生まれる前に殺され、母親は彼が一歳のときに薬物の過剰摂取で死亡した。彼は二歳のときから里親のもとで暮らしはじめた。それは最悪の子供時代だった。八歳になるまでのあいだに、一九軒もの里親家庭をたらい回しにされたのである。ジェンキンスには幼い頃から知的障害の兆候があった。器質性脳障害を疑わせる認識機能障害があり、さまざまな問題行動は統合失調症をはじめ深刻な精神疾患を患っている可能性を示唆していた。

一〇歳のときにいっしょに暮らしていた里親にひどい虐待を受け、彼らの定めた厳しいルールは彼をつねに混乱させた。さまざまな言いつけを守れず、頻繁にクローゼットに閉じこめられたり、食事をあたえられなかったり、たたかれたりといった身体的虐待を受けた。それでも彼の行動が改善されないので、養母は彼を捨てることにした。彼女はジェンキンスを森に連れだして木に縛りつけ、置き去りにした。三日後、彼はひどく衰弱した状態で、猟師に発見された。体がようやく回復すると、彼の身柄は当局に預けられ、ふたたび里親家庭を点々とした。一三歳になる頃にはドラッグやアルコールを濫用しはじめた。一五歳頃から発作を起こしはじめ、精神疾患性症状を経験するようになった。一七歳のとき、もはや管理不能と見なされて、ホームレスになった。二〇歳になるまで拘置所を出たりはいったりし、症状が出ているときに知らない人の家にあがりこんで、自分は悪魔に攻撃されているると思いこんだ。その家で、悪魔だと信じこんだ男をめった刺しにしたのだ。弁護士たちはジェンキンスの過去の裁判記録をいっさい調べず、彼はあっという間に殺人で有罪となり、死刑を言い渡された。

刑務所は、私がジェンキンスにミルクシェークを差し入れすることを許可しなかった。私はそれについて彼に説明したが、接見に行くたび、持ってきてくれたかと最初に必ず訊かれた。これからもなんとか説得してみるよと毎回私は彼に告げた。そうしないと、彼はそのことしか考えられなくなってしまうのだ。数か月後、ついに彼の重い精神疾患についての証拠を提示するため、出廷する日が決まった。本来なら裁判のときに提示すべきだった資料である。私たちは、彼の弁護士たちがジェンキンスの過去を明らかにせず、訴訟能力がないことを証明しなかったのは、彼らが弁護士として有効な支援を怠った証拠だと主張した。

刑務所から車で約三時間の距離にある、審問がおこなわれる裁判所に到着すると、私はジェンキンスに会うために地下にある拘置施設に向かった。いつものミルクシェークの儀式のあと、私は裁判でなにをするか説明しようとした。証人の何人か――里親のもとにいたときに彼に関わった人々――を目にしたとき、彼が動揺するのではないかと心配したのだ。また、専門家の証言は、彼の障害や疾病をかなり直接的に描写することになるはずだった。なぜそんなことをしなければならないか、私は彼に理解してほしかった。彼はいつものように機嫌よく、穏やかだった。

上階にある法廷にあがったとき、はじめてジェンキンスに会いに行ったときに私にひどい嫌がらせをしてきたあの矯正官がいるのに気づいた。あの日以来、彼に会ったのははじめてだった。私は同じ刑務所にいるほかの依頼人にその矯正官について尋ねたことがあり、彼の話によれば、その矯正官はとても評判が悪く、いつも遅いシフトにはいっているのだという。みんなできるだけ近寄らないようにしているらしい。この審問にジェンキンスを移送してきたのは彼にちがいない。ジェンキンスが道中どんな扱いを受けたのか心配になったが、彼は見たところいつもと変わらない様子だった。

その後の三日間、私たちはジェンキンスの過去についてさまざまな証拠を開示した。彼に責任能力がないことを説明した専門家たちはすばらしかった。偏見もなければなにかに肩入れすることもなく、器質性脳障害、統合失調症、双極性障害などが重なると深刻な精神疾患性症状が出るということを細かく説明し、とても説得力があった。彼らは、ジェンキンスが患っている精神病やさまざまな心因性の問題は危険行動につながるおそれがあるが、それはあくまで疾病の症状であり、本人の人格に起因するものではないと述べた。私たちはまた、里親制度とそれがいかにジェンキンスを傷つけたかについても証拠を提出した。彼が預けられた里親の何人かは、のちに里子に対する性的虐待や犯罪的管理によって有罪となっている。ジェンキンスが不幸な状況から別の不幸な状況へとたらい回しにされたあげく、ホームレスの薬物依存者となったことを私たちは説明した。

何人かの里親は、ジェンキンスの深刻な精神障害に対応する手段をあたえられていなかったせいで、彼の扱いにとても困ったと認めた。私は、ジェンキンスの精神上の問題を裁判で考慮しないのは、脚を失った人に「なんの補助も使わずにこの階段をのぼれ、のぼれないのは努力が足りないせいだ」と言うのと同じくらい残酷だと判事に訴えた。あるいは、目が不自由な人に「この交通量の多い州間高速道路を誰の助けも借りずに渡れ、さもないと弱虫と呼ぶぞ」と言うようなものだ、と。

身体的な障害には配慮の方法が無数にある。そうでなくとも、少なくとも私たちは理解を示す。身体的障害を目にしたときにそれに同情し、思いやりある手助けをしなければ、誰もが憤慨するだろう。ところが精神障害は目に見えないため、助けが必要だとしても無視して、彼らの欠点や過ちを即座にだめなものと判断しがちだ。残虐な殺人を犯せば、法執行官はもちろんその人物の責任を問い、市民を守らなければならない。しかし、その人物に障害がある場合、責任能力の程度を鑑定したうえで量刑を考えなければ公正とは言えない。

帰途についたとき、私は審問の内容にとても満足を覚えていたが、本当のことを言えば、州裁判所による有罪確定後の審問によってこちらに有利な裁定が出ることはまれだった。もし救済措置がもたらされるとすれば、再審の場においてだろう。私は奇跡の裁定など期待していなかった。審問の一か月後、裁定がくだされる前に、私は裁判所に行ってジェンキンスに会うことにした。審問後は話をする時間があまり持てなかったので、彼が元気かどうか確かめたかったのだ。審問を通じ、彼はたいてい落ち着いていたが、かつての里親の何人かが法廷に姿を見せたとき、さすがに動揺がうかがえた。一度でも顔を見せれば、多少は彼の心の平安に役立つかもしれないと思ったのだ。

駐車場に車を停めると、ふたたび例の南部連合旗やステッカーや恐ろしげな銃架を備えた忌わしいトラックを見つけた。またあの矯正官と出くわすことになるかも、と私は不安になった。案の定、刑務所長の秘書に自分の到着を告げ、接見室に向かうと、彼が近づいてくるのがわかった。私は覚悟を決めた。ところが意外な展開が待っていたのだ。

「こんにちは、スティーヴンソンさん。お元気ですか?」矯正官が尋ねた。心からの言葉に聞こえたが、私はにわかには信じられなかった。

「ええ、おかげさまで。あなたは?」私を見るまなざしが以前とは違っていた。こちらをにらんでもいないし、本気で私と会話をしようとしているように見える。私は調子を合わせることにした。

「じゃあ、浴室にはいって、ボディチェックの準備をしますよ」

「ああ、スティーヴンソンさん、その必要はありません」彼があわてて言った。「あなたに問題がないことはわかっていますから」口調も態度もこのあいだと全然違う。

「ああ、それはよかった。ありがとうございます。ではもどって記帳してきます」

「スティーヴンソンさん、その必要はありません。あなたが来るのを見て、俺がサインしておきました。もうすんでます」彼はそわそわしているようにさえ見えた。

彼の態度が変化した理由がわからなかった。私は礼を言い、接見室に歩きだしたが、矯正官は私の後ろからついてきた。私がなかにはいれるよう、彼が南京錠をはずした。前をすり抜けてなかにはいろうとしたとき、彼が私の肩に手を置いた。

「じつは、その、あなたに話したいことがあるんです」

どんな話がはじまるのか、見当もつかなかった。

「知ってのとおり、審問のとき俺がエイヴリーを裁判所に連れていき、あの三日間、あなたたちとずっといっしょにいました。それで、その、俺も全部聞いてたってことを伝えたくて」彼は私の肩から手を下ろし、遠くに目をやった。まるで私の背後にあるなにかを見ているかのように。「じつは、俺は……その、あなたがしていることをすごいと思ってるんです。ほんとに。あの法廷であなたたちの話を聞いているのは、俺にはけっこうつらいことでした。俺もじつは里親のもとで育ったんです。ああ、俺も里親に育てられた」彼の表情がやわらいだ。「俺みたいにひどい目に遭った人間はほかにいないと思ってました。俺を欲しがるやつなんかどこにもいないみたいに、あちこち行かされた。ほんとにさんざんでした。だが、あなたがエイヴリーについて言っていたことを聞いていたら、俺と同じくらいひどい目に遭った人たちがほかにもいたんだと知りました。いや、俺以上にひどかったと思う。あの法廷に座っているうちに、いろいろな記憶がよみがえってきたんです」

彼はポケットに手を伸ばしてハンカチを取りだすと、額の汗を拭った。そのときはじめて彼の腕に南部連合旗の刺青があるのに気づいた。

「ええと、俺が言いたいのは、あなたのしていることはいいことだってことなんです。無性に怒りがこみあげて、ただただその怒りにまかせて誰かを傷つけたいと思うことがしょっちゅうありました。一八歳になると軍隊にはいりました。それで、まあいままでなんとかやってきたんだ。だが、あの法廷で座っているうちにいろいろと思いだして、気づいたんです。俺はやっぱりまだ怒っているんだと」

私は微笑んだ。彼は続けた。「あなたが呼んだあの専門家の医者は、ああいうふうに家で虐待されていた子供が受けたダメージはずっと消えない場合があると言った。それでなんだか不安になってしまって。ほんとにそうだと思いますか?」

「いや、誰だってつねに向上できると私は思いますよ」私は言った。「人生でなにか悪いことが起こったとしても、それで私たちの人となりが決まってしまうわけじゃない。ただ、その人の生い立ちを理解することがとても重要になる場合がときにはあるってだけです」

私たちはそうして穏やかに話をした。別の矯正官が横を通りかかり、私たちをじろじろ見た。私は続けた。「いまあなたが私に言ってくれたこと、本当にうれしく思っています。すごく心に沁みた。本当に。ときどき自分でも忘れてしまうんです。われわれは誰もがどこかで情状酌量を求めているんだ、と」

彼は私を見て微笑んだ。「あの法廷で、あなたはずっと〝情状酌量〟って言葉をくり返していた。

俺は思った。いったいどうしたっていうんだ？　どうして彼は〝情状酌量〟をあんなに何度もくり返すんだ？　家に帰って、その単語を調べてみたんです。最初はあなたの言う意味がわからなかったが、いまはわかりますよ」

私は笑った。「法廷に立つと、ときどき自分でもなにを言ってるのかわからなくなることがあるんですよ」

「いや、あなたはすばらしかった。本当に」彼は私の目をじっと見て、それから手を差しだした。私たちは握手を交わし、私はまたドアのほうに歩きだした。なかにはいろうとしたそのとき、彼がまた私の腕をつかんだ。

「ああ、待って。もうひとつ話したいことがありました。じつは、本当ならしちゃまずいってことをしちまって、でもあなたにはお知らせしておきたくて。審問の最後の日、法廷からここにもどる途中のことです。まあ、そのときには俺にもやっとエイヴリーってやつのことがわかった。それでじつは、帰りに州間高速道路のとある出口から下りたんです。それから彼を〈ウェンディーズ〉に連れていって、チョコレートミルクシェークを奢《おご》ったんですよ」

私は目を丸くして彼を見つめ、やがて彼がくすくす笑いだした。私がなかにはいると、彼が鍵をかけた。私は矯正官が言ったことがとても信じられず、ジェンキンスをその部屋に連れてきたもう一人の矯正官の言葉が耳にはいらなかったくらいだ。ふとわれに返ると、ジェンキンスはすでに部屋にいて、私は彼に向き直って挨拶した。彼がなにも言わないので、少々不安になった。

「大丈夫かい？」

「ええ、弁護士さん。ぼくは元気です。あなたは大丈夫ですか？」彼が尋ねた。

「ああ、エイヴリー、私のほうは気分上々だよ」私はいつもの儀式がはじまるのを待った。彼がなにも言わないので、こちらから役目を演じることにした。「じつはチョコレートミルクシェークを持ってこようと思ったんだが、彼らが――」

エイヴリーがそれを遮った。「ああ、ミルクシェークなら飲みました。もう大丈夫」

私が審問について話しはじめると、彼はにんまりした。私は、別の依頼人に会う時間になるまで一時間ほど話をした。それ以来、エイヴリーは私に二度とチョコレートミルクシェークのことを尋ねなくなった。私たちは再審で勝訴し、最終的には彼は死刑囚監房から解放されて、精神科の治療を受けられる施設にはいった。あの矯正官にもあれからお目にかかっていない。最後に会ってわりとすぐに刑務所をやめたと人づてに聞いた。

第11章 飛んでいこう

それはこの二か月で三度目の爆弾予告だった。私たちはすぐさまオフィスから出て、警察の到着を待った。スタッフは全員びくびくしていた。いまや事務所には弁護士が五人、調査員が一人、事務員が三人いた。短期司法修習生も引き受けはじめ、彼らが法的な手助けをしてくれたり、いまでは圧倒的に手が足りなくなっている調査関係も手伝ってくれた。しかし爆弾予告の対処はさすがに契約書の業務内容にははいっていない。そんな予告などできれば無視したいところだったが、二年前、ジョージア州サヴァナのロバート・〝ロビー〟・ロビンソンというアフリカ系アメリカ人人権弁護士が、法律事務所に送られてきた爆弾が爆発して命を落とす事件が起きた。同じ頃、連邦上訴裁判所判事ロバート・ヴァンスが、バーミングハムで手紙爆弾によって殺害された。その数日後、三つ目の爆弾がフロリダの人権弁護士事務所に、四つ目がアトランタの裁判所に送りつけられた。爆弾魔は人権運動に関わる法律家を攻撃しているようだった。私たちも標的になる可能性があると警告され、その後の数週間、手紙や小包はすべて慎重に連邦裁判所まで運び、X線検査をしてもらってから開けた。それ以来、爆弾予告は冗談でもなんでもなくなった。

全員が建物から退避するあいだ、私たちは本物の爆弾が仕掛けられた可能性について議論した。電話をかけてきた人物は、予告をしたとき私たちの事務所があるビルを正確に描写した。受付係のシャロンは相手をどやしつけた。彼女は幼い子供を二人抱えている若い母親で、地方の貧しい白人家庭で育った。誰に対してもずばり単刀直入に話をする女性だ。

「どうしてこんなことをするの？　私たちを怖がらせてどうするのよ！」

南部出身の中年男性の声だったと彼女は話したが、それ以上詳しいことはわからなかった。「親切にしてやってるんだぞ」男は凄んだ。「おまえたちがいまやっていることを全部やめてもらいたい。最初は全員を殺す気はない。だからいますぐ外に出たほうがいいぞ！　だが次は警告もなしだ」

ウォルターの審問から一か月が過ぎていた。最初の脅迫電話では、相手は、おまえらを躾してやらなきゃならないと差別的な言葉を吐いた。同じ頃、私の自宅にも脅迫電話がいくつもかかってきた。典型的な内容はたとえばこんな感じだ。「女の子を殺したあの黒んぼ《ニガー》を助けて平気でいるつもりなら、痛い目をみるぞ。おまえらニガーの死体が二つあがることになるだけだ！」

私はほかにもいくつも裁判を抱えていたが、そうした脅迫電話はウォルターの件に反応したものにちがいなかった。審問に先立ち、マイケルと私がモンロー郡で調査をしていたときも、何度か人につけられたことがあった。ある晩遅くにいかにも恐ろしげな男が電話をかけてきて、あんたを殺してほしいと大金を積まれたが、俺はあんたたちのしていることに敬意を持っているから、引き受ける気はないと告げた。私は、味方をしてくれてありがとうございますと丁重に礼を言った。どれもどこまでまともに受け取っていいものかわからなかったが、不安に襲われたことは事実だ。

私たちが全員避難したあと、警察は犬を連れて事務所内を捜索した。爆発物は見つからず、その後一時間半経っても爆発は起きなかったので、私たちはまたなかにもどった。仕事は山ほどあるのだ。

数日後、私は違う種類の爆弾を受け取った。ボールドウィン郡の裁判所書記官からの電話である。書記官は、マクミリアン事件についてノートン判事の裁定が出たのでお知らせしたいという――命令書のコピーを送るのでファックス番号を教えてください。私はそれを知らせ、ファックスの横でうずうずしながら待っていた。送られてきたのはわずか用紙三枚分だと知ったとき、ひどく心配になった。

そこには、ノートン判事の救済否定命令がそっけない言葉で書かれていた。私はショックを受けたというよりがっかりした。本当にこれがノートン判事の回答なのだろうかと疑問に思った。審問のときはあんなに関心を示していたのに、この文面では、ウォルターが有罪か無罪かといういちばん根本的な問題にもとくに興味がないように見えた。彼は管理人役に徹していた。たとえ無罪を証明する有力な証拠があったとしても前回の判決をひっくり返したりはしない、司法制度の番人。

それにしても驚いたのは、裁判所の二一ページ半の命令書のいかにも表面的で中身のない、無関心な書きぶりだった。判事はマイヤーズの証言を取りあげているだけで、私たちの法的主張や、ほかに一〇人以上いた証人の証言についてはいっさい触れていない。実際、最後まで読んでも判例がひとつも引用されていない。

《ラルフ・マイヤーズは本法廷の証言台に立ち、真実を述べることを誓い、裁判での証言の該当箇所につき、すべてではないにしても、大部分を撤回するに至った。明らかにラルフ・マイヤーズは第一審において偽証したか、本法廷で偽証したか、いずれかである。

以下に示すのは、当裁定に至るまでに考慮した要素である。証人の挙措／第一審で証言した事実を証人が知りうる機会について／第一審で証人がその証言を述べた根拠／弁護側が述べた彼が証言を撤回した根拠／第一審と証言撤回両方の前後に証人が外部から受けた圧力の存在について／第一審での証言に信憑性を持たせる証人の行動と証言撤回に信憑性をもたせる証人の行動について／第一審で詳細に提示された、証人の証言と矛盾する証拠、および本件の性質上、証人が第一審で証言した事実は証人には知りえなかったということに関する、あらゆる情報源からの証拠。

本件の第一審は、すでに引退なさったR・E・L・キー巡回裁判所判事閣下がかつて司っていたため、本法廷では証人の第一審での挙措と証言撤回したときの挙措を比較することはできない。

前記に示したその他の要因を検討した結果、証人ラルフ・マイヤーズが第一審で偽証したという決定的な証拠は見つからなかった。第一審での証言以降ラルフ・マイヤーズに圧力がかかっていたという証拠は充分にあり、彼の証言撤回を疑問視する要素にはなる。ラルフ・マイヤーズが犯行時に現場以外の場所にいたという証拠は、裁判記録にも撤回の証言にもいっさい見当たらない。

本件はラルフ・マイヤーズが第一審で偽証したとする主張を裏づける証拠があるかどうか判

断するために本法廷に差し戻され、本法廷はこの主張を裏づける証拠は不充分であると判断した。よって、ラルフ・マイヤーズの第一審の証言は偽証ではないと**命じ、裁定し、判決する**。

一九九二年五月一九日

トマス・B・ノートン・ジュニア巡回裁判所判事》

マイヤーズは証言を撤回するように圧力をかけられていたにちがいないとチャップマン検事が示唆したのは確かだが、彼はその主張を裏づける物証を提示しなかった。だから判事の裁定は理解しがたかった。ウォルターとその家族には、実際に救済措置を手に入れるには上訴裁判所に行く必要があるだろうとは話したが、誰もが審問にはいい感触を持っていたのだ。

これだけ証拠を提示すればアラバマ刑事上訴裁判所ではいい結果が出るだろうと、私たちは楽天的になっていた。その頃には私たちは刑事上訴裁で頻繁に戦うようになっていた。最初にウォルターの件で上訴して以来、すでに二〇人近い死刑囚について上訴し、裁判所も私たちの主張に耳を貸しはじめた。一九九〇年には四件の死刑判決で、一九九一年にはさらにもう四件で逆転勝訴を勝ち取り、一九九二年末までにさらにもう八人の死刑囚を救済した。裁判所は再審や救済措置を強制されることにしばしば反感を持ったが、結局はこちらに有利な裁定が出された。その後の数年間に、上訴裁判事の何人かは非難を浴び、やがて死刑囚を救済する裁判所の裁定に不満を持つ候補者が党派選挙で現職を破ることになる。それでも私たちは誤った死刑判決を覆すべく、声をあげつづけた。そういうケースについて、正しく法を適用するよう裁判所にプレッシャーをかけ、それが退けられるとアラバマ最高裁や連邦裁判所に救済措置を求め、功を奏しつつあった。

こうした最近の情勢からして、私は上訴審で救済措置を勝ち取れるものと思っていた。裁判所が審問によってウォルターの無実を認め、釈放せよと裁定するのは難しいとしても、被告の無実を証明する証拠を検察側が開示しなかったという事実がある以上、上訴審を開かなければならないという判例法の適用は避けられないはずだ。いまやなにがどうなるかわからなかったが、私はウォルターに、こうなったらわれわれの申立てをもっと真剣に考えてくれる裁判所に訴えるしかないと説明した。

マイケルは契約期間の二年をずいぶん超過して私たちのもとで働いてくれたが、まもなくサンディエゴに移って、連邦公選弁護人として再出発することになっていた。彼は私たちの事務所についてはは去りがたく思っていたが、アラバマという土地を離れられるのはある意味せいせいしていたようだ。

私は事務所の新人弁護士の一人、バーナード・ハーコートをマイケルの後任としてウォルター事件の担当にした。頭がよくて一途で、極端な仕事人間という点で、バーナードはマイケルによく似ていた。彼が最初に私たちの事務所に来たのは、ハーヴァード・ロースクールの学生だったときだ。彼は私たちの仕事にすっかり夢中になり、ロースクール卒業後は連邦裁判所で書記を務めていたのだが、アラバマの私たちのもとで仕事をするため、二年契約の途中でやめさせてもらってもいいかと判事に頼みこんだほどだ。判事の同意を取りつけ、バーナードはマイケルが事務所を去る直前にわれわれの事務所に来た。フランス人の両親を持つ彼はニューヨーク・シティで育ち、マンハッタンにあるリセ・フランセ・ド・ニューヨークに通った。堂々とヨーロッパ流の教育をしている高校である。プリンストン大学を卒業したのち銀行で働いたが、その後法律で学位をとろうと決意した。法律家としてごく当たり前のキャリアを進むつもりだったものの、ある夏私たちの事務所で働いたことをきっかけに死刑制度問題に強い関心を持った。モンゴメリーに引っ越してきた彼とガールフレンドのミアはアラバマの暮らしがたちまち好きになった。マクミリアン事件にあっというまに没頭したバーナードは、想像以上の文化の違いを身をもって経験することになる。

審問にコミュニティの人々が大勢押しかけたおかげで、私たちが法廷で提示したさまざまな証拠について噂が広まり、さらに大勢の人々が有力情報を持って現れた。やってくるありとあらゆる種類の人々が、法執行官の多種多様な腐敗や不正行為について訴えた。ウォルターの無罪を証明するうえで役立つ情報はちらほらしかなかったが、どの話も興味深かった。バーナードと私は手がかりを探し、人々から話を聞いて、モンロー郡の生活についていろいろなヒントをもらった。

これだけ私たちのところに脅迫が多いと、ウォルターが実際に自由の身になったときにどれだけ敵意の的になるかが心配だった。彼は危険な殺人犯だと誰もが信じているとすれば、はたして地元で無事に暮らせるかどうか。ウォルター釈放のお膳立てとして、彼の死刑判決がいかに不当だったかドラマチックに報道する手伝いをしてくれそうな人に接触をこころみてはどうか、と私たちは話しあった。私たちが持っている情報を世間に知らせれば、彼も暮らしやすくなるかもしれない。〝ウォルターは殺人を犯してはいない〟という単純な事実をみんなに知ってほしいだけだった。彼が釈放されたのは、策を弄して法の抜け穴を突いたせいだとか、専門的な技術をちょこちょこと使ったおかげだなどと思われたくなかった。単純に正義がおこなわれただけなのだ――ウォルターは無実なのだから。

一方で、いま刑事上訴裁に係属中の事件にとっては、メディアの注目を集めることが有利に働くとも思えなかった。実際、上訴審の首席判事ジョン・パターソンは、彼がアラバマ知事だったときに公民権運動について記事を掲載した「ニューヨーク・タイムズ」紙を相手取って訴訟を起こしたことで有名だ。それは、公民権運動が盛んだった当時の南部政治家の常套手段だった。運動家に同情的な記事や、南部政治家や法執行官をこきおろすような記事を載せた全国紙を、名誉毀損で訴えるのだ。南部の州裁判所判事や白人ばかりの陪審は、〝中傷された〟地元役人や政治家に好意的な判決を喜んで出し、こうして州当局は賠償金を何百万ドルも手に入れた。なにより重要なのは、度重なる名誉毀損訴訟によって、報道機関が公民権運動の記事の掲載に二の足を踏んだことだ。

一九六〇年に「ニューヨーク・タイムズ」紙は、アラバマ州で偽証罪に問われていたマーティン・ルーサー・キング・ジュニア師弁護のための募金を促す《彼らの声に耳を傾けよう》と題した広告を掲載した。南部当局はすぐさま攻撃を開始し、新聞相手に訴訟を起こした。公安委員L・B・サリヴァンとパターソン知事が名誉毀損を主張したのだ。地元陪審は「ニューヨーク・タイムズ」側に五〇万ドルの損害賠償を命じ、被告側は連邦最高裁に上訴した。

「ニューヨーク・タイムズ」紙対サリヴァン裁判における画期的な判決が、名誉毀損罪と文書誹毀《ひき》罪の常識を覆した。(1) 判事は、原告側のほうが悪意を証明しなければならないとしたのだ。つまり、新聞社に記事は嘘だという実知識があった証拠を提示しなければならないということだ。この判決によって報道の自由が大きな勝利を収め、報道機関や出版社は公民権運動についてもっと正直に語れるようになった。しかし南部ではますます全国紙を軽蔑する風潮が強くなり、公民権運動時代のあとでさえ、依然としてその悪感情は残っていた。だから、ウォルターの事件を全国紙で報じることが刑事上訴審にプラスに働くとは私には思えなかった。

それでも、ウォルターの有罪と殺人についてもっと情報を広めれば、釈放後に彼が暮らしやすくなるとは考えていた――彼の逆転無罪を勝ち取ることができれば、の話だが。私たちは、なんとか機会をとらえて事実を人々に知らせたいと思っていた。私が心配していたのは、いまなにがどうなっているのか、偏りのない全体像を地元の人たちが知る手段がないということだった。釈放後にウォルターが人々から受ける敵意はもとより、いざ再審が命じられたときになにが起きるかが心配だった。偏見に満ちた報道が出回れば、公正な裁判はほぼ不可能になる。モンロー郡やモビールの地元紙は一貫してウォルターを悪魔のように描き、彼の有罪判決に間違いはなく、処刑は当然だという論調を固持してきた。

地元紙は、ウォルターは危険な麻薬の売人であり、なんの罪もないティーンエイジャーをほかにも何人も殺しているおそれがあるとした。モンローヴィルとモビールの新聞は、ウォルターを〝麻薬王〟だの〝恐怖の性犯罪者〟だの〝ギャング団のリーダー〟だのと勝手に書きたてた。最初に逮捕されたとき、地元紙の見出しは、ラルフ・マイヤーズとともに非常識な性的違法行為をおこなったと強調した。[2]「マクミリアン、異常性行為容疑で逮捕」というのが一般的な見出しだった。この見出しのもと、「モンロー・ジャーナル」紙はウォルターがいかに危険な存在かに注目した。《マクミリアン事件の審理で終始そうだったように、法廷にはいるとき傍聴人は金属探知機を通過しなければならず、法廷じゅうに警官が立っていた》。[3]ウォルターはピットマン殺人事件とは無関係だという証拠を私たちが審問であれだけ並べたにもかかわらず、地元紙はこの事件をわざわざ持ちだして、ウォルターに対する恐怖を煽った。[4]「有罪となった殺人犯がイースト・ブルートン殺人事件の犯人か」[5]というのがブルートンの新聞の初期の見出しだ。「殺されたのはロンダだけではなかった」は、私たちの審問が終わったあとの「モビール・プレス・レジスター」の見出しである。モビールのその地元紙はこう報じた。《法執行官の話によれば、マイヤーズとマクミリアンはアラバマ南部のいくつかの郡にまたがって活動する強盗、窃盗、偽造、麻薬密売組織の一員だという》[6]。公判前に死刑囚監房に入れられていたことにはじまり、彼が法廷に現れるときの特別厳重な警備体制に至るまで、この手の話に焦点を当てていることからして、新聞の言いたいことは明らかだ——この男はきわめて危険だ。

いま人々は、この事件の真実には興味がないように思えた。ボールドウィン郡でおこなわれた審問のとき、州側の地元支援者たちは、ウォルターの無実を示す証拠について聞くくらいならさっさと法廷から出たほうがましだ、という態度だった。リスクは大きいが、こちら側の言い分を全国紙で記事にしてもらえれば空気が変わるかもしれないと思えた。

「ワシントン・ポスト」紙の記者ウォルト・ハリントンは、一年前にアラバマに来て私たちの仕事ぶりを記事にしてくれたことがあり、マクミリアン事件について私の話を聞いてくれた。彼がその情報を友人のジャーナリスト、ピート・アーリーに流し、彼は私に連絡をよこしたとたんに興味を持ってくれた。私が提供した裁判記録や捜査ファイルを読むと、彼はすぐに飛びつき、関係者に取材もして、これほど根拠の薄い証拠をもとにウォルターに有罪判決が出されたことに驚愕を禁じえないと即座に意見の一致を見た。

その年のはじめにおこなったエール・ロースクールでの私の講演をCBSの報道番組『60ミニッツ』

のプロデューサーが聴きに来てくれて、彼からも電話をもらった。じつは過去数年間にいくつものニュース番組から連絡をもらい、私たちの仕事について報道させてほしいと言われてきたのだが、私は気が乗らなかった。報道が依頼人にくみすることはまれだというのが私の持論だった。南部に色濃いアンチメディア感情に加え、死刑問題はとくに対立を呼ぶ。きわめて政治色の濃い問題なので、たとえ死刑囚に対して同情的な記事でもたいていは地元の反発を引き起こし、依頼人や裁判にとってむしろ不利になるのだ。依頼人がメディアの関心を欲しがる場合もあるのだが、私は公判中の事件について報道機関のインタビューを受けることにかなり抵抗があった。メディアで好意的に報じられたせいで刑執行日が早まったり、報復的な措置を受けたりして、逆に状況が悪くなったケースを数多く知りすぎていたのだ。

私たちはその年の夏に刑事上訴裁判所に上訴の申立てをした。そして、不確定要素が少なからずあったものの、私は『60ミニッツ』の取材を受けることにした。ベテランリポーターのエド・ブラッドリーとプロデューサーのデイヴィッド・ゲルバーが、七月の気温三八度を超える日にニューヨーク・シティからモンローヴィルまでやってきて、審問の際に証言をしてもらった人々の多くにインタビューした。彼らはウォルター、ラルフ・マイヤーズ、カレン・ケリー、ダーネル・ヒューストン、クレイ・カスト、ジミー・ウィリアムズ、ウォルターの家族、ウッドロー・アイクナーとも話をした。職場でビル・フックスと対面し、トミー・チャップマンからも詳しく話を聞いた。かの有名なニュースキャスター、エド・ブラッドリーが町に来て、地元当局をあわてさせているという噂はあっというまに広まった。「モンロー・ジャーナル」紙にはこんな記事が載った。

《これまでにも大勢の［よそ者の］記者たちがここで会った地元住民や機関をあからさまに見下した報道をしているが、彼らの取材はごく表面的なものにすぎない。そのうえ、明らかに不正確な記事を書く者さえいる。〝一流記者、田舎町に来る〟タイプの記事など、われわれには金輪際必要ない(7)》

まだ放送もされないうちから、地元メディアは人々に、この事件について報道されることはいっさい信用するなとたきつけているように見えた。地元記者が「モンロー・ジャーナル」紙に書いた「CBS、殺人事件を調査する」という記事には、《モンロー郡地方検事トミー・チャップマンは、CBSテレビの報道番組『60ミニッツ』はここに来る前から内容を決めてかかっていたようだと述べた》とあった。チャップマンはいつも、ウォルターの写真というと、ぼさぼさの長髪で髭をはやしていた逮捕当時に撮られたものを使うようにしていた。そのほうが彼が危険な犯罪者だということがよくわかるからだという。「ホールマン刑務所で彼らがインタビューした男は、テイト保安官が殺人犯として逮捕したこの男とは別人だ」とチャップマンは語った。チャップマンはCBSに逮捕時の〝本物の〟マクミリアンの写真を提供したが、彼らは《興味を示さなかった》と「モンロー・ジャーナル」紙は付け加えた(8)。アラバマ刑務所の囚人たちは髭を剃ることが義務づけられており、当然ながらカメラの前のウォルターはまったく様子が違って見えた。

数か月後に『60ミニッツ』が放映されたとき、地元法執行官たちは即座にこきおろした。「モビール・

プレス・レジスター」紙の見出しは「地方検事：マクミリアンの有罪判決に関するTVの報道は〝恥さらし〟」だった。その記事のなかにチャップマンの談話が引用されている。「彼らが信頼できる報道番組として胸を張っているのはとうてい信じられないことだし、無責任だ」番組はロンダ・モリソンの両親をさらに傷つけていると、彼らは断じた。地元記者たちは、モリソン夫妻は今回の番組によって「多くの人々がマクミリアンは無実だと考えるかもしれない」ストレスと闘わなければならないと非難した。(9)

地元メディアは、『60ミニッツ』は自分たちの報道を再利用していると主張して、法執行官たちといっしょに必死に批判した。とはいえ、彼らは検察側の言い分、検察側が描くウォルター像と犯罪解釈のみを紹介するばかりだったのだ。その一方で地元の人々はしっかりと番組を視聴し、おおむね信用した。地元メディアの反応にもかかわらず、CBSの報道は私たちが法廷で提示した証拠の概要を地元の人々に伝え、彼らはウォルターの有罪に疑問を持ちはじめた。影響力を持つ地元リーダーたちも、この一件のせいでモンローヴィルが時代後れに見えるだけでなく、人種差別が横行する地域と見なされるおそれさえあるとし、自治体のイメージのためにも、産業招致のうえでもよくないと考えだした。こうしてビジネス界からもチャップマンや警察に、この件はいったいどうなっているのかと厳しく追及する声があがった。

黒人コミュニティの人々は、事件がありのままに報道されたことに興奮を隠せない様子だった。彼らはもう何年ものあいだ、ウォルターの有罪判決は誤りだとささやきつづけてきたのだ。この裁判は黒人コミュニティに大きな傷痕を残し、公判手続きの進捗状況がどうなっているかいちいち心配する人も多かった。最新情報をただ知りたいがために電話がかかってくることもしばしばだった。床屋での世間話やなにかの集会でこの件が話題に出て、侃々諤々の議論ののち、結論をはっきりさせるために電話をよこす者までいる。黒人コミュニティの多くの人々は、私たちが法廷で提示した証拠が全国放送で公開されたことで、ずいぶんと溜飲を下げたようだった。

チャップマンは『60ミニッツ』のインタビューで、ウォルターの逮捕起訴に人種差別的偏見があったなどと言われるのはじつに心外だとばっさり切って捨てた。彼は堂々と自信と確信を持って、ウォルターは有罪であり、できるだけ早急に刑を執行するべきだと冷静に語った。ウォルターの弁護士たちを鼻で笑い、「今頃になって陪審にあれこれ文句をつけようとしている」と言った。

のちにひそかに知ったことだが、チャップマンは地元メディアや『60ミニッツ』であれほど自信満々のコメントをしていたのに、じつは証拠の信憑性に不安を感じはじめていた。審問で明らかになったさまざまな問題点をさすがに無視できなかったのだ。私たちがほかの死刑囚のケースでいくつも成功を収めているのを見て、上訴裁判所でウォルターの有罪が本当に覆るかもしれないと怖くなったにちがいない。いまやチャップマンはウォルター有罪支持派の代表者となり、自分自身の信頼性が地元警察の仕事ぶりにかかっていることに気づいたのだ——茶番と言っていいくらい欠陥だらけだったことがすでに明らかになった仕事ぶりに。

審問直後、チャップマンはテイト保安官、アイクナー地方検事局捜査官、ベンソンＡＢＩ捜査官をまとめて呼びだし、自分の懸念を伝えた。そして、私たちが提示した反証について説明を求めたが、彼らの話にまるで納得できなかった。まもなくチャップマンはモンゴメリーのＡＢＩ捜査官に対し、ウォルターの有罪を裏づけるためもう一度事件を捜査してほしいと正式に依頼した。

私たちは二年以上前からそういう再捜査をずっと求めてきたのに、チャップマンは、今回の新たにはじめた捜査について直接私たちには知らせようとしなかった。しかし、新たなＡＢＩ捜査官トム・テイラーとグレッグ・コールから電話をもらったとき、私はこちらの捜査ファイルや情報の提供に大喜びで同意した。彼らと会ったあと、私は今回の捜査でなにが明らかになるか、いっそう楽しみになった。二人ともいたって真面目で経験豊富な捜査官で、信頼の置ける仕事をすることに熱心だった。

何週間もしないうちに、テイラーとコールはウォルターの有罪に疑問を持ちはじめたようだった。彼らはアラバマ南部の関係者とはいっさいつながりがなく、私たちは彼らに捜査ファイルやメモ、証拠の現物さえ渡した。私たちには隠すものなどなにもないからだ。もし判決が破棄され、再審理することになったとき、州側捜査官に情報を開示しすぎればわれわれにとって不利になるかも――私たちの証拠を中傷し、切り崩す準備がそれだけたっぷりできるのだから――とは思ったが、それでも、理にかなった誠実な捜査をすれば、ウォルターに対する嫌疑がいかに馬鹿げているかはっきりするという自負があった。

一月になり、私たちが刑事上訴裁判所に申立てをしてすでに六か月が経ち、もはやいつ裁定が出ても不思議ではなかった。トム・テイラーから電話があり、コールといっしょに私たちに会いたいと言ってきたのはちょうどその頃だった。捜査中も彼らとは何度か話をしたが、今回は彼らの捜査結果についてて話しあうことになりそうだった。到着した彼らを私のオフィスに通し、バーナードといっしょに腰を下ろすと、彼らは無駄話もせずに本題にはいった。

「ウォルター・マクミリアンがロンダ・モリソンを殺したなどということは、絶対にありえない」トム・テイラーは、きっぱりと率直に言った。「州司法長官でも、地方検事でも、訊かれれば誰にでも、マクミリアンはどちらの殺人事件にも無関係であり、完全に無実だと告げるつもりです」

私は小躍りしたいくらいだったが、なんとか自分を抑えた。相手をびっくりさせて、せっかくのグッドニュースが引っこんでしまっては大変だ。「それはすばらしい」私はできるだけ冷静な口調になるように努めた。「そう聞いてとてもうれしく思います。お二人がこの事件の証拠を隅々まで誠実に調べてくださったことに心から感謝します」

「まったくの話、マクミリアンがこの件といっさい関わりがないということを裏づけるのはそう難しいことではありませんでした」テイラーが答えた。「麻薬王が、どうして彼のような暮らしをし、一日一五時間、険しい山のなかにはいって木を切る仕事などするんです？　地元警官たちからマクミリアンについて聞かされた話はまったく道理に合わないし、裁判でのマイヤーズの証言もめちゃくちゃだ。どうして陪審が有罪の評決に至ったのか、いまでも信じられない」

コールが口を挟んだ。「聞いて驚かないでください。フックスとハイタワーが、二人とも裁判での証言は嘘だったと認めました」

「ほんとですか？」私はさすがに驚きを隠せなかった。

「ええ。この件の捜査を依頼されたとき、じつはあなたのことも捜査したほうがいいと言われたんです。以前フックスが、証言を変えれば金をやるし、メキシコに別荘も用意するとあなたに言われたと話したらしい」テイラーは大真面目だった。

「メキシコに別荘？」

「たぶん海岸に」コールがさらりと言った。

「待ってください、この私がですか？　ウォルターに不利な証言を変えたら、私がビル・フックスにメキシコの海岸に別荘を買ってやると？」ショックを表に出さないのは難しかった。

「馬鹿げていると思うでしょうが、あの土地にはあなたを告発したくてうずうずしている連中が実際にいるんですよ、本当に。でもフックスとじかに話したら、彼はあなたと口をきいたこともないし、賄賂を渡されたこともないとすぐに確言しただけでなく、裁判での自分の証言はまったくの作り話だということも認めました」

「まあ、フックスが嘘をついてたってことを一度も疑ったことはありませんが」

コールがくすくす笑った。「嘘発見器を使いはじめたので、崩れるのはあっというまでしたよ」

バーナードがいまさらという質問をした。「それで、これからどうなるんですか？」

テイラーは相棒に目をやり、それから私たちを見た。「まだ捜査は完全に終わったわけではありません。われわれはこの事件を解決したいし、容疑者もいます。できればあなたがたも手伝ってはもらえないでしょうか？　誰にしろ死刑囚監房に送るのは気が進まないということは承知していますが、真犯人を特定するため協力を考えてもらえればと思いまして。犯人が誰かわかれば、人々もマクミリアンさんの無実をはるかに受け入れやすいでしょう」

ウォルターの釈放がほかの誰かの逮捕と引き換えだなんて馬鹿げているとは思ったが、たしかに、真犯人を見つけなければ捜査は成功したとは言えないだろうし、たとえＡＢＩの捜査によってウォルターの無実が証明されたとしても、真犯人が特定されないかぎり、ウォルターはなにかのからくりで罪を逃れただけだと人は考えるかもしれない。かつては私たちも、真の殺人者を見つけることがウォルターを自由にするいちばん効果的な方法だと結論したことがあったが、法執行官の力と権威がなければ捜査には限界があった。

じつは有力な仮説があったのだ。犯行当時、クリーニング店から出てくる白人男性の目撃談を何人かから耳にした。しかもロンダ・モリソンは、殺害される前に何度か脅迫電話を受けており、男につこくつけまわされていたとわかった。男は、いきなりクリーニング店に現れたり、おそらくモリソンをストーキングさえしていたようだった。当初、私たちにはこの謎の男の正体がわからなかった。だが疑っていた男はいた。事件に強い関心があるらしい白人の男が私たちに接触してきたのだ。男はときどき電話をかけてきては長々と話しこみ、いま私たちがなにを捜査しているか知りたがった。役に立つ情報を持っているとほのめかしたが、もったいぶってなかなかはっきりしたことを言おうとしなかった。マクミリアンは無実だと知っている、それを証明する協力がしたいとくり返し訴えた。そして、何度か電話をかけてきて何時間も会話をしたすえに、最後まで見つからなかった凶器のありかを知っていると言いだした。

私たちはできるだけたくさんの情報を男から引きだそうとし、素性も確認した。男は、その町に住む別の男と諍《いさか》いをしていて、その男がモリソンを射殺した犯人だとしきりに訴えた。私たちは彼の訴えについて調査したが、どうもぴんとこなかった。そのもう一人の男は、クリーニング店を立ち去った男の目撃証言と容姿が一致しなかったし、電話の男が言うようなストーキングや女性に暴力を振るった前歴も、ロンダ・モリソン殺害を気にしている様子もなかった。私たちは、この電話の男こそ犯人ではないかと疑いはじめた。彼とはすでに何十回も電話で話し、二度ほど面会さえした。私たちには、電話男が犯人と名指しする男が犯行に関わっているとは思えなくなっていった。あるとき思いあまって、犯行時にどこにいたのかと男に直接訊いてしまったことがあった。それで男も警戒したらしく、それ以降あまり連絡が来なくなったのだ。

私がこの話をする前に、テイラーにこう言われた。「あなたがたはすでにわれわれの容疑者と話をしていて、彼からかなりの情報を集めているのではないかと思っているんです。できればその情報と、彼と面会したときの資料を提供していただけないでしょうか？」テイラーが口にしたのは、われわれの容疑者の名前だった。

集めた情報は提供しますと私は彼らに告げた。どの情報についても、弁護士と依頼人のあいだにある守秘義務は適用されない。私たちはこの男の代理人ではないし、秘密裏に得た情報でもない。何日か時間をもらえれば情報を整理してからお渡ししますと二人には伝えた。

「われわれとしては、ウォルターを一日でも早く釈放してほしいんです」私は食い下がった。「ただ、司法長官と州側のスタッフ弁護士たちは、われわれが真犯人を逮捕するまで、もう何か月か現状を維持したいようです」

「なるほど、でもその現状維持がわれわれにとっては問題だということがおわかりですか？　ウォルターは死刑囚監房に六年近くいるんです。自分が犯してもいない罪に問われて」

テイラーとコールはばつが悪そうにたがいに目を見合わせた。そしてテイラーが答えた。「われわれは弁護士ではないので、正直なところなんとも言えません。ただ、もし私が自分がしてもいないことで刑務所に入れられ、あなたが私の弁護士なら、できるだけ早くあなたにそこから出してほしいと思うでしょうね」

彼らが帰ったあと、バーナードと私はとても興奮していたが、〝現状維持〟という方針にはやはり賛成しかねた。私は州司法長官のオフィスに電話し、申立てをした件について法的誤りがあったことを認めるつもりがあるのかどうか確かめることにした。もし認めるなら、上訴裁判所で救済措置が出ることは確実だし、ウォルターの釈放を早められるかもしれない。

州司法長官のもとにいるケン・ナナリーが今回の申立てを担当していた。私はほかの何件かの死刑案件でもナナリーと関わったことがあった。私は、ABI捜査官たちと会い、捜査でマクミリアンさんに有利な進展があったと聞いたと彼に伝えた。すると、どうやら彼らのあいだでもこの件についてつっこんだ話し合いが持たれたことがわかった。

「ブライアン、それについてはこれから処理するつもりだが、もう何か月か待ってほしい。彼はすでに何年も死刑囚監房にいるんだから、あと数か月それが延びたとしてもたいして変わらないだろう」

「ケン、死刑囚監房に閉じこめられたら、一日だって大きな違いだ。それが無実だったらよけいに」

私は彼からなんとか言質をとろうとしたが、自分にその権限はないと彼は言った。それなら司法長官本人か、最終決定権を持つ誰かと会わせてはもらえないかと頼むと、できるだけのことはしてみると彼は言った。数日後、州側は刑事上訴裁判所に奇妙な申立てをした。州司法長官から裁判所に対し、審査を少し待ち、裁定をまだ出さないでほしいと申請するものだ。(10) なぜなら「マクミリアン氏の無実を証明する事実が明らかになり、それによって彼の再審ができるかもしれない」のだが、捜査を完了するにはもうしばらく時間がかかるからだと理由を述べた。

私は激怒した。州側は、ウォルターにあたえて当然の救済命令を引き延ばそうとしている。この六年間を通してなにもかもこの調子だったのは事実だが、それでもやはり腹が立った。私たちはすぐさま州側の申請に反対する申立てをした。マクミリアン氏の人権が侵害されてきた明らかな証拠があり、即座に救済されるべきであると裁判所に訴えたのだ。救済が遅れれば、誤った有罪判決を受け、犯してもいない罪で死刑囚監房に閉じこめられていた人に、さらなる損害をあたえることになる。私たちは裁判所に、州側の申請を却下し、迅速に裁定することを促した。

その頃私はミニーをはじめウォルターの家族と毎週話をし、新たにはじまった州側による捜査の最新の進捗状況を伝えた。

「いいことが起きそうな気がするわ、ブライアン」ミニーが言った。「あの人はもう何年も閉じこめられてきた。もう自由にしていい頃よ。いいえ、自由にすべきだわ」

私は彼女の前向きさをすばらしいとは思ったが、心配してもいた。私たちはこれまでに何度も失望させられてきたからだ。「希望は持ちつづけよう、ミニー」

「私はいつも〝嘘はいつかきっとばれる〟とみんなに話してきた。そしてこれこそ特大級の嘘だわ」

家族の期待をどうコントロールすればいいのか、私にもよくわからなかった。弁護士は、最悪の事態に備えさせる警戒信号とみずからなりつつも、望みを捨てるなと家族を励まさなければならない。その仕事は、数多くの案件を抱え、うまくいかなくなるさまざまな事態を目にするにつれ、困難さを増していた。それでも、正義を達成するには希望がいかに重要か、経験とともに認識するようになった。

私は少人数の懇談会などで、希望について話をするようになった。そこで偉大なチェコの政治指導者ヴァーツラフ・ハヴェルの言葉を引用するのが好きだった。彼は、ソ連支配下にあった東欧で戦っていた人々にとって〝希望〟こそが必要なものだったと語った。

ハヴェルは言う。独立のため戦っていた人々は、他国からの金銭的支援を求め、自分たちの置かれた現状を認識してほしいと願った。西側諸国がソ連をもっと批判し、外交圧力をかけてほしいと。しかし、そういうものは彼らが望んでいたものだ。彼らが唯一必要としていたものは希望だった。絵に描いた餅ではなく、悲観的になるより楽観的になったほうがいいという話でもなく、「気持ちを奮いたたせる」ものとして。希望のない場所でしっかりと立ち、目撃者になる意志を持つための希望。どんなに厳しい圧力のなかでもよりよい未来を信じさせてくれる希望。そういう種類の希望は人を強くしてくれる(11)。

ハヴェルが描写したものこそ、私たちの仕事に必要とされているものだった。そしてほかのどの案件よりウォルターの事件はそれを必要としてきた。だから私はミニーを落胆させるようなことは言わず、二人でともに希望を胸に温めた。

ＡＢＩの報告を受けて六週間近く経った二月二三日、私は裁判所書記から電話をもらい、刑事上訴裁判所がマクミリアン事件について裁定を出したので、裁定書をとりに来てほしいと告げられた。

「たぶん気に入ってもらえると思うわ」彼女はひそひそ声で言った。

私は裁判所まで全速力で走り、やっと腰を落ち着けて三五ページにわたる裁定書を読む頃には、すっかり息が切れていた。そのなかで、ウォルターの有罪と死刑判決は無効とされていた。裁判所は、彼は無罪であり釈放されるべきだという結論にまでは達していなかったが、その他の私たちの主張についてはどれも肯定的に受け止め、再審を命じた。こうして勝利を手にしてはじめて、自分がどれほど敗北を恐れていたか気づいた。

私は車に飛び乗り、ウォルターに報告するため死刑囚監房まで一路向かった。私は、話を呑みこもうとするウォルターを眺めていた。彼は背もたれに体を預け、いつものように笑いはじめた。

「そうか」彼はゆっくりと言った。「よかった。それはよかった」

「よかったどころじゃない。最高だよ！」

「ああ、最高だ」彼はいまや、これまで見たことがないくらい奔放に笑っていた。「ヒュー！　信じられない。まったく信じられない……ヒュー！」

彼の笑みが消えていき、ゆっくりと首を振りはじめた。

「六年間、六年間が消えた」彼は苦しげな表情で遠くを見た。「六年間が五〇年にも思えるよ。六年がただ、消えてしまった。いつ処刑されるかとずっとそればかり心配して、なくした時間のことなんて考えたことがなかった」

彼のつらそうな顔を見て、私も真顔になった。「わかるよ、ウォルター。それにまだすべてが解決したわけじゃない」私は言った。「この裁定で、再審が決まっただけだ。ＡＢＩの話を聞くかぎり、検察側があなたをふたたび訴追するとは思えないが、相手が相手だから、必ずしも理にかなった行動をとるとはかぎらない。人事を尽くしてあなたを釈放させる努力をするよ」

家に帰れるという考えが頭をよぎったとたん、たちまち彼の機嫌がよくなり、私たちは出会ってからずっと怖くてなかなか話せなかったことを話しはじめた。「俺を助けてくれたモンゴメリーの人たち全員に会いたい。そしてあなたといっしょにあちこちまわり、連中の仕打ちについて訴えたい。ここにはほかにも俺と同じように無実の人たちがいる」彼はそこで言葉を切り、またにっこりした。「ああ、それからうまいものを食いたいな。本物の食べ物をずっと食ってなかったから、どんな味かも忘れちまった」

「なんでも奢《おご》るよ」私は胸を張って言った。

「俺の聞くところでは、あんたの懐具合では俺が食べたいたぐいの料理は賄えそうもないけどな」彼はからかった。「俺が食べたいのはステーキ、チキン、ポーク、それによく焼いたアライグマだ」

「アライグマ？」

「おいおい、しらばっくれるなよ。あんただってグリルしたアライグマは好きなはずだぞ。俺と同じ田舎育ちなのに、うまいアライグマを一度も食ったことがないなんて、よく平気な顔で言えるもんだ。いとことドライブ中、アライグマが道を横切るのをよく見た。『車を停めろ、停めろって！』といとこがわめいた。俺がブレーキを踏むと、いとこは車を飛び降りて森に駆けこみ、数分後にアライグマを捕まえてもどってきた。俺たちはそれを家に持ち帰り、皮を剝いで、肉はフライかバーベキューにした。おいおい、なに言ってるんだよ？　すごくうまいのに」

「冗談だろう？　私は田舎で生まれ育ったが、野生動物を森のなかまで追いかけて、捕まえて家に持ち帰って食べるなんてこと、一度もしたことないぞ」

私たちはくつろぎ、おおいに笑った。これまでも笑いがなかったわけではない。ウォルターのユーモアのセンスは六年間死刑囚監房にいても変わらなかった。そしてこの事件のおかげで、彼は冗談の種を山ほど仕入れた。私たちはしばしば、たしかにおかげでいろいろと傷つき苦しんだとはいえ、そのくだらなさ加減につい笑ってしまうような、この事件にまつわる状況や人々のことを話題にした。しかし、その日の笑いは格別だった。それは解放の笑いだった。

私はモンゴメリーに車でもどり、どうやってウォルターの釈放を進めればいいか考えた。まずチャップマンに電話し、上訴裁判所の裁定にもとづいてウォルターにかけられているすべての容疑の取り下げを求める申立てをすると告げた。私としては、彼もその申立てに加わるか、せめて異議は唱えないでほしいと願っていた。チャップマンはため息をついた。「この件がすべて終わったら、二人で話をしたほうがよさそうだ。あなたが申立てをしたとき、そこに加わるかどうか連絡するよ。もちろん異議を唱えるつもりはない」

申立てについての審問の予定が決まった。実際、検察側は私たちの申立てに加わり、最終的な審問には数分もかからないと私は踏んだ。前夜、私はミニーの家に車で向かい、ウォルターが審問のときに着るスーツを受け取った。ついに彼が自由の身となって裁判所を出ることになりそうだったからだ。家に到着すると、ミニーは私を長いあいだ抱擁した。ずっと眠れないまま、泣いていたように見えた。私たちは腰を下ろし、ついに彼が釈放されることになって本当にうれしいと彼女はあらためて言った。でも、なにか心配事がありそうだった。そしてとうとう彼女は私に向き直った。

「ブライアン、ここにはもどってこないほうがいいと彼に伝えてもらう必要がありそう。とにかくいろいろなことがありすぎたの。ストレス、ゴシップ、嘘、なにもかも。当局の仕打ちは彼にとって不当なものだったし、連中が彼に、そして私たちにしたことは、生涯私の心を傷つけつづけるでしょう。でも、私はもう昔と同じ暮らしにはもどれない」

「彼が帰宅したらみんなで話しあったほうがいいと思うよ」

「あの人が釈放されたら、みんなにここに来てもらいたいわ。なにかおいしいものをつくって、揃ってお祝いしなきゃ。でもそのあとは、あなたといっしょにモンゴメリーに連れていってもらったほうがいい」

すでにウォルターには、保安上の理由から、最初の数晩はモンローヴィルには滞在しないほうがいいと提案してあった。彼の釈放に対する地元の反応をわれわれがしばらく観察するあいだ、フロリダで家族と過ごすということで決まった。しかしミニーとの人生を今後どうするかについては話していなかった。

ウォルターが帰宅したら話しあうようにとミニーには何度も勧めたが、彼女にそのつもりがないのは明らかだった。私はモンゴメリーにもどる車中で、こうして勝利を目前にし、ウォルターと家族にとっては栄光の瞬間を迎えようとしているのに、この悪夢が彼のもとから永遠に消えることはおそらくないのだと気づき、悲しくなった。私はいまこそ真実を思い知った――有罪判決に死刑判決、この痛ましくも悲惨な司法の過ちは永遠に癒えない傷痕を残したのだ。

翌朝私が裁判所に到着したとき、地元や州のメディアのみならず、全国規模の新聞社やテレビ局さえ裁判所の前に群がっていた。ウォルターの家族やコミュニティの友人たちが何十人も集まり、彼が出てきたときに迎えようとしている。彼らが看板や横断幕をつくっていたことに、私も驚いた。ささやかな思いやりかもしれないが、とても心を打たれた。看板は人々の無言の声を伝えていた。《おかえり、ジョニー・D》、《神様はけっして間違えない》、《ついに自由をつかんだ、ありがとうございます神様、ついに私たちは自由です》

私は地下の拘置施設に行き、ウォルターにスーツを渡した。審問のあと彼の自宅でお祝いが予定されていると告げた。ホールマン刑務所は彼が釈放される可能性を認めず、ウォルターが私物を裁判所に持っていくのを許さなかったので、歓迎会の前にとりにもどらなければならないだろう。私はまた、モンゴメリーのホテルに予約をとってあり、数晩は安全のためそこで過ごしたほうがいいと彼に言った。

気が進まなかったが、ミニーと話したことについても彼に伝えた。彼は驚き、傷ついた様子だったが、いつまでもくよくよしなかった。

「今日は俺にとってはなによりうれしい日なんだ。自由を取り戻したせっかくの幸せを台無しにするわけにはいかない」

「でも、いつかは話し合いを持つべきだよ」私は勧めた。

上階にあがると、法廷でチャップマンが私を待っていた。「すべて終わったら、彼と握手がしたい」チャップマンが言った。「かまわないかな?」

「彼も喜ぶと思いますよ」

「今回の件では、学ぶ必要があるとも思っていなかったことを学んだよ」

「それはわれわれも同じですよ、トミー」

保安官補があちこちにいた。バーナードが到着すると、私たちは弁護士席で短い打ち合わせをし、やがて廷吏が私たちを判事の部屋に呼んだ。ノートン判事は刑事上訴裁判所の裁定が出る数週間前に引退していた。新しい判事パメラ・バシャブは私を温かく迎えた。軽く言葉を交わしてから、審問の進行について話しあった。誰もが妙に穏やかだった。

「スティーヴンソンさん、あなたが申立てを発表し、簡単に概略を述べたら、弁論や陳述は必要ありません。私はすぐに申立てを認め、それでみんなうちに帰れる、というわけです。早急に終わらせましょう」私たちは法廷にはいった。いままで何度も出廷したが、今回ほど大勢の黒人保安官補を見たことはなかった。金属探知機もないし、人を威嚇する犬もいない。法廷内はウォルターの家族や支援者でいっぱいだった。法廷の外には、なかにはいれない陽気な黒人たちが、法廷内より数多く集まっている。テレビカメラや記者たちの群れは、混みあった法廷からあふれてしまっていた。

ついに、私が渡した黒いスーツと白いシャツ姿のウォルターが法廷内に連れてこられた。別人のようにしゃきっとして、ハンサムに見える。保安官補たちはもはや彼に手錠も足枷もつけず、彼は家族や友人に自由に手を振った。家族は六年前の最初の裁判以来、白い囚人服以外のものを着た彼を見ていなかったので、息を呑んだ者も多かった。ウォルターの家族や支援者たちは、もう何年ものあいだ、裁判中にうっかり自分の意見を表に出すたびにじろりとにらまれたり、法廷から追いだすぞと脅されたりしてきたが、今日は喜びをあらわにしても、保安官補たちは無言で見逃した。

判事が所定の席につくと、私は一歩前に出て話をはじめた。事件の概略を手短に説明し、弁護側も検察側もウォルターに対するすべての容疑を取り下げるよう裁判所に申立てをすると告げた。判事は申立てをすぐに認め、ほかになにかあるかと尋ねた。ふいに、なぜか胸にふつふつと怒りがこみあげた。本当なら喜びを爆発させるべきところなのだ。誰もが機嫌よくふるまっていた。判事も検事も急に寛大で親切になった。恨みつらみなどどこにもないと誰もが信じたがっているかのようだった。

ウォルターが感極まるのは当然のことだったし、私は突然沸き上がった怒りに自分でも混乱していた。裁判所に私たちが来るのもこれが最後になるはずだった。私は、ウォルターや家族、黒人コミュニティ全体がどれほどつらく苦しい思いをさせられてきたか、そのことを考えていた。もしロバート・E・リー・キー判事が仮釈放なしの終身刑という陪審の評決を覆したりせず、死刑を言い渡さなかったら、私たちがこの事件に注目することもなく、ウォルターは一生刑務所のなかで暮らし、刑務所のなかで死んだだろう。ウォルターと同じように無実の罪で収監され、必要な助けも得られずにいる人が、世の中には何百人、いや何千人といるはずだった。スピーチをし、怒りをぶちまける場所でもタイミングでもないことはわかっていたが、最後に一言言わずにはいられなかった。

「判事、休廷前にひとつだけ申しあげたいことがあります。ここにいる彼を誤って殺人罪で有罪とし、彼がしてもいないことのために死刑囚監房に送るのはあんなにたやすいことだったのに、彼の無実を証明して釈放を勝ち取るのはこれほどまでに難しいことでした。この州にはとても深刻な問題があり、われわれにはやり遂げなければならない重要な仕事があります」

私は腰を下ろし、判事がウォルターの釈放を宣言した。こうして彼は自由の身となったのである。

ウォルターは私をきつく抱きしめ、彼の目にあふれだした涙を見た私はハンカチを渡した。私が彼をチャップマンのところに連れていくと、二人はがっちりと握手をした。近くにいた黒人保安官補たちが私たちを裏口に案内した。それは地階へと続き、大勢の記者たちが待っているはずだった。保安官補の一人が私の背中をたたいて言った。「おみごとだったよ、旦那。おみごとだった」私はバーナードに、正面入口で会おうと家族や支援者たちに伝えるよう頼んだ。

ウォルターは、マスコミからの質問に答えるあいだ、私のすぐ近くに立っていた。彼がもう限界だということが見て取れたので、私は数分でインタビューを打ち切り、裁判所の正面玄関に向かった。TVカメラのクルーも私たちについてきた。外に出ると、何十人という人々が歓声をあげ、プラカードを振った。ウォルターの親戚たちが彼に駆け寄って抱きつき、私のこともハグした。ウォルターの孫たちが彼の手を握った。いままで会ったことのなかった老人たちも今日は来ていて、彼を抱擁した。こんなに大勢の人が自分のために集まってくれたことが、ウォルターには信じられないようだった。彼は全員と抱きあった。彼と握手をするために近づいてきた男たちとさえハグした。それから私はそこにいる全員に、バーナードと私はウォルターを刑務所に連れていかなければならないので、そこから直接家に行くと告げた。人ごみをかきわけて車にたどりつくまで一時間近くかかった。

ウォルターは刑務所に向かう車のなかで、昨夜、死刑囚監房にいる連中が自分のために特別な催しをしてくれたと私に話した。みんなが彼のために祈りを捧げ、最後の抱擁をしたのだという。彼らを置き去りにするのは気が咎《とが》めるとウォルターは言った。その必要はないよと私は告げた。あなたが帰宅すると知ったら、みんな喜んでくれるさ。彼の釈放は、ある意味、希望なき場所に小さく灯った希望の光なのだ。

すぐに家に行きますと私が請けあったにもかかわらず、みんなが私たちを追って刑務所まで来た。報道陣、地元テレビ局、家族など、誰もが。ホールマン刑務所に到着したとき、メディアと有志たちから成るキャラバンが私たちの後ろにずらりとくっついてきていた。私は車を駐車場に停めると正面ゲートに向かい、看視塔にいる看守に、私は彼らとはいっさい関係ないと告げた。刑務所に用事のない人間には厳しくするのが刑務所長のポリシーだということを、私は知っていたからだ。ところが看守は手を振って私たちをなかに通してくれた。人々を追い払おうとする者は誰もいなかった。

私たちは事務所に行き、ウォルターの私物を回収した。法的書類、私との通信、家族や支援者からの手紙、聖書、逮捕時につけていたタイメックスの腕時計、一九八七年六月に彼の悪夢がはじまったときに持っていた財布。そこには二三ドルがそのままはいっていた。ウォルターはほかの死刑囚監房の仲間たちにウチワ、辞書、房内にいたときに持っていた食料品を分けた。ウォルターの私物をまとめるあいだ、刑務所長が自分のオフィスからこちらをのぞいているのがわかったが、部屋からは出てこなかった。

私たちが刑務所の正面ゲートから出ていくのを、何人かの看守が見守っていた。外にはまだ大勢の人たちが集まっていた。そのなかにミセス・ウィリアムズの姿もあった。ウォルターは彼女に近づき、抱きしめた。二人が体を離したとき、彼女は私のほうを見てウィンクした。私はつい噴きだしてしまった。

受刑者たちにも外の人だかりが見えたのだろう、ウォルターが立ち去るとき励ましの言葉を大声でわめきはじめた。刑務所の外からでは彼らの姿は見えなかったが、声は関係なしに響いた。声には実体がないのでまるで幽霊のようだったが、ただの幽霊と違って興奮と希望にあふれていた。最後に聞こえた声のひとつは男の叫び声だった。「気持ちを強く持てよ、おまえさん、気持ちを強く持て！」

ウォルターは叫び返した。「まかせとけ！」

車に近づきながら、ウォルターは両腕を持ち上げてそっと上下に動かした。これから飛ぼうとでもするかのように。彼は私を見て言った。「鳥になった気分だ。鳥になった気分なんだよ」

第12章 マザー、マザー

三月半ばのきりっと冷たい夜気のなか、マーシャ・コルビーはエレガントなロイヤルブルーのドレスに身を包み、夫と連れ立ってニューヨーク・シティの街に足を踏みだした。こんな瞬間を何年も夢見てきた。せわしく人が行き交う歩道を歩きながら、彼女は好奇心いっぱいに景色や音を満喫した。グリニッチ・ヴィレッジの通りは勢いよく飛ばす車で騒々しい。遠くには屹立する摩天楼が見える。ニューヨークの学生やビジネスマンの群れは彼女たちにまったく注意を払わず、ワシントンスクエア・パークをせかせかと進んでいく。公園の隅で素人のジャズトリオがスタンダードナンバーを演奏しているのにマーシャは気づいた。まるで映画の一場面のようだった。

アラバマの貧しい田舎町出身の白人女性であるマーシャがニューヨークに来たのはそれがはじめてで、なんとこれから二〇〇人の招待客といっしょにディナーを楽しむことになっていた。とてもわくわくしていたが、通りを歩きながら、なにか特別な感覚が湧き上がるのに気づいた。その正体はすぐにわかった。自由。夫とともに世界一華やかな街を歩くこの私は、自由だ。すばらしい気分だった。釈放されてからのこの三か月は、なにもかもが魔法のようだ。ジュリア・タットワイラー女子刑務所での仮釈放なしの終身刑を言い渡される前ですら、こんなことは想像もしなかった。
ハリケーン・アイヴァンがアラバマ州海岸地帯を襲い、マーシャの人生を混乱と不幸に巻きこんだとき、どん底だと思った。アイヴァンは一一九個の竜巻を産み落とし、一八〇億ドルを超える被害をもたらした。六人の子供を守らなければならなかったマーシャは、家を失ったことにも、周囲のすべてがことごとく破壊されたことにも、パニックを起こしている暇はなかった。なにより不安なのは先が見えないことだった。自分と夫の仕事は見つかるのか？　子供たちが学校に通えるようになるのはいつなのか？　生活費はどうする？　食料は？　メキシコ湾岸に住む誰もが、不安定な未来を前に途方に暮れていた。二〇〇四年の夏にルイジアナ、アラバマ、ミシシッピ、フロリダを次々におびやかした熱帯低気圧やハリケーンは、南部海岸地帯ののんびりした暮らしを黙示録的なサバイバル生活に変えてしまった。

　マーシャとグレンのコルビー夫妻は子供たちといっしょに狭いトレーラーハウスで身を寄せあって暮らしており、ハリケーン警報が出されたとき、自分たちに迫る危険を自覚していた。しかし、そういう家族は彼らだけではなかった。同じ境遇の人々は大勢いて、それがせめてもの慰めだった。しかし、九月にハリケーン・アイヴァンが彼らの家をめちゃくちゃにしたとき、自分が連邦緊急事態管理庁《FEMA》の支援を受けるため列を成す無数の人々の一人だと知ったとき、慰めもなにもなくなった。やがて支援が届いた。コルビー一家はＦＥＭＡから臨時住宅としてキャンピングカーを支給され、彼らはそれを自分たちの地所に置いて、子供たちも転校せずにすんだ。マーシャとグレンは夏のはじめには建設現場と屋根葺きの仕事を得たが、その仕事がはじまるのはまだ何週間も先だった。

じつはマーシャは自分が身ごもったことに気づいていた。すでに四三歳だったマーシャにとって、それは予定外の妊娠だった。あと数か月もすれば、お腹が大きくなって建設現場では仕事ができなくなってしまう——頭に浮かぶのはそのことばかりだった。不安はときに鬱症状を引き起こし、昔の誘惑が舞い戻ってきた。ドラッグだ。しかし彼女には子供たちを養う責任があり、誘惑に負ければ大きな犠牲を払うことになる。五年前、末っ子のジョシュアを妊娠中に、彼女の血液中からコカインの陽性反応が出たことに気づいた看護師が警察に通報した。こういうことを続けると逮捕起訴して禁錮刑を科し、子供を取りあげることになるぞと当局に脅されたのだ。そんな危険を二度と冒すわけにはいかない。

彼女とグレンはまさに爪に火を灯すような暮らしをしていたが、子供たちには物をあたえられないぶん愛情をあたえてきた。本を読み聞かせ、話をし、いっしょに遊び、年じゅうハグやキスをし、いつもそばに寄り添った。どんなに生活が苦しくても、強い愛で家族の大切な絆を育んだのだ。年上の子供たちは、一九歳の息子でさえ、高校卒業後にたくさんの誘惑があったにもかかわらず、家を出ずに母のそばにいた。マーシャは母親業が好きだった。だから子だくさんでも心配しなかったのだ。七番目の子供ができたのは予想外だったし、望んだ子供というわけでもなかったが、いままでどの子供も愛してきたように、その子も大事に育てるつもりだった。

冬になる頃にはボールドウィン郡の状況も落ち着いた。就職難も解決し、グレンもようやくいままでより安定した仕事を見つけた。まだまだ生活は苦しかったが、ほとんどの子供は学校にもどり、最悪の状況は脱したように見えた。

その年齢で妊娠するのはとても危険だとマーシャにもわかってはいたが、医者に診てもらう余裕はなかった。とにかくそのお金がなかったのだ。これまで六人の子を無事に産んだ経験から、妊娠の経過はわかっていたし、産前ケアがなくてもなんとかなると思っていた。今回の妊娠では、じつはいままで経験したことがないような痛みや問題に気づいてはいたが、心配しないようにした。実際、出血もあったのだ。もし健診を受けていれば、胎盤剝離の兆候が見つかっていただろう。

ＦＥＭＡの新しいキャンピングカーの隣に彼らの古いトレーラーが置いてあり、ほとんど人の住めない状態だったが、水は出て、バスタブもあるので、マーシャはときどきそこでこっそり息抜きさせてもらっていた。ある日、気分がよくなかったので、熱いお風呂にゆっくりつかれば回復するだろうと考えた。バスタブにお湯を張ってなかにはいって数分もすると、突然激しい陣痛がはじまった。お産の進み具合が速すぎると直感したが、あれよあれよというまに産まれた子供は息をしていなかった。必死に蘇生しようとしたが、赤ん坊は二度と息を吹き返さなかった。

当初は妊娠に悩んでいたマーシャもいざ死産したときには嘆き悲しみ、どうしても赤ん坊に名前をつけると言って聞かず、きちんと家族で葬式をしてやりたいと言い張った。彼らは赤ん坊にティモシーと名づけ、小さなトレーラーハウスの横にお墓をつくって埋葬した。こうして赤ん坊の死産は、マーシャと家族にとって家族内の悲劇として終わるはずだったのだ。ずっと前からコルビー一家のことを疑っていた詮索好きのご近所さんさえいなければ。

デビー・クックは、マーシャ・コルビーのお腹がすでにぺしゃんこなのに、赤ん坊がいないことに気づき、不審に思った。マーシャはこの女性を信用していなかったので、赤ん坊について訊かれたとき適当にはぐらかした。マーシャの子供たちが通っている小学校で働いているクックは、とうとう学校食堂の職員に指示し、姿が見えない子供について警察に通報させた。(1) ケネス・ルウェレン巡査がクックと話し、それからマーシャの家に行った。赤ん坊を亡くした悲しみがまだ癒えていなかったマーシャはお節介に腹を立て、警官の職務質問につい反発してしまった。最初彼女は自分のプライバシーを守るため、巡査や捜査員たちを攪乱しようとした。正直言って利口なやり方ではなかったが、彼らの詮索にいい加減、頭に来ていたのだ。ルウェレン巡査がコルビー家のトレーラーハウスの脇にある印のつけられた墓に気づくと、マーシャは、それが最近死産した息子を埋葬した場所だと認めた。

州の法病理医であるキャスリーン・エンスティスが赤ん坊の遺体を掘り返すために呼ばれた。マーシャは、警察が正当な理由もなしにそんなひどいことをするなんてとても信じられず、ショックを受けた。遺体が掘りだされるとすぐ、正式な検死さえしないうちに、赤ん坊は生きて産まれたと思われると病理医は捜査員に告げた。のちに彼女は、その所見に根拠はなく、検死や検査をしていない状態では赤ん坊が生きて産まれたかどうか知りえないと認めた。じつはエンスティスには、過去にも、遺体を見ただけで正当な裏づけもなしに誤って殺人と決めつけたことが何度もあったことがその後判明した。(2)

法病理医はその後、モビールにある法医学局研究所で検死解剖をおこない、(3) マーシャ・コルビーの赤ん坊は生きて産まれただけでなく、治療をすれば生存できたかもしれないと断言した。(4) おもに死者を扱う検死医には生存の可能性を評価する能力はないと大部分の専門家が述べているにもかかわらず、州側は検察に立件を認めた。

信じがたいことに、マーシャ・コルビー——息子を死産してまだ二、三週間しか経っていなかった——は逮捕され、死刑のかかる殺人の罪に問われた。一四歳未満の子供の殺人に対して死刑相当の刑を科す州が最近増えているが、アラバマ州もそのひとつだ。それは結果的に、死刑囚監房に送られる若い母親や未成年者の急激な増加につながっている。アラバマ州死刑囚監房にいる五人の女性は全員、幼いわが子の説明のつかない死、あるいはDVを働く夫やボーイフレンドの死に関与したとして有罪となった——五人全員が、である。実際、全国に目を向けても、死刑囚監房で刑の執行を待っている女性たちの大部分は、幼児虐待や、男性パートナーによるDVに関わる家庭内犯罪がその原因だ。(5)

裁判で、エンスティスは、ティモシーは産まれたとき生きており、死因は窒息だと証言した。生産《せいざん》だったという結論は「消去法」によるものだと彼女は認めた。(6) つまり、赤ん坊が死産だったという証拠が発見できず、ほかに死の説明がつかないということだ。彼女の証言は、検察側自身の専門家の証人であり、死産の二週間後にマーシャの検査をした産婦人科医、デニス・マクナリー医師によって信頼できないものであることが明らかになった。マクナリー医師は、ミセス・コルビーは年齢的にも、妊婦健診を受けていなかった点でも、「説明不能な胎児の死亡」につながるリスクが高かったと証言した。(7) エンスティスの出した結論は、ワーナー・スピッツ医師の証言によってさらに信頼性を失った。彼は、エンスティスが法病理学を学んでいたときに教科書としていた医学書の著者でもあった。弁護側の証人として出廷したスピッツ医師は、赤ん坊が生産だったとは「絶対に」言えないし、ましてこういう状況下で殺人と断定するなどもってのほかだと証言した。(8)

犯罪を立証する科学的根拠が信頼できないとなると、検察側は、マーシャは貧しく、かつては薬物も使用し、妊婦健診を受けていないことからして明らかに母親失格だと、陪審の感情に訴える状況証拠を提示しはじめた。警察は彼女の家に押しかけて、流してないトイレや床に転がったビールの空き缶などの写真を撮り、それをネグレクトと劣悪な育児の証拠として陪審の前で振りかざした。[9]
マーシャは何度尋問されても、赤ん坊は死産だったと一貫して主張した。[10]赤ん坊は生まれたときすでに死んでいたし、蘇生をこころみたにもかかわらず、とうとう息を吹き返さなかったと彼女は捜査員に告げた。禁錮一八年で手を打つ、検察側からの司法取引の提案も拒んだ。[11]私はなにも悪いことをしていないと、彼女は頑なだった。

やがてマーシャ・コルビー事件はマスコミの注目を浴びるようになった。ほかの〝危険な母親〟事件に刺激されたのだ。地元メディアは事件を大々的に取りあげ、か弱き子供を助けに馳せ参じる警察や検察を称賛した。マーシャの裁判予定が決まった頃、無責任な母親たちをこきおろすことがマスコミである種のブームになっていた。母親による子殺しの悲劇が全国でセンセーションを巻き起こしていた。二〇〇一年にテキサスでアンドレア・イェーツがわが子五人を溺死させたことは、たちまち全国的なニュースとなった。サウスカロライナ州でスーザン・スミスが子供を殺した犯人として目につく黒人を適当に指さし、のちに自分がやったと自供した事件は、犯罪好きなアメリカ人たちを魅了した。こうして、この手の話をメディアが次々に報道したせいで、母親による子殺しへの注目度が全国的に高まったのである。二歳の娘を殺した罪で訴追されたが最終的に無罪放免となったフロリダの若い母親ケイシー・アンソニーについて、ケーブル・ネットワークがそのニュースをノンストップで取り沙汰する事態となったとき、「タイム」誌はこれを《世紀の社会メディア裁判》と呼んだ。[12]

親による子供の殺害はおぞましい事件であり、イェーツやスミスの事件がそうだったように、重い精神疾患という要素によってたいていは複雑化する。しかし、そうした事件はまた、偏見や先入観を生みがちだ。警察と検察は報道に影響され、思いがけず子供を亡くした大勢の女性たち——とりわけ、困難な状況にある貧しい女性たち——は最初から有罪と決めつけられる傾向がある。先進国のなかでもトップクラスの文化水準にあるアメリカだが、乳幼児死亡率の高さはずっと問題視されてきた。ほかの先進国と比べて突出しているのだ。貧しい女性の多くが、妊婦健診および産後健診といった適切な健康管理を受けられないことが長年の深刻な問題だった。近年多少は改善されたものの、乳幼児死亡率は、世界でも健康管理に多額の予算を注ぎこんでいる国としては相変わらず恥ずかしい数字なのだ。乳幼児の死亡を犯罪化すること、子供を死なせた貧しい女性を罪に問うことが、二一世紀アメリカの新たな特質となり、それが全国の刑務所で結果として現れはじめている。(13)

世間は、刑務所に入れるべき悪い母親を監視する。マーシャの事件と同じ頃、アラバマ州ピケンズ郡でブリジェット・リーが死産した。彼女は死刑のかかる殺人の罪で起訴され、誤審によって禁錮刑に服した。教会のピアニストで、銀行で帳簿係を務め、二人の子供の母親でもあるリーは、不倫のすえ妊娠した。三四歳の彼女は怯え意気消沈して妊娠を隠し、ひそかに子供を産んで里子に出そうと考えていた。ところが予定日より五週間も早く陣痛がはじまり、産まれた子は死産だった。死産だったことは夫には告げず、それが疑いを招いた。リーの妊娠にまつわる不名誉な事情を知ると、それで偏見を持った検死医は、赤ん坊は生きて産まれ、リーが窒息死させたと結論した。数か月後にリーは逮捕され、死刑がかかる殺人に問われたが、別の六人の検死医が遺体を調べた結果、全員が死因は新生児肺炎だと断定した。それは死産の原因としてとても一般的なものだった。この新情報によって検察側は起訴を取り下げ、リーは裁判も、もしかすると言い渡されるかもしれなかった死刑も免れた(14)。面目を失った検死医はアラバマを去ったが、いまもまだテキサス州で検死官を務めている。

ほかにも、冤罪を証明するために必要な法医学者の協力を得られずに、いわれのない咎《とが》めを受けた女性は大勢いる。数年前、マーシャ・コルビーの代理人を務める前に、私たちはダイアン・タッカーとヴィクトリア・バンクスの事件を担当した。アラバマ州チョクトー郡に住む知的障害者の黒人女性、バンクスは、産んだばかりの赤ん坊を殺した罪で起訴された。彼女が妊娠したと考えられる確かな証拠さえないのに、である。あるときバンクスは、保安官補に対し、別件で拘置所にはいりたくないがために妊娠していると話したという。数か月経っても彼女が子供といるところを見かけないので、警察は彼女が赤ん坊を殺したと告発した。障害があるうえ、適切な法的支援もあたえられずに、バンクスは姉のタッカーと共謀して子供を殺したことを無理やり認めさせられた——存在さえしない子供を。殺人罪に問われ、死刑さえ科せられるおそれがあったため、彼女は司法取引によって二〇年の禁錮刑を受け入れた。法執行官たちはバンクスの無実の主張について調査することを拒み、彼女はそのまま刑務所に送られた。私たちは彼女の釈放を勝ち取った(15)。逮捕に先立つ五年前、バンクスは卵管結紮《らんかんけっさい》術《じゅつ》を受けていた。つまり彼女は生物学的に妊娠不可能であり、まして出産などありえない話だということを明らかにしたのだ。

貧しい女性の子供が予想外の死を迎えるケースに加え、別の種類の〝劣悪な育児〟も近頃犯罪化されている。二〇〇六年、アラバマ州では、子供をドラッグに接するおそれのある〝危険な環境〟に置くことを重罪とする法律が成立した。この〝子供薬物危険防止法〟は、表面的には覚醒剤を製造したり麻薬売買がおこなわれているような家で暮らす子供を守るための法律だが、実際にはもっと広く適用されて、まもなく麻薬や麻薬依存症がはびこる場末の貧困地域に住む数多くの母親たちを、いつ告発されるかと怯えさせることになった。

そのうちアラバマ最高裁は、〝環境〟という言葉は「子宮」も含み、〝子供〟という言葉は「胎児」も含むと解釈するようになった。[16] 妊婦は、妊娠中にいつであれドラッグを使ったという証拠が見つかれば犯罪者と見なされ、何十年も服役させられるおそれがあるのだ。近年この法律に照らしあわせて、大勢の女性が刑務所に送りこまれた。本来彼女たちに必要なのは刑務所生活ではなく、立ち直るための支援なのに。

悪い母親をめぐるヒステリーのせいで、マーシャ・コルビーの裁判の公平性を保つのはとても難しくなった。陪審選定のときも、多数の候補者がコルビーを公平な目で見ることはできないと宣言した。[17] なかには、子供殺しという罪状そのものが不快で、無罪の推定をとても尊重できないと言う候補者もいた。捜査員の一人と親しいので――悪い母親とはどういう存在かとくに説明するために呼ばれた検察側の主要証人だ――彼のことを「たちどころに信用し」、「〔彼が〕言うことはすべて信用できると思う」と話す者までいた。[18] 別の候補者は、検察側の目撃者を信頼しているので、「彼らが言うことはなんでも信じる」と認めた。[19]

裁判所は、弁護側が異議を唱えたにもかかわらず、こうした候補者のほとんど全員を陪審員として認めた。こうして選定された陪審が、マーシャ・コルビー裁判に数々の憶測や偏見を持ちこみ、彼女の運命を決めることになったのである。

陪審は死刑のかかる殺人について有罪の評決をおこなった。評決に先立ち、陪審はコルビーに死刑をあたえるのは量刑として重すぎるという意見を述べ、これを受けて検察側もたとえ有罪の評決が出ても死刑は求刑しないと同意した。この譲歩がすばやい有罪判決につながり、判事はコルビーに仮釈放なしの終身刑を言い渡した。彼女はあっというまに足枷をはめられて、気づいたときにはジュリア・タットワイラー女子刑務所行きの護送車に乗せられていた。

アラバマ州ウェトゥンプカにあるタットワイラー女子刑務所は一九四〇年代に建てられた。囚人教育を推し進め、刑務所環境の人道的改善を勝ち取った女性にちなんでつけられた名前だが、いまやすっかり人員過剰に陥り、そこに収監された女性にとっては悪夢のように危険な場所となった。規定の定員のほぼ二倍の女性が収容されており、その人員過剰ぶりは違憲状態であるとくり返し裁判所で裁定されている。アメリカでは、女性囚人の数が一九八〇年から二〇一〇年までのあいだに六四六パーセントも増え、これは男性の増加率の一・五倍にあたる。全国で二〇万人近い女性が拘置所や刑務所で拘束され、一〇〇万人以上が刑事司法制度の監視あるいは管理下に置かれており、拘禁および軟禁状態にある女性の数はすでに記録的なレベルに達している。

タットワイラー内の女性たちは、共同寝室と仮設の居住空間に詰めこまれている。マーシャはその混雑ぶりにショックを受けた。そこは州内唯一の女子刑務所であり、受刑者を正しく分類してふさわしい寝室に振り分けるような措置さえおこなわれていなかった。重い精神疾患や情緒障害を患っている受刑者がほかの受刑者と同じ部屋に入れられているため、室内の生活はめちゃくちゃで、誰にとってもストレスフルな環境だった。マーシャは、ぎゅう詰めの部屋で一晩中女性たちが大声で叫び、わめく声を聞きつづけることにどうしても慣れなかった。

大部分の受刑者——三分の二近く——は非暴力的犯罪、つまり少量のドラッグや窃盗などの軽罪でそこにはいっていた。とくに麻薬法は女性受刑者の数を急激に増やした重大要因だったし、〝三振即アウト〟法の役割も大きい。一九八〇年代半ば、私は南部囚人弁護委員会の若き弁護士だった頃から、タットワイラー女子刑務所の環境改善を訴えはじめた。当時私は、じつに瑣末な犯罪で女性たちが服役している事実に驚いた。当時会った受刑者の一人は、三人の幼い子供たちにクリスマスプレゼントを買うため、口座に充分な預金がないのに小切手を切ったことで長期刑を受けていた。『レ・ミゼラブル』のジャン・ヴァルジャンさながら、彼女は涙ながらに胸のつぶれるような話をしてくれた。私はにわかには信じられず、裁判記録を確認して、彼女が本当に五枚の小切手を書いただけで有罪となり、一〇年以上の刑期を務めていることを知った。五枚のうち三枚は〈トイザラス〉で切られたもので、どの小切手も一五〇ドルに満たないのである。彼女はけっして特別ではなかった。何千人という女性たちが、不渡りの小切手を切ったとか、万引きしたといった、最低刑期が強制される罪で長期刑を言い渡されているのである。

女性の受刑者が増えたことに伴い、その副産物として生じた問題が顕著になっている。女性受刑者の七五から八〇パーセント近くに未成年の子供がいる。[20] 母親の逮捕時に六五パーセント近い未成年の子供が同居しており、母親の収監の結果として、そうした子供たちが暮らしにくい危険な状態にさらされ、母親が釈放されたあとでさえ、生涯を通じて生活苦を味わわされているのだ。一九九六年、国会で福祉改革法が成立し、そのなかに、麻薬犯罪で有罪となった者には公的福祉受給を禁じることを州に許すという条項がどういうわけか含まれていた。この実情からかなりずれた法律に最も影響を受けたのは、子供を持つ元受刑者だった女性たちである。彼女たちの服役の理由はほとんどが薬物犯罪だ。こういう女性やその子供たちはもはや二度と公営住宅に住めず、食糧配給券ももらえず、基本的な福祉サービスも受けられない。アメリカ社会にはこの二〇年間で、誰の保護も受けられない母親と子供という新たな〝最下層民〟が誕生したのである。

タットワイラーに来た当初、マーシャは信じられない思いで所内を歩きまわった。自分と同じように死産したあと刑務所に入れられたほかの女性たちにも会った。アラバマ州オペリカ出身の黒人ティーンエイジャー、エファーニア・マクレンドンは高校時代に妊娠したものの、両親に言いだせなかった。まだ五か月になったばかりのときに出産し、死産した赤ん坊の遺体を排水溝に捨てた。遺体が発見されたとき、警察の取り調べを受けた彼女は、生まれたとき動かなかったと一〇〇パーセント言いきることはできないと認めた。これほどの早産では、赤ん坊が生存していた可能性はきわめて低いというのに。死刑をちらつかされた彼女は、いま加速度的に肥大しつつある、望まない妊娠をしたのち誤審によって服役させられている女性グループのひとりとなった。

タットワイラーでは、女性たちの生活と苦しみは絡みあってひとつになっていた。なかには誰も面会に来ない女性がいることに、マーシャはいやでも気づいた。最初は、どんなに激しく嘆き悲しんでいるように見える人がいても無視しようとしたが、やはりできなかった。尋常でなく泣いている人、残してきた子供や親をひどく心配している人、特別落ちこんでいる人。彼らは一心同体のようなものだったから、誰かにとってつらい日は、ほかの誰にとっても漏れなくつらい日になった。そんな場所での唯一の慰めは、同様にうれしいひとときもみんなで分かちあえることだった。仮釈放が認められた、待ち焦がれていた手紙が来た、ずっと会えなかった家族が面会に来てくれた――そういうとき、全員の心が躍った。

ほかの女性たちの試練がマーシャにとって最大の問題だったなら、タットワイラーでの暮らしはつらくともなんとか乗り越えられたかもしれない。しかしそれ以上の問題があった。刑務所職員による虐待である。タットワイラーの女性は看守たちにレイプされていた。彼らはさまざまなやり方で女性たちを苦しめ、蹂躙《じゅうりん》し、虐待し、襲った。男性である刑務所長は、点呼のために男性看守をシャワー室に自由に出入りさせた。彼らは裸の女性たちをちらちら見ては下品なことを言ったり、思惑ありげな脅し文句を吐いたりした。トイレにもプライバシーはなく、女性たちが用を足すところを看守が見ることもできた。刑務所内には暗い部屋の片隅や廊下があちこちにあった――女性たちが殴られたりレイプされたりする恐ろしい場所である。かつてEJIは州矯正局に対し、寝室への監視カメラの設置を要請したことがあるが、却下された。性暴力の習慣があまりにも根づいているせいか、刑務所付きの牧師さえ、礼拝堂に来た女性をレイプするほどだ。

マーシャがタットワイラーに来た直後、私たちは、冤罪で終身刑を言い渡されたダイアン・ジョーンズという女性の釈放を勝ち取った。ダイアンは、元ボーイフレンドが関わっていた麻薬取引の捜査に巻き添えを食ったのだ。複数の罪で有罪となり、仮釈放なしの終身刑を言い渡された。私たちは彼女の有罪判決と量刑を不服として申立てをおこない、最終的に彼女は釈放された。そこで死ぬ運命にあったダイアンの釈放は、タットワイラーにいるほかの終身刑受刑者に希望をあたえたのだ。ダイアンの案件に取り組んでいるあいだ、私はしばしばタットワイラーに彼女を訪ねたが、ほかにも助けを求めている女性が大勢いると彼女から聞かされた。

「ブライアン、あなたに渡してと言われた手紙を九通も持ってるの。看守の検閲を通すには多すぎるから持ってこなかったけれど、彼女たちはあなたに助けてもらいたがっている」

「こっそり持ってくるようなことはしないほうがいい。自分で私たちに手紙を書けばいいだけの話だ」

「もう書いたと言っている人もいるわ」

「われわれも忙しくてどうにもならないんだよ、ダイアン。申し訳ない、でも返事を出すよう努力する」

「心配なのは、終身刑の受刑者たちなの。ここで死ぬしかない人たちよ」

「われわれも頑張ってるんだ。でもできることには限りがあって」

「わかってる、そう伝えるわ。彼女たちも必死なのよ、あなたに力を貸してもらう前の私がそうだったように。マーシャ、アシュリー、モニカ、パトリシア……彼女たちは、誰かをよこしてくれるようにあなたを説得してと私をせっつくのよ」

その直後に私たちはマーシャ・コルビーと会い、彼女の上訴を検討しはじめた。そして、州側の立件の根拠そのものと、陪審の選定方法について攻めることに決めた。ローズ奨学金を受けた元私の教え子で、いまはEJIでシニア弁護士として働いているシャーロット・モリソンと、スタッフのクリステン・ネルソン弁護士が何度もマーシャに会っていた。クリステンは以前、コロンビア特別区にある全国でも有数の公選弁護人事務所〈公選弁護人サービス〉で働いていた、ハーヴァード・ロースクールの卒業生だ。マーシャは事件のことや、自分が刑務所にいるあいだ家族の暮らしがいかに困難になったかなど、いろいろな問題について話した。しかし、そうした接見のあいだにいちばん頻繁に浮上したのは、タットワイラーにおける性暴力の問題だった。

シャーロットと私は、タットワイラーでレイプされて連邦民事裁判所で訴えを起こした別の女性のケースを担当するようになった。彼女にはそれまでなんの法的支援もなかった。陳述書や最初の申立てに欠陥があったため、結局ごくわずかな和解金しか確保できなかった。とはいえ、彼女が受けた被害があまりにも悲惨なので、われわれとしてももはや暴力を見過ごしにはできなかった。私たちは調査をはじめ、五〇人以上の女性から話を聞いた。そして性暴力の広まりに心底ショックを受けた。レイプされて妊娠した女性まで何人かいた。ＤＮＡ鑑定によって子供の父親が男性矯正官だということが裏づけられたにもかかわらず、ほとんどなんの対処もされていなかった。複数のレイプの訴えを受けた数人の矯正官は一時的に別の仕事や別の刑務所に異動させされ、結局またタットワイラーに舞い戻ってきて、女性を襲いつづけた。最終的に私たちはアメリカ合衆国司法省に苦情を申し立て、問題について報告書を発表し、それは大々的にメディアに取りあげられることになった。タットワイラー刑務所は「マザー・ジョーンズ」誌が選ぶアメリカの刑務所ワースト一〇のひとつとなった。その不名誉な称号を受けた女子刑務所はタットワイラーただ一か所だった。続いて州議会での聴聞会がおこなわれ、刑務所の方針が転換された。いまではシャワー室やトイレに男性看守がはいることは禁じられ、刑務所長も交代した。

これだけの苦難にもかかわらず、マーシャは踏んばり、自分より若い女性たちの弁護をはじめた。刑事上訴裁判所が彼女の有罪と刑期を支持する裁定を出したとき、私たちはがっかりした。次にアラバマ州最高裁判所に上訴し、偏見があり公平な判断ができない候補者を陪審から除くのを第一審の判事が拒んだことを根拠に、再審を勝ち取った。マーシャと私たちチームは大喜びしたが、ボールドウィン郡の検察側は面白くなさそうだった。なにしろ彼らはもう一度訴追手続きをしなければならないのだ。私たちは法医学の専門家を呼び、マーシャが殺人を犯した根拠はどこにもないことを当局に対し説明した。裁判の終結までに二年を要し、さらにマーシャが服役していた時間に対して全面的に補償するよう矯正局と交渉することにさらにもう一年かかったが、二〇一二年一二月、一〇年にわたる不当な服役ののちについに彼女は釈放された。

しばらく前から、EJI運営の資金集めのため、私たちは毎年三月にニューヨークでチャリティ・ディナーパーティを開催していた。そしていつも、その年に公共サービスで活躍した人や依頼人を表彰する。たとえば過去には、児童擁護基金の創始者である人権弁護士の英雄マリアン・ライト・エデルマン、二〇一一年には、引退した連邦最高裁判所判事ジョン・ポール・スティーヴンス。彼とは、私がまだひよっこ弁護士だったときに小さな会議で会ったことがあり、とても親切にしてもらった。引退する頃には、厳罰主義と大量投獄の風潮を、最高裁判事のなかで誰より積極的に批判するようになっていた。二〇一三年には、マーシャといっしょに、NAACP弁護基金のカリスマ的な前会長エレイン・ジョーンズ、革新的なアイスクリーム・メーカーとしていまや象徴的存在となっているベン（・コーヘン）とジェリー（・グリーンフィールド）を表彰することにした。パーティには、伝説のシンガー・ソングライター、ロバータ・フラックが出演してくれることになった。彼女はジョージ・ハリソンの曲「イズント・イット・ア・ピティ」を歌い、私たちはそのあとマーシャの表彰に移った。

マーシャの紹介として、タットワイラー女子刑務所から釈放された日、彼女が私のオフィスに来てそこにいる全員に感謝を述べたときの様子を観衆に話した。夫と二人の娘がタットワイラーに彼女を迎えに行ったのだが、いちばん末っ子の一二歳の娘さんがスタッフほぼ全員の涙を誘った。なぜなら、オフィスにいるあいだけっして母親から離れようとしなかったからだ。娘さんはマーシャのウエストにしがみつき、腕をぎゅっと握って、もう誰にも引き離させないと言わんばかりにべったりくっついていた。私たちはマーシャとスタッフとともに写真を撮ったのだが、娘さんはやはり母親から離れず、どの写真にも写っていた。それだけでもマーシャがどんな母親かわかるというものだ。マーシャはすてきなブルーのドレス姿で演台に立った。

「私のことを、私がこれまでにくぐり抜けてきたことを認めてくださり、心から感謝いたします。みなさんは私にとても親切にしてくださいました。自由の身になって本当にうれしく思います」彼女は大勢の観衆を前に、穏やかに、とても冷静に話をした。はきはきとしゃべり、しかもチャーミングだった。感情的になったのは、刑務所に残してきた女性たちについて話したときだけだ。

「私はラッキーでした。ほかの女性たちには望めない支援を得ることができたからです。いまなによりつらいのは、彼女たちはいまもあの場所にいるのに、私は家にもどっているということです。もっと大勢の人を助けるために私たちにできることはたくさんある、私はそう思います」マーシャのドレスが光を受けて輝き、あとに残した女性たちのために泣きだした彼女に、人々は立ち上がって拍手をした。

それを受けて、私にはもうなにも言えなかった。「私たちにはもっと希望が、もっと思いやりが、もっと正義が必要です」

そのあとエレイン・ジョーンズを紹介した。彼女は開口一番こう言った。「マーシャ・コルビー——彼女、すてきよね?」

第13章 社会復帰

ウォルターが釈放されたあと何週間も続いた騒動はまったく予想外だった。「ニューヨーク・タイムズ」紙は、彼が無実の罪を晴らし帰宅するまでを追った記事を一面に掲載した。メディアが私たちのもとに詰めかけ、ウォルターと私は地元紙、全国紙、国際紙からすら取材を受けた。ふだん審理中の事件についてはメディアを避けるようにしているのだが、ウォルターの場合、無実だから釈放されたという報道をモンロー郡の人たちがたくさん見聞きすれば、彼が自宅にもどったときにそれだけ受け入れられやすいと思ったのだ。

無実が証明されて死刑囚監房から解放された人はウォルターが最初ではない。彼の前にも何十人と同じ境遇の人はいた。死刑情報センターによれば、近代になって冤罪が明らかになった人としてはウォルターは五〇人目だという。にもかかわらず、マスコミの注目を浴びたケースはそう多くない。一九九〇年にテキサス州で釈放されたクラレンス・ブラントリーについてはいくつか記事が出たし、同じように『60ミニッツ』で取りあげられた。また、ランドール・デイス・アダムズの冤罪事件はエロール・モリス監督を触発して、傑作ドキュメンタリー映画『シン・ブルー・ライン』を生み、賞も受賞した。映画はアダムズの無実を明かすうえで一役買い、公開されてまもなく、彼はテキサス州の死刑囚監房から釈放された。しかし、ウォルターをめぐる報道フィーバーほどの事態は前例がなかった。

ウォルターが釈放される前年にあたる一九九二年、アメリカ合衆国全体で三八人の死刑が執行された。これが、一九七六年に新たな死刑制度時代がはじまって以来、単年では最も多い数だった。それが一九九九年には九八件まで増えた。ウォルターの釈放は、死刑執行のペースが速まっていることを知ったマスコミが死刑制度に注目しはじめたことと、ちょうどタイミングが一致したのである。彼の話は、刑の執行をより増やし、より迅速にしたがっている政治家や法執行官の、公正さや法の信頼性を訴える主張に対抗する、まさにアンチテーゼだった。ウォルターの事件が目に見える形で議論を複雑にした。

ウォルターと私は各地の法律関連会議を飛びまわり、彼の経験や死刑制度について話をした。ウォルターが釈放されて数か月後に連邦上院司法委員会が冤罪と死刑制度について公聴会を開くことになり、私たちは二人ともそこで証言した。釈放されてほどなく、ジャーナリストのピート・アーリィの著書『おまえが殺ったと誰もが言う――南部女子学生惨殺事件の真相』が出版され、事件の詳細はそこで明らかだった。ウォルターは旅も注目の的になることも楽しんでいたが、人前で話をすることは好まなかった。政治家は、彼が無罪放免となったのは司法制度が正しく機能している証拠なのではなどと、ときに人を挑発するようなことを言い、私はいちいちいらだち、腹を立てた。私自身もつい食ってかかるような口調になってしまうこともあった。しかしウォルターは冷静さを保ち、明るく真摯に答え、それはとても効果的だった。ウォルターがこんなに機嫌よく、知的に、誠実に自分のことを話すのを目の当たりにして、聴衆はいよいよ敬意を覚え、アラバマ州はかつてこの男をわれら人民の名において死刑にしようと決めたのだという事実を噛みしめた。圧倒的なプレゼンテーションだった。私たちは二人でかなり長い時間を過ごし、ウォルターはときどき、いまも死刑囚監房にいる人々のことを考えるとつらくなると訴えた。彼は監房でいっしょだった人々のことを友人だと思っていた。穏やかなプレゼンテーションの陰で、ウォルターは死刑反対の思いを強くしていた。そして、身をもって経験するまでは考えもしない問題だったよ、と認めた。

ウォルターが自由を手にして数か月が経っても、私はまだ彼をモンロー郡にもどすことを躊躇していた。釈放直後におこなわれた一大パーティには大勢の人が押しかけて祝福したが、喜んでいる人ばかりではないことはわかっていた。私たちが受け取っていた殺すぞという脅迫や爆弾予告については伏せておいたものの、用心する必要があると彼には話した。ウォルターは、刑務所を出て最初の週はモンゴメリーで過ごし、その後フロリダに移って姉と二か月間生活した。それでも私たちは毎日のように話をした。彼は独りでやっていきたいという妻ミニーの気持ちを受け入れ、それでもおおむね楽しく暮らし、前向きに頑張っていた。だが、だからといって、刑務所生活の後遺症がなくなったわけではなかった。いつ刑が執行されるかと怯えながら死刑囚監房で過ごすことがどんなに耐えがたかったか、彼はしきりに話すようになった。在監中は訴えたことがなかった恐怖や疑念の存在を認めた。そういうとき、彼はほかの死刑囚たちと同じやり方でその苦しみをやり過ごした――ある意味象徴的な抗議行動と、独り監房で悶々と悩むこと。でも、こうして刑務所を出てはじめて、自分があのときどれだけ恐ろしかったか実感したと彼は言った。自由の身になったというのに、どうしていまだにこんなに怖いのか、自分でもわからないようだった。

「どうしてあのときのことばかり考えてしまうんだろう？」

ときどき悪夢のことも訴えた。友人や親戚が自分は死刑制度に賛成だ（ただし、ウォルターは死刑にならなくてよかった）と言うのを聞いただけで、彼は震えあがった。

私は、そのうちよくなるさとしか言えなかった。

数か月もすると、ウォルターは生まれ故郷にどうしてももどりたがった。私は心配したが、彼は実行に移し、モンロー郡に所有する土地にトレーラーを置いて移り住んだ。彼は林業にもどり、その一方で、私たちは彼の冤罪に関わった人間全員を相手取って民事訴訟を起こす算段をした。

無実が明かされて釈放されても、ほとんどの人々は金銭も、援助も、相談も受けられない。そう、彼らに濡れ衣を着せた州からはなにも。ウォルターが釈放された当時、冤罪で収監された人への補償が法的に保証されていたのは、わずか一〇州とコロンビア特別区だけだった。その後数は増えたものの、こんにちでさえ全国で半数近くの州（二二州）はなにも補償しない。しかも、金銭補償をする取り決めがある多くの州で、最高限度額が厳格に設定されている。冤罪によって無実の人間がたとえ何年収監されても、ニューハンプシャー州では補償最高額は二万ドルと決まっている。ウィスコンシン州は二万五〇〇〇ドル、オクラホマ州とイリノイ州では、無実の人がたとえ何十年と刑務所に拘禁されていたとしても、二〇万ドル以上はもらえない。一〇〇万ドル以上という州もあるし、限度額がいっさいない州も多いが、なかには面倒な資格要件を課す州もある。一部の自治体では、本人を冤罪に追いやった検事の協力がないと、補償が否定されてしまう。

ウォルターが釈放された当時、アラバマ州は冤罪で収監された無実の人に補償する一握りの州にははいっていなかった。州議会が特別法案を可決する可能性は残されてはいたが、過去にほとんど前例がなかった。そんななか地元議員がウォルターの代理で補償を求める法案を提出し、地元紙はたちまちウォルターの請求額は九〇〇万ドルにのぼると報じた。じつはウォルターにはそんな法案が提出されることは事前にいっさい知らされていなかったのだが、結局法案は日の目を見なかった。ところが彼に九〇〇万ドルが支払われるかもしれないという報道に、彼の無実をいまだに疑っている一部のモンローヴィル住民はいきりたち、また、ウォルターの友人や家族のなかには早くも浮き足立って、金を貸せと彼に激しく迫る者さえいた。ある女性は、自分の子供の父親はウォルターだと訴えて父親認知訴訟まで起こした。子供が生まれたとき、ウォルターが釈放されて八か月も経っていなかったというのに。結局DNA鑑定によって、彼は父親でないことが証明された。

ウォルターはときどき、自分はなにも受け取っていないと訴えても信じてもらえないと愚痴を言った。私たちとしても損害賠償訴訟を推し進めようとしていたが、いろいろと障害があった。私たちの民事訴訟の前には、刑事司法制度において警察、検察、判事には民事上の責任がないという法律が立ちはだかった。チャップマンをはじめこの件に関わった州の法執行官たちは、ウォルターの無実は進んで認めるものの、彼の冤罪に関する責任はいっさい認めるつもりがなかった。テイト保安官は公判前にウォルターを死刑囚監房に入れたおそらく首謀者であり、その人種差別的脅しや威嚇は民事訴訟でいちばん争点にしやすそうに思えた。ところが当の本人が、ウォルターの釈放のときには彼の無実を認めたものの、近頃ではまた、やはり有罪だと思うと言いだしたらしい。

ミシシッピ州ジャクソン出身の友人ロブ・マクダフが、私たちの民事訴訟チームに加わってくれることになった。ロブは生まれも育ちもミシシッピの白人で、南部人らしい魅力と所作のおかげもあって、そのすばらしい法廷テクニックはアラバマに来ていよいよ磨きがかかった。彼は最近、アラバマでの警察の不正行為にまつわる人権訴訟で、私に協力を求めてきたことがあった。チャンバース郡で警察がナイトクラブにガサ入れし、そのときに黒人住民が不法に逮捕されてひどい扱いを受け、暴行されたのだが、地元警察はこれを認めようとしなかった。私たちは結局この案件を連邦最高裁にまで持っていき、最終的に勝訴したのである。

ウォルターの民事訴訟も連邦最高裁判所まで行く可能性があった。私たちは一〇あまりの州や郡の役人や機関を相手に訴えを起こした。予想どおり弁護側は全員が、ウォルターの冤罪に結びついた行為はすべて責任を問われないと主張した。検事や判事の免責範囲は警察のそれに比較してさらに大きい。だから、ウォルターを起訴したテッド・ピアソン地方検事が証拠を隠し、それがウォルターの冤罪に直接つながったのだとしても、彼を相手取った民事訴訟で勝てる可能性は低い。ウォルターを冤罪に陥れた最大の責任があるとしても、彼の免責性と有責性の折り合いをつけるのは難しく、とはいえ私たちにはどうすることもできなかった。州裁判所も連邦裁判所も、検事たちのはなはだしい不正行為が無実の人を死刑囚監房に送る結果になっているとしても、その責任を一貫して問わなかった。

二〇一一年、連邦最高裁判所は検事たちの責任逃れをさらに奨励するような判決をふたたび出した。

ルイジアナ州でジョン・トンプソンという死刑囚の刑が執行される一か月前になって、彼が有罪となった一四年前に起きた強盗殺人事件について、検察側の主張を覆す結果が警察の科学捜査研究所によって明らかにされた。州裁判所は逆転無罪の判決を出し、その結果トンプソンの嫌疑はすべて取り下げられて釈放された。彼は民事訴訟を起こし、ニューオリンズの陪審はトンプソンに一四〇〇万ドルの賠償金を払うよう州側に命じた。ハリー・コニック・シニア地方検事がトンプソンの無実を証明する証拠を違法に隠匿し、トンプソンは無実の罪で一四年間も服役することになったと陪審は認めたのである。コニックは控訴し、連邦最高裁は五対四の評決でからくも一審の判決を覆した。最高裁は検事の法的免責を認め、刑事裁判において、たとえ当人が意図的かつ違法に被告の無実を明かす証拠を隠匿したとしても、その不正行為の責任を問われないと裁定したのだ。最高裁の判決は法学者や司法監視団体から激しく批判され、最高裁判事ルース・ベイダー・ギンズバーグも説得力のある反対意見書を書いたが、トンプソンが一セントも賠償金を手に入れられなかったことに変わりはなかった。

ウォルターのケースでも、同じような壁にぶつかった。宣誓証言、審問、公判前交渉を一年間重ねて、ほとんどの被告とは和解が成立し、ウォルターには数十万ドルが支払われた。しかしテイト保安官の不正行為についてモンロー郡に対して起こした訴えは和解には至らず、私たちは連邦最高裁に上訴した。警察官はふつう不正行為の被害者に損害賠償を払えるほど個人資産を持っていないので、彼らを雇用している市、郡、機関などが訴訟の対象となる。だから保安官の不正行為で受けた損害について、モンロー郡に賠償を求めたのだ。しかし、保安官の管轄は郡内に限られており、郡の住民の投票で選ばれ、郡から給与をもらっているとはいえ、彼は郡に雇われているわけではない、というのが郡のスタンスだった。郡保安官はアラバマ州の雇用者だと郡は主張した。

州政府は、雇用者が不正行為を働いた場合、訴訟対象になりうる機関でその雇用者が働いていないかぎり、不正行為に対する賠償請求から広く保護されている。もしテイト保安官が州の公務員だということになれば、モンロー郡には責任がなくなり、そのうえアラバマ州からも補償を受け取れないことになる。不運なことに、最高裁は今回も五対四の接戦で、郡保安官はアラバマ州の公務員であると裁定した。つまり、ウォルターの事件でいちばんひどい不正行為の損害賠償はきわめて限定的になるということだった。最終的に相手側の全員と和解が成立したが、ウォルターのために思ったほどなにもしてやれず、私は心底失望した。悪いことはそれでは終わらず、テイトはその後も保安官として再選され、いまも保安官を務めている。彼は二五年以上も前からずっと保安官なのだ。

予定していたほど賠償金を確保することはできなかったが、それでもパルプ業を再開する資金源にはなった。ウォルターはまた森にもどり、木を切ることができて喜んでいた。屋外で朝から晩まで働けるようになって、やっと日常がもどってきたと思えたのだ。ところがある日の午後、悲劇が襲いかかった。木の伐採作業中、大枝が折れて彼を直撃し、首を骨折してしまったのだ。重傷だったので、ウォルターは何週間も悲惨な状態に耐えなければならなかった。世話してくれる人もあまりおらず、結局回復するまでの数か月、モンゴメリーで私と暮らすことになった。やがて彼は体を動かせるようになったが、後遺症のせいで、木の伐採をしたり、厳しい自然環境で働いたりすることはできなくなった。そう宣告されても彼は冷静に対処しているように見え、私は驚いた。

「また立てるようになったら、ほかにできることを探すよ」

数か月後、ウォルターはモンロー郡にもどり、中古車の部品回収業をはじめた。彼は以前トレーラーを置いていた土地を所有しており、友人の助言を受けて、廃品回収業なら食べていけそうだと思ったのだ。廃車になった車や部品を集め、転売する仕事だ。材木業ほど体力は必要ないし、屋外で働ける。まもなく彼の地所は壊れた車やくず鉄で埋め尽くされた。

一九九八年、ウォルターと私は、冤罪が明らかになった元死刑囚が集まる全国大会に出席するため、シカゴに呼ばれた。一九九〇年代になるとDNA鑑定の精度が高まり、何十件という冤罪が暴かれた。多くの州で、刑の執行数を冤罪発覚数が上回った。イリノイ州でも問題が如実に顕在化し、共和党のジョージ・ライアン知事は極刑判決が信頼できないとして、死刑囚一六七人全員を減刑にした。死刑囚の冤罪問題がいよいよ深刻になり、世論調査でも死刑賛成派の割合が落ちはじめた。死刑廃止派は抜本的な死刑制度改革や、もしかすると制度の一時停止すらありうると希望に胸をふくらませた。シカゴでほかの元死刑囚と交流したことでウォルターは俄然奮起し、これまで以上に自分の経験を人に語り伝える使命感に燃えはじめたように見えた。

同じ頃、私はニューヨーク大学ロースクールで教えるようになった。ニューヨークに飛んで授業し、モンゴメリーにとんぼ返りしてEJIを運営するという暮らしがはじまった。私は毎年ウォルターをニューヨークに呼び、学生たちに話をしてもらった。彼が教室にはいってくる瞬間、誰もがその存在感に圧倒された。ウォルターは刑事司法制度が科した死をくぐり抜けた生き残りであり、刑事司法制度がときにどんなに不公平で残酷になりうるか証明する存在なのだ。彼の人格や存在に触れ、目の当たりにすることで、まさに制度に蹂躙《じゅうりん》された人間性というものを知る、またとない機会となった。冤罪を受けた苦痛をみずから経験した人の話は学生たちに深い感銘をあたえ、彼らはしばしばウォルターの証言に感極まっているように見えた。ウォルターはいつもとても短い文章で話し、質問にも一言二言でしか答えなかったが、学生たちに大きな影響をもたらした。彼は笑い、冗談を飛ばし、べつに怒ってても恨んでもいないし、ただ自由になってうれしいだけだと話した。死刑囚監房で過ごした何百という夜を耐えるよすがとなったのは信じる力だといつも語った。

ある年、ウォルターはニューヨークに来る途中で迷子になり、そっちにたどりつけないと私に電話をしてきた。混乱した様子で、空港でなにがあったのか筋の通った説明ができなかった。モンゴメリーにもどった私が会いに行くと、すでにいつものウォルターにもどっていて、少々落ちこんでいる程度だった。じつは廃品回収業があまりうまくいっていないと彼は打ち明けた。経営状態について聞くと、せっかく確保した賠償金の使い方が荒すぎることがわかった。ウォルターは車の廃品回収を楽にする装置を買おうとしていたが、その費用を支えられるだけの収入がなかった。一、二時間相談に乗るうちに、少しは気持ちがほぐれ、私が知るいつもの陽気なウォルターがもどってきたように見えた。今後出張に行くときはいっしょに行こうと私たちは約束した。

経営難に直面していたのはウォルターだけではなかった。一九九四年に国会で保守派が過半数を占めると、死刑囚に対する法的支援が攻撃の的となり、連邦政府の補助金はあっさり打ち切られた。全国にあった死刑囚弁護人人材センターは次々に閉鎖の憂き目に遭った。私たちに州の補助金が出たことは一度としてなく、連邦政府の補助金がなくなると深刻な財政難となる。私たちは支出をぎりぎりまで切りつめ、個人支援者を見つけてなんとか事業を継続した。教鞭を執ることと資金調達の仕事が、増える一方の訴訟案件以上に積み上がっていったが、どうにか少しずつ前進していた。スタッフはみな手いっぱいの状態だったものの、私は才能ある弁護士や専門家たちといっしょに仕事ができて興奮していた。死刑囚を支援し、重すぎる刑の軽減を訴え、障害のある受刑者を助け、成人向け施設に拘束されている子供たちに手を貸し、人種差別的偏見や貧困層に対する差別、職権濫用を暴く方法を探した。大変だったが、満足感も大きかった。

そんなある日、在米スウェーデン大使から連絡があり、ＥＪＩがオロフ・パルメ国際人権賞に選ばれたと告げられた。授賞式に出席してもらうため、ストックホルムに招待するという。私は大学院生のときにスウェーデンの先進的な犯罪者社会復帰制度を研究し、彼らの司法制度が更生に重点を置いていることに昔から感服していた。スウェーデンでは刑罰も人道的で、為政者は犯罪者の社会復帰に真剣に取り組んでおり、私としても今回の受賞とストックホルム行きがよけいにうれしかった。精神に異常をきたした男に殺されるという悲劇の最期を迎えた人気者の首相の名前が冠された賞を、死刑囚の代理人を務める人間に授与するというところが、彼らの意図をまさに物語っている。ストックホルム行きは一月に予定されていた。出発の一、二か月前に取材のため撮影クルーが送られることになり、私の依頼人からも何人か話を聞きたいという。私はウォルターに白羽の矢を立てた。

「私も付き添うよ」と私はウォルターに言った。

「いや、その必要はないよ。俺が移動する必要はないんだし、話をするだけなら大丈夫だ。わざわざここまで車を運転してくるだけ時間がもったいないよ」
「スウェーデンにも行きたい？」私は冗談半分に言った。
「それがどこにあるかよく知らないが、長時間飛行機に乗らなきゃならないなら遠慮する。たいして興味もないし。しばらくは地に足のついた暮らしがしたい」私たちは笑った。彼は大丈夫そうに思えた。

ふいにウォルターが静かになって、電話を切る前に最後にひとつだけこう言った。「もどってきたら、会いに来てくれないかな？　俺は元気だけど、たまにはいっしょに過ごしたい」

ウォルターがそんな頼み事をするのはめったにないことなので、私は喜んで同意した。「もちろんだよ、すごくいいね。魚釣りにだって行ける」私はふざけた。私は生まれてこのかた一度も魚釣りに行ったことがなく、ウォルターはそんなのありえないと言って私をいつも質問攻めにした。いっしょに出張に行っても、私はけっして魚を注文せず、それは魚をその手で獲ったことがないからだとウォルターは断言した。私は彼に調子を合わせ、じゃあ次は必ずと約束したが、結局釣り旅行に行ったことは一度もなかった。

私はスウェーデンの撮影隊にアラバマ州南部の森の奥にあるウォルターのトレーラーへの行き方を教えたが、見つけるのに相当苦労したらしい。ウォルターがマスコミに対して話をするときはいつも私が付き添っていたのだが、向こうが彼の家を訪ねるなら大丈夫だろうと思った。

「彼はだらだらとスピーチをしたりしません。いつも簡潔で、とても直接的に答えます」私はインタビュアーに伝えた。「すばらしい男ですが、的確に質問してください。それから、屋外で話をしたほうがいいと思います。彼は屋外のほうが好きなので」彼らはよくわかったというようにうなずいたが、私の心配ぶりに首をかしげていた。私はスウェーデンに行く前にウォルターに電話をした。インタビューはうまくいったと彼は言い、私はほっとした。

ストックホルムは延々と雪が降りつづき、凍えるような寒さではあったが、美しい街だった。私は何度か講演をし、晩餐会に出席した。旅程が短く、寒い思いをしたとはいえ、人々はやさしく、思いがけないほど私に親切にしてくれた。自分たちの活動が褒められたことでこんなに喜び、満足感を覚えている自分に驚いていた。会う人みんなが支援を申し出てくれたり、励ましてくれたりした。二年前、私はブラジルに招かれ、社会的弱者が受けがちな不当な扱いや刑罰について講演をした。地元コミュニティ、とくにサンパウロ郊外のファヴェーラと呼ばれるスラム街で長い時間を過ごし、あれこれ訴えようとする本当に貧しい何百人という人々と会った。私はありとあらゆる人と話をした。日々の暮らしと闘う母親、飢えや警察の横暴に耐えるためシンナーを吸う最貧層の子供。アメリカにいる私の依頼人と同じような生い立ちやつらい境遇にいる彼らと、文化の違いを超えた会話ができたことは、大きな収穫だった。しかしスウェーデンで会った人々は同じように私の仕事に興味を持ち、反応を返してはくれるが、どうしようもない欠乏を経験しているわけでも、不当な司法制度と闘っているわけでもない。この国の人々はみな果てしなく寛大な心と思いやりを共通して持ち、そこから私たちの活動に関心を持ってくれているようだった。

そんななか、ストックホルム郊外の高校で講演をしてもらえないかと主催者から頼まれた。クングスホルマンス・ギムナジウムはストックホルムでも特別美しい場所にあり、一七世紀の建築物に囲まれた独立した島のように見えた。ほとんど合衆国の外に出たことがない私は、建物から感じる歴史の重みに目を奪われ、美しい建築様式や装飾に驚いた。学校そのものも創立されて一〇〇年近いという。案内されて、彫刻の施された手すりのある曲がりくねった狭い階段をあがり、洞窟のような講堂にたどりついた。講堂は、私の講演がはじまるのを待つ数百人の高校生に埋め尽くされていた。丸天井の巨大なホールの壁は精密な壁画で覆われ、華やかな書き文字でラテン語の言葉が綴られている。壁や天井じゅうに天使が飛び、ラッパを吹く子供が踊っている。広々としたバルコニーにも学生がいて、これからゆっくりと絵の世界にのぼっていこうとしているかのようだ。

講堂そのものはとても古かったが、音響は完璧で、全体がまるで魔法のように調和していた。紹介を受けるあいだ、私はホールに座っているスカンジナビア人の学生たちを観察した。そして彼らのとても熱心な様子に感銘を受けた。私は四五分間にわたって、不思議なくらい静かによく話を聞いているティーンエイジャーを前にしゃべった。英語は彼らの母語ではないとわかっていたから、どれだけ話の内容が伝わったのかわからなかったが、それでも講演が終わると、割れんばかりの拍手が響き渡った。その強烈な反応に、私は本気で驚いた。こんなに若いのに、何千キロも離れた死刑囚監房にいる私の依頼人たちの窮状にここまで関心を持つなんて。校長が私のいる舞台にあがってきて礼を言い、生徒たちも歌という形で感謝を表したいと言った。その学校は特殊な音楽教育と学生合唱団で世界的に有名なのだ。校長が合唱団の学生に、その場で立ってなにか短い歌を披露してくださいと告げた。五〇人ほどの生徒がはにかみながら立ち上がり、たがいに顔を見合わせた。

ぐずぐずと一分が過ぎ、ふいにストロベリーブロンドの一七歳の少年が椅子にあがると、仲間の合唱団員たちにスウェーデン語でなにか言った。学生たちは笑ったが、すぐに真面目な顔になった。全員がしんと静まり返ったとき、少年が美しいテノールで音をハミングしはじめた。音程は申し分なかった。彼がそろそろと腕を振ると、それをきっかけに子供たちのすばらしい歌がはじまった。彼らの歌声はその古い講堂の壁や天井に反響して、いままで聞いたこともないようなみごとなハーモニーを生んだ。歌のキュー出しをしたあと、少年も椅子を下り、ごく丁寧に正確に紡ぎだされる胸の締めつけられるようなメロディに合流した。スウェーデン語の歌詞は私にはわからなかったが、天使の言葉のような響きだった。不協和音やハーモニーの緊張感はゆっくりと溶けあい、温かな和音に変わった。まさにすべてを超越した音だ。歌声は一小節進むごとに神々しさを増していった。

歌う生徒たちより一段高い舞台で校長の横に立つ私は、天井を、荘厳な芸術作品を見上げた。今回の旅の数か月前に、私は母を亡くした。母は長年教会音楽に携わり、複数の少年少女合唱団と共演した。目をあげて丸天井の天使たちを見たとき、私は母のことを思いだした。このまま見上げていたらとても平常心ではいられないと気づき、私は目線を生徒たちにもどして無理に笑顔をつくった。歌が終わったとき、ほかの生徒たちが拍手喝采を送った。私もいっしょに手をたたき、必死に自分を保とうとした。舞台を下りると、生徒たちが集まってきて私に講演の礼を言い、質問し、写真を撮った。私はすっかり感動してしまった。

長い一日で、くたくたになったが、充実感もあった。ホテルにもどったとき、次の講演まで二時間の休憩時間があることに心から感謝した。なぜテレビをつける気になったのかわからないが、アメリカを発ってすでに四日が過ぎ、その間ニュースをまったくチェックしていなかったことに気づいた。

地元のニュース番組がはじまった。はじめて見るスウェーデン人ニュースキャスターたちが話をしていたが、ふいに私の名前が耳に飛びこんできた。TVの撮影隊が私を取材したトピックだった。おなじみの光景がテレビ画面にあふれた。自分がリポーターといっしょに、モンゴメリーのデクスター通りにあるマーティン・ルーサー・キング・ジュニア牧師の教会にはいっていき、それから公民権記念会館へ向かう。やがて場面が切り替わり、モンローヴィルで廃車の山に囲まれているオーバーオール姿のウォルターがそこに現れた。

ウォルターは抱いていた小さな子猫をそっと下ろし、リポーターの質問に答えはじめた。以前彼から、庭のくず鉄の陰をねぐらにありとあらゆる野良猫たちが暮らしていると聞いたことがあった。彼は、私がこれまでに何十回と耳にしてきた話をした。ところがふいに表情が変わり、いままで見たことがないほど興奮した様子で、激しく身ぶり手ぶりを加えてしゃべりはじめたのだ。

こんなふうに感情的になるなんて、ウォルターらしくなかった。「やつらは俺を死刑囚監房に六年間も入れたんだ！　六年間俺を脅しつづけたんだよ。いつか処刑してやると、六年間脅した。俺は仕事を失い、妻を失い、評判も失った。誇りを失ったんだ」

感情を高ぶらせ、大声で話し、いまにも泣きだしそうだった。「俺はなにもかもなくした」彼は続けた。落ち着きを取り戻し、微笑もうとしたが、うまくいかなかった。そしてカメラに向かって真顔になった。「つらいよ、つらいんだ。ほんとにつらい」地面にしゃがみこみ、激しく泣きはじめたウォルターを、私ははらはらしながら見守った。カメラはそのまま泣きじゃくる彼を映していた。リポーターは、なにか抽象的で哲学的なことを話す私に画面を切り替え、やがてそのコーナーは終わった。

私は愕然としていた。ウォルターに電話をしたかったが、スウェーデンからどうしたら彼に電話できるかわからなかった。そろそろアラバマに帰らなければ。

第14章 残酷で異常

一九八九年五月四日朝、一五歳のマイケル・ガリーと一七歳のネイサン・マキャンツは一三歳のジョー・サリヴァンを言いくるめて連れだし、フロリダ州ペンサコーラで空き巣を働いた。三人の少年が、朝レナ・ブルナーの家にはいったとき、そこには誰もいなかった。マキャンツは金と宝石を盗み、三人はその家を出た。同じ日の午後、七〇代前半の白人の老婦人ミズ・ブルナーは何者かに性的暴行を受けた。誰かが玄関のドアをノックしたので開けると、裏口からはいってきた別の人物が彼女を背後からつかんだ。それは暴力的でショッキングなレイプだった。ミズ・ブルナーは犯人の顔をはっきりとは見なかった。彼女にわかったのは、「とても色の黒い男の子」で「縮れ毛」だったということだけだった。ガリー、マキャンツ、サリヴァンは三人ともアフリカ系アメリカ人だった。

暴行事件から数分後、ガリーとマキャンツがいっしょに逮捕された。マキャンツはミズ・ブルナーの宝石を所持していた。重罪に問われたガリー——少なくとも一件の性犯罪を含む数々の前科があった——は性的暴行におよんだのはジョーだと供述した。ジョーはその日には逮捕されず、ガリーとマキャンツが彼も共犯だと自白したと知り、翌日自首したのだ。ジョーは前日朝に年上の少年たちの空き巣を手伝ったことは認めたが、性的暴行のことはなにも知らないし、関わってもいないと頑なに否定した。

検事は、一三歳のジョー・サリヴァンを性的暴行その他の罪で成人として起訴することに決めた。ジョーを少年として扱うか否かについては、検討もされなかった。フロリダ州は、青少年を成人として起訴するかどうかの決定権は検事にあり、成人として裁判にかける少年の年齢制限がない数少ない州のひとつなのだ。

公判でジョーは、自分は早朝の空き巣には加わったが、性的暴行はおこなっていないと証言した。検察側の主張は、マキャンツとガリーの虫のいい供述におもに頼っていて、ガリーは公判前に入れられた拘束施設で、ジョーからレイプについて告白されたとまで話した。ジョーに罪を着せたあと、マキャンツは禁錮四年半を言い渡され、結局六か月しか服役しなかった。ガリーは、二〇件ほどの窃盗と一件の性犯罪の前科があるにもかかわらず少年として裁かれ、少年院に短期間収容されただけだった。

ジョーの容疑を裏づける唯一の物的証拠は掌紋の一部で、検察側の鑑識官がジョーのものと一致したと証言した。これは、レイプの犯行があったときより前に寝室にはいったというジョーがみずから認めた証言とも矛盾しない。警察は精液と血液も回収したが、検察側は公判で提示せず、その後弁護側に鑑定させる前に破棄した。検察側は、被害者宅から走り去ったアフリカ系アメリカ人の若者を〝ちらりと見た〟という警官を証人として召喚した。しかし彼がそう証言したのは、性的暴行の容疑者として警察署で取り調べを受けるジョー・サリヴァンを見たあとのことだ。彼は逃げた若者はジョーだと認めた。

最後に検察側は被害者を証人として呼んだ。彼女は陪審のいないところでおこなったリハーサルで証言の仕方を指導されたにもかかわらず、ジョー・サリヴァンを犯人とはっきり特定することはできなかった。ジョーは、犯行時に犯人が被害者に告げた言葉を言わされたが、彼女はジョーの声は犯人のもの「である可能性がとても高い」と証言するのがやっとだった(1)。

ジョーは、たった一日で終わった公判で六人の陪審から有罪の評決を受けた。冒頭陳述がはじまったのが午前九時過ぎで、陪審が評決を持ってもどったのが午後四時五五分。ジョーの公選弁護人はその後フロリダ州で停職処分となり、二度と復帰しなかった。彼は答弁書をひとつも提出せず、量刑手続きにおいて裁判記録にしてわずか一二行しか弁論をおこなわなかった。述べるべきなのに述べられずに終わったことが山ほどあった。


逮捕された一九八九年当時、ジョー・サリヴァンは一三歳だったが知的障害があり、小学一年生程度の読み書きしかできなかった。父親からくり返し身体的虐待を受け、はなはだしい育児放棄に遭っていた。家族はすっかり崩壊し、検察側の描写によれば「虐待と混沌」状態にあった。一〇歳のときから逮捕されるまで決まった家がなく、この三年間に転々とした場所は一〇か所をくだらない。ほとんどは路上で過ごし、兄をはじめ年上の少年たちといっしょに住居侵入や自転車その他の窃盗などの犯罪で何度も警察に捕まった。

ジョーは一二歳のときに一度だけ裁判所で審判を受けたことがある。ジョーを担当した少年保護観察官は彼の行動の理由を、「容易に非行グループの影響を受け、関係を持ってしまう」せいだとした。彼女は「ジョーがとても幼い、人の言いなりになりやすい少年で、リーダーというよりフォロワータイプだということは明らか」であり、「前向きで生産的な大人になる可能性を持っている」と述べている。

ほとんどが少年による軽犯罪レベルの彼の前科――どれも非暴力的で、全部まとめてもせいぜい禁錮二年相当――について、判事は別の見解を示し、「少年司法制度ではとてもサリヴァンくんを扱うことはできない」としたうえ、ジョーは「立ち直る機会を何度もあたえられたのに、二度目、三度目のチャンスにまんまと便乗した」と結論づけた。実際には〝立ち直る〟ための三度目のチャンスはおろか、二度目のチャンスだってもらってはいないが、それでもなお検察側は彼を一三歳にして〝常習的〟あるいは〝暴力的〟犯罪者と断じたのだ。判事は彼に仮釈放なしの終身刑を言い渡した。

上訴しようと思えばこちらに有利な根拠がいくらでもあったにもかかわらず、ジョーの公選弁護人は〝アンダース弁論趣意書〟――上訴する法的根拠がいっさいなく、判決や量刑を不服とする信頼に足る論拠もないという考えを述べる書面――を提出した。(2) 青年期にわずか一年足を踏み入れたばかりだったというのに、ジョーは成人用の刑務所に送られ、それから一八年間におよぶ悪夢がはじまった。所内で、彼はくり返しレイプされ、性的暴行を受けた。何度も自殺をこころみた。多発性硬化症を発症し、やがて車椅子生活を余儀なくされた。のちに医師たちは、彼の神経障害は刑務所内でのトラウマが原因だった可能性が高いと診断した。

ジョーと同じ刑務所にいる別の受刑者が私たちに手紙をよこし、ジョーは障害者なのにひどい扱いを受け、わずか一三歳のときの非殺人犯罪で終身刑を受けるという冤罪を被っていると訴えた。私たちは二〇〇七年にジョーに手紙を書き、彼には法的支援者がいっさいおらず、協力者がいないために有罪判決にも量刑にも不服を唱えないまま一八年も刑務所で過ごしてきたことを知った。ジョーからの返事を受け取ったとき、まるで子供のような字で綴られていて、すでに三一歳になっていたにもかかわらず、いまだに小学三年生レベルの読み書きしかできないことがわかった。手紙のなかで、自分は「だいじょうぶ」だと言い、さらにこう書いていた。「もしなにも悪いことをしてなかったなら、もうおうちに帰れんじゃない？　ブライアンさん、もしそうなら、また手紙をください。そしてむかえに来てくれませんか?」

私はジョーに手紙を書き、あなたの事件をもっとよく調べてみますし、無実だという裏づけが必ず見つかると信じていますと告げた。私たちはＤＮＡ鑑定の申請によって証拠をつかもうとしたが、検察側が当該の生物学的証拠物を破棄してしまっていたので、申請は却下された。がっかりした私たちは、ジョーの終身刑は憲法で禁止されている残酷で異常な刑罰だと主張することにした。

私はジョーとはじめて会うため、モンゴメリーからアラバマ南部を抜け、フロリダまで車で向かった。森のなかを走る曲がりくねった田舎道を通って、ミルトンの町にあるサンタ・ロサ矯正施設にやっとたどりついた。サンタ・ロサ郡はフロリダ州が細長く飛びだした部分の西の端にあり、メキシコ湾に面していて、長く農業が盛んなことで知られた土地だった。一九八〇年から二〇〇〇年にかけて海辺の別荘地として湾岸地域の人気が高まり、人口が二倍に増えた。裕福な人々がペンサコーラからサンタ・ロサに移住し、近くのエグリン空軍基地で勤務する軍人家庭もそこに定住した。しかし町にはもうひとつ別の産業がある――〝投獄〟である。

一九九〇年代、フロリダ矯正局は一六〇〇人を収容できる刑務所を建設した。折しもアメリカでは、かつてないペースで刑務所が開設されていた。一九九〇年から二〇〇五年のあいだに、合衆国では一〇日に一棟の割合で新しい刑務所ができた。刑務所の増加とその結果としての〝刑務所と産業の複合体〟――刑務所建設を機に生まれるビジネスチャンス――によって〝投獄〟が大きな利益を呼びこみ、どんな問題も〝投獄〟で対処できるように法律の適用範囲を広げるべく、州議員へのロビー活動に何百万ドルもの資金が投じられた。どんなことにも〝投獄〟がその答えとなった――麻薬依存などの健康問題、不渡りの小切手などにつながる貧困問題、子供の行動障害、貧しい精神障害者の管理、移民問題まで、議員たちは刑務所送りという答えを用意した。アメリカの刑務所人口を増やし、刑法改革を遅らせ、新たな犯罪カテゴリーを創出し、怒りや恐怖をかきたてて大量投獄を加速させるために、過去二五年間の総額以上の資金がロビー活動に注ぎこまれたのだ。

サンタ・ロサ矯正施設に到着したとき、白人以外の職員に一人もお目にかからなかった。受刑者の七〇パーセントは黒人やヒスパニック系だというのに、これはいささか尋常ではない。ほかの刑務所では黒人やヒスパニック系の矯正官をよく見かけるからだ。私は念入りな入所手続きを終えたあと、内部でなにか恐ろしい目に遭ったり困ったりしたときのために警報装置を渡された。そのあと二〇人以上の受刑者が悲しげに座っている一二メートル四方の部屋に案内された。制服姿の矯正官がせわしく出入りしている。

隅のほうに高さ一・五メートルほどの金属製の檻が三つ並んでいた。奥行きと幅は一・二×一・二メートルぐらいしかない。刑務所通いは長いが、警備の整った刑務所内でこういう小さな檻で受刑者を拘禁しているのを見たのははじめてだった。椅子に座っているほかの受刑者といっしょにできないほど、なかの人々は危険なのだろうか。最初の二つの檻のなかにはそれぞれ若い男が立っていた。隅に固定してある三つ目の檻には車椅子に乗った小柄な男が座っていた。車椅子は檻の奥のほうを向いているので、なかの男は室内を見ることができない。私にも彼の顔が見えなかったが、それがきっとジョーだと思った。矯正官がひっきりなしに部屋にはいってきては誰かの名前を呼び、椅子に座っていた男たちの一人が立ち上がると、矯正官に従って、副所長にしろ誰にしろ予定している誰かと会うために廊下を歩き去った。最後にとうとう矯正官が「ジョー・サリヴァン、弁護士の接見」と呼んだ。私は矯正官に近づき、私が接見に来た弁護士だと告げた。矯正官は同僚をさらに二人呼び、ジョーの檻の鍵を開けさせた。あまりに小さな檻なので車椅子のスポークが鉄格子に引っかかり、はずせなかった。

狭い檻からジョーの車椅子を出す作業は困難を極め、応援の矯正官が増えていった。車椅子を持ち上げる。次に下ろして前方を床から引っぱり上げる。でもやはりうまくいかない。大きなうめき声を漏らしながら車椅子をぐいっと引っぱって、無理やり動かそうとしたが、椅子はうんともすんとも言わなかった。

床のモップがけをしていた二人の模範囚が手を止めて騒動を眺めていた。そして、頼まれたわけでもないのに、とうとう手を貸しましょうかと声をかけた。矯正官たちは無言でそれを受け入れたが、誰も解決法を思いつかなかった。埒が明かないので矯正官たちはしだいにいらいらしはじめ、ヤットコと弓のこを使えとか、ジョーごと檻を横倒しにしてみたらとか、いろいろな声が聞こえてきた。ジョーを車椅子から抱え上げて彼だけ檻から出したらいいじゃないかと誰かが言ったが、ジョーと車椅子は檻にきっちりはまっていたので、誰かがなかにはいって彼を動かす余地はなかった。

矯正官に、そもそもなぜ彼を檻に入れたのかと尋ねると、にべもない答えが返ってきた。「こいつは終身刑なのでね。終身刑の受刑者を移動させるときは最厳重警備手順をとらなければならない」

この出来事のあいだ私にはジョーの顔が見えなかったが、彼が泣いているのがわかった。ときどき鼻を鳴らす音がしたし、肩がびくっびくっと上下に震えていた。矯正官が檻を横倒しにすることを提案したとき、彼のうめき声が聞こえた。最後に、檻を持ち上げて少し傾けたらと模範囚が提案すると、全員が賛成した。二人の模範囚が重い檻を持ち上げて傾け、そのあいだに三人の職員が乱暴に椅子をぐいっと引っぱり、やっと椅子がはずれた。矯正官はおたがいハイタッチして喜び、模範囚は無言で立ち去った。ジョーは車椅子に座ったまま部屋の真ん中に一人取り残され、うつむいていた。

私は彼に近づいて自己紹介した。頬には涙の跡があり、目が赤かったが、顔をあげて私を見ると、うれしそうに手をたたきはじめた。「わあい、わあい、ブライアンさん！」彼は微笑んで両手を差しだし、私はその手をとった。

私は車椅子を押し、狭い接見室にはいった。彼は相変わらず小声で歓声をあげ、大喜びで手をたたいている。私は付き添いの看守に、ドアを閉めてジョーと二人きりで話がしたいと頼まなければならなかった。しばらく押し問答が続いたが、とうとう相手が折れた。ドアが閉まると、ジョーは緊張を解いたように見えた。ぞっとするようなスタートだったが、彼は極端なくらい明るかった。私は小さな子供と話をしているような気分になった。

まずはこれまでの経過を説明した。DNA鑑定をすれば彼の無実が証明できたかもしれない生物学的証拠品を検察側が破棄してしまったため、失望していること。被害者と共同被告の一人もすでに亡くなっていること。もう一人の共同被告は実際になにがあったのか話そうとしないので、ジョーの有罪に不服を申し立てるのはきわめて難しいこと。ただ、彼の量刑は違憲だと主張する新たな方針についても説明した。それがうまくいけば、釈放される道が開けるかもしれない。私が説明するあいだ、ジョーはずっとにこにこしていたが、話をすべて理解しているわけではないことは明らかだった。彼は法律用箋を膝の上に置き、私が話し終えると、この接見のためにいくつか質問を用意したと言った。

ジョーの過去の状況を考えると、その接見のあいだ必要以上に彼が興奮しているのを見て、どうしてだろうとずっと考えていた。準備した質問の話をしたとき、彼は文字どおり口から泡を飛ばしてしゃべった。刑務所をもし出られたらリポーターになりたい、「だってそうすれば、本当はなにが起きているかみんなに話せるでしょう」と彼は言った。ではこれから質問をしますと宣言したとき、いかにも誇らしげだった。

「ジョー、喜んで質問に答えるよ。さあどうぞ」

ジョーはたどたどしく質問を読んだ。

「子供はいますか?」彼はうずうずした様子で私を見た。

「いや、私には子供はいない。でも甥っ子や姪っ子はいるよ」

「好きな色はなんですか?」彼はまたにこにこした。

私はくすくす笑った。とくに好きな色はないからだ。それでもきちんと答えたかった。

「茶色かな」

「けっこうです。最後の質問がいちばん大切なんだ」彼は顔をあげ、大きな目で私をちらりと見て微笑んだ。それから真顔になり、質問を読みあげた。

「お気に入りのアニメのキャラクターは誰ですか?」彼はにこっと笑って私を見た。「お願いだから本当のことを教えて。すごく知りたいことなんだ」

私はなにも思いつかず、無理に笑顔をつくらなければならなかった。「うわあ、本当にわからないや。少し考えてから答えてもいいかい? 答えは手紙に書くよ」彼は熱心にうなずいた。


その後三か月以上にわたって、私はジョーからいろいろなことが書き散らされた手紙を毎日のように受け取った。たいていは、その日なにを食べたかとか、テレビでどんな番組を観たかなどについての短い記述だった。ときには聖書の言葉が二つ、三つ書き写してあるだけのこともあった。返事をくださいと、字がうまくなったかどうか教えてくださいというのが毎回の決まり文句で、ほんの一、二語の言葉だけだったり、「友達がいますか?」みたいな質問ひとつしかないこともあった。

私たちは、ジョーの量刑は憲法で禁じられた残酷で異常な刑罰にあたるという申立てをした。判決から二〇年以上経過してから申立てをした点を咎《とが》められて、手続き上拒絶されるかもしれないとは思ったが、少年に死刑を科すことを禁じる最近の連邦最高裁の判決が救済の根拠になる可能性に賭けた。二〇〇五年、少年と成人の差を考えれば、修正八条に照らしあわせたとき、少年は死刑を免れるべきであると最高裁は認めたのである。私とスタッフは、少年に対する仮釈放なしの終身刑に異議を申し立てる法的根拠として、同じように憲法を理由にできないかと話しあった。

私たちは、ほかにも何件か、子供に対する仮釈放なしの終身刑に異議の申立てをおこなった。そのひとつがイアン・マヌエルの案件だ。イアンは依然としてフロリダで独房に収容されつづけていた。私たちはほかにミズーリ州、ミシガン州、アイオワ州、ミシシッピ州、ノースカロライナ州、アーカンソー州、デラウェア州、ウィスコンシン州、ネブラスカ州、サウスダコタ州で申立てを提出した。ペンシルヴェニア州では、放火で有罪となった少女、トリーナ・ガーネットを助けるため同様の申立てをした。彼女は成人女性用の刑務所でまだ苦しんでいたが、刑を軽減するために私たちが行動を起こしたことを喜んでいた。カリフォルニア州ではアントニオ・ヌニェスについて申立てをした。

アラバマでも二件、申立てを提出した。アシュリー・ジョーンズは一四歳のときに、年上のボーイフレンドの手引きで家出しようとした際、家族を二人殺して有罪になった少女だ。彼女は家族からひどい虐待とネグレクトを受けていた。まだタットワイラー女子刑務所で服役中のティーンエイジャーだったときに、新聞で読んださまざまな判決について尋ねる手紙を私に送ってくるようになった。彼女が法的支援を求めたことは一度もなかった。単純に新聞記事について質問し、法律や私たちの仕事に興味を示しているだけだった。そして、私やＥＪＩが死刑判決を覆すたび、彼女はお祝いの言葉を贈ってくれた。私たちが子供に対する終身刑に異議申立てをしはじめたとき、君の終身刑についてもそれでようやく手が打てるかもしれないと告げると、彼女はとても喜んだ。

エヴァン・ミラーもアラバマ州で終身刑を受けた一四歳の少年だ。アラバマ北部の貧しい白人家庭の出身で、つらい毎日を過ごすうちに、小学生だった七歳の頃からときどき自殺未遂をくり返すようになった。両親はエヴァンを虐待したうえに麻薬依存症で、彼は里親家庭を出たりはいったりしていたが、犯行当時は母親と暮らしていた。ある晩、近所に住む中年男性のコール・キャノンがエヴァンの母親からドラッグを買うために家にやってきた。一四歳のエヴァンと一六歳の友人はキャノンに誘われて彼の自宅トレーラーに行き、トランプをした。キャノンは少年たちにドラッグをあたえ、酒を飲みながら彼らとゲームをした。途中、彼は少年たちにもっとドラッグを買いに行かせた。もどってきた少年たちはそのままそこで日をまたぎ、夜はどんどん遅くなっていった。やがてキャノンが意識をなくしたことに気づいた少年たちは、彼の財布を盗もうとした。驚いて飛び起きたキャノンはエヴァンに飛びかかった。それを見た年上の少年がバットでキャノンの頭を殴った。二人がかりで彼を殴りはじめ、そのあとトレーラーに放火した。コール・キャノンは死亡し、エヴァンとその友人は死刑に問われる殺人罪で起訴された。年上の少年は検察と司法取引し、仮釈放の可能性のある終身刑となったが、エヴァンは仮釈放なしの終身刑を言い渡された。

私は裁判直後にエヴァンの事件に関わりはじめ、減刑を求める申立てをしたが、死刑が問われる殺人で有罪となり、年齢的に死刑を科すことのできない少年の場合、それが必然的な量刑ではあった。検事はこう述べた。「彼は死刑に処すべきだと私は思う。死刑に値することをしたのだ」それから、子供にはもはや死刑を科せないのが残念だと嘆き、本当ならいつでもこの一四歳の少年を電気椅子に送って処刑したいと訴えた。判事は私たちの申立てを退けた。

拘置所にいるエヴァンを尋ねるといつも、私たちは長々と話をした。私が接見に行ってつい長居していっしょに過ごすとき、彼は思いつきでいろいろなことを話した。スポーツや運動について、本について、家族について、音楽について、彼が大人になったらしたいことすべてについて。いつもはそんなふうに明るく活発なエヴァンだが、しばらく家族から音沙汰がなかったり、所内でなにかいやなことがあったりすると、ひどくふさぎこむ。囚人たちやその他看守たちの敵意に満ちた暴力的な行動を目にしたとき、なぜそんなことをするのか彼にはわからなかった。一度、食事の時間を尋ねただけなのに、看守に胸を殴られたことがあると話した。その話をはじめたとき、彼は泣きだした。看守の行動の理由が本当にわからなかったのだ。

エヴァンは、成人向けの重警備刑務所であるセント・クレア矯正施設に送られた。到着してすぐ別の囚人に襲われ、九か所も刺された。幸い深刻な後遺症もなく回復したが、その経験にショックを受け、混乱した。自分の暴力行為について振り返ってみて、どうしてあんな恐ろしいことができたのかわからないと心底とまどっているようだった。

私たちが担当する少年終身刑囚のほとんどが、エヴァンと同じように思春期だった頃の自分の行動にとまどいを見せる。その多くは、大人になるとはるかに思慮深くなり、自分の過去を反省しはじめる。そうなったときの彼らは責任感を持ち、適切な判断ができるようになっている。終身刑囚のほとんどのケースで、大人になったときに、暴力犯罪を起こした当時の混乱した子供とはまったく別人になっているという悲劇的な皮肉がつきまとう。彼らはみな一まわりも二まわりも成長したのだ。この点で、私が担当するたいていの成人犯罪者と違う。じつは、暴力犯罪を起こしたティーンエイジャーのケースに私か関わることそのものが皮肉だった。

そのとき私はデラウェア州南部で暮らす一六歳の少年だった。ある日、出かけようとしたとき、わが家の電話が鳴った。それに応答した母の横をすり抜けて、私は玄関に向かった。一分後、私は家のなかから響いてきた母の悲鳴を聞いた。あわてて駆け戻ると、母は「父さん、父さん」と泣きながら床に伏していた。受話器が本体からだらりとぶらさがっていた。私はそれを手にとった。相手はおばだった。祖父が殺されたとおばは言った。

祖父母は何年も前に離婚し、祖父はフィラデルフィア州南部の公営住宅でしばらく前から独り暮らしをしていた。そこで祖父は、白黒テレビを盗むために部屋に押し入ってきた数人のティーンエイジャーに襲われ、刺殺されたのだ。八六歳だった。

私たち大家族は、祖父が無分別に殺害されたことに打ちのめされた。祖母は、長年祖父とは別居していたとはいえ、事件と祖父の死にとりわけショックを受けていた。警察で働いている年上のいとこたちがいたので、私は犯人の少年たちについて情報を求めた。そのいとこたちも、少年たちの幼さとあさはかさを目の当たりにして、復讐心に燃えるというより唖然としていたことを私は覚えている。私たちはみな同じことを考え、言いつづけた――殺す必要なんてなかったじゃないか。つまらない戦利品を手に逃げる彼らに、八六歳の老人が歯向かえたわけがない。母にはどうしても納得がいかないようだった。それは私も同じだった。学校にも、たがかはずれたように暴力を振るう生徒たちがいて、なぜそんなに意味もなく人を攻撃できるのか、私にはわからなかった。祖父の事件は私たちにたくさんの疑問を残した。

何十年も経ったいまになって、私もようやく理解しはじめた。子供たちの代理人として訴訟の準備をしていると、彼らがどういう生育環境に耐えなければならなかったかつまびらかにしないかぎり、そうしたショッキングで無分別な犯罪を本当の意味で評価することはできないとわかる。実際、連邦最高裁判所が少年の死刑を禁止した際にも、思春期の心身の発達と脳科学、それと少年犯罪および責任の範疇の関連性を調べた最新の医学的研究にとても注目していた。

最近の神経学、心理学、社会学的研究で明らかになったこととして、子供には、判断力が未熟、自己規制能力や責任能力が未発達、ネガティブな影響や外部からの圧力に屈しやすい、自分の衝動を抑えきれない、周囲の環境をコントロールできないといった特徴があり、どうしても過ちを犯しやすい。一般に一二歳から一八歳のあいだと考えられている思春期は急激な転換期で、身長や体重の増加や第二次性徴といった明らかな、そしてしばしば悩みの種となる身体的変化と同時に、理論的思考や成熟した判断力、衝動制御力、自主性がぐんぐん発達する。のちに私たちが最高裁判所で説明したように、専門家は以下のような結論を出した。

《思春期の頃、社会情緒システムにおいてドーパミン作用が急激に増加する》ことが若者に興奮を求めさせ、危険な行動に走らせる。《この〝報酬を求める〟傾向は、認知制御システムの構造的成熟やそれが社会情緒システムと連携する時期より先に起きる。成熟プロセスの進行はゆるやかで、思春期のあいだに徐々に進み、完成してはじめてより高度な自己規制や衝動コントロールが可能となる……思春期発達段階の初期に見られる社会情緒システムの過激化と、後期に起きる認知制御システムの完全成熟とのあいだにできるギャップが、思春期中期に危険行動に走りがちな期間を生む(3)》

こうした生物学的、社会心理学的発達過程を見れば、一二歳から一四歳ぐらいの若いティーンエイジャーには、大人ならすでに獲得している人間的成熟、自立性、未来を見越す力が欠けていると説明がつく。そしてこれは、親や教師、あるいは思春期だった頃の自分を思い起こせる大人なら自明のことなのだ。少年少女期に関するこれほど基本的な事実をわざわざ法廷で説明しなければならないのは奇妙な話だが、子供たちへの厳罰はその場の強い興奮と勢いで決まってしまうものなので、きちんと口に出して話す必要がある。

私たちは法廷で、若いティーンエイジャーの判断力は、大人に比べてあらゆる面で劣っていると説明する。(4)まず、行動選択の決め手となる人生経験や知識が乏しい。ほかの選択肢をなかなか考えつかず、結果を想像できない。そして当然ながら、合理的な判断をして脇目も振らずにそれを信じるだけの自信がない。私たちは神経科学や脳科学の新知識を紹介して、ティーンエイジャーがなぜ誤った判断をしてしまうのか説明した。こうしたすべての子供が持つ基本的な欠陥に、幼い頃のつらい経験——虐待、暴力、家庭機能不全、ネグレクト、愛情を持って世話をしてくれる大人がいなかったなどの環境

——が加わると、思春期は子供たちに極端なほど残念な選択を許し、それが悲劇的な暴力につながるのである。

こうして子供と大人の違いを論じるのは説得力があるとはいえ、救済措置の前に立ちはだかる壁はこれだけではない。連邦最高裁の修正八条に関する判例を見ると、特定の刑罰が〝その時代の行動基準〟に反しているだけでなく、〝異常〟であることを証明する必要がある。過去に連邦最高裁が修正八条に照らしあわせて救済措置を認めたケースは、同じような例を全国規模で探すと、それぞれが合計しても一〇〇件に満たない。二〇〇二年、連邦最高裁は知的障害者に対する死刑を禁止したが、知的障害を持つ死刑囚は全国で一〇〇人ほどだ。二〇〇五年、連邦最高裁が子供の死刑を禁じたとき、死刑囚監房にいた子供の既決囚は七五人未満だった。連邦最高裁は殺人罪以外の被告に死刑を科すことを禁じたが、その例はさらに少ない。

私たちの訴訟計画を難しくしているのは、仮釈放なしの終身刑を受けている子供がアメリカ全土で二五〇〇人もいるという事実だった。そうした子供全員を一気に救済するのは難しいとしても、二つのグループについて集中して働きかければどうだろうと私たちは考えた。ひとつは、一三歳と一四歳の最年少の子供たちのグループだ。仮釈放なしの終身刑を言い渡された一五歳未満の子供は一〇〇人より少ない。もうひとつは、ジョー・サリヴァン、イアン・マヌエル、アントニオ・ヌニェスのような殺人以外の罪で同じ刑に服している子供たちだ。ほとんどの仮釈放なしの少年終身刑囚は殺人を犯している。そうではない子供たちは二〇〇人未満だと推測できた。

私たちは、死刑の禁止判決から、仮釈放なしの終身刑についても同様の結論が導きだせると論じた。

なぜなら終身刑もやはり、その人物は市民社会生活に加わるには永遠にふさわしくないと宣言する、一人の人間の人生に変更のきかない最終的な判断をくだすものだからだ。そのような裁定を特定の年齢未満の子供にあたえるのは合理性を欠くと認識してほしいと私たちは判事に訴えた。そういう子供たちはまだ完成前であり、発達過程にある人間なのだから。彼らは人生のなかでも特別無防備な時期にある。彼らが成長し、変わる可能性は甚大なのだ。そうした子供たちのほとんど全員が犯罪行動から卒業し、むしろ卒業できない人を見つけようとしても事実上できなかった。彼らは「自分ではほとんどコントロールできない環境の産物であり、自分がつくったわけではない世界のなかの隘路を進まされている旅客なのです」と私たちは趣意書に書いた[5]。

　成人と同じ判断力や良識がないことから、子供には喫煙や飲酒、選挙権、制限なしの車の運転、献血、銃の購入などさまざまな行為を制限しているにもかかわらず、リスクにさらされネグレクトされた、いろいろな意味で損なわれた子供を大人とまったく同じ刑事司法制度で裁くのは矛盾していると私たちは強調した。

　こうした議論を展開しても、当初はほとんど成功しなかった。ジョー・サリヴァンの案件の判事は、私たちの主張には「耳を貸すべき部分がない」とした。ほかの州でも同じように懐疑的な目で見られ、抵抗に遭った。ジョー・サリヴァンについてフロリダ州ではもう手がなくなり、連邦最高裁判所に上訴した。二〇〇九年五月、連邦最高裁は事件の再審理を認めた。これは奇跡だと私は思った。連邦最高裁での再審そのものがめったにないことなのだが、終身刑で服役中の子供に違憲判断がくだるかもしれないと思うといっそう興奮した。全国規模でルールが変わるチャンスなのだ。

連邦最高裁はジョーの事件と、やはりフロリダで、殺人以外の罪で仮釈放なしの終身刑を言い渡された一六歳の少年の事件について再審を認めた。フロリダ州ジャクソンヴィル出身のテランス・グレアムは、ある店で窃盗を働こうとした容疑をかけられたとき、保護観察中だった。あらためて逮捕されたことを受けて、判事は保護観察処分を取り消し、終身刑を科した。ジョーの事件もグレアムの事件も殺人以外の罪であり、もし判決をほかのケースに応用できるとしても、殺人以外の罪を犯した子供の仮釈放なしの終身刑のみになる可能性が高かったが、それでもすごいことだった。

裁判は全国のマスコミ注目の的となった。連邦最高裁に弁論趣意書を提出したとき、数多くの全国組織が同調して、私たちに好意的な裁定をするよう裁判所にアミカス・ブリーフ（当事者以外の第三者が裁判所に助言として提出する意見書）を提出した。支援を申し出てくれたのは、米国心理学会、米国精神医学会、米国法曹協会、米国医学会、元判事、元検事、ソーシャルワーカー、公民権運動団体、人権団体で、被害者人権団体さえ手を挙げてくれた。少年時代に犯罪に手を染め、その後有名人になった人々のなかにもアミカス・ブリーフを提出してくれた人がいて、元ワイオミング州上院議員アラン・シンプソンのようなきわめて保守的な政治家の名前もあった[6]。シンプソンは一八年間上院議員を務めた（そのうち一〇年間は共和党上院内幹事）、共和党内ナンバー・ツーの上院議員である。そして元少年重罪犯でもあった。一七歳のときに裁判を受け、放火、窃盗、加重暴行、銃による暴力、ついには警官を襲った複数の罪で有罪判決を受けた。彼はのちに「私は怪物だった」と打ち明けている。彼の人生が変わりはじめたのは、次の逮捕で収監され、「嘔吐物と小便の海」のなかに埋もれている自分に気づいてからだ。シンプソン上院議員は、子供の頃の非行だけを見てその人物の本当の潜在能力を測ることはできないと、身をもって知っていた。元子供兵だった人々の代理で別の意見書も提出された。残虐なアフリカ軍隊に無理やり入隊させられた彼らの恐ろしい行為と比べれば、私たちの依頼人の犯罪などたいして深刻に見えないほどだ。それでも軍隊から救出されたこうした元子供兵たちはほとんどが更生し、アメリカの大学に広く受け入れられて、その多くが才能を開花させている。

二〇〇九年一一月、ジョーの案件とグレアムの案件について趣意書を提出したあと、私はワシントンに行き、連邦最高裁判所では三度目となる口頭弁論に臨んだ。これまで私が担当したどんな案件よりたくさんのマスコミが注目し、数々の全国ニュースで取りあげられていた。傍聴席は満員で、裁判所の外にも何百人という人が押しかけていた。私たちが子供に対する仮釈放なしの終身刑は違憲であると法廷で訴えるのを、子供の人権擁護者、弁護士、精神医療専門家たちがじっと見守っていた。

弁論のあいだ、判事は終始むっつりした表情で、判決の行方はまったくわからなかった。私は法廷で、アメリカ合衆国は子供に仮釈放なしの終身刑を科している唯一の国だと論じた。刑務所内で一生を終えることを子供に強制するのは、そういう種類の刑を禁じている国際法に違反する。また、その手の受刑者は黒人やヒスパニック系などの子供に偏っていることも指摘した。子供に終身刑を科す現象は、常習的な成人犯罪者のための、けっして子供を念頭に置いたものではない厳罰主義の結果である。だからこそ、テランス・グレアムやジョー・サリヴァンのような子供にそうした厳罰を押しつけるのは異常なことなのだ。わずか一三歳の子供にとって、一生を刑務所内で過ごすことになる刑罰は、どんな場合であれやはり残酷である。私の弁論はそんなふうに展開したが、判事が納得したのかどうかまるでわからなかった。

最高裁での弁論のあとに会いに行くとジョーには約束してあった。彼の名前と事件はテレビでしょっちゅう取りあげられるようになり、最初のうちはジョーも注目の的になることにとても興奮していたものの、看守やほかの囚人たちにからかわれたり、ふだんよりつらくあたられたりするようになったらしい。彼がみんなにちやほやされるのが面白くなかったようだ。口頭弁論が終わったのできっと落ち着くよと私は彼に言った。

ジョーはこの数週間、自分で書いた詩の暗記に熱中していた。本当に自分で書いたのと尋ねると、ほかの囚人が手伝ってくれたことを認めたが、それでも彼の詩への情熱は薄れなかった。口頭弁論後に寄ってもらったときに暗誦してみせるからとくり返し言っていたのだ。私が刑務所に到着すると、ジョーは接見室に車椅子でスムーズにはいってきた。私はワシントンでの裁判の様子について話したが、詩を聞いてもらうことのほうが気になって仕方がないようだった。ちゃんと暗誦できるかどうか不安だったらしい。私は報告を早めに切りあげて、暗誦を聴くことにした。ジョーは目を閉じて集中し、それから暗誦をはじめた。

バラは赤く、スミレは青い
まもなくぼくは家に帰って君たちと暮らせる
ぼくの人生はもっとよくなる、ぼくは幸せになる
君たちはぼくのパパみたいに、家族みたいになる
ぼくらは友人たちと楽しく過ごす　そしてみんなにもわかってもらえる

ぼくはいい人間だ……ええと……ぼくはいい人間だ……ぼく……は……いい……人間だ……

ジョーは最後の一行がどうしても思いだせなかった。天井を見上げ、それから床を見下ろして必死に頭を絞る。目をぎゅっとつぶり、最後の一節を頭の奥から引っぱりだそうとするが、出てこない。なにか思いつきで一節作って、とにかく最後まで終わらせる手伝いをしようかと思った――《だからぼくの帰りを喜んでくれ》とか《さあ、これでみんなにもわかってもらえる》とか。だが、彼に成り代わって勝手に詩をつくるなんて、やはり間違っている。だから私は口をつぐんだままでいた。

とうとう、もはや無理だとあきらめたようだった。動揺するのではないかと思ったが、逆にジョーは笑いだした。私はほっとして彼に微笑みかけた。自分が最後の一行を思いだせなかったことがなぜかどんどんおかしくなっていくらしく、大声で笑いつづけていたが、ふいに真顔になって私を見た。

「ああ、待って。思いだした……そうだ、最後の一行はもう言ったんだった。《ぼくはいい人間だ》で終わるんだよ」

ジョーが口をつぐんだので、私はしばらく訝《いぶか》しげに彼を見ていた。私は考えるより先にこう言っていた。「ほんとに？」

そこで止めるべきだったが、先を続けていた。「ぼくらは友人たちと楽しく過ごす　そしてみんなにもわかってもらえる、ぼくはいい人間だ？」

彼はつかのま真剣な顔で私を見たが、次の瞬間二人で同時に噴きだした。そこで笑っていいものかどうかわからなかったが、ジョーも笑っていたので、安心して笑いつづけた。正直言って、笑わずにいられなかったのだ。数秒もすると、どちらもヒステリックなほどの笑い方になっていた。ジョーは車椅子の上で体を左右に振り、手をたたいている。私も笑いが止まらず、止めようと努力はしたができなかった。私たちは笑いながらたがいを見た。小さな子供みたいに笑っているジョー。でも顔には皺が刻まれ、頭には早すぎる白髪さえぽつりぽつりと見えた。私は笑いながらも、彼の不幸な子供時代の次に訪れたのは刑務所のなかで過ごした不幸な思春期であり、それに続いたのは刑務所に拘束されていたやはり不幸な青年期だったのだと思い知った。ふいに、彼がこうしていまも笑うことができるのはすごい奇跡だと気づいた。ジョー・サリヴァンにとって世界はずっと間違ったままだ。この裁判にはどうしても勝ちたいと、私は強く思った。

二人はやっと落ち着いた。私はこれ以上ないというくらい心をこめて言った。「ジョー、とても、とてもすてきな詩だ」そこで言葉を切る。「すごく美しいと思う」

ジョーはにっこり笑い、手をたたいた。

第15章 壊れ物

ウォルターはまたたくまに衰弱していった。混乱する時間がどんどん長くなっていき、わずか数時間前に自分がしたことを忘れてしまった。仕事の細かい部分が抜け、経営したくても理解できないことが多くなって、彼は沈みこんだ。一度、私がいっしょに帳簿を見返してみると、本来の値段の何分の一かで品物を売ってしまい、大損していた。

アイルランドから映画のクルーがアラバマに来て、死刑に関する短編ドキュメンタリーを撮ることになった。取りあげるのはウォルターに加え、アラバマ州死刑囚の二人のケースだ。ジェームズ・〝ボー〟・コクランはアラバマ州死刑囚監房で二〇年近く過ごしたのち釈放された(1)。人種的偏見のある陪審選定だったとして連邦裁判所で有罪が棄却され、そのあとの再審で、多様な人種の陪審が無罪評決を出した。彼はこうして自由の身となったのだ。映画に登場する三番目の男ロバート・トレヴァーも一貫して無罪を主張してきた。のちに検事が、人種的に偏りのある違法な陪審選定だったと認めたが、弁護士の異議申立てが適切でなかったため、判事は再審を許可しなかった。結局トレヴァーの刑は執行された。

私たちは試写会を主催し、ウォルターとボーを招いて観客に挨拶してもらうことにした。近隣の住民約七五人がEJIの会議室に集まり、短編映画が上演された。ウォルターはなんとか頑張っていた。いつも以上にぶっきらぼうで、誰かに質問されるたび、私をきょろきょろ探した。私は彼に、もう人前で話をさせるようなことはしないから安心していいと告げた。ウォルターの姉から、彼が夜中に徘徊し、迷子になることがあると聞かされた。そんなことはしたことがなかったのに、浴びるように酒を飲みだした。いつも不安で、アルコールが気持ちを静めてくれると彼は言った。そしてとうとう彼が倒れた。私がモンゴメリーで連絡をもらったとき、すでにモビールの病院に運ばれていた。車で病院に行き、主治医に話を聞くと、ウォルターは進行性の認知症だと言われた。おそらく過去のトラウマが原因で、常時の介護が必要になるという。医師はまた、認知症は今後も進み、将来寝たきりになる可能性があるとも話した。

私たちはオフィスでウォルターの家族と会い、彼はハンツヴィルに住まいを移して、常時介護をしてもらえそうな親戚と暮らしたほうがいいということで合意した。しばらくはそれでうまくいったが、ウォルターが興奮するようになり、お金もなくなったので、モンローヴィルにもどり、姉のケイティ・リーが面倒を見ることになった。モンローヴィルに帰ってある程度のあいだは回復基調にあったが、やがてまた悪化しはじめた。

まもなくウォルターは介護の必要な老人のための施設にはいるしかなくなった。大部分の施設は、彼に重罪の前科があることを理由に受け入れを拒否した。それは冤罪で、のちに無実が証明されたのだと説明しても、受け入れ先は決まらなかった。その頃EJIではマリア・モリソンというソーシャルワーカーをスタッフとして雇い入れており、彼女がウォルターと家族に協力してふさわしい施設を探しはじめた。それは頭が爆発しそうなほどストレスのたまる作業だった。結局マリアは、ショートステイならという施設をモンゴメリーで見つけた。ただし滞在期間は最大九〇日。ウォルターはそこに入所し、そのあいだにこの先どうするか私たちで考えなければならなかった。

いろいろなことが重なって、私はひどく気持ちが落ちこんだ。仕事は加速度的に増えていった。連邦最高裁判所でジョー・サリヴァンの事件について弁論をおこない、いらいらしながら裁定を待っているところだった。アラバマ最高裁判所は、上訴手続きをすでに終えた七人目の死刑囚の刑執行日を決定した。上訴手段をすべて使い尽くした死刑囚の数が増えたらどうなるか、私はもう何年も前から心配していたのだ。現在一〇人以上の人々がいつ執行日が決まってもおかしくない状況にあり、アラバマ州の最近の司法を取り巻く風潮に加え、連邦裁判所への再審請求にも限界があることからすると、執行を阻止するのはきわめて難しくなりそうだった。私はEJIのスタッフと会議を開き、執行日が決まっているが法的支援を受けていない死刑囚全員の代理人を務めるという困難な決断をした。

数週間後、私は自分がどん底までふさぎこんでいることに気づいた。アラバマ州で一か月おきに設定されている刑の執行日のことが心配だった。問題提起したいま、連邦最高裁判所が終身刑の子供たちについてどう裁定するか心配だった。どんどん増えていく審理予定表に見合うスタッフと資金を維持する支援があるか心配だった。苦しんでいる依頼人たちのことが心配だった。モンゴメリーの介護施設にウォルターが入所して一週間後、彼に会いに行った私は、自分が一日のべつまくなしに気を揉んでいたような気がした。

ウォルターは談話室に座り、もっと年老いた、ほとんど薬漬けのようになった人々といっしょにテレビを観ていた。ひどく衰弱した人たちに囲まれ、入院着を着て座っている彼を目にしたとき、私はショックを受けた。部屋にはいる前に立ち止まり、ウォルターを見つめた。彼のほうはまだ私に気づいていない。眠そうなむっつりした顔でリクライニングチェアにだらしなく座り、片肘をついて頭を支えている。テレビのほうに目を向けてはいるが、番組を観ているようには見えなかった。無精髭がはえていて、食事の食べ残しが顎についている。いままで見たことがないような悲しみが目に宿っていた。見ているうちに、私は心がふさぐのがわかった。そこから逃げだしたいと思っている自分がいた。部屋の外で立っている私を見た看護師が、ご面会ですかと尋ねてきた。私がええと答えると、彼女はやさしくほほえんだ。

看護師の案内で部屋にはいり、私はウォルターに近づいて肩に手を置いた。はっとして振り向いた彼は、私を見たとたんにっこり笑った。

「やあ、来た来た、やっこさんが！」明るい口調で、ふいにいつもの彼がもどってきたように見えた。笑って立ち上がり、私を抱擁した。私はほっとした。彼は近頃家族のことさえわからなくなってしまうからだ。

「元気かい？」こちらに身を寄せるようにしている彼に尋ねる。

「もちろん元気さ」二人きりで話せるように、彼の部屋に向かって歩きだす。

「気分はよくなったかい？」

そんなことを訊くのはどうかと思ったが、やつれたウォルターを見て、私は少し動揺していたのだ。

痩せたように見えたし、入院着の背中の紐は結ばれないままだらりと下がっていたが、本人も気づいていないようだった。私は彼を呼び止めた。

「ちょっと待って。手伝おう」

私は紐を結び、それからまた二人で歩きだした。ウォルターはゆっくりそろそろと歩いた。床を滑っていくスリッパに足をつっかけるようにして。まるでどうやってスリッパを履けばいいのか忘れてしまったかのようだ。廊下をしばらく進んだところで彼が私の腕をつかみ、のろのろと歩きながら私のほうに身を乗りだした。

「なあ、俺はここの連中に話したんだ。山ほど車を持ってる、山ほど車を持ってるんだって」言葉を強調するように話す。こんなふうに興奮している彼を見るのは久しぶりだった。「色も形もサイズもみんな違う。男が言うんだ『あんたの車は動かない』って。俺の車はみんなちゃんと動くぞと俺は言った」彼は私を見た。「その男に俺の車のこと話してやってほしい、頼むよ」

私はうなずき、彼のくず鉄置き場のことを考えた。「たしかにあなたは山ほど車を持って――」

「そうだよ!」ウォルターが私を遮り、笑いだした。「なあ、俺はみんなに言ったんだ。なのに信じてもらえない。ちゃんと話したんだ」彼はいまやくすくす笑っていたが、混乱して、自分でもなにを言っているのかわかっていないように見えた。「連中は俺には自分が話していることがわかってないと思ってる。でも俺はちゃんとわかってるんだ」彼の口調は頑なだった。私たちは部屋に到着し、彼がベッドに座るあいだ、私は椅子を引っぱりだした。ウォルターはしゅんと黙りこみ、急にとても不安げな様子になった。

「なあ、またあそこにもどったみたいな感じがするよ」彼は重いため息をついた。「また死刑囚監房にもどされたみたいだ」

暗い声だ。

「俺は何度も何度も何度もちゃんとやろうとしてきたのに、連中は自由にしてくれない」ウォルターは私の目を見て訴えた。「連中が俺にしてるようなこと、どうして連中が人にやろうとするのか、俺には全然わからない。どうして連中はああなんだ？　俺は自分の面倒を見てるだけだ。誰も傷つけてなんかない。正しいことをしようとしてるのに、俺がなにをしても連中がやってきて、死刑囚監房に連れ戻す……なにもしてないのに。なんにもだ。俺は誰にもなにもしてない。なにも、なにも、なにも」

かなり興奮しているようなので、私は彼の腕に手を触れた。

「なあ、大丈夫さ」私はできるだけやさしく言った。「見かけほど悪くないよ。思うに——」

「俺をここから出してくれるよな？　刑務所からまた出してくれるよな？」

「ウォルター、ここは刑務所じゃない。あなたは調子が悪かったから、治療のためにここに来たんだ。ここは病院なんだよ」

「連中はまた俺を捕まえた。助けてほしい」

ウォルターはパニックを起こしはじめ、私は手をこまねいていた。やがて彼は泣きだした。「お願いだからここから出してくれ。お願いだよ。連中は理由もないのに俺を処刑しようとしてる。電気椅子で死ぬのはごめんだよ」いまでは激しく泣きじゃくり、私はあわてた。

ベッドの上の彼の横に移動し、体に腕をまわした。「大丈夫、大丈夫。ウォルター、大丈夫だから。

きっと大丈夫だから」

　ウォルターは震えていた。だから私は彼が横になれるようにベッドから立った。頭が枕についたとたん、ウォルターは泣きやんだ。私は彼にそっと話しはじめた。家で過ごせるように手を打つよ。だけどあなたの介護を助けてくれる人を見つけなきゃならない。問題は、あなたを独りきりにしては危ないってことなんだ。そうして話をするうちにウォルターの目がとろんとしはじめ、数分もしないうちにぐっすり眠ってしまった。結局彼といっしょにいた時間は二〇分にも満たなかった。私は彼に毛布をかけ、寝顔をしばらく眺めていた。

　廊下に出て、看護師の一人にウォルターの施設での様子を尋ねてみた。

「とてもやさしい方ですよ」彼女は言った。「ここに来てくれて私たちもうれしく思っているんです。スタッフにもたいそう丁寧で、気持ちよく接してくれて。ときどき動揺して、刑務所や死刑囚監房の話をはじめるんです。なんのことかわからなかったんですけど、スタッフの女の子の一人がインターネットで調べて、あの方の身になにがあったのか知りました。そういう人をここに置くのはまずいと言う人もいたけれど、私たちの仕事は困っている人を助けることだと話しました」

「州側は、彼がなにもしていないことを認めたんです。無実なんですよ」

　看護師は私を温かな目で見た。「わかっていますよ、スティーヴンソンさん。でも、ここにいる人の多くは、一度刑務所にはいったら、本当にそこにはいるべきだったかどうかに関係なく、危険人物になると考えているんです。そして関わり合いになりたがらない」

「なるほど、それは残念です」私にはそれしか言えなかった。

私はショックを受け、暗澹とした気分で施設を出た。外に出たとたん、携帯電話が鳴った。アラバマ最高裁がまたひとつ死刑執行日を決定したという。ＥＪＩ最優秀弁護士の一人、ランディ・サスキンドはいまＥＪＩの副理事長を務めている。ジョージタウン大学で法律を学んでいたとき、私たちのところで司法修習生を務め、ロースクールを卒業するとすぐスタッフ弁護士になった。法廷で図抜けた才能を見せ、プロジェクト・マネージャーとしてもきわめて有能だ。私はそのランディに電話し、死刑の執行を食い止めるためになにができるか話しあったが、この期におよんで停止命令を手に入れるのは難しいと二人ともわかっていた。私はランディに、ウォルターを訪問したこと、彼の憔悴した様子を見るのはとてもつらかったことを伝えた。私たちは電話越しにしばらく黙りこくった。私たちが話をするとき、よくあることだった。

アラバマ州では刑の執行数が増えており、全国的な傾向に逆行していた。冤罪報道がアメリカ全国の死刑判決数に影響をあたえ、一九九九年から下降しはじめた。しかし、二〇〇一年九月一一日にニューヨークで起きた同時多発テロやテロの脅迫、全世界的な紛争のせいで死刑廃止への歩みは中断した。とはいえ、数年もすると死刑執行や判決の数はふたたび減少しはじめた(2)。二〇一〇年には、年間死刑執行数は一九九九年の半分以下になった(3)。死刑制度の廃止を真剣に考えはじめる州も複数あった。ニュージャージー州、ニューヨーク州、イリノイ州、ニューメキシコ州、コネティカット州、メリーランド州はすべての死刑を停止した(4)。アメリカ合衆国で制度復活後に執行された一四〇〇件近い死刑のうち約四〇パーセントを占めるテキサス州でさえ、死刑判決の数が激減し、執行のペースもとうとう落ちはじめた。(5) アラバマ州の死刑判決数も一九九〇年代末に減りだしたが、いまもまだ国内で最も多い。(6) 二〇〇九年末には、アラバマ州は人口一人あたりの刑執行率が全米一高くなった。

一か月おきに誰かの刑が執行され、私たちはそれに遅れまいとするので精いっぱいだった。二〇〇九年にはジミー・キャラハン、ダニー・ブラッドリー、マックス・ペイン、ジャック・トラウィック、ウィリー・マクネアの死刑が執行された。私たちはそれらを阻止するため活動を活発化させ、たいていの場合、刑の執行方法を問題視した。二〇〇四年、私は連邦最高裁での裁判で、死刑の執行方法のなかには憲法に反しているものがあるのではないかと訴えた。電気椅子、ガス室、銃殺刑、絞首刑による死刑はほとんどの州で廃止され、薬物注射に移行している。より穏やかで清潔であるという観点から、死刑を認めているどの州でも事実上、薬物注射が人を殺す最も一般的な方法として認可されるようになった。しかし、薬物注射に本当に痛みはないのか、効き目は確かなのかという疑問が生じはじめている。

連邦最高裁判所での弁論で、私たちはアラバマ州の薬物注射手順の合憲性について異議を唱えた。デイヴィッド・ネルソンはとても難儀な血管の持ち主だった。六〇代であるうえ、若い頃に薬物依存症だったため、血管がなかなか見つからないのだ。そのため、矯正官たちは刑執行に必要な点滴の針を彼の腕に刺すことができなかった。けっして人に害をあたえないというヒポクラテスの誓いに反するため、医師や医療従事者には刑の執行をおこなえないこともあり、アラバマ州側は、医学的訓練を受けていない矯正官にネルソンの腕あるいは鼠蹊部を五センチほど切開させ、そこから血管を探して毒物を注射するという方針を立てた。私たちは、麻酔もせずにそのような手順をとれば受刑者に無用な痛みをあたえ、残酷であると訴えた。

アラバマ州側は、手続き規則により、ネルソンが手順の合憲性に異議を申し立てることはできないと論じた。しかし連邦最高裁判事がそこに意見を挟んだ。法的に問題なのは、違憲の可能性のある刑執行方法は非人道的だとして、当の死刑囚が訴えを起こせるかどうかということだ。とくにサンドラ・デイ・オコナー最高裁判事は熱心で、口頭弁論のあいだ、矯正官が医療行為をおこなうことの妥当性について私にたくさんの質問をした。連邦最高裁判所は満場一致で私たちの主張を支持し、死刑囚も人道的見地から刑の執行方法の合憲性に異議を申し立てることができると裁定した。(7) デイヴィッド・ネルソンは、私たちが救済措置を勝ち取ってから一年後に自然死した。

ネルソンの裁判のあと、大部分の州で刑執行のために使われている注射用の薬の配合内容が問題になった。その薬物は動物の安楽死にも用いられていたが、痛みを伴う苦痛の多い死をもたらすとして使用を禁じられた。(8) 薬はアメリカ合衆国内でたちまち入手できなくなり、各州はヨーロッパの製造元から輸入しはじめた。ところが、薬が合衆国で死刑執行に使われているというニュースが報道されると、ヨーロッパの製造元は輸出を禁止した。(9) 薬物が手にはいらなくなり、州の矯正局は不正にそれを入手するようになった。薬物の州間での取引や輸送について取り決めたＦＤＡの規則を無視したのだ。死刑執行のためにおこなわれたこのなんとも奇妙な違法薬物取引は、州矯正局の強制捜査というとんでもない結末を迎えた。(10) その後ベイズ対リーズ裁判で、連邦最高裁は死刑執行手順と薬物配合内容は本質的には違憲ではないと裁定した。(11) こうして刑の執行は再開された。

アラバマ州の死刑囚とEJIスタッフにとって、それは三〇か月で一七件の死刑執行という結果をもたらした。その頃、私たちは同時に、全国にいる仮釈放なしの終身刑で服役している子供たちの代理人も務めていた。それに先立つ何か月ものあいだ、私はそういう子供たちの代理人として法廷に立つために全国を飛びまわっていた。サウスダコタ、アイオワ、ミシガン、ミズーリ、アーカンソー、ヴァージニア、ウィスコンシン、カリフォルニア。裁判所も手続きも関係する人々もそれぞれ全部異なっているうえ、旅に次ぐ旅で消耗した。そして依然として、ミシシッピ、ジョージア、ノースカロライナ、フロリダ、ルイジアナなど、これまでにも訴訟をしてきた南部諸州の終身刑の子供たちのためにも活発に裁判をおこなっていた。一方、もちろんわれらがアラバマではこれまで以上に訴訟予定がたてこみ、難しいケースも多かった。二週間のあいだに私はカリフォルニアに飛んで州中央部にある人里離れた刑務所にアントニオ・ヌニェスを訪ねて、そのあと同じ場所にある上訴裁判所で彼の事件のために弁論をおこない、またペンシルヴェニアではトリーナ・ガーネット、フロリダではイアン・マヌエルの救済措置を勝ち取るために活動した。フロリダの刑務所でそのイアンとジョー・サリヴァンに接見したが、二人とも苦労していた。看守はジョーに必ずしも車椅子を使わせず、彼はくり返し転んで怪我をした。イアンはいまも隔離されている。トリーナの健康状態は悪化の一途をたどっていた。

こうしたすべてを独りで取り仕切ることが、私としてもどんどん難しくなっていた。同じ頃、ウォルターのモンゴメリーの施設での滞在期限が迫り、私たちは彼を家に帰す手配を大あわてでおこなっていた。ウォルターの姉が彼の面倒を見るため最善を尽くそうとしていたが、彼にとっても家族にとっても、とにかくわれわれ全員にとって、不安の募る状況だった。

アラバマ死刑囚監房でジミー・ディルの刑の執行予定が決まったとき、ＥＪＩスタッフの誰もが疲れきっていた。執行日は、よりによってこんなときにというくらい最悪のタイミングだった。ディルの案件にはいままで関わっていなかったので、執行日までの三〇日間で大至急なんとかしなければならなかった。それはずいぶん変わった犯罪だった。麻薬取引の最中に突然揉め事が起こり、ディルは人を撃った嫌疑をかけられた。幸い被害者は一命をとりとめた。そのため逮捕されたディルは加重暴行の罪に問われた。九か月間拘置所で公判を待つあいだに、被害者は退院して順調に回復していた。ところが数か月間自宅療養したあと、被害者の妻が突然家を出て、彼は重病にかかった。結果的にその被害者は死亡し、州検事はディルの嫌疑を暴行から死刑のかかる殺人に切り替えたのだ。

ジミー・ディルには知的障害があり、幼い頃から性的虐待や身体的虐待を受けてきた。逮捕されるまで麻薬依存症にも苦しんでいた。彼を担当した公選弁護人は公判のための準備をほとんどおこなわず、被害者が適切な治療を受けなかったことについてもほとんど調査されなかった。じつはその治療こそが死因だったのだ。検察側は司法取引として禁錮二〇年を提示したのだが、ディルにそれが正しく伝わらず、結局裁判がおこなわれて有罪となり、死刑が言い渡された。上訴裁判所において彼の有罪と量刑は確定された。有罪確定後、上訴をするボランティア弁護士も見つからず、申立て提出期限を逃してしまったために、なにか法的請求がしたくてもほとんどが手続き上できなくなってしまった。

刑執行予定日の数週間前、私たちがディルの事件をはじめて調べてみたとき、彼の有罪判決や量刑裁定の根拠を揺るがす重大問題について、法廷ではいっさい審理されていない状態だった。死刑がかかる殺人罪を適用するには、そこに殺害の意思がなければならないが、この事件にはそれがいっさいなく、また、被害者が亡くなったのは適切な治療がおこなわれなかったためであるという納得のいく主張もあった。銃創を負った被害者が九か月後に死亡することはまずなく、検察がこの事件で死刑を求刑したことがとうてい信じられなかった。それに、すでに連邦最高裁が知的障害のある人の死刑を禁じる判決を出しているのだから、知的障害者であるディルは死刑を免れてしかるべきなのに、それを証明する事実を誰も調べてもいないし提示してもいない。

ディルにはさまざまな障害があったが、そのひとつが発話だった。彼には言語障害があり、かなりどもる。興奮したり動揺したりするとそれがよけいにひどくなった。彼に定期的に接見したり話を聞いたりする弁護士がこれまで一人もいなかったので、私たちが現れたことを奇跡だと彼は感じていた。この件に関わるようになると、私は若手弁護士たちにくり返し会いに行かせ、ディルも私に頻繁に電話をかけてきた。

私たちが明らかにした新事実にもとづいて死刑執行の一時猶予をさまざまな裁判所に必死に訴えたが、無駄だった。最初の上訴手続きをひととおり終えた死刑囚の再審請求に対し、裁判所はどこも頑として耳を貸そうとしなかった。知的障害に関する主張すら、この期におよんで審問を許可することはできないと却下された。逆風は厳しいとわかってはいたが、ディルの強度の障害を考えれば、それに目を留める判事がどこかしらにいて、せめて追加の証拠を提示させてもらえるのではないかと希望を持っていた。しかしどの裁判所も「遅すぎる」と返事をよこした。

ディルの執行予定日当日、私は、これから電気椅子に縛りつけられて殺されようとしている別の死刑囚と話をしていた。私たちは連邦最高裁に出した最後の死刑執行差し止め請求の返事を待っているので、ディルには一日中いつでも電話をかけてきてかまわないと告げてあった。その日早くに電話をくれた彼は不安げな口調だったが、なにもかもきっとうまくいく、希望は捨てないと言いつづけた。彼は、執行日に至るまでの数週間の私たちの努力に感謝の念を述べようとし、定期的にスタッフをよこしてくれてありがとうと私に言った。私たちがディルの家族を探し当て、交流を復活させることもできた。あなたの有罪判決と量刑は不当だと信じていると私たちは彼に告げた。裁判所をまだ説得しきれず執行の一時猶予を勝ち取れたわけではないが、私たちの尽力で彼も少しは気が休まっているようだった。ところが連邦最高裁から最終請求棄却の連絡が来て、もはやできることはなにもなくなってしまった。刑の執行まですでに一時間を切り、私は彼に執行の一時猶予請求が棄却されたことを伝えなければならなかった。

私たちは、彼が執行室に連れていかれる直前に電話で話をした。彼の話はなかなか聞き取れなかった。いつも以上につっかかり、言葉を出すのにとても苦労していた。目前にした刑の執行に動揺しているはずだが、立派にも、私たちの努力に対して感謝を口にしようとしていた。必死にしゃべろうとする彼の言葉を聞くあいだ、私は長いこと受話器をぎゅっと握って座っていた。本当につらかった。そのときふいに、ずっと忘れていたことを思いだした。

子供の頃、私は母に連れられて教会に通っていた。一〇歳頃のことだったと思う。私は友人たちと教会の外にいたのだが、その一人が遊びにきていたいとこの子供をミサに連れてきていた。とても恥ずかしがり屋の痩せた少年で、背丈は私と同じくらいだったが、おどおどした様子でいとこにべったりくっついていた。私たちがおしゃべりしていても、彼はなにも言わなかった。私がどこから来たのと訊くと、しどろもどろだった。重度の言語障害があり、思うように口が動かなかったのだ。彼は自分が住んでいる町の名前さえ言えなかった。そんなふうに言葉に詰まる人を見たことがなかったので、きっと冗談か遊びの一種だろうと思った私は笑いだした。友人は私を困ったように見たが、私は笑うのをやめなかった。母がいままで見たことのないような表情でこちらを見ているのが目の隅にはいった。恐怖と怒りと恥ずかしさが入り混じったその視線が私を釘づけにした。私は即座に黙った。母にはいつもかわいがられていたから、いきなり呼びつけられたときにはどきっとした。

　母のそばに行くと、すごい剣幕だった。「いったいなにしてるの？」

「え？　べつになにも……」

「言葉がきちんとしゃべれないからといって誰かを笑ったりしたら絶対にだめ。絶対にそんなことをしてはいけません！」

「ごめんなさい」母にそんなふうに厳しく叱られて、私はしょげ返った。「ママ、悪気はなかったんだ」

「考えが足りなかったわね、ブライアン」

「ごめんなさい。ぼく……」

「言い訳は聞きたくないわ、ブライアン。なにも言い訳にはならないし、あなたには心底がっかりした。さあ、あそこにもどって、あの男の子に謝りなさい」

「はい、ママ」

「それからあの子をハグしてあげなさい」

「ええ？」

「そして、君のことを愛してると言ってあげなさい」私は顔をあげた。恐ろしいことに、母は大真面目だった。私はできるかぎり反省したつもりだったが、それでもこれはあんまりだった。

「ママ、あそこに行ってあの子に愛してるなんて言えないよ。みんなが――」母はまたあの表情で私を見た。私は暗い顔で踵を返し、友人たちのもとにもどった。私が母に怒られているところを見ていたのは明らかだった。なぜなら全員が私をじっと見つめていたからだ。私は言葉に詰まっていた少年に近づいた。

「あのさ、ごめんね」

笑ったことを心から申し訳なく思っていたけれど、それ以上に、自分で自分をこんな状況に追いこんだことを後悔していた。肩越しに振り返ると、母はまだこちらを見ていた。私は思いきって少年に近づき、おずおずとハグをした。こんなふうに急に抱きつかれたりして、彼はさぞぎょっとしただろうと思うが、私がハグしようとしているのだと気づくと、体の緊張がゆるみ、私をハグし返してきた。

友人たちに変な目で見られているなか、私は言った。

「あの……ええと……君を愛してるよ！」私は半笑いを浮かべ、できるだけ不真面目に聞こえるように言った。私はまだ彼をハグしていたので、私のふざけた表情は彼には見えていなかった。

単なる冗談さというようにへらへらしていれば、決まり悪さにも少しは耐えられた。ところが男の子は私をさらにぎゅっと抱き返し、耳元でささやいたのだ。彼はどもることも、ためらうこともなく、淀みなく言った。

「ぼくも君を愛してる」とてもやさしい、心からの言葉に聞こえ、私はふいになぜか、泣きだしそうになった。

私はオフィスで、刑執行の夜にジミー・ディルと話をしながら、四〇年近く前の出来事を思いだしていることに気づいた。そしてまた、自分が泣いていることにも気づいた。涙が、私の目を盗んで逃げた逃亡者たちが、頬を滑り落ちていく。ディルはいまも必死に言葉を紡ぎ、自分の命を救う努力をしてくれてありがとうと懸命に言おうとしている。執行の時間が近づくにつれ、ますますろれつがまわらなくなっていく。背後で看守たちがごそごそと音をたてていて、口が思いどおりに動かないことであせっているのがわかったが、私のほうから水を差したくなかった。だから頬を涙で濡らしながら、ただ座っていた。

彼が言い淀めば言い淀むほど、私はますます泣きたくなった。長い沈黙の時間は、それだけ私にたくさんのことを考えさせた。まともな弁護士を雇うお金さえあれば、ディルが死刑相当の殺人罪に問われることなどなかったはずだ。誰かが彼の過去をきちんと調べれば、死刑判決が出たわけがない。なにもかもが悲劇だと思えた。言葉にしようとする努力、感謝の気持ちをどうしても伝えたいという決意、その両方からディルという人間のありさまがまざまざと迫ってきて、まもなく刑が執行されるかと思うととても耐えられなかった。どうして彼らにはそれが見えないんだ？　連邦最高裁は知的障害がある人の死刑を禁じたのに、アラバマなどの州は死刑囚に障害があるかどうか真剣に調べようとしない。被告の人生や生活環境をありとあらゆる角度から考慮したうえで公正に裁かなければならないのに、むしろ私たちは、貧困層の人々に法的支援がないことにつけこんでいる。そうすれば、殺しいても抵抗が少ないからだ。

ディルと電話でつながりながら、私は彼のあらゆる苦労を、彼が経験したあらゆる困難を、彼の障害がどれだけ彼を打ちのめしたかを考えた。彼が人を撃ったことに弁解の余地はないが、だからといって彼を殺していいものだろうか。私はしだいに腹が立ってきた。なぜ私たちはそんな打ちのめされた人々を殺そうとするのか？　それが正義だと考えるなんて、いったいどういう料簡なんだ？

私は泣いていることをディルに悟られまいとした。彼のことを考えると胸が張り裂けそうだということを表に出すまいとした。そしてついに彼の口から言葉がこぼれだした。

「ブライアンさん、私のために戦ってくださって心から感謝します。私のことに心を砕いてくださり、ありがとうございました。みなさんが私を救うために努力してくださったこと、本当にうれしく思います」

その夜電話を切ったとき、私の頬は濡れ、心はこなごなだった。日々目にしてきた無情な世界に、私はとうとう食い尽くされた。散らかったオフィスを見まわす。裁判記録や書類、どの山もそれぞれ悲劇であふれている。ふいに私は、そんな苦悩だの悲惨だのに囲まれているのがつくづくいやになった。そうしてそこに座りながら、どうしようもなく壊れてしまった状況をただただ必死に直そうとする自分が愚かに思えた。そろそろ潮時だ。これ以上ぼくにはできない。

そのときはじめて、自分の人生は壊れ物だらけだということに気づいた。私は壊れた司法制度のなかで仕事をしている。私の依頼人は精神疾患や貧困、人種差別によって打ち砕かれている。彼らは病気やドラッグ、アルコール、自尊心、恐怖、怒りによってばらばらに引き裂かれている。私はジョー

・サリヴァンやトリーナ、アントニオ、イアン、その他何十人という、刑務所で生きていくために闘っている打ちひしがれた子供たちのことを思った。ハーバート・リチャードソンのような戦争に打ちひしがれた人々、マーシャ・コルビーのように貧困に打ちひしがれた人々、エイヴリー・ジェンキンスのように障害に打ちひしがれた人々のことを考えた。そういう壊れた状況にある人々が、皮肉や絶望、偏見で公正な判断を壊された人々によって裁かれ、死刑に科されている。

私は自分のパソコンに、壁のカレンダーに目をやった。それからあらためてオフィス内を見まわし、ファイルの山を眺めた。スタッフ表を見る。いまでは四〇人近くに増えている。そして自分でも気づかぬうちに、独り言を言っていた。「とにかくここから立ち去ればいい。なぜぼくはこんなことをしてるんだ？」

認めるまでにしばらく時間がかかったが、ジミー・ディルがホールマン刑務所で殺されているいま、そのオフィスに居座っているなにかに気づいた。二五年以上そこで働いてきて、私はようやく理解した。私は必要とされているから、あるいは求められているから、あるいは重要だから、この仕事をしているのではない。ほかに選択肢がないからでもない。

私がこの仕事をしているのは、私もまた壊れ物だからだ。

不平等、権力の濫用、貧困、抑圧、不正に対し闘いつづけた年月が、ようやく私自身の真実を明らかにしてくれた。苦しみ、死、刑の執行、残酷な刑罰の間近にいたことで、他者がいかに打ちひしがれているかが明らかになっただけではない。苦しみ、傷ついたそのとき、自分自身が打ちひしがれた存在だということもまた明らかになる。権力の濫用や貧困や不平等や病や抑圧や不正と闘ったとき、それによって打ちひしがれずにいることなどけっしてできないのだ。

私たちはみななにかに打ち砕かれている。私たちはみな誰かを傷つけ、傷つけられてきた。どう壊れているかはそれぞれでも、壊れているという点で私たちは同じなのだ。私はジミー・ディルをどうにかして助けたかったし、彼の再審を実現するためならなんでもしたはずだが、彼の闘いが私自身のそれとはまったく関係がないとはけっして言いきれない。私が傷ついた（そして人を傷つけた）形は、ジミー・ディルが苦しみ、人を苦しめた形とは異なる。しかし、どちらも打ちひしがれているという点でつながっているのだ。

世界で最も貧しく、病んだ人々の治療に人生を賭けた有名な医師ポール・ファーマーは、かつて私に作家トマス・マートンの言葉を聞かせてくれたことがある――われわれは骨の砕かれた体である。壊れていることが私たちが人間たる所以だということは、たぶん以前から私もわかっていたように思うのだが、一度も深く考えたことはなかった。私たちは誰もがそれぞれに生きるよすがを持っている。ときには自分の選択によって打ちのめされることもあるし、自分で選んだわけではないものによってたたきのめされることもある。しかしこの打ちひしがれているという事実が、私たちに共通する人間性の源泉であり、快適な暮らしや生きる意味、癒しをともに求める基盤でもあるのだ。誰もが等しく脆《もろ》く、不完全であるということが、人への思いやりを育み、慈悲の気持ちを維持させる。

どちらでも選ぶことはできる。自分たちの人間性を大事にすること、つまり私たちは本質的に傷ついた存在であると認め、それを癒そうと願う思いやりを大事にするか。あるいは、自分は傷ついてなどいないと否定し、思いやりを拒み、その結果、自分自身の人間性を否定するか。

私はいままさにジミー・ディルをベルトでストレッチャーに固定している看守たちのことを考えた。彼の死を拍手喝采し、ある種の勝利と考える人々のことを考えた。私は気づく――たとえ本人はそれを認めようとしなくても、彼らもまた壊れた人々なのだと。恐れ、怒りを燃やす人々がどれだけ増えたことか。不安で、なにかに復讐せずにはいられずに、子供を捨て、障害者を放りだし、病んだ者や弱き者の拘禁を許してきた――治安をおびやかすことや、彼らが更生できないことが理由ではなく、それで自分がタフに見え、壊れていることが隠せるからだ。私は、暴力的な犯罪の犠牲者や愛する者を殺された家族や友人のことを考えた。私たちが彼らにその痛みや苦しみをリサイクルさせ、被告への復讐に転換させているのだ。復讐の手段としての残酷な刑罰を合法化し、迫害を裁くという名目で人を迫害することを許してきた。私たちのなかでいちばん目に見えて傷ついた人々をさらに傷つけ、破壊本能を満足させてきたのである。

しかし傷ついた人々に罰をあたえれば（彼らに背を向け、目に見えない場所に隠してしまえば）、彼らは永遠に傷ついたままであり、そして私たちもまた、永遠に傷ついたままだ。相互扶助によって成り立つ私たちの人間性の外には、〝完全〟など存在しない。

自分の置かれた状況に苦しみ、嘆き悲しんでいる依頼人との会話はたやすくない。彼らはみずからをつらい立場に追いこむことになった自分の行為、あるいは人から受けた行為を悔やむ。にっちもさっちもいかなくなって、自分には生きている価値があるのかと彼らが悩むたび、私はいつもこう諭す――人はそれぞれ、たとえどんなに悪いことをしたとしても、それだけの存在ではないんだ。もし嘘をついても、その人は〝嘘つき〟だけの存在じゃない。あなたが人の物を盗んだとしても、〝泥棒〟

という言葉だけであなたを表すことはできない。たとえあなたが人を殺しても、〝殺人犯〟があなたのすべてじゃない。私はその夜、長年自分の依頼人に告げてきたことを自分に告げた。私はただ壊れているだけの人間じゃない。実際、〝壊れていること〟を理解することで強さが、いや、プラスアルファの力さえ育まれる。なぜなら自分の脆さを認めれば思いやりや慈悲を求める気持ちが生まれ、そしておそらく、人に対しても思いやりを示さなければと考えはじめるのだから。思いやりを経験したとき、人はそれ以外では学べないことを学び、それ以外では見られないものを見、それ以外では聞けないことを聞く。私たちひとりひとりのなかに宿る人間性を認めはじめる。

ふいに私は強くなった気がした。もし私たち誰もが自分は壊れ物だと気づき、自分の弱さを、欠陥を、偏見を、恐怖を認めたらどうなるだろう？　そうなれば、人を殺した〝壊れた人〟も私たちの一人だと認め、殺そうとは思わなくなるのでは？　障害者や虐待経験者、ネグレクトされた人、トラウマを抱える人を支える方法をもっと真剣に探そうとするかもしれない。大量投獄や処刑、最も弱い人たちを故意に無視する行為を、恥じるようになると私は思う。

大学生だったとき私は、フィラデルフィア西部の貧困地域にある黒人教会で音楽を演奏する仕事をしていた。ミサの途中で私がオルガンを弾きはじめると、聖歌隊が歌いだす。牧師は立ち上がり、両手を大きく広げて言った。「喜び祝う声を聞かせてください、あなたによって砕かれた骨が喜び躍るように」彼の言葉の意味を私がはじめて完全に理解したのは、ジミー・ディルの刑が執行された夜だった。

私がはじめてモンゴメリーに越してきたとき、光栄にもローザ・パークス（一九五五年にバスで白人に席を譲るのを拒み、モンゴメリー・バス・ボイコット事件のきっかけをつくった公民権運動活動家）と知りあう機会を得た。彼女は、現在住んでいるデトロイトからときどきモンゴメリーにもどり、親しい友人を訪ねた。ジョニー・カーはそうした友人の一人だった。私はミズ・カーと友達になり、すぐにパワーのかたまりのような人だと知った——カリスマ的で、快活で、人を元気にする。彼女はさまざまな意味で、モンゴメリー・バス・ボイコット運動の真の主導者だった。運動を展開するあいだ人やその移動方法を組織化し、いちばん大変な仕事を山ほどこなして、公民権運動でも最大級の活動をはじめて成功に導いただけでなく、マーティン・ルーサー・キング・ジュニア牧師にモンゴメリー改善協会の会長職を引き継いだ。はじめてミズ・カーに会ったとき、彼女は七〇代後半だった。「さてブライアン、私はときどきあなたに電話して、あれをして、これをしてと頼むから、そのときは『はい、奥様』と返事をするのよ。いいわね？」

私は噴きだし、それから「はい、奥様」と答えた。彼女はそれから折に触れご機嫌うかがいに電話をよこし、ミズ・パークスが町に来たときにはいつも私を招いてくれた。

「ブライアン、ローザ・パークスが町に来るの。ヴァージニア・ダールの家で会うことになっているんだけど、あなたも話を聞きに来ない？」

ミズ・カーが私に電話をくれるときというのは、私にどこかに〝話をしに〟行かせるか、〝話を聞きに〟来させるかどちらかだった。ミズ・パークスが町に来るときは、いつも私は話を聞きに行く立場だ。

「ええもちろんです、奥様。ぜひ話を聞きにうかがわせてください」私は必ずそう言い、そこで自分がなにをすべきか理解していることを伝えた。

ミズ・パークスとミズ・カーはよくヴァージニア・ダールの家で会った。ミズ・ダールもやはり見かけからは想像もつかないような大人物だ。彼女の夫クリフォード・ダール氏は弁護士で、キング牧師がモンゴメリーにいるあいだはずっとその代理人を務めた。ミズ・ダールは九〇歳をゆうに超えていたが、いまも不正と真っ向から闘う覚悟を持っていた。どこかに行くのに私に付き添いを頼んだり、ディナーに招待してくれたりすることもしばしばだ。EJIでは、彼女が夏に留守にするあいだ、ロースクールの学生や私たちのスタッフに彼女の自宅を貸す手配もはじめた。

私がミズ・ダールの家にその三人の手ごわい女性たちの話を聞きに行くとき、ローザ・パークスはいつも私にとてもやさしく、親切に接してくれた。その後何年もすると、ほかの州のイベントやなにかで彼女と顔を合わせる機会が増え、短時間、二人で過ごすようにもなった。でもなにより、彼女とミズ・カーとミズ・ダールがおしゃべりするのをただ聞いているのが好きだった。三人は本当によくしゃべった。笑い、出来事を語り、人々が立ち上がったとき（ミズ・パークスの場合は〝座ったとき〟）どんなことができるか証言した。三人ともいつも意気軒昂だった。あれだけのことを果たしたあとでも、人権運動のためにできることを依然としてあれこれ計画し、熱中していた。

はじめてミズ・パークスに会ったとき、モンゴメリー郊外の住宅地オールド・クローヴァーデールにあるミズ・ダールの家の玄関ポーチに座り、三人の女性たちが二時間にわたって話をするのを聞いていた。ようやく、ずっと聞き役だった私のほうにミズ・パークスが向き直り、やさしく尋ねた。「さてブライアン、あなたが誰で、なにをしている人か教えて」話をしていいものかどうか確認をとるように私がミズ・カーのほうを見ると、彼女は微笑んでうなずいた。そこで私は口上を述べはじめた。

「はい、奥様。じつは私は〈司法の公正構想《EJI》〉という司法プロジェクトを主催し、死刑囚の支援に取り組んでいます。最終的には、死刑廃止をめざしているんです。そして、刑務所環境と行きすぎた刑罰をなんとかしたいと考えています。冤罪で服役している人たちを自由にしてあげたいんです。刑事事件の不公平な量刑をやめさせ、刑事司法制度における人種差別を阻止したい。貧しい人を助け、貧困者の弁護活動をおこない、彼らに本来必要な法的支援が得られない現状を打破しようとしています。精神疾患を持つ人たちにも手を差し延べたい。子供たちを成人用の拘置所や刑務所に収監するのをやめさせたい。貧困を止め、貧困層に蔓延する絶望を払拭したい。司法制度のなかで意思決定権を持つ層にもっと多様性を持たせたい。人種差別の歴史について、人種的公正の必要性について、人々を教育したい。警察や検察の権力濫用に立ち向かい――」私は自分が思いのほか長広舌をふるっていたことに気づき、あわてて口をつぐんだ。ミズ・パークス、ミズ・カー、ミズ・ダールは三人とも私をまじまじと見つめている。

ミズ・パークスが微笑みながら乗りだしていた体を引いた。「あらあら、ハニー、それだけやっていたら、あなたもうくったくた、くったくた、くったくたね」全員がどっと笑った。

私は少々決まりが悪くなってうつむいた。するとミズ・カーが前かがみになり、私の顔に人さし指を押しつけて言った。よく祖母が私にそうしたように。「だとすると、あなたはそれだけ勇敢に、勇敢に、とっても勇敢にならないと」三人の女性は無言でうなずき、つかのま私は若き王子になったような気がした。

私は時計を見た。午後六時三〇分。今頃もうディルはこの世にいない。私はどっと疲れを感じた。全部投げだそうだなんて、馬鹿なことを考えるのはそろそろやめにしなくては。勇敢にならなければならない。パソコンを開いた私は、貧困地域の学校に通う生徒たちに希望を持つことについて講演をしてほしいというEメールが来ているのに気づいた。送り主の先生は私の講演を聴いて、ぜひ私をロールモデルとして招き、いつかきっと立派な人になれると生徒たちを勇気づけてほしいと思ったそうだ。私は自分のオフィスで涙を拭いながら、壊れた人間としての自分について考えていたことを思い、その皮肉に笑いだしそうになった。でもふとその子供たちのことを、この国のあまりにも多くの子供たちが克服しなければならない乗り越えがたい不公平のことを考え、喜んでうかがいますと返事を打ちこみはじめた。

車で家に帰る道すがら、私はラジオをつけ、ディルの刑執行に関するニュースを探した。報道番組が見つかった。それは地元の宗教色の濃い放送局だったが、刑執行のニュースは読まれなかった。そのままその局の放送を聴いていると、まもなく牧師が説教をはじめた。彼女は聖書を引用した。

《この使いについて、離れ去らせてくださるように、わたしは三度主に願いました。すると主は、「わたしの恵みはあなたに充分である。力は弱さのなかでこそ充分に発揮されるのだ」と言われました。だから、キリストの力がわたしの内に宿るように、むしろおおいに喜んで自分の弱さを誇りましょう。それゆえ、わたしは弱さ、侮辱、窮乏、迫害、そして行き詰まりの状態にあっても、キリストのために満足しています。なぜなら、わたしは弱いときにこそ強いか

らです》

私はラジオを切った。わが家に向かってのろのろと車を走らせながら、私は理解した。たとえ傷つき打ちひしがれて、苦しみの網にがんじがらめになっても、じつはその外側で私たちを包む癒しと思いやりの網もそこには存在しているということを。私は教会の外で私を抱き、赦しと愛をくれた少年のことを思いだした。あのときの私には赦しも愛ももらう資格はなかった。だが思いやりはそうやって働くのだ。ほんの少しの思いやりの力が発揮されるのは、それが〝その資格のない人々の世界〟に存在するからだ。予想すらしていなかったときにこそ、思いやりの力が最も強力になる――人を犠牲にし、人に犠牲にされるサイクル、罰と苦しみのサイクルを断ち切ってしまうほど強力に。慈悲には攻撃と暴力、権力の濫用、大量投獄につながる心の傷や痛手を癒す力がある。

私は打ちひしがれ、ジミー・ディルのことで悲しみに暮れながら、車を運転した。でも明日になればまた同じ道をもどるだろう。まだまだ仕事が待っているのだ。

第16章

ストーン・キャッチャーたちの悲しみの歌

二〇一〇年五月一七日、私は自分のオフィスで、連邦最高裁判所の裁定が出るのをいまかいまかと待っていた。殺人以外の罪で有罪になった子供に対する仮釈放なしの終身刑は残酷で異常な刑罰であり、憲法の見地からけっして許されない――彼らはついにそう裁定した。(1) スタッフと私は小躍りして喜んだ。まもなく私たちのオフィスには、マスコミや依頼人、家族、子供の人権擁護団体からの電話が殺到した。死刑を禁止して以来、連邦最高裁判所が刑罰の特定分野について禁止命令を出したのは、これがはじめてだった。ジョー・サリヴァンは救済される見込みだった。アントニオ・ヌニェスやイアン・マヌエルを含む何十人かの人々が減刑の対象となり、〝釈放の現実的な可能性〟があたえられることになる。

二年後の二〇一二年六月には、殺人で有罪になった子供への仮釈放なしの終身刑についても違憲の裁定を勝ち取り、禁止命令が出された。(2) 連邦最高裁はエヴァン・ミラーの事件と、アーカンソー州の私たちの依頼人、カントレル・ジャクソンの事件の再審を認めた。私はその年の三月に両方の事件について口頭弁論をおこなったので、こちらに有利な裁定が出るのを期待しながら待っていたのだ。最高裁の裁定は、いまやどんな罪を犯した子供でも自動的に終身刑になることはいっさいなくなるということを意味した。こうして、子供のときの犯罪で仮釈放なしの終身刑を言い渡された二〇〇〇人以上の人々が、救済措置や減刑を受ける可能性が出てきたのである。一部の州ではすでに法律を改正し、少年犯罪者にとってもう少し希望の持てる刑罰をつくった。ミラー対アラバマ州裁判での連邦最高裁の裁定にさかのぼって判例を適用しようと抵抗を見せる検事がまだあちこちにいたが、いまでは誰もが新たな希望に沸きたち、そのなかにはアシュリー・ジョーンズやトリーナ・ガーネットもいた。

私たちはその後もさまざまな事件を追及することで、子供をめぐる問題に関わりつづけている。私は、一八歳未満の少年を成人用の拘置所や刑務所に収容することを全面的に禁止するべきだと考えている。これをやめさせるため、すでに数々の申立てを提出している。また、年齢的に幼い子供を成人用の法廷で裁くべきではないというのも私の強い信念だ。一二歳、一三歳、一四歳の子供が大人の刑事司法制度のなかで自分を弁護することなどできるはずがない。幼い子供の冤罪や違法な裁判はあまりにも多い。

数年前、私たちはミズーリ州でフィリップ・ショーの釈放を勝ち取った。当時一四歳だった彼は、不当な有罪判決を受け、仮釈放なしの終身刑を言い渡された。陪審の選定が違法で、アフリカ系アメリカ人が全員忌避された。私はミシシッピ最高裁判所に二件の申立てをし、裁判所は幼い子供の有罪判決と量刑は違法だと裁定した(3)。

デマリアス・バニヤードは一三歳の少年で、脅されて強盗の一味に加わらされ、ミシシッピ州ジャクソンで人を撃って殺してしまった。被告は合理的な疑いをいっさい残さず無実を証明しなければならないと検察が陪審に告げたのは違法であり、そのうえ検察側は許可されていない証拠を提示した。そのためバニヤードは仮釈放なしの終身刑を言い渡されたのだ[4]。彼は有限の刑期に減刑され、釈放の希望も持てるようになった。

　ダンテ・エヴァンスは一四歳の少年で、ハリケーン・カトリーナのあとミシシッピ州ガルフポートで連邦緊急事態管理局から支給されたトレーラーで暮らし、父親の虐待を受けていた。そして、ダンテの母親を以前二度も殺しかけたその父親を、椅子で眠りこけていたときに銃で撃って殺害した。ダンテは学校の職員に父親の虐待について何度も訴えていたが、結局誰も介入しようとしなかった。私はミシシッピ最高裁で、以前ダンテが、母親が殺されかけたときの心的外傷後ストレス障害《PTSD》と診断されたことについて、口頭弁論で取りあげた。最高裁は、第一審がこの証拠を考慮しなかった点を強調し、ダンテの再審を認めた[5]。

　死刑囚への支援活動もいい方向に向かいはじめた。アラバマ州において私たちが救済措置を獲得した死刑囚の数は一〇〇人に達した。冤罪や不適切な量刑を認められて再審や審問の裁定を受けた元死刑囚の新たなコミュニティができあがったほどだ。二〇一二年以来、アラバマでは一八か月間死刑の執行がおこなわれなかった。薬物注射の手順やその他死刑の信頼性に疑義を呈す裁判が続き、アラバマでは死刑執行のペースが落ちていた。二〇一三年、アラバマ州では、一九七〇年代半ばに死刑が復活して以降、死刑執行数が最低を記録した。こうした事実はとても希望の持てる進歩だ。

　もちろん、問題はまだある。アラバマ州死刑囚監房にいるもう一人の明らかに無実の男性のことで、私は眠れない日々を過ごしていた。アンソニー・レイ・ヒントンは一九八〇年代半ばにウォルター・マクミリアンが死刑囚監房に来た当時、すでにそこにいた。ヒントンは、バーミングハム郊外で起きた二件の強盗殺人事件について、彼の母親宅で回収された銃が事件で使用されたものであると州鑑識官が誤った結論をくだしたために、無実の罪を着せられた。ヒントンの公選弁護人は、検察側の主張に対抗するため銃の専門家に依頼する費用として裁判所からわずか五〇〇ドルしか渡されず、結局彼が見つけられたのは片目が見えず、銃の専門家として証言した経験などほぼ皆無の機械工学エンジニアだけだった。

検察側は、ヒントンに不利な最大の証拠として、目撃者が彼を犯人と認めた三つ目の事件を挙げていた。しかしその事件発生当時、ヒントンは現場から二四キロ離れたところにある、厳重に警備されたスーパーマーケットの倉庫にこもって夜勤に就いていた。このことを証明する、五、六人の目撃者と監視カメラ記録を私たちは発見したのだ。全国でも指折りの専門家を呼んで銃関係の証拠を再検討してもらい、彼らはヒントンの銃は事件で使われたものとは一致しないと結論づけた。これで州側が捜査を再開してくれるのではないかと期待したが、刑の執行に向かって着実に進んでいくだけだった。マスコミも私たちが提示した新証拠に興味を持たず、《無実疲れ》やら《もう何度も聞いた話》といった言葉が並ぶばかりだった。上訴裁判所からも微妙な裁定で次々に救済を拒まれ、ヒントンは死刑囚監房から出られないまま死刑の執行と向きあいつづけていた。そうしてまもなく三〇年になる。会うといつも陽気で、かえってこちらが励まされるが、どうしたら彼の判決をひっくり返せるか、私はしだいにあせりを感じはじめていた。

とはいえ、大量投獄の傾向が全国的にようやく鈍りはじめたことに勇気を得ていた。二〇一一年、この四〇年近くではじめて刑務所人口が増加しなかった。そして二〇一二年には数十年ぶりに減少した。その年私は、非暴力的な犯罪者にも強制的に実刑を科す〝三振即アウト〟法撤廃の住民発議《イニシアチヴ》（一定数の有権者が立法に関する提案をおこなって、選挙民や議会の投票に成否をゆだねる制度）を支援するためにカリフォルニアで長い時間を過ごし、発議案が大差で支持されたことを喜んだ。州内のどの郡でも撤廃発議案が過半数の票を得たのだ。また同じカリフォルニアでは、死刑廃止イニシアチヴももう少しで過半数を得票するところまでいった。わずか二パーセントの差で否決されたのだ。特定のアメリカの州でイニシアチヴによって死刑撤廃が実現されかけたなんて、数年前には想像もできなかっただろう。

さらには、ＥＪＩ発足当時からずっとめざしてきた人種差別および貧困問題に対するイニシアチヴをついに始動させることができた。何年も前から、人種差別の歴史を語る方法を変え、現在の人種問題をきちんとした形で説明するプロジェクトをはじめたいと思っていた。まず二〇一三年と二〇一四年用に、人種差別の歴史カレンダーをつくった。南部のブラックベルト地帯に住む貧しい子供や家族と活動をはじめた。何百人という高校生を私たちの事務所に招き、権利と公平性について補足的な講義やディスカッションをおこなった。また、奴隷制やリンチの遺産、わが国の人種的不平等の歴史について、全国で議論を深めるための報告書や素材の製作も進めている。

新たな人種差別および貧困対策活動が近頃活発化している。これはアメリカの刑事司法制度がはらむ問題と密接につながっている。司法制度の根底にある最悪の思想の多くには、いまだに私たちを汚染している〝人種間には違いがある〟という神話が染みこんでいると私は思う[6]。人種に対する司法制度の現在のアプローチは、アメリカ史上に存在した四つの制度によって形づくられたものだが、そのことがいまだにきちんと理解されていない。もちろんその制度の最たるものは奴隷制度である。そしてそれに続いて起きた恐怖支配が、南北戦争後の南部再建《リコンストラクション》の崩壊以降、第二次世界大戦までの黒人たちの生活を形成した。私の講演のあと、南部の年配の黒人の方々がときどき近づいてきて、九・一一同時多発テロのあと、アメリカは史上はじめて国内テロと戦っているなどとニュースキャスターが言うたびに反感を覚えると訴える。

あるアフリカ系アメリカ人の老人は私にこんなことを言った。「連中にあんなことを言うのをやめさせてくれ！　わしらは生まれたときからずっとテロのなかで生きてきたんだ。爆弾やリンチ、ありとあらゆる人種差別の暴力を心配しなければならなかったんだから」

黒人に対するさまざまな形のリンチやテロが現代の死刑制度をつくりあげた。スピーディな刑の執行を求めるわが国の傾向は、ある意味、リンチの暴力的エネルギーを別の方向に向けるこころみであると同時に、黒人にはいまもこうして最後に残ったつけを払ってもらっていると南部白人に納得させる手段なのだ。

また、一九世紀末に誕生した囚人貸出制度は、元奴隷に適当な濡れ衣を着せて有罪にし、釈放する代わりに雇用主にその囚人を〝貸しだして〟、事実上奴隷労働を強制するものだった。全国の個人事業主は無料で囚人を労働力として使役して何百万ドルというコストを浮かし、一方何千人というアフリカ系アメリカ人が劣悪な労働環境のなかで死んでいった。一部の州ではこの再奴隷化が当たり前のようになり、その様子はピューリッツア賞を受賞したダグラス・ブラックマン著『名前を変えた奴隷制』（*Slavery by Another Name*）に描かれている。しかしこの事実はほとんどのアメリカ人に知られていない。

この恐怖支配の時代、黒人はいともたやすく犯罪者にされ、ちょっとしたことで誰かの怒りを買っては命を奪われた。人種テロと、強制的な人種ヒエラルキーが生むのべつまくなしの恐怖が、当時のアフリカ系アメリカ人の心を深く傷つけた。こうして蔓延した社会心理性からあらゆる歪みや障壁が生まれ、現代社会にさまざまな形で表出しているのだ。

第三の制度、〝ジム・クロウ〟法は、人種隔離と基本的人権の抑圧を法制化し、アメリカ版アパルトヘイト時代を到来させた。かなり最近のことであり、アメリカの悪しき歴史として広く認識されているが、正しく理解されているとは言えない。私たちは公民権運動の成果をあわてて喜びすぎた反面、あの時代に受けたダメージを認識するのを渋っているように思える。人種隔離や人種的従属、社会的周縁化によってどれほど苦しんだか声に出して訴える、真の和解プロセスに踏みだすのを、私たちは躊躇してきたのだ。私は、人種ヒエラルキーとジム・クロウ法という恥辱を味わわされた結果として、身近にいる老人たちがさまざまな義憤に対し現実に行動を起こさなければならなかった時代に生まれたので、恥をかかされたり侮辱されたりすることが日々の暮らしのなかでいつしか積み重なっていくことに敏感だった。

人種によって人を分類するという伝統が、同じような多くの問題を生む。私は前述したような子供の裁判に全国で取り組んでいるので、いままで行ったことがない裁判所や土地にしばしば足を踏み入れることになる。一度、中西部のある裁判所で、審問の準備をするため、開始前に誰もいない法廷で弁護側のテーブルに座っていたことがあった。そのときの私は、ダークスーツに白いシャツ、ネクタイという出で立ちだった。すると、法廷の裏のドアから判事と検事が談笑しながらはいってきた。「おい、弁護士の付き添いなしにそこに座ってはだめだ。外に出て、弁護士が来るまで廊下で待て」

私は立ち上がってにっこりほほえんだ。「ああ、すみません、判事。はじめてお目にかかります。私はブライアン・スティーヴンソンと申しまして、午前中に審問がおこなわれる予定の案件を担当している弁護士です」

判事は自分の誤解を笑い飛ばし、検事もいっしょに笑いだした。私も無理に笑った。審問前に判事といざこざを起こして、成人として訴追された白人の子供である私の依頼人に不利になるようなことはしたくなかったからだ。しかし私はこの経験で悄然《しょうぜん》とした。もちろん、うっかりミスはまま起きるものだが、人種を根拠にした勝手な思いこみによる侮辱や無礼が積み重なると計り知れない破壊力になる。われわれ黒人が受けてきた不当な人種差別の歴史について掘り下げた対話をしないままでは、いつまでも理解してもらえず、きちんと向きあってもらうこともできない。だから黒人たちは、つねにあらぬ嫌疑をかけられ、非難され、監視され、疑われ、不信の目で見られ、推定有罪とされ、怖がられさえするという重荷を背負っているのだ。

四つ目の制度は大量投獄である。もしアメリカ合衆国の人口統計を知っているなら、どこでもいいから刑務所に行ったとき、かなりとまどうだろう。白人以外の人々が多すぎること、人種的マイノリティの刑期が不釣合いに長いこと、貧困層に狙いを定めた麻薬犯罪捜査、入国したての移民や不法移民の逮捕、結果的に起きる有権者の公民権剝奪と再入国の困難化――これらはみな人種差別の歴史というレンズを通してはじめて完全に理解できる。

私たちの新たなプロジェクトを通じてようやくこうした問題に取り組み、人種差別の歴史や構造的貧困から生まれた困難を言葉にできるようになり、とても喜んでいる。私たちがまとめた資料を目にした人たちからは好意的な反応が寄せられ、黒人が人種差別の歴史の重い抑圧をいつか跳ね返すことができるのではないかと期待している。

また、新たなスタッフにも大きな勇気をもらった。いまや私たちの事務所には、経験豊富で才能もある若い弁護士が全国から詰めかけている。私たちは大卒者に〝司法研修生〟としてEJIで仕事をしてもらうプログラムをはじめた。才能あるスタッフが増えれば、訴訟分野を広くするたびに生じる新たな困難にも取り組めるようになる。

とはいえ、スタッフや訴訟を増やし、分野を広げれば、それだけ大きな問題も転がりこんでくる。連邦最高裁が子供の事件について好意的な裁定をしてくれたのはとてもありがたいのだが、それに伴って新たな問題もいろいろと生まれた。現在何百人という人が再審請求の資格を得たが、その大部分は代理人をつける権利について明確に定められていない州にいた。ルイジアナ、アラバマ、ミシシッピ、アーカンソーなどの州には、最高裁のこの最近の裁定に影響を受ける子供の終身刑受刑者が多数いるというのに、支援する弁護士がいなかった。結局、殺人以外の罪で子供に仮釈放なしの終身刑を科すことが禁じられたあと、私たちが約一〇〇件の案件を引き受けることになった。そのあと子供の終身刑がすべて禁止されると、私たちはさらにもう一〇〇件の案件を引き受けた。子供の訴訟案件はすでに何十件もあったから、これに追加されることになり、私たちはたちまち飽和状態になってしまった。

前者の引き受けを実行に移すことは本来なにも難しくないはずだったのだが、思った以上に難航した。私はルイジアナ、フロリダ、ヴァージニア各州で過ごす時間がどんどん増えていった。この三州で、全国にいる殺人以外の罪で終身刑を受けた子供の九〇パーセント近くを占めていたのだ。裁判所は、私たちが思っていたほど子供と大人の違いについて見識が高くなく、子供を大人として扱うことが不当である根本的な理由についてあらためて論じなければならないこともしばしばだった。その点は最高裁がすでに認めたというのに。

なかには、子供の囚人に釈放の機会をあたえるより、寿命近くまでそこにいてほしい、あるいはそこで自然死を迎えてほしいと思っているらしい判事もいた。カリフォルニア州オレンジ郡の判事はアントニオ・ヌニェスに、仮釈放なしの終身刑の代わりに禁錮一七五年を言い渡した。私はカリフォルニア州上訴裁判所に行き、もっと穏当な量刑に変えてほしいと訴えた(7)。ジョー・サリヴァンとイアン・マヌエルのケースでも同じような抵抗に遭った。しかし最終的には、もう数年服役すればどちらも釈放されるような量刑を勝ち取ることができた。

また一部のケースでは、依頼人たちはすでに何十年も服役しているというのに、社会復帰するための支援システムが、たとえあったとしてもごくわずかしかなかった。EJIのプログラムは、子供のときに投獄されてから長年服役していた人用にとくに開発したものだ。住居、職業訓練、生活技術、カウンセリングなど、出所した人たちがうまく社会になじむうえで必要なサービスをできるだけ提供している。私たちは判事や仮釈放委員会に対し、依頼人に必要な支援を約束すると話している。

とりわけルイジアナ州の依頼人たちはさまざまな問題に直面していた。私たちはルイジアナ州で救済措置を得る可能性のある受刑者六〇人全員の代理人を引き受けた。ほとんど全員がアンゴラ刑務所にいた。とくに一九七〇年代から一九八〇年代、彼らの多くがそこに収容された時期に評判の悪かった矯正施設である。長年アンゴラでは激しい暴力がはびこり、ほかの囚人や職員とのいざこざによって懲戒——なにか別の罰を加えられたり、刑期が延びたりする——を受けずにいるのはまず無理だった。受刑者たちはとても厳しい環境で手作業をさせられたり、懲戒房に入れられたり、その他さまざまな罰を受ける。危険で粗暴な環境で長時間仕事をしたために、指や手足を失うといった大怪我をすることも珍しくなかった。

長いあいだアンゴラ——南北戦争が終わるまでは奴隷制プランテーションだった——では囚人たちに農場で綿花摘みをさせていた。拒んだ囚人は閻魔帳でチェックされ、何か月も懲戒房に入れられる。悲惨な刑務所環境に加え、どんなにお行儀よくしたってどうせ刑務所のなかで死ぬんだと年じゅう言われつづけたせいで、私たちの依頼人のほとんどは懲戒に次ぐ懲戒を受けた。私たちが準備していた再量刑宣告のための審問で、州側のスタッフ弁護士たちは好意的な量刑に反対するためこうした過去の閻魔帳を用いた。

驚いたことに、元子供終身刑服役囚のなかには、釈放される可能性も、自分の所内記録が閲覧される可能性もなかったというのに、ほとんど懲戒も受けずに模範的な生活をしている者たちもいた。受刑者管理役や先生役、囚人同士の喧嘩沙汰の仲裁役。所内図書館司書、新聞記者、庭師。アンゴラでは長年のあいだに、面倒とは関わらない服役囚たちによってすばらしいプログラムができあがっていて、私たちの依頼人の多くはそれをおおいに活用していた。

私たちは、ルイジアナでの再量刑宣告のための審問で、〝古顔〟の釈放を優先させることにした。つまり、そこにすでに何十年もいる子供終身刑受刑者のことだ。ジョシュア・カーターとロバート・キャストンは、私たちが訴えを起こした最初の二件だった。

一九六三年、ジョシュア・カーターは一六歳のときにニューオリンズで強姦罪に問われ、即座に死刑を言い渡された。当時死刑囚となった黒人の子供には、軽減措置などほとんど望むべくもなかった。しかし、自白を強要するために、警官たちが彼をさんざん殴ったことが明らかになり、一九六五年当時ですらルイジアナ最高裁判所は彼の有罪判決を覆さざるをえなかった(8)。カーターは仮釈放なしの終身刑に減刑され、アンゴラ刑務所に送られた。長年の苦労のすえ、彼は模範囚となり、受刑者管理役に任命された。一九九〇年代に緑内障を発症したが必要な治療を受けられずに両目とも失明した。私たちはニューオリンズ検察に対し、六〇代となりしかも失明もしているカーターさんはすでに五〇年近く服役しており、もう釈放すべきだと説得しようとしていた。

一方ロバート・キャストンは四五年間アンゴラで服役してきた。刑務所内作業場で指を数本なくし、長年の強制労働の結果、いまでは体が思うように動かなくなった。

私はカーターとキャストンの裁判のためにオリンズ郡の裁判所に頻繁に通った。オリンズ郡裁判所はこちらを圧倒するような巨大な建物だ。立派な大理石の床と高い天井を備えた広々とした廊下に沿って無数の法廷が並んでいる。毎日大勢の人々が廊下に群がり、さまざまな法廷のあいだを動きまわっている。その巨大な裁判所では、審問の予定が決まってもはなはだ当てにならなかった。カーターとキャストンの審問の日付と時間になっても、誰も気にしていないように見えることもしばしばだった。私が裁判所に到着すると、いつも前の裁判がいくつも詰まっていて、弁護士を連れた依頼人が混雑した法廷に集まり、自分たちの順番が来るのをいまかいまかと待っている。手いっぱいの判事たちは、自分の席に弁護士や検事を集めて話し合いをさせることで手続きを迅速に進めようとし、そのあいだ何十人という若者——ほとんどは黒人——が拘置所から支給された例のオレンジ色のジャンプスーツ姿で手錠をはめられたまま、法廷正面に突っ立っている。弁護士たちは依頼人や、混乱した法廷のあちこちに散らばっている家族と相談するため走りまわっている。

審問のためにニューオリンズを三度も訪問したが、カーターとキャストンの量刑はまだ決まっていなかった。憲法上許容できる判決を獲得するため地方検事と会い、判事に書類を提出し、大勢の刑務所職員から話を聞いた。カーターもキャストンも五〇年近く刑に服してきたのだから、即時釈放してもらいたかったのだ。

クリスマスの二週間前、私は二人の囚人の釈放を勝ち取るため四度目の出廷に臨んだ。判事も法廷も別々だったが、どちらか一方でも釈放が決定すれば、もう一方の釈放もスムーズに決まるのではないかと私たちは感じていた。当時私たちは〈ルイジアナ少年司法プロジェクト〉と協力して仕事をしており、その一員キャロル・コリンチャック弁護士がルイジアナにおけるすべての裁判で私たちといっしょに代理人を務めてくれることになっていた。この四度目の審問で、キャロルと私は資料を分析し、カーターとキャストンを刑務所に縛りつけつづける、次々に噴出する問題をせっせと解決した。

カーター家は大家族で、こんなに時間が経ったいまでも彼とこまめに連絡を続けていた。ハリケーン・カトリーナのあとその多くがニューオリンズから避難し、現在では何百キロも離れた場所に住んでいるというのに、何十人という家族や親戚が審問のたびに律儀に姿を見せ、なかにはわざわざカリフォルニアから出てくる者もいた。カーターの母親は一〇〇歳近い年齢だが、カーターが家に帰ってくるまで絶対に死なないと何十年も前に息子に誓った。

とうとう決定が目の前に迫っていた。もはや問題はすべて解決され、判事は私たちの申立てを認めて刑を再宣告し、キャストンはついに即時釈放されることになる。州側はふだん、アンゴラの受刑者を審問のたびにニューオリンズに連れてくるようなことはせず、経過の中継映像を刑務所に送って観せる。ざわざわと人が動きまわる騒々しい法廷で私が弁論をおこなったあと、判事は私たちの申立てを認めた。判事がキャストンの終身刑判決が出た日付を口にしたときのことだ。じつに思いがけないことが起きた。キャストンが刑務所で過ごした何十年という月日について判事が話しはじめると、法廷内が突然しんと静まり返ったのだ。私は何回もそこに来ていたが、そんなことははじめてだった。弁護士は協議をやめ、ほかの裁判を待っている検事たちもこちらの話に耳を傾け、家族たちはおしゃべりをやめた。自分の裁判を待っている手錠をはめられた被疑者たちさえ口をつぐみ、じっと耳を凝らしている。判事は、一六歳のときに犯した殺人ではない罪でアンゴラ刑務所に収監され、服役した四五年間について詳しく話した。キャストンがアンゴラに送られたのは一九六〇年代だったことに言及した。それからあらためて刑を言い渡し、キャストンさんは即時釈放されることになった。

私はキャロルのほうを見て微笑んだ。するとしんとしていた法廷内の人々が意外な行動に出た。全員がどっと拍手喝采をはじめたのである。こんな光景は見たことがなかった。弁護士も検事も関係家族も保安官補も歓声をあげた。手錠をした被疑者たちまで。

キャロルは涙を拭っていた。ふだんは混乱をいっさい認めない判事さえ、その劇的瞬間を受け入れているようだった。私の元教え子の多くが現在ニューオリンズの公選弁護人事務所で働いており、彼らも法廷に来て喜んでくれていた。ビデオですべてが観られるわけではないので、私はキャストンと電話で話し、経過を説明しなければならなかった。彼は大喜びだった。彼こそ、連邦最高裁が子供に終身刑を科すのを禁じたあと釈放される受刑者第一号だったのだ。

私たちは廊下を進んでカーターの法廷に行き、そこでも勝利を得た。新たな量刑が言い渡されて、彼もまた即時釈放となった。カーターの家族は有頂天だった。みんなが抱きあい、私とＥＪＩのスタッフに自宅で手料理をふるまうと約束した。

キャロルと私はキャストンとカーターの釈放に先立ち、今度はさまざまな手配をするのに忙しくなった。釈放はその日の夜。アンゴラ刑務所の手順は、真夜中に受刑者を釈放して、ニューオリンズ行きか、その他ルイジアナ州内の望んだ都市行きのバス賃を渡すというものだった。私たちは、そこから数時間の距離にあるアンゴラにスタッフを派遣し、釈放された二人を出迎えて、彼らが真夜中にバスで移動せずにすむようにした。

すっかり疲労困憊した私は、キャストンとカーターの釈放のために承認をもらわなければならない最後の書類がファックスされてくるのを待つあいだ、裁判所の廊下をうろうろしていた。広々とした玄関ホールの大理石の階段に一人の年老いた黒人女性が座っていた。疲れているように見え、私と姉が〝教会用帽子〟とよく呼んでいた帽子をかぶっていた。なめらかな黒い肌をした彼女は、たしかカーターの審問の法廷にいたような気がした。実際、私がニューオリンズの裁判所に来るたびに見かけている。どちらかの依頼人の親戚か知り合いだろうと思ったが、ほかの家族が彼女のことを話題にしているのを聞いた記憶はなかった。無意識にじっと見つめていたのだろう、彼女のほうも私に気づいて手を振り、おいでおいでをしている。

近づくと、彼女はにっこり微笑んだ。「疲れているから立てないの。だからあなたのほうから私をハグしてくれないかね?」すてきなハスキーボイスだ。

私は彼女に微笑み返した。「ええ、奥様。私もハグが大好きです。ありがとう」彼女は私の首を抱いた。

「さあお座りなさい。あなたとお話がしたいわ」彼女が言った。

私は階段の彼女の横に腰を下ろした。「あなたを何度かお見かけしました。キャストンさんかカーターさんのご親戚の方ですか?」

「いえいえいえ、私は誰の親戚でもないの。私の知るかぎりは、ってことだけど」彼女はやさしく笑い、それから私をじっと見た。「私はここにいる人たちを助けに来ているだけ。ここには痛みがあふれている。助けを求めている人が大勢いるわ」

「なんてご親切なんでしょう」

「いいえ、それが私の使命なの。だからそうしているだけ」彼女はつかのま目をそらし、それからまた私と目を合わせた。「一五年前、一六歳の孫が殺されたの」彼女は言った。「私はあの子を自分の命より愛していた」

そんな答えが返ってくるとは思ってもいなかったので、私はたちまち真顔になった。女性は私の手を握った。

「悲しくて悲しくて、悲嘆に暮れたわ。なぜかわいい孫息子の命をあんなふうに奪わせたのかと神に尋ねた。あの子はほかの少年たちに殺されたのよ。その子たちの裁判のときに、私ははじめてこの裁判所に来て、二週間近く毎回法廷で座って泣いていた。なんでそんなことになったのか、ちっともわからなかった。少年たちは孫息子を殺したことで有罪になり、判事は彼らを終身刑にした。それで少しは気がすむと思ったのに、むしろもっとつらい気持ちになったの」

彼女は続けた。「彼らが刑を言い渡されたあと、私は法廷でただただ泣いていた。すると一人の女性が近づいてきて、私を抱き、胸に寄りかからせてくれたの。彼らが殺した男の子が私の孫なのかと訊かれ、私はいいえと答えた。彼らが殺した男の子が私の孫なのだと」彼女は少し間を置いた。「二時間近くそうしてくれていたわ。一時間以上、私たちはどちらも一言もしゃべらなかった。あの裁判のあいだはじめて寄りかかれる人が見つかって、とても気持ちが安らいだわ。あの女性のことは一度も忘れたことがない。その人が誰だったかは知らないけれど、彼女のおかげで立ち直れた」

「お孫さんはお気の毒でした」私はつぶやいた。ほかに言葉が見つからなかった。

「けっして完全には立ち直れないとしても、なんとか前に進まなければならない。裁判のあと、私はどうしていいかわからなかった。それでも一年ほどして、ここに来はじめたの。理由はわからない。私もその誰かになれるかもしれない、傷ついた人が寄りかかれる誰かに。そう思ったのかもしれないわ」彼女は私の腕に腕を絡ませた。

私は微笑んだ。「とてもすばらしいことです」

「ええ、すばらしい時間を過ごせたわ。あらためて、あなたのお名前は？」

「ブライアンです」

「おしゃべりできてすばらしかったわ、ブライアン。はじめてここに来たとき、私は殺人事件やなにかの暴力事件で大切な誰かを亡くした人を探した。でもふと、ひどく悲しんでいる人のなかには、自分の子供や親が裁判にかけられている人たちもいると気づいたの。だから、いまは慰めの必要な人は誰にでもこの胸を貸すようにしている。終身刑を言い渡されて永遠に刑務所に送られることになった若者を子供に持つ人たちも、みんな暴力の存在を嘆き悲しんでいる。人を人とも思わないかのように無慈悲に刑を言い渡す判事。たがいに銃を撃ちあい、傷つけあっても平気な顔をしている人たち。わからないけれど、たくさんの悲しみや苦しみがあふれている。だから私はここに来て、人々が投げあった石をキャッチする役目を託されているの」

彼女の言葉を聞いて、私は思わず笑った。ウォルターの審問がおこなわれていたとき、地元の教会で牧師が裁判について話しあう集会を開き、話をしてほしいと招かれた。アフリカ系アメリカ人のコミュニティにもウォルターの支援を口にしない人たちが少数いた。理由はウォルターが有罪だと思っているからではなく、彼が不倫し、教会にもほとんど来ていなかったからだった。私は教会の集会でおもにウォルターの裁判について話をしたが、それに加えて、姦淫を責められた女がイエスの前につきだされたとき、彼女を石で打ち殺そうとする人々にイエスが「あなたたちのなかで罪を犯したことのない者が、まず、この女に石を投げなさい」と告げた話を取りあげた。人々は立ち去り、イエスは彼女を赦して、もう罪を犯すなと諭した。ところがこんにち、独善性、恐怖、怒りが高じて、キリスト教信者でさえすでに倒れている人に石を投げる。本当なら赦し、慈悲を授けなければならないとわかっているのに。私はそこにいる会衆に、そういう場面をただ傍観していてはならないと話した。私たちは〝石をキャッチする人《ストーン・キャッチャー》〟にならなければならないのだ、と。

その老婦人の譬えを聞いて私がつい笑うと、彼女も笑った。「今日あなたの弁論を法廷で聞いたわ。これまでにも二度ほど見かけたことがある。あなたも〝ストーン・キャッチャー〟ね」

私はますます笑った。「ええ、そうなろうとしています」

彼女は私の両手をとり、手のひらをさすった。「だけどみんなが投げてくる石を全部キャッチしてたら手が痛むわ」彼女は私の手をさすりつづけた。私は言葉が出なかった。この老婦人といると妙に心が安らいだ。キャストンとカーターのために手続きを全部終わらせたら、モンゴメリーまで五時間近くかけて車で帰らなければならない。ここでぐずぐずしているわけにはいかないのだが、こうして彼女と座っていると心地がよかった。いまや老婦人は、なんともこそばゆいとはいえ、私の手のひらを熱心にマッサージしている。とてもやさしく。

「ひょっとして、私を泣かせようとしてるんですか?」私は必死に笑顔を浮かべようとした。

老婦人は私の体に腕をまわし、微笑み返してきた。「いいえ、今日のあなたはあっぱれだった。判事があの男の人に帰宅してよろしいと言ったとき、本当にうれしかったわ。鳥肌が立った。五〇年刑務所にいて、視力まで失って。いいえ、私はそれを聞いて神に感謝したの。あなたはなんにも泣く必要なんかない。私はただあなたがちょっとだけ寄りかかれるように胸を貸そうと思っただけ。私はほら、〝石をキャッチすること〟について多少はわかっているから」

彼女は私の肩を少しぎゅっとつかみ、それから言った。「私は生涯悲しみの歌を歌いつづけてきた。そうしなければならなかったの。石をキャッチしていると、楽しい歌さえ悲しく聞こえるものだから」彼女はそこで言葉を切り、黙りこくった。やがてくすくす笑いだし、それから続けた。「それでも歌いつづけるの。歌を歌うと人は強くなれる。そのうちハッピーな気持ちにさえなるわ」

私たちが静かに座っている前を、人々が騒々しく行き来する。

「しかし、あなたは名人ですね」私はとうとう言った。「だいぶ楽になりました」

彼女は私の腕を軽くぽんぽんとたたいた。「あら、私をそんなに持ち上げないでちょうだい、おにいさん。私と会う前から、あなたはいい気分だったはずよ。あの人たちは釈放されることが決まって、ここを歩いてきたときもあなたは上機嫌だった。私はただいつもどおりにしただけで、特別なことはなにもしてないわ」

私はやっと暇乞いをし、彼女の頰にキスをして受刑者を釈放するための書類に署名をしなければならないのでと告げた。すると、彼女が私を引き止めた。「ああ、ちょっと待って」ハンドバッグのなかを引っかきまわし、包装紙に包まれたペパーミントキャンディをひとつ取りだした。「さあどうぞ」

自分でも理由をうまく説明できないのだが、彼女のしぐさがとてもうれしかった。

「ありがとうございます」私は微笑み、また身を乗りだして彼女の頰にもう一度キスをした。

彼女はにこにこしながら私に手を振った。「さあ行って行って」

エピローグ

二〇一三年九月一一日、ウォルターは亡くなった。

進行性の認知症のせいで混乱することが増えていったものの、最後までやさしくチャーミングなウォルターのままだった。姉のケイティと住んでいたが、最後の二年間は外出することも、介助を受けずに動くことともままならなかった。彼はある朝転んで腰を骨折した。手術は勧められないと医師たちに言われ、結局、回復の見込みもないまま帰宅した。病院のソーシャルワーカーからは、自宅療養とホスピスケアの手配をしましょうかと提案を受けた。悲しいことだったが、アラバマ死刑囚監房にいたときに彼が恐れていたことと比べればはるかに喜ばしい環境だった。退院してからはずいぶんと体重が減り、見舞い客が来てもだんだん反応しなくなっていった。その後まもなく、夜間に静かに息を引き取った。

ある雨の土曜日の朝、モンローヴィル近くのライムストーン・フォークAMEシオン教会でウォルターの葬儀が営まれた。二〇年以上前に私が石を投げることとそれをキャッチすることについて話をした、同じ教会だ。またそこにもどってきたことに、不思議な感慨を覚えた。教会は参列者でぎっしりと埋まり、外にも何十人という人々が立っていた。教会内にひしめく、ほとんどが貧しい田舎暮らしの黒人たちを私は眺める。またひとつ葬儀を出そうとしている悲しい場所を、嘆く余裕もないまま内に秘められた彼らの苦しみが満たしている。葬儀は、かつての不当な苦痛と味わう必要もなかったはずの苦悩によって、よけいに悲痛だった。私がウォルターの事案を担当していたときにしばしば感じていたのは、モンロー郡でさまざまな圧力や脅威にさらされているすべての暮らしや人々の苦しみを、人知れずどこかに建設した貯蔵施設に集めたら、なにかとんでもないパワーが生まれて、かつては不可能だったことも可能にしてしまう驚異の代替エネルギーになるのではないかということだった。それが実現したら、いったいどうなるか——正義の鉄槌による崩壊か、はたまた大きな変貌を伴う救済か。その両方かもしれない。

棺の近くに巨大なＴＶモニターが置かれ、ミサがはじまる前にウォルターの写真が次々に映しだされていた。ほとんどの写真は釈放された日に撮られたものだった。ウォルターと私が並んでいる写真も何枚かあり、二人とも本当にうれしそうに見えることに胸を打たれた。私は席に座って写真を眺めながら、過ぎ去ってしまった時間に驚きを隠せなかった。

ウォルターがまだ死刑囚監房にいたとき、同じ棟にいた仲間の一人の死刑が執行されているあいだ、どんなに気分が悪くなるか話してくれたことがあった。

「電気椅子の電源がはいると、肉が焼ける臭いがするんだぞ！　俺たちはみんなで鉄格子をたたいて抗議し、それで鬱憤を晴らしていたが、本当に胸が悪くなった。強くたたけばたたくほど、耐えられなくなったよ。

死について考えたことがあるかい？」

彼が尋ねた。それはウォルターのような男がするには珍しい質問だった。

「昔は一度も考えたことがなかったが、いまではずっと考えてる」彼は続けた。表情に苦悩が見えた。「ここは外とは全然勝手が違う。死刑囚監房にいる連中は、執行前になにをしようかとよく話す。そんな話をするのは馬鹿げていると昔は考えていたが、いまでは俺も考えはじめてるよ」

私はその会話にとまどいを感じた。「生きることを考えるべきだよ、相棒。ここを出たらなにがしたいかについて」

「ああ、もちろんそれも考えてるさ。ただ、殺されるためにあの廊下を歩いていく連中を見るのがつらいんだ。裁判所だの刑務所だのが決めたスケジュールで死ぬのは間違ってる。人は神の決めたスケジュールで死ぬものなんだ」

ミサがはじまる前、私はウォルターが出所したあとに二人で過ごした時間を振り返っていた。すると聖歌隊の歌がはじまり、牧師が感動的な説教をした。ウォルターは嘘と偏狭によって、人生がいちばん花咲くときに家族から引き離された、と牧師は語った。そのあと私も弔辞を述べ、ウォルターは自分にとって兄のような存在となり、当時はほんの若造だった私のような人間に人生を託す勇気の持ち主だったと話した。私たちは誰もがウォルターになにがしかの借りがある。彼は恐怖によって脅され、濡れ衣を着せられても、けっしてあきらめなかった。裁判の屈辱を、いわれのない罪を耐え抜いた。有罪評決を、死刑囚監房を、まったくの冤罪を耐え抜いたのだ。心身に傷を負いはしたが、彼は堂々と刑務所から出てきた。ウォルターは恐怖や無知、偏見を乗り越えた。彼が不正に真っ向から挑み、そして冤罪をみごと晴らしてくれたおかげで、権力の濫用や彼を危うく殺しかけた司法の誤りから、私たちは以前より少しは守られ、少しは安全に暮らせるようになったと言える。私は彼の友人や家族に告げた――ウォルターの強さ、抵抗、忍耐は祝福してしかるべき勝利であり、記念すべき成果だと。

私はまた、そこに集まった会衆に、ウォルターから教えられたことについても話さなければと感じていた。彼のおかげで、貧しいが無実の人より、有罪だが裕福な人のほうに軍配をあげつづけるいまの刑事司法制度を改革しなければならないと思い知らされた。貧しい人に必要な法的支援をあたえず、有罪か否かよりお金や地位を重視する制度には変革が必要だ。ウォルターの裁判によって、恐怖や怒りは正義を曇らせると教えられた。それは地方自治体に、州に、国に感染し、人の目をくらませ、不合理で危険な心理状態にする。大量投獄は、この国のあちこちに刑務所という名の記念碑を建設するに至った。行きすぎた無謀な刑罰と、最も弱い人々を罪に陥れて排除しようとする希望のない荒廃したコミュニティの記憶を留めるために。そしてまた私はウォルターの裁判に教えられた――死刑は、自分が犯した罪を償うために人が死ぬ意味があるのかという問題ではない。この国の死刑の本当の問題は、〝私たちに人を殺す資格があるのか〟ということだと。

そして最後に、ウォルターが教えてくれたなにより大事なことは、思いやりが最も力を発揮し、人を解放し、変化させるのは、それに値しない相手に向けられたときだ、ということ。それを受け取るだけのことをしていない人、いや、それを求めてさえいない人、そういう人たちこそ思いやりをもらう意味がある。ウォルターは、彼を不当に訴追した人、彼を有罪にした人、彼には慈悲をあたえられる資格はないと判断した人たちを当たり前のように赦した。そして最終的には、そういう他者への思いやりの心のおかげで、祝福に満ちた人生を取り戻した。あらゆる人間が求める愛と自由を再発見し、有罪と死刑判決を乗り越えて、神のスケジュールによって安らかに召されたのだ。

ミサのあと、私は長居はしなかった。外に出て、目の前に延びる道を見つめ、ウォルターが釈放されたあと、結局ロンダ・モリソン殺害犯は捕まらなかったことを思った。そして彼女の両親がいまも抱えているはずの苦しみに思いを馳せた。

ありとあらゆる悩み事について、法的支援を必要とする大勢の人々が私のところに集まってきた。名刺を持ってきていなかったので、私はひとりひとりに電話番号のメモを渡し、オフィスに電話をしてくださいと伝えた。助けを求める大勢の人たちを前にして私たちにできることはそう多くはないかもしれないが、希望があれば、家路につく私の悲しみも少しはやわらいだ。そう、きっとなにかしら、できるはずだ。

付記

ある暖かな聖金曜日の朝、私はバーミングハムの拘置所から、三〇年近くアラバマ州死刑囚監房にいた無実の男といっしょに出てきた。アンソニー・レイ・ヒントンは、ホールマン矯正施設のなかの一五二センチ×二一三センチの独房に三〇年間閉じこめられていた。廊下を少し行ったところには刑執行室があり、ヒントンが収監されていたあいだに五〇人以上の死刑がそこで執行された。電気椅子が使われていた時代には、真夜中の執行のあと、肉が焼ける臭いがしたという。ヒントンはウォルター・マクミリアンより前から、アラバマ州死刑囚監房にいた。二〇〇〇年に彼の無実を証明する検査結果を提示したあと、私は検察側に証拠の再検査をしてほしいと申入れをしつづけたが、一五年間にわたって拒否された。州側はその後もヒントンの刑を執行しようとしていたが、二〇一五年についに連邦最高裁でこちらに有利な裁定を勝ち取り、検察側に対し証拠の再検査が命じられた。検査結果は彼の無実を証明し、ヒントンはアメリカ国内で冤罪によって死刑判決を受けたあと無実が明らかになった一五二番目の人となった。

二〇一〇年に連邦最高裁が殺人以外の罪を犯した子供に仮釈放なしの終身刑を科すことを禁じて以来、何百人という子供が量刑の再裁定を受け、すでに数十人が釈放された。私たちがルイジアナ州で代理人を務めた終身刑の子供たちも一〇人以上がいまは帰宅している。イアン・マヌエルとアントニオ・ヌニェスにも釈放の可能性が出てきた。ジョー・サリヴァンは二〇一四年六月に釈放される予定だったが、フロリダ州側がその二〇日前になって予定を変更した。〝模範的だった期間〟を計算し間違えたと主張し、刑期をもう五年間加えたのである。私たちはいまも即時釈放を求めて戦っている。ペンシルヴェニア州でいまも終身刑で服役中のトリーナ・ガーネットに対する軽減措置についても、現在まだ申立てをおこなっているが、連邦最高裁の裁定にもかかわらず、州側は彼女に量刑の再裁定の権利があることを認めようとしない。トリーナもあきらめてはおらず、二〇一四年には、マンシー州刑務所で同じく終身刑で服役中の女性たちとつくったバンドでリードボーカルをとり、力強いミュージック・ビデオをつくった。曲のタイトルとリフレインは『ここはあたしの家じゃない』だ。グレンとマーシャのコルビー夫妻は自宅にもどり、仲良くやっている。ヘンリーはもうジョージア州死刑囚監房にはいない。

私はいまも〝ストーン・キャッチャー〟たちと折に触れて会い、そのたびにおおいに意欲をかきたてられ、犯罪の容疑者や受刑者、死刑囚のために――もちろん犯罪や暴力の犠牲者のためにも――もっとなにかできると信じる気持ちを強くしている。私たちは誰もがもっとおたがいのために行動できるはずなのだ。取り組みは続く。

著者追記

アメリカ合衆国では二〇〇〇万人以上の人々が収監されており、保護観察中あるいは仮釈放中の人が六〇〇〇万人、前科を持つ人が推定六八〇〇〇万人います。そんななか、刑事司法政策を変えるためになにかしたい、現在収監中あるいはかつて収監されていた人々を支援したいともしお考えであれば、その機会は数えきれないほどあります。受刑者を支援するボランティア活動や元受刑者の社会復帰を助ける団体、刑事司法政策の改革を求める世界じゅうの機関などで働くことやサポートすることにもし興味がおありなら、アラバマ州モンゴメリーのわれわれ〈司法の公正構想《EJI》〉にご連絡ください。詳しくは私たちのＷｅｂサイト www.eji.org をご覧いただくか、contact_us@eji.org にＥメールをお送りください。

訳者あとがき

この原稿を書いている二〇一六年夏現在、アメリカでは白人警官による黒人射殺事件が後を絶たず、大きな社会問題となっている。七月五日には、ルイジアナ州バトンルージュで、路上でCDを売っていた三七歳の黒人男性が二人の白人警官に取り押さえられ、射殺された。直後の七月六日には、ミネソタ州ファルコンハイツで、車のライトが切れていたことを理由に警官に停車させられた学校職員の黒人男性が、免許証を提示しようとして発砲され、死亡した。いずれのケースでも、近隣住民や恋人によってそのときの模様が携帯電話などで撮影され、動画がネットやSNSに投稿されたため、無防備な相手に警官が過剰な暴力を働く様子が白日の下にさらされた。この時点で、今年になってから少なくとも一二三人の黒人が警察官によって殺害されていたという。

これをきっかけに七日、全米各地で抗議集会が開かれ、ニューヨークやシカゴなどのほか、テキサス州ダラスでも約八〇〇人の人々が集まった。しかし、このとき警備に当たっていた警官たちを、今度は数人の黒人が狙撃するという事件が起きた。まさに報復の連鎖という最悪の事態に陥ったのである。

白人や警官による黒人襲撃は、もちろん今にはじまったことではない。近年だけ見ても、二〇一五年にサウスカロライナ州チャールストンで九人の死者を出した、白人の若者による黒人への銃乱射事件、二〇一四年にミズーリ州セントルイスで起きた警察官による丸腰の黒人少年の射殺事件など、枚挙に暇がない。つまり、白人至上主義秘密結社クー《K》・クラックス《K》・クラン《K》などによる黒人リンチが日常茶飯事だった一世紀ほど前と、状況がほとんど変わっていないのである。

本書は、黒人人権弁護士として、貧困者やマイノリティの人々がアメリカ司法制度のなかで被っている不公正を正そうとするブライアン・スティーヴンソン氏が、みずから綴った奮闘の記録である。デラウェア州ミルトンの貧しい黒人コミュニティで生まれ育ち、幼い頃から目にしてきた矛盾や不公正に対して何かできることはないかと考えた彼は、紆余曲折のすえに弁護士の道を選んだのだ。

実際アフリカ系アメリカ人は、前述したような一種のテロ行為ともいえる不法な迫害のみならず、連邦政府や州が制定した〝合法的な〟制度によって虐げられてきたのである。本書のなかでスティーヴンソン氏は、アメリカ司法制度の人種差別的アプローチを形作ったのは、奴隷制度、囚人貸出制度、ジム・クロウ法、大量投獄だと述べている。そうした制度を通じて〝人種には違いがある〟という観念が人々の〝肌〟に染みこみ、司法制度のなかで見られるさまざまな不公正が、ある意味〝当然のこと〟として見過ごされてきたのである。

本書では、スティーヴンソン氏がまだ駆け出し弁護士だった頃に担当し、その活躍が一躍注目を浴びるきっかけとなった元死刑囚ウォルター・マクミリアン冤罪事件を軸に、彼が注力してきた、少年終身刑囚、知的障害や精神障害を持つ受刑者、不当な扱いを受ける女性受刑者らを救済するさまざまなケースが紹介されている。スティーヴンソン氏は現状を客観的に述べつつ、みずからの体験をいきいきとした筆致で描き、読者の心をつかんで離さない。ウォルター・マクミリアンの冤罪を晴らす過程など、ちょっとした司法ミステリーにも負けないくらい臨場感にあふれ、はらはらさせられる（ウォルター・マクミリアン事件については『おまえが殺ったと誰もが言う――南部女子学生惨殺事件の真相』［ピート・アーリィ著、田中昌太郎訳、ハヤカワ文庫］というレポートがあるので、あわせて読むと面白いだろう）。

それにしても、読んでいると、司法の名のもとで起きている目を覆うような出来事に、暗澹たる気分になる。先進国たるアメリカ合衆国でこんな不当が現実に存在するとすれば、正義などどこにもないのではないのだろうか、と。そこに並ぶデータが現状を如実に語っている。黒人少年の三人に一人が将来監獄に行く、二五万人もの少年が成人として裁かれて長期刑に服している、とくに薬物犯罪の厳罰化によってこの三〇年間で女性の受刑者が六四〇パーセントも増加した、前科がある者から選挙権を剝奪する州があり、選挙権を持たない黒人の割合が急増している、など。それだけマイノリティに対する差別意識は根深いものなのだろう。「貧困の反対語は、裕福ではなく正義だ」というひと言はとても重い。

いや、アメリカのみならず、世界を見回し、そしてごく身のまわりを眺めても、人々がどんどん不寛容になっているような気がしてならない。トランプ氏の共和党大統領候補選出しかり、ヨーロッパにおける難民排斥運動しかり、先だって相模原で起きた障害者施設殺傷事件しかり。その不寛容こそ、〝自分とは違うもの〟を分け隔てし排除しようとする心持ちの元凶である。スティーヴンソン氏は言う。人はみな誰かを傷つけ、傷つけられている。誰もが壊れ物であり、壊れているという点で私たちはみな同じなのだ、と。そして、すべての人が等しく不完全だという事実が、思いやりを、寛容の心を育む。本書の原題*Just Mercy*には、そんなほんの少しの思いやりが、わずかな慈悲心があれば、私たちはもっと幸せに暮らせるのに、という著者の気持ちがこめられている。「人はそれぞれ、たとえどんなに悪いことをしたとしても、それだけの存在ではない」という言葉にすべては集約される。

著者ブライアン・スティーヴンソン氏は、奨学金を取得してハーヴァード・ロースクールに進学し、授業の一環として、ジョージア州アトランタにある、死刑囚の代理人を引き受ける南部囚人弁護委員会で司法修習生を務めた。このときの経験が彼の人生の方向を定めたと言ってもよい。一九八五年にロースクールを卒業すると、この南部囚人弁護委員会に就職し、やがて、かつての公民権運動の拠点だったアラバマ州モンゴメリーでＮＰＯ〈司法の公正構想（ＥＪＩ）〉を創設した。当初はアラバマ州の死刑囚の法的支援をおこなうことが目的だったが、活動範囲はしだいにもっと広がり、貧困者やマイノリティに対する司法の不公正全般と闘いはじめる。著者のその後の活躍については本書に詳しいが、いまでは人権弁護士として全国に名を馳せる存在だ。ＥＪＩ代表とニューヨーク大学ロースクール教授を務める傍ら、講演活動も積極的におこなっている。とりわけ二〇一二年のＴＥＤでのプレゼンテーションでは、歴代スピーカーのなかで最も長いスタンディング・オベーションを受け、その直後、彼が主催する、成人として収監されている子供たちの救済運動に一〇〇万ドルもの募金が集まったという。プレゼンの様子はネットで観られるので、ご興味のある方はぜひその熱弁をご覧いただきたい。

本書にも、人の心をつかむ彼の〝話術〟がいかんなく発揮されており、読者はみな何度も胸が締めつけられ、熱くこみあげるものを感じるのではないだろうか。二〇一四年にアメリカで出版されるとたちまちベストセラーとなり、「タイム」誌の二〇一四年ノンフィクションベスト一〇に選ばれただけでなく、二〇一五年カーネギー賞優秀ノンフィクション賞も受賞した。しかし肝心なのは、本書はただの感動物語ではなく、彼のたゆまぬ努力のたまものであり、つらいことや悲しいことをいくつも経験しながら、正義に向かって一歩一歩前進した結果なのだということである。そしてスティーヴンソン氏はいまも歩きつづけている。

末筆ながら、本書の翻訳の機会を与えてくださり、支援してくださった亜紀書房編集部の内藤寛さん、寺地洋了さんにお礼を申しあげます。

二〇一六年八月

宮崎　真紀

亜紀書房翻訳ノンフィクションシリーズII-9

黒い司法

黒人死刑大国アメリカの冤罪と闘う

2016年10月15日　第1版第1刷 発行

著　者　ブライアン・スティーヴンソン

訳　者　宮崎真紀

発行所　株式会社亜紀書房
郵便番号 101-0051
東京都千代田区神田神保町1-32
電話 (03)5280-0261
http://www.akishobo.com

印　刷　株式会社トライ
http://www.try-sky.com

組　版　コトモモ社

装　幀　鈴木大輔・江﨑輝海（ソウルデザイン）

Printed in Japan
ISBN978-4-7505-1439-0

著者 **ブライアン・スティーヴンソン / Bryan Stevenson**

アラバマ州モンゴメリーを拠点とする司法の公正構想（イコール・ジャスティス・イニシアチヴ）の事務局長。ニューヨーク大学ロースクールで法学教授として教鞭を執る。何十人という死刑囚の救済措置を勝ち取り、連邦最高裁判所では５度にわたって弁論をおこなった。貧困者や黒人に対する偏見に立ち向かうその姿勢は全国的に高く評価されている。数々の受賞歴を誇り、そのひとつとしてマッカーサー財団の〝天才〟賞が挙げられる。

訳者 **宮﨑真紀 / みやざき・まき**

スペイン語圏文学・英米文学翻訳家。東京外国語大学外国語学部スペイン語学科卒業。おもな訳書に、ロサ・リーバス＆ザビーネ・ホフマン『偽りの書簡』（東京創元社）、トニ・ヒル『よき自殺』（集英社）、コンドリーザ・ライス『ライス回顧録 ホワイトハウス激動の 2920 日』（共訳、集英社）、ミケル・サンティアゴ『トレモア海岸最後の夜』（早川書房）、ルーカ・カイオーリ『スアレス 神憑』（共訳、亜紀書房）など。

註

はじめに　恵みの高き嶺

1 Thomas P. Bonczar, “Prevalence of Imprisonment in the U.S. Population, 1974-2001,” Bureau of Justice Statistics (August 2003), available at www.bjs.gov/index.cfm?ty=pbdetail&iid=836（2014 年 4 月 29 日閲覧）。

2 Bonczar, “Prevalence of Imprisonment”; “Report of The Sentencing Project to the United Nations Human Rights Committee Regarding Racial Disparities in the United States Criminal Justice System,” The Sentencing Project (August 2013), available at http://sentencing project.org/doc/publications/rd_ICCPR%20Race%20and%20Justice%20Shadow%20Report.pdf（2014 年 4 月 29 日閲覧）。

3 23 州で、少なくともある種の状況下では、少年を成人として裁判にかける年齢制限が設けられていない。Howard N. Snyder and Melissa Sickmund, “Juvenile Offenders and Victims: 2006 National Report,” National Center for Juvenile Justice (March 2006), available at www.ojjdp.gov/ojstatbb/nr2006/downloads/NR2006.pdf（2014 年 4 月 29 日閲覧）。

4 “Fact Sheet: Trends in U.S. Corrections,” The Sentencing Project (May 2012), available at www.sentencing project.org/doc/publications/inc_Trends_in_Corrections_Fact_sheet.pdf（2014 年 4 月 29 日閲覧）。Marc Mauer and Ryan S. King, “A 25-Year Quagmire: The War on Drugs and Its Impact on American Society,” *The Sentencing Project* (September 2007), 2, available at www.sentencingproject.org/doc/publications/dp_25yearquagmire.pdf（2014 年 4 月 29 日閲覧）。

5 連邦法は、ＳＮＡＰ手当て（かつては食料配給券と呼ばれていた）を、薬物関連の重罪を犯した者に給付することを禁じているが、州はこの禁止法を適用しない、あるいは変更する自由を認められている。現在 32 の州で、薬物犯罪の前科がある者になんらかの禁止措置をおこない、うち 10 州ではその禁止措置は永続的である。住宅手当て受給を規定するセクション 8 プログラムにしろ公営住宅への入居にしろ、そうした住宅補助に関しても、薬物犯罪の前科があると、州は強制立ち退きや発給拒否をすることができる。Maggie McCarty, Randy Alison Aussenberg, Gene Falk, and David H. Carpenter, “Drug Testing and Crime-Related Restrictions in TANF, SNAP, and Housing Assistance,” Congressional Research Service (September 17, 2013), available at www.fas.org/sgp/crs/misc/R42394.pdf（2014 年 4 月 29 日閲覧）。

6 12 州で、重罪の犯罪歴がある者全員あるいは一部の選挙権を剥奪している。32 州で仮出所者の投票を禁じ、31 州で保護観察処分中の人の選挙権を認めていない。The Sentencing Project, “Felony Disenfranchisement Laws in the United States” (June 2013), available at www.sentencingproject.org/doc/publications/fd_Felony%20Disenfranchisement%20Laws%20in%20the%20US.pdf（2014 年 4 月 30 日閲覧）。

7 アラバマ、ミシシッピ、テネシー州では、10パーセント以上のアフリカ系アメリカ人が投票できない状態にある。フロリダ、ケンタッキー、ヴァージニア各州では、5人に1人のアフリカ系アメリカ人が投票できずにいる。Christopher Uggen, Sarah Shannon, and Jeff Manza, "State-Level Estimates of Felon Disenfranchisement in the United States, 2010," The Sentencing Project (July 2012), available at http://sentencingproject.org/doc/publications/fd_State_Level_Estimates_of_Felon_Disen_2010.pdf(2014年4月30日閲覧)。

8 死刑情報センターによると、1973年以来、144人の死刑囚の冤罪が証明された。"The Innocence List," Death Penalty Information Center, available at www.deathpenaltyinfo.org/innocence-list-those-freed-death-row (2014年4月25日閲覧)。

9 冤罪プロジェクトによれば、アメリカ合衆国で有罪判決を受けながらDNA鑑定によって無罪が証明されたケースはこれまでに316件にのぼるという。そのうち18人は死刑囚だった。"DNA Exonerations Nationwide," The Innocence Project, available at www.innocenceproject.org/Content/DNA_Exonerations_Nationwide.php (2014年4月25日閲覧)。

10 John Lewis and Bryan Stevenson, "State of Equality and Justice in America: The Presumption of Guilt," *Washington Post* (May 17, 2013).

11 手にはいる最新の統計値によれば、2010年にはアメリカの刑務所にかかる費用は約800億ドルにのぼった。Attorney General Eric Holder, American Bar Association Speech (August 12, 2013); Tracey Kyckelhahn and Tara Martin, Bureau of Justice Statistics, "Justice Expenditure and Employment Extracts, 2010–Preliminary" (July 2013), available at www.bjs.gov/index.cfm?ty=pbdetail&iid=46792014年4月30日閲覧)。比較として、この数値は1980年には69億ドルだった。Bureau of Justice Statistics, "Justice (Expenditure and Employment Extracts—1980 and 1981 Data from the Annual General Finance and Employment Surveys" (March 1985), available at www.bjs.gov/index.cfm?ty=pbdetail&iid=3527 (2014年4月30日閲覧)。

第1章　マネシツグミを真似する人々

1 Conner Bailey, Peter Sinclair, John Bliss, and Karni Perez, "Segmented Labor Markets in Alabama's Pulp and Paper Industry," *Rural Sociology* 61, no. 3 (1996): 475–96.

2 *Pace & Cox v. State*, 69 Ala. 231, 233 (1882).

3 U.S. Census Office, *Fourteenth Census of Population* (Washington, D.C.: Government Printing Office, 1920).

4 1924年にヴァージニア州で人種間通婚禁止法が成立して、欠陥がある、あるいは危険だと考えられていた黒人女性の強制的不妊手術が合法化され、黒人と白人の通婚が犯罪と

見なされるようになると、キャロライン郡の人々はこの法律を深刻に受け止めた。数十年後、白人青年リチャード・ラヴィングがミルドレッド・ジーターという黒人女性と恋に落ちた。ミルドレッドの妊娠が判明したため、2人は結婚を決意したが、ヴァージニア州では無理だとわかっていたから、ワシントンDCに行き、〝合法的に〟所帯を持った。そのまま故郷を離れようとしたものの、ホームシックになり、結局キャロライン郡の家族のもとに戻った。2人の結婚の噂が広まり、数週間後、保安官と武装した保安官補たちが真夜中に2人の家に押しかけて、人種間通婚の罪で彼らを逮捕した。拘置所に入れられ、辱めを受けたすえに、2人は無理やり罪状を認めさせられ、この郡を離れて「少なくとも25年は戻ってこない」と誓えば刑の執行を猶予してやるのでありがたく思えと告げられた。2人はまた郡から逃げたものの、今回はアメリカ自由人権協会の協力を得て、法廷で戦う決心をした。下級裁判所では負けつづけたものの、1967年、ついに連邦最高裁判所が人種間通婚禁止法は違憲であると判断した。

5 連邦法のもとでは制限を強制できなくなったとはいえ、アラバマ州法は21世紀になっても人種間通婚を禁止しつづけた。2000年、改革派の力でついに全州規模の住民投票がおこなわれることになり、禁止法の撤廃に賛成する人が半数を超えた。とはいえ、反対票が41パーセントを占めたことも事実である。2011年にミシシッピ州共和党がおこなった世論調査では、46パーセントの人々が人種間通婚の法的禁止に賛成し、反対が40パーセント、どちらとも言えないという人が14パーセントだった。

6 リンチされた人の名前は以下のとおりである。

1892年10月13日:バレル・ジョーンズ、モーゼズ・ジョーンズ／ジョンソン、ジム・パッカード、1人不明（ジム・パッカードのきょうだい）。Tuskegee University, "Record of Lynchings in Alabama from 1871 to 1920," compiled for the Alabama Department of Archives and History by the Tuskegee Normal and Industrial Institute, Alabama Dept. of Archives and History Digital Collections, available at http://digital.archives.alabama.gov/cdm/singleitem/collection/voices/id/2516（2009年9月18日閲覧）。"Four Negroes Lynched," *New York Times* (October 14, 1892); Stewart Tolnay, compiler, "NAACP Lynching Records," Historical American Lynching Data Collection Project, available at http://people.uncw.edu/hinese/HAL/HAL%20Web%20Page.htm#Project%20 HAL（2014年4月30日閲覧）。

1892年10月30日：アレン・パーカー。Tuskegee University Archives; Tolnay, "NAACP Lynching Records."

1897年8月30日：ジャック・ファー。Tuskegee University Archives; Tolnay, "NAACP Lynching Records."

1897年9月2日：氏名不詳。Tuskegee University Archives.

1905年8月23日：オリバー・ラット。Tuskegee University Archives.

1909年2月7日：ウィル・パーカー。Tuskegee University Archives.

1915年8月9日：ジェームズ・フォックス。Tuskegee University Archives; "Negro Lynched for Attacking Officer," *Montgomery Advertiser* (August 10, 1915). Tuskegee University Archives; Tolnay, "NAACP Lynching Records."

1943年8月9日：ウィリー・リー・クーパー。"NAACP Describes Alabama's Willie Lee

Case as Lynching," *Journal and Guide* (September 8, 1943); "NAACP Claims Man Lynched in Alabama," Bee (September 26, 1943); "Ala. Workman 'Lynched' After Quitting Job," *Afro-American* (September 18, 1943). Tuskegee University Archives.

1954 年 5 月 7 日：ラッセル・チャーリー。"Violence Flares in Dixie," *Pittsburgh Courier* (June 5, 1954); "Suspect Lynching in Ala. Town," *Chicago Defender* (June 12, 1954); "Hint Love Rivalry Led to Lynching," *Chicago Defender* (June 19, 1954); "NAACP Probes 'Bama Lynching," *Pittsburgh Courier* (June 26, 1954). Tuskegee University Archives.

第 2 章　立《スタ》ち上《ン》が《ド》れ！

1　司法統計局によれば、1980 年代を通して、年に数百人の受刑者が自殺、殺人、その他〝不明〟な理由で亡くなっていたという。Christopher J. Mumola, "Suicide and Homicide in State Prisons and Local Jails," Bureau of Justice Statistics (August 2005), available at www.bjs.gov/index.cfm?ty=pbdetail &iid=1126（2014 年閲覧）。Lawrence A. Greenfield, "Prisons and Prisoners in the United States," Bureau of Justice Statistics (April 1992), available at www.bjs.gov/index.cfm?ty=pbdetail&iid=1392.

2　1978 年、黒人は警察官に殺される可能性が白人の 8 倍高かった。Jodi M. Brown and Patrick A. Langan, "Policing and Homicide, 1976-1998: Justifiable Homicide by Police, Police Officers Murdered by Felons," Bureau of Justice Statistics (March 2001), available at www.bjs.gov/index.cfm?ty=pbdetail&iid=829（2014 年 4 月 30 日閲覧）。

3　1998 年まで、黒人が警察官に殺される確率は、依然として白人より 4 倍も高かった。Brown and Langan, "Policing and Homicide, 1976-1998."

4　正当防衛法を持つ州では、この法の大部分が施行されていた 2005 年から 2011 年のあいだ、黒人が〝正当に〟殺害された比率が 2 倍以上に増えた。同じ理由で白人が殺された比率もやはり上昇したがごくわずかで、そもそも白人の殺人の比率そのものがはるかに低い。"Shoot First: 'Stand Your Ground' Laws and Their Effect on Violent Crime and the Criminal Justice System," joint press release from the National Urban League, Mayors Against Illegal Guns, and VoteVets.org (September 2013), available at http://nul.iamempowered.com/content/mayors-against-illegal-guns-national-urban-league-votevets-release-report-showing-stand-your（2014 年 4 月 30 日閲覧）。

第 3 章　裁判と試練

1　*McMillian v. Johnson*, Case No. 93-A-699-N, P. Exh. 12, Plaintiff's Memorandum in Opposition to Defendant's Motion for Summary Judgment (1994).

2　*Glass v. Louisiana*, 471 U.S. 1080 (1985), denying cert. to 455 So.2d 659 (La. 1984) (J.

Gazette (October 30, 2013); "Juvenile Life Without Parole (JLWOP) in Pennsylvania," Juvenile Law Center, available at http://jlc.org/current-initiatives/promoting-fairness-courts/ juvenile-life-without-parole/jlwop-pennsylvania (2014 年 4 月 26 日閲覧)。

10 Meg Laughlin, "Does Separation Equal Suffering?" *Tampa Bay Times* (December 17, 2006).

11 2003 年に刑務所レイプ排除法を制定するにあたって、未成年者が成人用矯正施設に収容されると性的暴行を受ける割合が 5 倍に増えるということが国会で明らかにされた。42 U.S.C. § 15601(4).

12 Laughlin, "Does Separation Equal Suffering?"

13 フロリダ州は、殺人以外の罪を犯した 77 人の少年に、仮釈放なしの終身刑を言い渡した。Brief of Petitioner, *Graham v. Florida*, U.S. Supreme Court (2009); Paolo G. Annino, David W. Rasmussen, and Chelsea B. Rice, *Juvenile Life without Parole for Non-Homicide Offenses: Florida Compared to the Nation* (2009), 2, table A.

14 フロリダ州では、ジョー・サリヴァンを含む 2 人の 13 歳の少年が、殺人以外の罪で仮釈放なしの終身刑を言い渡された。Annino, Rasmussen, and Rice, *Juvenile Life without Parole for Non-Homicide Offenses*, chart E (2009).

15 "Cruel and Unusual: Sentencing 13- and 14-Year-Old Children to Die in Prison," Equal Justice Initiative (2008), available at http://eji.org/eji/files/Cruel%20and%20Unusual%20 2008_0.pdf (2014 年 4 月 30 日閲覧)。

16 アメリカ合衆国は、非殺人罪で少年に終身刑を科す世界で唯一の国家であり、フロリダ州はほかのどの州より多く、そうした罪を犯した少年に仮釈放なしの終身刑を言い渡してきた。Annino, Rasmussen, and Rice, *Juvenile Life without Parole for Non-Homicide Offenses*, chart E.

17 *In re Nunez*, 173 Cal.App. 4th 709, 720 (2009).

18 *In re Nunez*, 173 Cal.App. 4th 709, 720-21 (2009).

19 "Violent Crimes," Florida Department of Corrections, available at www.dc.state.fl.us/pub/timeserv/annual/section2.html (2014 年 1 月 9 日閲覧); Matthew R. Durose and Patrick A. Langan, "Felony Sentences in State Courts, 2004," Bureau of Justice Statistics (July 2007), available at www.bjs.gov/content/pub/pdf/fssc04.pdf; "State Court Sentencing of Convicted Felons 2004—Statistical Tables," Bureau of Justice Statistics (2007), available at www.bjs.gov/content/pub/html/scscf04/scscf04mt.cfm (2013 年 1 月 10 日閲覧)。

20 James Goodman, *Stories of Scottsboro* (NewYork: Pantheon Books, 1994), 8.

21 David I. Bruck, "Executing Teen Killers Again: The 14-Year-Old Who, in Many Ways, Was Too Small for the Chair," *Washington Post* (September 15, 1985).

22 Bruck, "Executing Teen Killers Again."

23 Bruck, "Executing Teen Killers Again."

24 ジョージ・スティニーの家族はいま、再審をおこなうなど、裁判制度を通じてスティニーの無実の罪を晴らすなんらかの方法を模索している。2014 年 1 月にサウスカロライナ州の裁判所で審問がおこなわれた。Alan Blinder, "Family of South Carolina Boy Put to Death Seeks Exoneration 70 Years Later," *New York Times* (January 22, 2014); Eliott C. McLaughlin, "New Trial Sought for George Stinney, Executed at 14," CNN.com (January 23, 2014).

25 〝スーパープレデター〟という言葉は、暴力的な少年犯罪が急増しつつある、あるいは近い将来急増するという暗鬱な予言に伴って使われることが多かった。Office of Juvenile Justice and Delinquency Prevention, U.S. Department of Justice, "Juvenile Justice: A Century of Change" (1999), 4-5, available at www.ncjrs.gov/pdffiles1/ojjdp/178993.pdf（2014年4月30日閲覧）。Sacha Coupet, "What to Do with the Sheep in Wolf's Clothing: The Role of Rhetoric and Reality About Youth Offenders in the Constructive Dismantling of the Juvenile Justice System," *University of Pennsylvania Law Review* 148 (2000): 1303, 1307; Laura A. Bazelon, "Exploding the Superpredator Myth: Why Infancy Is the Preadolescent's Best Defense in Juvenile Court," *New York University Law Review* 75 (2000): 159。この恐ろしげなイメージの多くには人種的偏見がある。John J. DiIulio, "My Black Crime Problem, and Ours," *City Journal* (Spring 1996), available at www.city-journal.org/html/6_2_my_black.html（2014年4月30日閲覧）。（《1990 年より 27 万人も多い少年プレデターが街を徘徊し、今後 20 年間、津波のように押し寄せてくる……こうしたスーパープレデターの半数を占めるのが黒人の少年たちだ》）。William J. Bennett, John J. DiIulio Jr., and John P. Walters, *Body Count: Moral Poverty—And How to Win America's War Against Crime and Drugs* (New York: Simon and Schuster, 1996), 27–28.

26 John J. DiIulio Jr., "The Coming of the Super-Predators," *Weekly Standard* (November 27, 1995), 23.

27 Bennett, DiIulio, and Walters, *Body Count*, 27. 以下も参照。Office of Juvenile Justice and Delinquency Prevention, "Juvenile Justice."

28 たとえば Elizabeth Becker, "As Ex-Theorist on Young 'Superpredators,' Bush Aide Has Regrets," *New York Times* (February 9, 2001), A19 を参照のこと。

U.S. Surgeon General, *Youth Violence: A Re-port of the Surgeon General* (2001), ch. 1, available at www.ncbi.nlm.nih.gov/books/NBK44297/#A12312（2014年4月30日閲覧）。U.S. Department of Justice, Office of Juvenile Justice and Delinquency Prevention, "Challenging the Myths" (2001), 5, available at www.ncjrs.gov/pdffiles1/ojjdp/178995.pdf, accessed April 30, 2014.（《殺人罪で逮捕された青少年について分析すれば、やはりスーパープレデターというのは現実というより、ただの神話だという結論にたどりつく》)。

30 "Cruel and Unusual."

第9章　私はここに来ました

1 *McMillian v. Alabama*, CC-87-682.60, Testimony of Ralph Myers During Rule 32 Hearing, April 16, 1992

第10章　情状酌量

1 この年代、法律および司法改革によって、本人の同意のない医療施設への入院は手続きがきわめて厳しくなった。Stanley S. Herr, Stephen Arons, and Richard E. Wallace Jr., *Legal Rights and Mental Health Care* (Lexington, MA: Lexington Books, 1983). その意思がない人を精神医療施設に入院させるとき、それまでは「証拠の提示」はそれほど重視されていなかったが、1978年、連邦最高裁は、「明確で説得力のある」証拠を示すことを標準化するよう州側に求め、州側のハードルを高くした。*Addington v. Texas*, 441 U.S. 418 (1978).

2 Doris J. James and Lauren E. Glaze, "Mental Health Problems of Prison and Jail Inmates," Special Report, Bureau of Justice Statistics (September 2006), available at http://bjs.gov/content/pub/pdf/mhppji.pdf（2013年7月2日閲覧）。この数値をさらに細かく見ると、州刑務所で56パーセント、連邦刑務所で45パーセント、各地方拘置所で64パーセントとなる。合計すると、およそ126万4300人にのぼる収監者に精神疾患がある計算になる。この調査データは近年入手できるものとしては最も包括的なものだが、それでも実施されたのは2005年なので、現在は数値も変化しているはずだ。とはいえ、最近（2012-2013）も出典としてこのデータが使われており、これがこの問題について言及するとき現段階で最も包括的かつ最新の資料だと言ってさしつかえないと思う。

3 〝重い精神疾患〟には、統合失調症、統合失調症スペクトラム、統合失調感情障害、双極性障害、短期精神病性障害、妄想性障害、特定不能な精神障害が含まれ、もっと一般的な〝精神疾患〟とは区別される。単に精神疾患といえば、この深刻な精神疾患も、それ以外の形態の精神疾患も含まれる。E. Fuller Torrey, Aaron D. Kennard, Don Eslinger, Richard Lamb, and James Pavle, "More Mentally Ill Persons Are in Jails and Prisons Than Hospitals: A Survey of the States," Treatment Advocacy Center (May 2010), available at www.treatmentadvocacycenter.org/storage/documents/final_jails_v_hospitals_study.pdf（2013年7月2日閲覧）。

4 Torrey et al., "More Mentally Ill Persons," 1.

5 この喧嘩についてはジョージのその後の上訴審で俎上に上がった。*Daniel v. State*, 459 So. 2d 944 (Ala. Crim. App. 1984); *Daniel v. Thigpen*, 742 F. Supp. 1535 (M.D. Ala. 1990).

6 *Daniel v. State*, 459 So. 2d 944 (Ala. Crim. App. 1984).

7 *Daniel v. Thigpen*, 742 F. Supp. 1535 (M.D. Ala. 1990).

8 アラバマ州で南部連合戦没将兵追悼記念日が最初に祝われたのは 1901 年である。*The World Almanac and Encyclopedia 1901* (New York: Press Publishing Co., 1901), 29; "Confederate Memorial Day," Encyclopedia of Alabama, available at www.encyclopediaofalabama.org/face/Article.jsp?id=h-1663（2014 年 4 月 28 日閲覧）参照。祝日の規定はいまも州法に残っている。Ala. Code § 1-3-8.

9 1948 年の州権民主党（ディキシークラット）結党宣言の一部を抜粋する。「われわれは人種隔離政策と各人種の統合、憲法が保障する仲間や同僚を選ぶ権利、政府に干渉されることなく民間雇用をおこない、合法的に生計を立てることを支持するものである。人種隔離の撤廃、人種間通婚禁止令の廃止、人権プログラムという誤った名称を用いた連邦政府による民間雇用統制に断固反対する」。"Platform of the States Rights Democratic Party, August 14, 1948," The American Presidency Project, available at www.presidency.ucsb.edu/ws/index.php?pid=25851#axzz1iGn93BZz, accessed April 28, 2014.

10 アラバマ、ジョージア、サウスカロライナ各州では、ブラウン裁判の裁定に抗議する意味で、南部連合旗を掲げはじめた。James Forman Jr., "Driving Dixie Down: Removing the Confederate Flag from Southern State Capitols," *Yale Law Journal* 101 (1991): 505.

第 11 章　飛んでいこう

1 *New York Times Co. v. Sullivan*, 376 U.S. 254 (1964).

2 複数の地元紙が、彼の異常性行為罪のほうを強調した。Mary Lett, "McMillian Is Charged with Sodomy," *Monroe Journal* (June 18, 1987); "Myers Files Sodomy Charges Against McMillan [sic]," *Evergreen Courant* (June 18, 1987); Bob Forbish, "Accused Murderer Files Sodomy Charges Against His Accomplice," *Brewton Standard* (June 13–14, 1987).

3 Dianne Shaw, "McMillian Sentenced to Death," *Monroe Journal* (September 22, 1988).

4 「モビール・プレス・レジスター」紙は、マクミリアン事件の審問についての記事を載せたそ

の日に、別の記事でウォルター・マクミリアンはピットマン殺人事件で逮捕され、罪に問われていると読者に念押しした。Connie Baggett, “Ronda Wasn't Only Girl Killed,” *Mobile Press Register* (July 5, 1992)。「モンロー・ジャーナル」紙のマクミリアンの訴訟手続きについての記事には、彼がピットマン殺人事件でも起訴されたと書かれていた。Marilyn Handley, “Tape About Murder Played at Hearing for the First Time,” *Monroe Journal* (April 23, 1992).

5 “Convicted Slayer Wanted in EB Student Murder,” *Brewton Standard* (August 22, 1988).

6 Connie Baggett, “Infamous Murder Leaves Questions,” *Mobile Press Register* (July 5, 1992).

7 Editorial, “‘60 Minutes’ Comes to Town,” *Monroe Journal* (June 25, 1992).

8 Marilyn Handley, “CBS Examines Murder Case,” *Monroe Journal* (July 8, 1992).

9 Connie Baggett, “DA: TV Account of McMillian's Conviction a ‘Disgrace,’ ” *Mobile Press Register* (November 24, 1992).

10 Motion from State to Hold Case in Abeyance, *McMillian v. State*, 616 So. 2d 933 (Ala. Crim. App. 1993), filed February 3, 1993.

11 Václav Havel, “Never Hope Against Hope,” *Esquire* (October 1993), 68.

第12章　マザー、マザー

1 *State v. Colbey*, 2007 WL 7268919 (Ala. Cir. Ct. 2007) (No. 2005-538), 824.

2 *State v. Colbey*, 2007, 1576.

3 *State v. Colbey*, 2007, 1511-21.

4 *State v. Colbey*, 2007, 1584.

5 “Case Summaries for Current Female Death Row Inmates.” Death Penalty Information Center, available at www.deathpenaltyinfo.org/case-summaries-current-female-death-row-inmates（2013年8月13日閲覧）。

6 *State v. Colbey*, 2007, 1585.

7 *State v. Colbey*, 2007, 1129, 1133.

8 *State v. Colbey*, 2007, 1607.

9 *State v. Colbey*, 2007, 1210, 1271, 1367.

10 *State v. Colbey*, 2007, 1040, 1060.

11 Supplemental Record at *State v. Colbey*, 155.

12 John Cloud, "How the Casey Anthony Murder Case Became the Social-Media Trial of the Century," *Time* (June 16, 2011).

13 死産した女性、あるいは出産直後に子供が死んでしまった女性を（その女性が貧しかったり黒人だったりすればとくに）罪に問う傾向は、いまの社会情勢をざっと眺めるかぎり、ありふれた話題になってしまったようだ。Michelle Oberman, "The Control of Pregnancy and the Criminalization of Femaleness," *Berkeley Journal of Gender, Law, and Justice* 7 (2013): 1; Ada Calhoun, "The Criminalization of Bad Mothers," *New York Times* (April 25, 2012).

14 Stephanie Taylor, "Murder Charge Dismissed in 2006 Newborn Death," *Tuscaloosa News* (April 9, 2009).

15 Carla Crowder, "1,077 Days Later, Legal Tangle Ends; Woman Free," *Birmingham News* (July 18, 2002).

16 Ex parte Ankrom, 2013 WL 135748 (Ala. January 11, 2013); Ex parte Hicks, No. 1110620 (Ala. April 18, 2014).

17 Supplemental Record, *State v. Colbey*, 2007, 516–17, 519–20, 552.

18 Supplemental Record, *State v. Colbey*, 2007, 426–27, 649.

19 Supplemental Record, *State v. Colbey*, 2007, 674.

20 Angela Hattery and Earl Smith, *Prisoner Reentry and Social Capital: The Long Road to Reintegration* (Lanham, MD: Lexington, 2010).

第 14 章　残酷で異常

1 弁護人：いいでしょう。「もし俺が誰かわからないなら、あんたを殺す必要はないわけだ」。
被告：もし俺が誰かわからないなら、あんたを殺しはしないよ。
証人：なんとなく――声のトーンはそれらしい感じがするけれど、あのときはもっと大声で、

喧嘩腰でした。
検事：その点についてはいまは議論するつもりはありません。つまり、いまのが犯人の声だということですか？
証人：犯人だと思えるトーンの声です。
検事：つまり、いまあなたに話しかけた人が、あの日いまの言葉をあなたに告げた人物だということですね？
証人：そういうふうに聞こえます。
検事：けっこうです。
証人：6か月も前のことなんです。特定するのは難しいけれど、同じように聞こえました。でも言い方が違っていた。だって、あの口調は……大声で、怖いくらい喧嘩腰だったんです。

Tr. I 86–88（強調部は追加）

2 *Anders v. California*, 386 U.S. 738, 744 (1967) を参照のこと。この弁護人が提出した趣意書には、上訴の根拠となりそうな事柄はいっさい見つからなかった。

3 Brief of Petitioner, *Sullivan v. Florida*, U.S. Supreme Court (2009). Charles Geier and Beatriz Luna, "The Maturation of Incentive Processing and Cognitive Control," *Pharmacology, Biochemistry, and Behavior* 93 (2009): 212; 以下も参照。L. P. Spear, "The Adolescent Brain and Age Related Behavioral Manifestations," *Neuroscience and Biobehavioral Reviews* 24 (2000): 417（《思春期というのは、本質的に、何かを達成する時期というより移行する時期である》）, 434（思春期におけるホルモンの劇的な変化について述べている）。Laurence Steinberg et al., "Age Differences in Sensation Seeking and Impulsivity as Indexed by Behavior and Self-Report," *Developmental Psychology* 44 (2008): 1764; Laurence Steinberg, "Adolescent Development and Juvenile Justice," *Annual Review of Clinical Psychology* 5 (2009): 459, 466.

4 B. Luna, "The Maturation of Cognitive Control and the Adolescent Brain," in *From Attention to Goal-Directed Behavior*, ed. F. Aboitiz and D. Cosmelli (New York: Springer, 2009), 249, 252–563 参照（10代はじめは、意思決定の基盤となる認知機能がまだ発達しきっていない。情報処理スピード、反応抑制、作業記憶は15歳になるまで成熟しない）。Elizabeth Cauffman and Laurence Steinberg, "(Im)maturity of Judgment in Adolescence: Why Adolescents May Be Less Culpable than Adults," *Behavioral Science and Law* 18 (2000): 741, 756（心理社会的成熟がはっきり現れるのは16歳以降である）。Leon Mann et al., "Adolescent Decision-Making," *Journal of Adolescence* 12 (1989): 265, 267–70（13歳の子供は15歳の子供に比べ、知識が少なく、意思決定者としての自己評価が低く、選択肢の幅が狭く、行動の結果を考えない傾向がある）。Jari-Erik Nurmi, "How Do Adolescents See Their Future? A Review of the Development of Future Orientation and Planning," *Developmental Review* 11 (1991): 1, 12（前もって知識を得、問題を特定し、戦略を選定して計画を立てるということを頻繁におこなうようになるのは、思春期の後期にはいってからである）。

5 *Sullivan v. Florida*, Brief of Petitioner, filed July 16, 2009。

6 Brief of Former Juvenile Offenders Charles S. Dutton, Former Sen. Alan K. Simpson, R. Dwayne Betts, Luis Rodriguez, Terry K. Ray, T. J. Parsell, and Ishmael Beah as Amici Curiae in Support of Petitioners, *Graham v. Florida/Sullivan v. Florida*, U.S. Supreme Court (2009).

第15章　壊れ物

1 *Cochran v. Herring*, 43 F.3d 1404 (11th Cir. 1995).

2 "Facts About the Death Penalty." Death Penalty Information Center (May 2, 2013), available at www.deathpenaltyinfo.org/FactSheet.pdf（2013年8月31日閲覧）。

3 1999年には98件だった死刑執行数が、2010年には46件に減った。"Executions by Year Since 1976," Death Penalty Information Center, available at www.deathpenaltyinfo.org/executions-year（2014年4月29日閲覧）。

4 Act of May 2, 2013, ch. 156, 2013 Maryland laws; Act of April 25, 2012, Pub. Act No. 12-5, 2012 Connecticut Acts (Reg. Sess.); 725 Illinois Comp. Stat. 5/119-1 (2011); Act of March 18, 2009, ch. 11, 2009 New Mexico laws; Act of December 17, 2007, ch. 204, 2007 New Jersey laws.

5 テキサス州では、2010年に8件の死刑が執行された。年に8～14件執行されるのがテキサス州のこのところの傾向である。しかし1990年代には、年に24人から40人の人々が死刑に処されていた。"Death Sentences in the United States from 1977 by State and by Year," Death Penalty Information Center, available at www.deathpenaltyinfo.org/death-sentences-united-states-1977-2008（2013年8月31日閲覧）。

6 "Alabama's Death Sentencing and Execution Rates Continue to Be Highest in the Country," Equal Justice Initiative (February 3, 2011), available at www.eji.org/node/503（2013年8月31日閲覧）。

7 *Nelson v. Campbell*, 541 U.S. 637 (2004).

8 Ty Alper, "Anesthetizing the Public Conscience: Lethal Injection and Animal Euthanasia," *Fordham Urban Law Journal* 35 (2008): 817.

9 合衆国内で致死注射薬物チオペンタール・ナトリウムを製造していたホスピア社は、それが死刑執行に使われていることに懸念を示し、2011年初頭に製造を中止した。Nathan Koppel, "Drug Halt Hinders Executions in the U.S.," *Wall Street Journal* (January 22, 2011). 同様にデンマークの会社ルンドベックも、死刑がおこなわれている州の刑務所に

致死注射用ペントバルビタールを売るのをやめた。Jeanne Whalen and Nathan Koppel, "Lundbeck Seeks to Curb Use of Drug in Executions," *Wall Street Journal* (July 1, 2011).

10 Kathy Lohr, "Georgia May Have Broken Law by Importing Drug," NPR (March 17, 2011), available at www.npr.org/2011/03/17/134604308/dea-georgia-may-have-broken-law-by-importing-lethal-injection-drug（2013 年 8 月 31 日閲覧）。Nathan Koppel, "Two States Turn Over Execution Drug to U.S.," *Wall Street Journal* (April 2, 2011), available at http://online.wsj.com/article/SB10001424052748703806304 576236931802889492.html（2013 年 8 月 31 日閲覧）。

11 *Baze v. Rees*, 553 U.S. 35 (2008).

第 16 章　ストーン・キャッチャーたちの悲しみの歌

1 *Graham v. Florida*, 560 U.S. 48 (2010).

2 *Miller v. Alabama*, 132 S. Ct. 2455 (2012).

3 *Shaw v. Dwyer*, 555 F. Supp. 2d 1000 (E.D. Mo. 2008).

4 *Banyard v. State*, 47 So. 3d 676 (Miss. 2010).

5 *Evans v. State*, 109 So. 3d 1044 (Miss. 2013).

6 Alex Carp, "Walking with the Wind: Alex Carp Interviews Bryan Stevenson," *Guernica* (March 17, 2014), available at www.guernicamag.com/interviews/walking-with-the-wind/（2014 年 4 月 30 年閲覧）。

7 *People v. Nunez*, 195 Cal. App. 4th 404(2011).

8 *State v. Carter*, 181 So. 2d 763 (La. 1965).